KB179275

아시아 지역 정체성 상상과 탈중심의 문화지리학

하신애 지음

아시아 트러블

앨피

아시아, 헤테로토피아의 길목에서

그러니까 장소 없는 지역들, 연대기 없는 역사들이 있다. 이런저런 도시, 행성, 대륙, 우주. 어떤 지도 위에도 어떤 하늘 속에도 그 흔적을 복구하는 일이 불가능한 이유는 아주 단순히 그것들이 어떤 공간에도 속하지 않기 때문이다. 아마도 이 도시, 이 대륙, 이 행성들은 흔히 말하듯 사람들의 머릿속에서, 아니 그들 말의 틈에서, 그들 이야기의 밀도에서, 아니면 그들 꿈의 장소 없는 장소에서, 그들 가슴의 빈 곳에서 태어났으리라. 한 마디로 감미로운 유토피아들. **한데 나는 구체적이고 실제적인 장소, 우리가 지도 위에 위치 지을 수 있는 장소를 가지는 유토피아들, 그리고 명확한 시간, 우리가 매일매일의 달력에 따라 고정시키고 측정할 수 있는 시간을 가지는 유토피아들이—모든 사회에—있다고 생각한다.** 어떤 인간 집단이든 그것이 점유하고 실제로 살고 일하는 공간 안에서 유토피아적인 장소들lieux utopiques을 구획하고, 그것이 바삐 움직이는 시간 속에서 유크로니아적인 순간들moments uchroniques을 구획한다.[1]

2016년 초입, 나는 "장소 없는 지역들"과 "연대기 없는 역사들"로 점철된 박사 학위 논문을 마무리 짓는 중이었다. 식민지 말기에서 해방

---

[1] 미셸 푸코, 《헤테로토피아》, 이상길 옮김, 문학과지성사, 2014, 11~12쪽.

직후에 이르기까지, 문학작품을 통해 '아시아' 지역/정체성을 둘러싼 조선인들의 심상지리를 가늠하는 작업은 식민지 현실이 야기하는 "가슴의 빈 곳"에서 파생된 말의 틈새와 이야기의 밀도들을 더듬어 가는 과정과 다를 바 없었다. 그리고 이 모든 틈새와 밀도 사이에, 유토피아가 존재했다. 아시아, 극동, 오리엔탈, 유라시아, 대동아 등으로 명명되었던 이 감미롭고도 혹독한 유토피아적 상상들은 서세동점西勢東漸·식민화라는 부당한 현실을 지우거나 중화시키기 위한 반反 공간의 형성,[2] 혹은 그간 뒤죽박죽이었던 동양의 역사 위에 새롭게 덧씌울 수 있는 '초超민족구성체'라는 또 다른 현실의 창출을 의도한 것이었다. 이러한 유토피아적 상상들의 대부분은 구체적인 시/공간을 확보하지 못한 채 종이 위의 한 구절로 남았지만, 그럼에도 불구하고 이를 "지도 위"에 위치 짓고자 했던 드문 시도들은 현존하는 정치적 구획에 맞서 돌파구를 모색하기 위한 대응, 혹은 제국적 공간 구상에 의거하여 지역적 패권을 장악하고자 하는 "영토 통치 프로젝트"로서 각각의 궤적에 따른 문화지리적 범주와 연대기들을 남기기도 했다.

　이 책의 목적은 식민지 말기에서 해방 직후에 이르기까지, 식민지 개개인의 "머릿속"에서, 혹은 "꿈의 장소 없는 장소"에서 탄생했던 아시아 지역/정체성을 둘러싼 문화지리적 상상들을 검토하는 것이다. 이는 "폐쇄적 지역 질서"를 구축하고자 했던 식민지 말기 제국의 지정학적 정책에도 불구하고, 식민지의 지리적 상상들이 제국의 수직적 체제에 의해 규정된 어떠한 사태로 응결되기보다는 근대성·자본·이데올로기 등 복수의 흐름들에 의거하여 각자의 지역/정체성을 형성하고자 하는 "중층적 교차"로서 해방 이후에 이르기까

2　미셸 푸코, 《헤테로토피아》, 13~15, 24~26쪽.

지 줄곧 요동쳐 왔음을 입증하기 위한 것이기도 하다. 이때 아파두라이가 언급한 바 있듯이 식민지인들의 '상상'을 "단순한 환상"이 아닌 "사회적 실천"이자 "행위자들이 서 있는 지점과 전 지구적으로 규정된 가능성의 현상들 사이를 관계 짓는 협상의 형식"으로 볼 수 있다면,[3] 식민지가 그려 낸 유토피아적 상상들은 "흔적의 복구가 불가능한" 꿈에 그칠 뿐 아니라, 측정 가능한 시/공간을 바탕으로 제국의 공간에 "신화적이고 실제적인 이의제기contestations를 수행"함으로써, ("어떤 장소도 갖지 않는 유토피아"를 넘어) "모든 장소 바깥의 실제 장소"에 향후의 지역적 기반을 구축하고자 했던 헤테로토피아hétérotopie의 시도로도 독해될 수 있다.[4]

이 책은 아시아를 둘러싼 다양한 "유토피아"들을 지도 위의 실질적인 장소 속에 안착시키고자 했던 조선인들의 문학적 · 문화적 시도들을 조명한다. 이는 그간 제국 · 냉전 구도가 그린 균질적인 아시아의 상像에 속박되어, 역사의 틈새로 사라질 위기에 처했던 식민

---

3 아파두라이, 차원현 · 채호석 · 배개화 옮김, 《고삐 풀린 현대성》, 현실문화연구, 2004. 58쪽.

4 헤테로토피아hétérotopie는 'heteros(다른)'와 'topos(장소)'를 합쳐 만든 신조어다. 푸코는 1966년 12월 7일 '유토피아와 문학'이라는 주제로 마련된 라디오 강연에서, 헤테로토피아hétérotopie의 개념을 스케치한 바 있다. 푸코에 따르면 우리는 "순백의 중립적인 공간 안에 살지 않는다." 우리는 "구멍이 숭숭 난 지대가 있는" "얼룩덜룩한 공간" 안에서 살고 있으며, 이 공간은 카페와 같은 열린 구역이나 휴식을 위한 닫힌 구역 등을 포함한다. 그런데 푸코는 서로 구별되는 이 온갖 장소들 가운데 "절대적으로 다른 것"이 있음을 강조한다. 즉, "자기 이외의 모든 장소들에 맞서서, 그것들을 지우고 중화시키고 혹은 정화시키기 위해 마련된" "반공간contre-espaces"이자 "위치를 가지는 유토피아들"이 존재한다는 것이다. 유년 시절 "다락방 한 가운데 세워진 인디언 텐트"에 비유되는 이 반反공간의 형상은, 이후 "나머지 현실이 환상이라고 고발하는 환상"인 매음굴 혹은 "우리 사회가 뒤죽박죽이라고 보일 만큼 주도면밀하게 정돈된 또 다른 현실"인 식민 사회의 건설이라는 사례로써 구체화된다. 푸코가 이 강연에서 시도하고자 하는 "공간에 신화적이고 실제적인 이의제기를 수행하는 다른 공간/장소들―헤테로토피아"에 대한 과학은, "어떤 장소도 갖지 않는 유토피아"와는 달리 "모든 장소 바깥의 실제 장소들"을 대상으로 삼는다는 측면에서 '헤테로토폴로지hétérotopologies'라고 명명될 필요가 있다고 한다. 여기에 대해서는 미셸 푸코, 《헤테로토피아》, 13~16, 24~26쪽, 하신애, 〈한국문학의 공간 · 장소와 헤테로토피아의 모험〉, 《민족문학사연구》 66호, 2018. 398쪽 참조.

지/이후의 여러 지리적 상상·실천들을 복구하고, 나아가 이들이 구축하고자 했던 '다른' 장소 및 연대기의 흔적들을 다시금 가시화하고자 하는 소망에서 비롯된 것이다. 이는 자칫 제국이나 냉전 구도라는 총체성을 향해 모든 것이 수렴되었던 것으로 인식될 수도 있는 1930~1940년대 '아시아'의 시공간이, 실은 제국/냉전 체제뿐만이 아닌 다른 흐름들과의 경합 및 개개인의 수행성에 의거하여 지역/정체성의 분화分化를 초래하는 다원적 양상을 띠고 있었다는 점을 드러낸다는 측면에서 중요하다. 이 책에서는 식민주의·반공주의와 공존하거나 경합했던 동시대 다른 흐름들의 궤적을 추적하는 한편, 이러한 흐름들이 조선인들에게 실제로 어떻게 누출漏出의 계기를 부여함으로써 제국이나 냉전 체제가 규정하는 지역/정체성의 범주에 대한 간섭 및 재정의를 유발하게 되었는지를 규명하고자 했다는 점을 밝힌다.

그간 지금/여기와 다른 시공간으로 나아가기 위한 '방법'이자 유토피아적 "상상의 체계"였던 아시아라는 기표는 이후 식민주의·반공주의라는 "파괴적 힘의 역사"를 거쳐, 현재 "20세기 후반 이후의 자본/지식/문화의 전 지구화에 대응하는 지역주의적 사고를 불가능하게 하는" "퇴행적 힘"으로 간주되기도 한다.[5] 그럼에도 불구하고, 지금/여기의 우리로 하여금 여전히 당면한 현실을 타개할 수 있는 돌파구로서 아시아를 사유하고, '유토피아'로서 이를 꿈꾸거나 실제적인 시/공간 속에 안착시키도록 하는 추동력이 있다면, 기존 식민주의적·반공주의적 아시아가 실상 "문화적으로 구성된 정치적 상상의 산물"일 뿐이며[6] 이러한 "가상의 공동체"에 대한 상상은 다른 방식으

---

5 유선영·차승기 엮음, 《동아'트라우마》, 그린비, 2013, 10~11쪽.
6 유선영·차승기 엮음, 《동아'트라우마》, 10쪽.

로 이루어질 수도 있을 것이라는 일말의 가능성 때문일 것이다.[7] 현실에 대해 의문을 제기하거나, '다른 장소·공동체'가 실재할 수 있음을 생각하게 하며, 나아가 이를 측정 가능한 시/공간 속에 구축하기 위해 눈앞의 세계를 헤치고 나아가게끔 하는 헤테로토피아의 모험은 이러한 측면에서 중요하게 다루어질 필요가 있다.

마지막으로, "가상의 공동체"의 여러 형상들을 추적하기 위해 이런저런 장소들과 연대기들을 뒤적이고자 했던, 필자의 무모한 학술적 여정에 기꺼이 마음을 열어 주셨던 은사님들께 감사의 인사를 전하며 이 글을 끝맺고 싶다. 필자가 처음 그려 낸 '아시아' 지도의 서투름을 명료하게 지적해 주셨던 김철, 신형기, 이경훈, 김현주, 장세진 교수님, 갓 졸업한 아시아 연구자가 가야 할 길을 짚어 주셨던 백영서, 차승기, 이혤렌, 김예림, 정종현, 박진영, 이혜령 교수님, 오랜 세월 동안 귀중한 강의 경험을 베풀어 주셨던 김복순, 나병철, 김성수, 진영복 교수님, 책의 출판 기회를 제공해 주신 이진형 교수님과 도서출판 앨피 그리고 연세대 국학연구원 비교사회문화연구소의 여러 선생님들과, 현재 헤테로토피아를 구축하기 위한 공통의 여정 중에 있는 원광대 동북아시아인문사회연구소의 류권홍 소장님, 이윤종 교수님을 비롯한 모든 분들께….

2018년 7월
지금/여기의 아시아에서
하신애

---

7 하신애, 《아시아 지역/정체성 상상과 탈중심의 문화지리학》, 연세대학교 대학원 국어국문학과 박사학위논문, 2016.2, 12~13쪽.

| 차례 |

제1부

프롤로그: 식민지 조선인들,
제국의 아시아 정체성에 트러블을 일으키다

1. 식민지 말기 아시아 연구의 쟁점과 딜레마

식민지 말기 연구에서 '동아시아'라는 지역주의적 의제가 대두된 지 벌써 여러 해가 지났다. 주지하듯이, 지역주의regionalism란 근대 세계의 구성단위인 국민국가와 일정한 관련을 맺으면서도 국민국가 간 체제의 규정과 한계를 초월하는 광역 차원의 세계 인식을 의미한다.[1] 이러한 지역주의적 관점은 일국一國 혹은 단일 법역法域 중심의 연구에서 한 발 더 나아가, 각 세력 간에 축적된 구조적 연관성 및 공간 내부에 함의된 다차원성/유동성/혼종성에 주목함으로써 제국주의로 인한 위계/분할선들을 탈각시키는 한편, 현 시점의 자본·지식·문화의 전 지구화에 대응하는 새로운 지역적 사유를 모색하고자 하는 취지에서 제안되었다.[2] 이러한 관점은 (기존 식민지 말기 연구에서 공고한 분석 틀로 활용되기도 했던) 단일 체제에 대한 협력/저항의 이분법적 구도로는 포착해 낼 수 없었던 다채롭고 역동적인 인식/행위성들을 가시화한다는 측면에서, 그간 '지역 내 불화와 갈등'을 조장하는 트라우마의 진원지震源地이자 파시즘의 단일 이데올로기로 점철된 절연지대絶緣地帶로만 여겨져 왔던 식민지 말기 연구를 통시적이며 다원적인 관점에서 재조명하여, '탈식민 아시아'를 구상할 수 있는 여지를 제공한다고 할 수 있다.[3]

---

1 마루카와 데쓰시(丸川哲史), 《리저널리즘》, 백지운·윤여일 옮김, 그린비, 2008, 1장. 장세진, 《슬픈 아시아》, 푸른역사, 2012, 28쪽 참조.
2 마루카와 데쓰시, 《리저널리즘》, 유선영·차승기 엮음, 《'동아' 트라우마-식민지/제국의 경계와 탈경계의 경험들》, 그린비, 2013, 10쪽. 김예림, 〈냉전기 아시아 상상과 반공 정체성의 위상학〉, 《상허학보》, 2007.6.
3 김예림, 〈냉전기 아시아 상상과 반공 정체성의 위상학〉, 312~313쪽.

시기적으로 봤을 때, 식민지 말기는 아시아를 둘러싼 정치적 권역의 수립이 실제로 시도되었던 첫 번째 순간이었다. 당시 구축되었던 대동아공영권은 그간 숱한 선행 연구자들이 지적한 바 있듯이, 일본 제국의 분할에 의거하여 균질화된 폐쇄적 시공의 성격을 강하게 띤다는 측면에서[4] (오족협화五族協和·팔굉일우八紘一宇라는 당대 제국적 슬로건에도 불구하고) "국민국가의 경계를 넘어선 국가 간 연합체의 의미보다는 중앙으로서의 제국 일본과 각 지방 식민지 사이의 관계, 즉 로컬리티"의 파편화된 구도로서 상정되었음을 알 수 있다.[5] 이러한 대동아의 "문호폐쇄"적 국면은 연구자들로 하여금 식민지 말기에 접근할 때, 제국이라는 일一 세력이 세계와 맺는 구조적 연관성 혹은 광역적 교류에 초점을 맞추기보다는 대동아공영권이라는 단일 체제의 내부적 위계 및 메커니즘에 더 주목하게 하는 결과를 초래했다. 이는 타 세력·시기와 차별화되는 일본 제국주의 및 식민지 말기의 특수성을 해명하는 데 매우 탁월한 성과를 거두었지만, 다른 한편으로 식민지 말기 연구의 초점을 제국이라는 규율 권력과 이를 향한 개개인의 내면화/주체화를 둘러싼 역학 분석에 고착시켜 이 시기를

---

4 김기정은 식민지 말기 신체제 질서가 미국의 문호개방주의 원칙에 대응하기 위한 지역파편 지향적 정책 및 폐쇄형의 제국적 공간 구상을 담고 있었음을 지적한 바 있다. 전시 체제기 일본이 선보인 급속한 군사 팽창은 다민족 국가로의 '확장'을 의도했다기보다는 지역적 패권의 '유지' 및 동아시아 역내에서의 '특수한 이익'의 보호에 초점이 맞추어져 있었다. 당시 제국 일본은 이를 위해 "지역경제의 구획 범위를 강제적으로 넓히고 그 안에서 폐쇄적인 자급자족 체제를 강구"하는 한편, "광민족주의"로 명명되는 배타적인 국민국가 체제를 갖추고자 했다. 이러한 제국의 "문호폐쇄"적 국면은 당대 일본이 전 지구적 패권 장악을 목표로 했던 여타의 서구 제국들과는 차별화되는 지역파편적 유형으로 분류되어야 함을 시사한다. 여기에 대해서는 김기정, 〈세계자본주의체제와 동아시아 지역질서의 변동〉, 백영서 외, 《동아시아의 지역질서》, 창비, 2005, 152, 160쪽. 임성모, 〈대동아공영권 구상에서의 '지역'과 '세계'〉, 《세계정치》 제26집 제2호, 2005, 109~110, 121~124쪽. 방기중, 〈1940년 전후 조선 총독부의 '신체제' 인식과 병참기지 강화 정책〉, 《동방학지》, 2007. 하신애, 《아시아 지역/정체성 상상과 탈중심의 문화지리학》, 연세대학교 대학원 국어국문학과 박사학위 논문, 2016, 1장 참조.
5 오태영, 《오이디푸스의 눈》, 소명출판, 2016, 23쪽.

외부 세계/전후 시기와 단절된 채 "법이 지배하는 지대"로 재구성된 '닫힌 시공'으로 인식케 하는 효과를 야기하기도 했다.[6]

이처럼 식민지 말기를 제국주의라는 "지배적 결정요소"[7]에 의해 그려진 '닫힌 시공'으로 인지하는 것은 다음 두 가지 국면에서 문제적이다. 첫째, 이러한 '닫힌 시공' 하에서 식민지 조선인들이 선보이는 인식/행위성이란 자칫 제국의 프레임 내부로 언제나 수렴될 수밖에 없는 것으로 인지될 수 있으며, 이 경우 "제국주의 질서에 의해 구축된 아시아 인식 그 '너머'를 모색하는 것"은 요원해진다는 점이다. 둘째, 이처럼 제국주의 규율 권력의 지배에 초점을 맞추는 경우, 식민지 말기 연구는 대응 불가능한 체제의 강고함 및 제국/식민지의 분할로 인한 트라우마만을 끊임없이 되새기게 함으로써, "아시아론의 계보학 구성 및 미래를 위한 비판적 전망 제시"를 방해하는 역설적인 걸림돌과 같이 작용할 수 있다는 점이다.[8] 최근 몇몇 연구에서는 실제로 이에 대한 우려의 목소리들이 심심치 않게 들린다. 가령 2016년 4월에 개최된 반교어문학회의 학술대회에서 곽은희는 다음과 같이 토로한 바 있다.

이 글은 식민지 규율 권력으로 대표되는 구조적 협력을 규명하는

---

6 실제로 김예림은 식민주의적 아시아 상상과 이후의 아시아 상상 사이에는 표면적으로 보자면 거의 '단절'에 가까운 역사적 체험이 놓여 있음을 제시한 바 있다. 한편 테드 휴즈나 오태영은 식민지 말 문학 연구가 주로 '친일문학'론과 주체 구성의 메커니즘을 밝히는 데 집중되어 왔음을 지적하며, 총체적 수용/거부만이 가능한 제국의 독단적 이데올로기에 대해 협력/저항을 선별하고자 하는 주체화 논의는 식민지 공간 및 주체들을 이미 주어진 이데올로기에만 반응하는 "고정되고 단일한 실체"로서 인지시킬 위험이 있음을 기술한다. 여기에 대해서는 김예림, 〈냉전기 아시아 상상과 반공 정체성의 위상학〉, 312쪽, 테드 휴즈, 《냉전시대 한국의 문학과 영화》, 나병철 옮김, 소명출판, 2013, 13쪽, 오태영, 위의 책, 32~36쪽.
7 김예림, 〈냉전기 아시아 상상과 반공 정체성의 위상학〉, 316쪽.
8 김예림, 〈냉전기 아시아 상상과 반공 정체성의 위상학〉, 312쪽.

작업이 '제국/식민지'의 분할선을 더욱 견고하게 만들고 있지는 않은가, 그래서 식민지에 내재하고 있는 역동적 에너지의 가능성을 거대한 구조 속에 원천적으로 봉쇄하고 있는 것은 아닌가 하는 회의로부터 출발한다. 식민 지배 메커니즘을 정치하고 미세하게 분석하면 할수록 '제국/식민지'의 분할선을 넘나드는 '유동하는 식민지'의 행방을 증명할 수 있는 가능성은 점점 줄어든다. 이것은 식민지 규율 권력에 초점을 두고 근대적·구조적 협력을 규명하는 작업이 처해 있는 딜레마이다. 이러한 딜레마를 논의의 시발점으로 삼기 위하여 이 글은 '제국/식민지'의 분할선 위에서 움직이고 있는 미세한 요동의 행방을 추적하고자 한다. 그 미세한 요동이란 분산, 일탈, 우연의 작동 속에서 발견된다. 제국으로부터 발신되는 공식적인 담론이나 합리적인 계획은 식민지의 사회적 제도적 실천들과의 복잡한 관계 속에서 실재reality의 단편일 뿐, 그것으로 인한 효과나 결과는 애초의 계획과 일치하지는 않는다. (중략)

이러한 사실과 연관하여 이 글은 몇 가지 의문을 제기하고자 한다. 주체 형성 메커니즘을 내면화하지 않을 수는 없는가? 그것이 불가능하다면, 내면화하는 척할 수는 없는가? 도처에 널려 있는 미시적인 규율 권력을 거부할 수 있는 가능성은 없는가? **우리는 규율 권력에 포획될 수밖에 없는 존재인가?**[9]

위 글은 식민지 말기 아시아 및 그 인식을 다루는 연구자들이 마주칠 수밖에 없는 딜레마를 가시화하고 있다는 측면에서 시사적이다.

---

9 곽은희, 〈일탈의 감각, 유동하는 식민지〉, 《제154차 반교어문학회 정기학술발표회 자료집》, 2016.4.30, 144~145쪽.

주지하다시피, 파시즘의 규율 권력과 개인의 내면화 정도를 추적하고자 했던 협력/저항의 의제는 이후 "누구나 필연적으로 권력 '안에' 있으며, 권력에 대한 커다란 거부의 '한 장소'—반항의 정신, 모든 반란의 원천, 혁명가의 순수한 권위—는 존재하지 않는다"[10]라는 푸코의 명제와 맞물리며 식민 지배 메커니즘과 더불어 제국의 규율 권력에 내포되어 있는 미세한 균열들을 추출하는 것에 초점을 맞추게 되었다. 정근식이 언급한 바 있듯이 이처럼 '지배와 균열'에 주목하는 관점은 "식민지에 내재된 다차원성과 혼종성을 통해 기존의 침략과 저항, 억압과 동화라는 이분법적 틀에서 벗어나 보다 복잡하고 다양한 현실"을 보기 위한 것이며, 이를 통해 "지배의 관철보다는 식민권력이나 지배층이 의도하는 것과는 다른 어긋남이 있다는 점을 확인할 때 최소목표가 달성된다."[11]

그러나 '어긋남'을 바탕으로 식민지에 내포된 "불량하고 불건전한 욕망들—무수한 무관심과 회피, 유흥과 향락—"을 조명하고자 하는 시도는, 그 관점이 지니는 뚜렷한 의의에도 불구하고 여전히 다음과 같은 의혹을 남기는 것이기도 했다. 즉, 식민지 공간에 내포된 '어긋남'은 과연 규율 권력으로부터 얼마만큼의 '거리 두기'를 가능케 하는 것이었을까? 그간의 연구 성과들이 시사하듯 "풍자와 비꼼"으로 요약되는 "넌센스"조차 제국의 감각이었으며,[12] ("저항 지점은 권력관계에서 반대자, 표적, 버팀목, 공략해야 할 돌출부의 구실"을 한다는 푸코의 언급과 같이) 식민지의 일탈들은 "식민지 사회를 재편하고 관리하기

10 푸코, 《성의 역사 1》, 이규현 옮김, 나남, 1990, 115~116쪽.
11 공제욱 · 정근식 편, 《식민지의 일상, 지배와 균열》, 문화과학사, 2006, 19쪽.
12 채석진, 〈제국의 감각 : '에로그로 넌센스'〉, 한국여성연구소, 《페미니즘연구》, 제5집, 2005.10, 43~87쪽.

위한 타자화의 대상으로 고착되어 결국 제국/식민지의 프레임을 견고하게 만드는 데 일조"하는 것뿐이라면 우리는 식민지 말기의 아시아 연구를 통해 과연 어떠한 전망을 형성할 수 있는가? 나아가 연구에 매진한 끝에 발견하게 되는 것이 제국의 프레임에 갇힌 '식민—아시아'의 모습일 뿐이라면, 방금 자신이 수행한 연구조차 공략해야 할 적을 오히려 강화시킨 것에 불과하다는 자괴감이나 무력감에 빠지는 것 이외에 연구자가 할 수 있는 일이 무엇일까?

위와 같은 의혹, 혹은 되풀이되는 무력감으로 인한 피로는 식민지 말기의 아시아/인식 연구에 상당 부분 축적되어 있다고 판단한다. 이는 해당 시기를 다루는 연구자들이 '그럼에도 불구하고 제국으로 수렴되었다'는 결론을 앞두고 종종 고뇌에 빠지게 되는 원인으로 작용했다. 결국, 푸코의 자명한 명제와 같이 "누구나 필연적으로 권력 '안에' 있을 수밖에 없는 것이다."

이러한 연유로 인하여, 최근 학계에서는 제국의 지배 메커니즘 및 식민지 내부의 균열을 조명하는 작업과 더불어, 다중심적多中心的 세계상에 입각하여 당대 아시아를 "다방면으로 횡단·교차하는 복합적 흐름의 일부"이자 복수의 담론·체제·이데올로기들이 경합하는 열린 장소로서 파악하고자 하는 움직임이 감지되기 시작했다. 즉 앞서 제시된 푸코의 명제로부터 한 발 더 나아가, "누구나 필연적으로 여러 권력들 안에 있을 수밖에 없다"는 점, 혹은 "보편사는 존재하지만 이것은 우발성의 역사"이며 (국가 중심부에 의한) "총체화, 전체화, 통일화는 다양체multiplicité 속에서 생산되고 출현하는 과정들일 뿐"[13]이라는 점을 강조하고자 하는 노력들이 드러나고 있는 것이다. 가령 테

---

13 들뢰즈·가타리, 《천 개의 고원》, 김재인 옮김, 새물결, 2001, 4~5쪽.

사 모리스-스즈키는 "국민국가가 역사의 유일한 행위자일 수 없"고 "국민국가의 노력은 항상 미완성일 수밖에 없다"는 점을 지적하며, 아시아의 공간성을 더 풍부하게 파악하기 위해서는 "훨씬 더 다양하고 광범위한 여타의 사회/정치 집단들, 마이너리티 공동체들과의 상호작용을 조명"함으로써 "국가 중심부의 관점이 아닌 다른 관점들을 발굴해 낼 필요가 있다"는 점을 제시한다.[14] 이러한 움직임은 비단 해외에 국한된 것만은 아니다. 가령 백영서는 "주변적 존재로 무시되어 온, 국가의 틈새에 위치한 무수한 '국가 형태를 지니지 않은' 사회가 만들어 낸 다양한 역사"를 되살릴 필요가 있음을 언급한다. 아울러 김현주는 1910~1920년대 매체 기사들에 대한 분석을 통해 근대에 생성된 자유주의·개인주의 등의 담론이 제국 내부에서 균열을 일으키거나 제국의 프레임 강화에 활용되었을 뿐만 아니라, 식민지인들로 하여금 식민국가와 구별되는 "조직체·활동체"들을 상상케 함으로써 경제적·교육적·종교적·문화적 영역에서 각기 다른 정체성 축적을 선보이도록 하는 다원적 판도의 구성을 야기했다는 점을 지적한 바 있는 것이다.[15]

따라서 현 시점에 이르러 식민지 말기 아시아/인식을 둘러싼 연구의 과제는 다음과 같이 정리되는 것으로 보인다. 첫째, 지금까지 꾸준히 전개되어 온 바 있듯이, 식민지 공간에 내재된 부재/균열/초과

---

14 테사 모리스-스즈키, 《변경에서 바라본 근대》, 임성모 옮김, 산처럼, 2006, 6, 26쪽. 테사 모리스-스즈키는 〈식민주의와 이주〉에서 카라후토(남사할린)의 사례를 들어, 제국-식민지를 둘러싼 이동을 "일본을 위시한 중심에서 바깥으로 확산되는 과정"이 아니라 "여러 방면으로 교차하는 일련의 복합적 흐름"으로 인지할 것을 제안한다. 여기에 대해서는 테사 모리스-스즈키, 〈식민주의와 이주〉, 요시미 슌야 외, 《확장하는 모더니티》, 연구공간 수유+너머 '일본근대와 젠더 세미나팀' 옮김, 소명, 2007, 188, 204~208쪽.

15 백영서, 《핵심현장에서 동아시아를 다시 묻다》, 창비, 2013, 33쪽. 김현주, 《사회의 발견》, 소명출판, 2013, 244~275쪽.

의 시선들을 부각시키고, 제국에 의해 '이미 주어진' 독단적 이데올로기에 대한 협력/저항의 이분법적 구도만을 반복하기보다는 지배 메커니즘에 역으로 침투함으로써 생성되는 제국-식민지의 요동 및 주체의 혼성적 측면들을 심도 깊게 조명할 필요가 있다.[16] 더 구체적으로 언급해 보자면, 식민지 말기 연구자들은 "식민주의와 민족주의의 틈, 또는 식민 주체의 형성과 소멸, 그 사이의 동요와 불안이라는 차원"에 집중함으로써 "안과 밖의 경계가 모호해진 식민지의 일상" 및 "그것을 넘어서기 위한 사상적 곡예曲藝의 흔적"들을 좀 더 꼼꼼히 검토할 필요가 있으며,[17] 아울러 "제국-식민지 관계의 불균등성을 발화의 입장에 각인"한 채 당대 헤게모니에 침투하여 "제국-식민지의 관계를 변화시키고자" 했던 식민지인들의 "담론적 실천전략"을 되짚음으로써[18] 당시 아시아 공간에 내재된 중층성·역동성 및 주체의 분열 양상들을 가시화할 필요가 있는 것이다.

둘째, 현 시점의 자본/지식/문화의 전 지구화에 대응하는 지역주의적 사유를 구축하기 위하여, 식민지 말기 연구자들은 국가 중심부가 아닌 다른 관점/행위자들을 발굴하여 다중심적多中心的 세계상을 구성하는 한편, 아시아의 지역적 상상들에 대해 "통시적/구조적 연관성의 측면에서 접근"함으로써 "제국주의 질서에 의해 구축된 아시아 인식 그 '너머'를 모색"할 필요가 있다.[19] 좀 더 구체적으로 언급하

16 여기에 대해서는 김철, 〈근대의 초극〉, 《낭비》 그리고 베네치아(Venetia)〉, 《민족문학사연구》 18, 2001. 〈"결여"로서의 국(문)학〉, 《사이》 1권, 2006. 차승기, 〈추상과 과잉- 중일전쟁기 제국/식민지의 사상연쇄와 담론정치학〉, 《상허학보》 21집, 2007. 정종현, 《동양론과 식민지 조선 문학》, 창비, 2011 참조.
17 김철, 〈근대의 초극〉, 《낭비》 그리고 베네치아Venetia〉, 1장.
18 차승기, 〈추상과 과잉-중일전쟁기 제국/식민지의 사상연쇄와 담론정치학〉, 4장.
19 김예림, 〈냉전기 아시아 상상과 반공 정체성의 위상학〉, 313~137쪽.

자면, 아시아에 대한 지역적 상상들의 검토는 제국에 의한 정치적 분할로부터 한 발 더 나아가 "지역적, 국제적 관계의 망 혹은 적어도 일— 세력의 차원을 벗어난 집단 간 망"의 광역적·다원적 판도 하에 진행되어야 한다. 아울러 연구자들은 식민지 말기에 번성했던 지역적 상상의 구조가 현 시점에 이르기까지 어떤 형태로 재구성되는지 사회적·문화적·정치적 맥락 하에 연속적으로 검토함으로써, 세계체제와의 연동 하에 구축될 아시아의 지역주의적 토대를 보다 "두텁게" 마련할 필요가 있다.[20]

---

20 김예림, 〈냉전기 아시아 상상과 반공 정체성의 위상학〉, 312~314쪽. 하신애, 〈제국의 시선과 식민지의 눈(들): 오태영의 《오이디푸스의 눈》(2016)을 통해 본 동아시아 연구의 향후 과제들〉, 《사이》 21권, 2016, 329~336쪽.

2. 전환의 틈새로서의 식민지 말기와 탈중심의 문화지리학

이 책은 식민지 말기를 거쳐 해방 직후에 이르기까지, 문학에 나타난 조선인들의 공간 이동과 지역/정체성 변화 과정을 고찰함으로써, 이들의 아시아 인식·상상에 함의된 탈중심성을 규명하는 데 목적을 둔다. 탈중심성decentralization은 제도나 권력 기구 등이 표상하는 '단일한 질서'에 대한 해체론적 취지에서 제안된 개념으로, 중앙 집중적/위계적 체계의 포획 장치로부터 흘러나가 "하나의 보편자나 절대자로 환원되지 않고, 무한한 방향으로" 흩어짐으로써 다양체multiplicité의 흐름을 형성하는 일련의 운동들을 가리킨다.[21] 이 책에서 탈중심성이라는 개념을 취하는 것은 동아시아 지역질서의 바깥으로 산포하는 조선인들의 다양한 상상들을 재조명하고, 이 시기 동아시아를 구성하는 유일한 "실체적 기반"이자 지역질서의 구심점으로 기능하고자 했던 제국의 위상에 의문을 제기하며, 나아가 조선인들의 지리적 이동에 의거하여 형성되는 '초국경적 연대'의 여러 형상들을 추적함으로써 제국 및 향후 냉전체제의 단일 질서 내부로 전적으로 수렴되지 않는 지리적 전망들의 경합을 가시화한다는 측면에서 의의를 지닌다. 이는 "폐쇄적 지역질서"를 구축하고자 했던 식민지 말기 제국

---

21 탈중심성의 개념에 대해서는 들뢰즈·가타리, 《천 개의 고원》, 20~55쪽 참조. 들뢰즈·가타리에 따르면, 국가 등의 권력 기구는 "출현에 방해가 되는 무언가가 지속적으로 작용하지 않으면 언제나, 어디에서나 출현하여 모든 것을 한번에 "포획"하고 변질시키고 조직화하는 장치"다. 한편 다양체의 개념은 독자성singularité이 하나의 보편자나 절대자로 환원되지 않고, 강도를 지닌 채 무한한 방향으로 나아감으로써 "어떠한 통일도 전제하지 않으며, 결코 총체성으로 들어가지 않으며 절대 주체/신민subject으로 되돌아가지도 않는" 가변적이며 질적으로 판이한 "흐름들"을 생성하게 됨을 의미한다. 들뢰즈·가타리, 《천 개의 고원》, 69, 990쪽 참조.

의 지정학적 정책에도 불구하고,[22] 식민지의 지리적 상상들이 제국의 체제에 의해 분리·규정된 어떠한 '사태'로 그치기보다는 근대성·자본·이데올로기 등 복수의 흐름들에 의거하여 각자의 지역/정체성을 형성하고자 하는 "중층적 교차" 혹은 "세계체제와 상호 연관된 현상의 일환"[23]으로 지속적으로 요동치고 있었음을 입증하기 위한 것이기도 하다. 이러한 취지에 입각하여, 이 책은 제국의 지역질서나 냉전체제와는 구분되는 지리적 전망을 형성케 했던 요인들의 흐름을 연속적으로 짚어 보고자 하는 계보학적 형태를 띤다. 이 책에서는 특히 근대 이후 식민지 말기를 거쳐 해방기에 이르기까지, 조선인들로 하여금 지역적 패권의 이항대립적 프레임으로부터 퍼져나가 범세계와 연동된 문화지리cultural geography[24]를 형성하게끔 했던 요인으로서 근대 자본의 팽창 및 사회주의라는 두 가지 흐름에 초점을 맞추고자 한다.

22 김기정, 〈세계자본주의체제와 동아시아 지역질서의 변동〉, 152, 160쪽.

23 윤해동, 〈트랜스내셔널 히스토리transnational history의 가능성–한국근대사를 중심으로〉, 《역사학보》 제200집, 2008, 33∼34쪽. 정현백, 〈트랜스내셔널 히스토리의 가능성과 한계〉, 《역사교육》, 제108집, 2008, 189쪽.

24 데이비드 앳킨슨에 따르면 문화지리학은 "인간의 관념과 상상을 물질세계와 연결시키는 하나의 방식"이며, 인간들이 장소와 공간을 구성하고 인지하는 방식 등을 탐구하는 학문이다. 문화지리학은 특히 의미와 사회적 이해들이 구성, 경합, 협상되는 방식에 관심을 두고, 그 의미와 이해들을 문화·장소·공간에 관한 여러 개념들과 교차적으로 탐구하는 것을 목표로 삼는다. 문화지리학은 일견 담론, 텍스트, 상상력의 연구에만 머물러 있는 것으로 인식될 수 있으나, '문화' 자체가 사회, 경제, 정치적인 것이 의해 완전히 포섭되거나 그것으로부터 완전히 분리될 수 없기 때문에 통상 학문 간 경계를 넘나드는 형태를 취하게 된다. 이 책에서는 식민지 말기에서 해방 직후에 이르기까지 '아시아' 공간을 둘러싼 사회문화적 의미 및 이해들이 융합되고 분열되는 다양한 방식들을 탐구하기 위해 문화지리학의 개념을 차용했으며, 특히 문학 텍스트를 기반으로 '대동아'라는 제국의 정치적·경제적 구획이 각 개인들의 문화적 실천에 의거하여 재정의되어 가는 양상들을 살펴보는 것을 목표로 삼는다. 여기에 대해서는 데이비드 앳킨슨 외, 《현대 문화지리학》, 이영민 외 옮김, 논형, 2011. 서문, 한국문화역사지리학회 외, 《현대 문화지리의 이해》, 푸른길, 2013. 조앤 샤프 외, 《포스트식민주의의 지리》, 이영민 외 옮김, 여이연, 2011. 《문화지리와 도시공간의 표상》, 동국대학교 문화학술원 엮음, 동국대학교출판부, 2011. 송은영, 《현대도시 서울의 형성과 1960–70년대 소설의 문화지리학》, 연세대학교 대학원 국어국문학과 박사학위논문, 2007 참조.

동아시아 지역질서의 전환이라는 측면에서 볼 때, 식민지 말기는 아시아─세계의 패권을 장악하기 위한 헤게모니 투쟁 및 이에 대응하기 위한 지리적 상상들이 가장 첨예하게 전개되었던 시기 중 하나였다. 식민지 말기는 오족협화五族協和·팔굉일우八紘一宇라는 제국의 모토 하에 일선만몽지日鮮滿蒙支·남양南洋의 영역이 재편되어 동아 신질서를 구축해 갔던 지정학적 전환의 시기이자, 내선일체內鮮一體의 모토 하에 종족적·문화적 동일화[25]의 전략이 시행되었던 정체성 전환의 시기이기도 했다. 이러한 제국 차원의 전환들은 기존 근대 세계체제를 지배해 왔던 '유럽/아메리카' 기표에 도전하는 '동양'이라는 새로운 단일 중심성을 구축하기 위한 것이었으며, 동아시아 각 민족들로 하여금 에스닉 내셔널리즘ethnic nationalism으로부터 탈각하여 대동아라는 동역권同域圈을 상상하게끔 하는 강력한 추동력으로 작용했다.[26] 그러나 유럽/아메리카 중심성이 흔들리고 에스닉 내셔널리즘의 경계가 무화된 이후, 새로운 지역/정체성 구축의 명령을 받은 동아시아 각 민족들은 대동아라는 동역권으로 수렴되지만은 않았다. 이들은 '서양' 대 '동양'이라는 제국의 이항대립적 구도에 대한 의문을 드러내고, 하나의 구심점만을 상정하고자 하는 제국의 일원론적 정책에 대한 불신을 표명하며, 전환의 순간을 틈타 국경을 넘어 이동하거나 (제국이 원치 않는) 불특정 다수의 상대와 연대·잡거雜居함으로써 디아스포라·코즈모폴리턴 등 "복수의 분할선"에 의해 규정되는 지역/정체성의 다양한 형상들을 구현했던 것이다.[27] 이때 종족

---

25 김예림, 〈전쟁 스펙터클과 전장 실감의 동력학〉, 한국─타이완 비교문화연구회, 《전쟁이라는 문턱》, 그린비, 2010, 64쪽.
26 김기정, 〈세계자본주의체제와 동아시아 지역질서의 변동〉, 129~161쪽 참조.
27 유선영 외 엮음, 《'동아' 트라우마》, 그린비, 2013, 9~10쪽.

26 | 아시아 트러블

적·문화적 동일성을 기반으로 하여 위계적이며 폐쇄적인 지역질서를 구축하고자 했던 제국의 정책과는 달리, 근대성·자본·이데올로기 등 복수의 흐름에 의거한 식민지 조선인들의 행보는 자유주의·세계시장·프롤레타리아 국제주의 등을 기반으로 하는 수평적·다원적·혼성적인 아시아-세계질서를 추구했다는 측면에서 제국의 지정학적 전망과 전적으로 부합하지 않는 중층성을 지니고 있었음을 짐작케 한다. 이렇듯 식민지 말기라는 "기존 질서원칙과 새로운 질서원칙 간의 갈등적 공존과 경합의 시대"[28]를 틈타 제기되었던 지역/정체성에 대한 다양한 상상들은, 제국의 중심성이 종식되고 새로운 지역질서가 배태되는 해방기의 시점에 이르러, 본격적인 실현 가능성을 담지한 채 다시금 회자된다. 그렇다면 식민지 말기로부터 해방기에 이르는 기간은 유럽/아메리카 혹은 일본 제국이라는 기존 질서원칙으로부터 탈각된 이후, 1948년 단정 수립을 기점으로 냉전체제라는 새로운 질서원칙에 귀속되기까지, 조선인들이 대동아라는 제국의 지리적 기획에도 불구하고 아시아-세계의 대안적 질서 수립을 위한 복수의 지정학적 전망들을 발흥시키거나, 초국경적 이동·민족 간연대·정체성 변혁 등을 통해 그 실현 가능성을 모색했던 '예기치 않은' 정치적 틈새와 같은 시기로도 파악될 수 있다.[29]

---

28 김기정, 〈세계자본주의체제와 동아시아 지역질서의 변동〉, 129~161쪽.

29 김기정은 '유럽/아메리카'라는 "단일 중심부적 구조unicentric structure"에 대한 도전이란 일본 제국이라는 또 다른 '단일 중심'의 패권 장악으로 매끄럽게 이어지기보다는 동아시아 민족들 간에 대결과 갈등을 심화시키고, 지역체제의 파편화를 야기하며, 이로 인해 경쟁적 우위에 따른 "다중심부적 구조multicentric structure"를 발생시킴으로써 역설적으로 동아시아 각 민족으로 하여금 대안적/복수적인 지역질서의 인식 구조를 추구할 수 있도록 하는 계기가 되기도 했음을 지적한 바 있다. 김기정, 〈세계자본주의체제와 동아시아 지역질서의 변동〉, 133~136쪽. 1948년 단정 수립 이후 '아메리카-아시아' 상상 구조의 전개에 대해서는 장세진, 《상상된 아메리카와 1950년대 한국 문학의 자기 표상》, 연세대학교 대학원 국어국문학과 박사학위논문, 2007 참조.

이 책에서는 위와 같은 정치적 틈새에 위치한 해방 전/후 조선의 주체들이 '대동아'라는 제국의 균질적인 지정학적 프레임에 대응하여 지역/정체성을 상상하거나, 초국경적 이동·연대를 통해 스스로의 세계-내-입지에 대한 구성을 시도해 나갔던 경로 및 탈경계의 방식들에 초점을 맞출 것이다.[30] 이를 위해 이 책은 다음의 두 국면을 염두에 두고 논의를 전개하고자 한다.

첫째, 이 책에서는 식민지인들을 제국의 정책이나 지역/정체성 분할에 의거하여 움직이는 수동적인 대상object 혹은 신민subject으로 인식하기보다는, 개개인이 축적한 담론·체제·이데올로기를 바탕으로 제국이 규정하는 지역/정체성에 간섭함으로써 다른 식의 양식화stylization를 상상·산출할 수 있는 행위주체agent로 위치시키고자 한다.[31] 식민지 조선인들의 초국경적 이동에 관한 기존 연구들의 경우, 제국의 식민주의 정책에 의해 일본·만주 등지로 이주하여 수동적 대상으로서 존재하는 노동자들의 사례에 초점을 맞추는 경우가 많았다.[32] 이는 "서구, 메트로폴리스, 산업화와 자본의 이동에 대한 기존

30 이 글에서 논의되는 '상상'이란 "단순한 환상이나 도피, 엘리트의 소일거리나 관조"가 아닌 "사회적 실천"이자 "행위자들이 서 있는 지점과 전 지구적으로 규정된 가능성의 현상들 사이를 관계 짓는 협상의 형식"으로 볼 수 있다. 아파두라이, 차원현·채호석·배개화 옮김, 《고삐 풀린 현대성》, 현실문화연구, 2004, 58쪽 참조.

31 버틀러에 따르면, 행위주체는 제도·담론·실천 등을 창조하거나 야기하는 것이 아니라 특정 시기·맥락에 의해 반복적으로 구성된 효과로서의 정체성을 수행하는 작인作因의 면모를 띠며, 따라서 '미리 존재하는pre-existing' 실체로서의 주체 혹은 정치 체계를 통해서만 성립하고 존재하고 재생산될 수 있는 신민subject과는 구분된다. 이처럼 정체성을 다양한 사회문화적 맥락들에 의거하여 진행되는 담론적 수행의 과정으로 파악하는 관점은 개개인으로 하여금 그간 축적해왔던 맥락들을 바탕으로 당대 권력 구조에 의해 설정된 지역/정체성 노선을 각기 다르게 반복하도록 함으로써, 지역/정체성의 본질적(인 척하는) 외관을 구성적·물질적 행위들로 해체시킬 수 있는 가능성을 제공한다는 측면에서 중요하다. 주디스 버틀러, 《의미를 체현하는 육체》, 인간사랑, 김윤상 옮김, 2003, 420쪽. 사라 살리, 《주디스 버틀러의 철학과 우울》, 앨피, 2004, 34쪽. Judith butler, *Gender Trouble: Feminism and the Subversion of Identity*, Routledge, New York, 1990, p. 25, pp. 33-34.

32 1930년대 만주 개발과 경작지 개발을 위해 시행되었던 조선인들의 집단 이주 등이 대표적인 사

논의들"[33]로는 식민적 이동의 특수성을 적절히 설명할 수 없다는 문제의식에 기반을 둔 것이다. 정치·경제 등의 동기로 인하여 "더 나은 삶"을 위한 선택을 했던 타 이주자들이 "세계시민의 자유"와 "혼종성의 미덕"을 지닌 코즈모폴리턴이나 "동포 간 연대의 조직화"에 관심을 기울이는 디아스포라라는 범세계적 주체로서의 입지를 확보했다면, "제국의 인종질서에 의한 이동"이 주를 이루었던 피식민 이주자의 경우 "제국의 음지로 고립되어 존재의 안정감을 성취할 수 없었던" 수동적 타자이자 "트랜스내셔널 인류사의 예외"로서 규정될 수밖에 없다는 것이다.[34]

그러나 한편으로 식민지 내부에도 다양한 계층이 존재하며, 피식민자의 '식민적 이동' 또한 하나의 유형으로 일반화할 수 없다는 점을 상기하면 이처럼 "예외"이자 수동적 대상으로서 피식민자의 이동을 다루는 것과 관련하여 다음과 같은 문제의식에 도달하게 된다. 즉 피식민자들의 이동은 정말로 당대 이주의 역사적·세계적 흐름으로부터 유리된 특수한 사례였으며, 피식민자들의 이동을 추동한 것은 제국의 정책 혹은 착취와 억압이라는 식민주의적 심급일 뿐인가? 아울러, 피식민자들에게 공간 이동을 통해 코즈모폴리턴·민족주의적 디아스포라와 같은 초국적 주체의 입지를 확보하기란 (더불어 이를 통해 제국 등 중심부가 규정하는 피식민자의 위치로부터 스스로를 탈각시키기란) 불가능했던 것일까?

레이다. 여기에 대해서는 유선영 외 엮음, 《'동아' 트라우마》 참조.

33 유선영 외 엮음, 《'동아' 트라우마》, 25쪽.

34 Simmel은 위와 같은 코즈모폴리턴의 대표 사례로 이주 유대인을 꼽은 바 있다. 후자인 민족주의적 디아스포라의 사례로 꼽히는 것은 중국인 이주자(화교)의 사례이다. 여기에 대해서는 Simmel, *On Indivisuality and Social Forms*, ed. & trans. Donald N. Levine, Chicago & London: The Univ. of Chicago Press, 1971, pp. 143-149 참조.

피식민자의 디아스포리제이션diasporization을 도시화, 산업화, 자본의 이동과 같은 "고도의 추상적 이동성"을 구현하는 이동이 아니라 오로지 "제국의 필요에 의해 순응하거나 강제되는 이동성"[35]으로 파악하는 관점은, 우선 피식민자가 식민주의만큼이나 근대성이나 타 이념들에 의해서도 침투되는 존재였다는 점을 간과할 수 있다는 측면에서 문제가 된다. 전 지구적 차원의 이동을 추동하는 동인으로 제시되었던 도시화·산업화·자본 및 이데올로기의 확산 등은 식민지 공간과 무관하게 전개된 것이 아니었으며, 식민지라는 공간은 제국의 영토 내에 위치해 있었던 것만큼이나 "자본, 이미지, 지식, 테크놀로지" 및 "언설, 미디어, 상상력" 차원에서의 "세계적 동시성"[36]을 확보한 근대성의 영토와도 언제나–이미 겹쳐져 있었다. 식민지 공간은 제국이라는 단일 중심부의 의도가 온전히 관철되는 영역이라기보다는 타 욕망·이념들과의 경합을 통해 형성되어 가는 영역이었기에 식민지 정부 역시 제국이 규정하는 지역/정체성의 경계를 넘어 이동하는 자들에 대하여 견고한 통제력을 유지할 수는 없었으며, 이때 자유주의·세계시장·사회주의 등의 흐름은 식민주의 정책의 의도와 반드시 일치하지는 않는 방향으로 피식민자의 욕망·정체성을 주조하거나 이동을 유발하기도 했다는 점을 염두에 둘 필요가 있다.

가령 1940년대의 식민지 조선은 반서구주의·반자본주의·반개인주의·반사회주의 등을 특징으로 하는 신체제의 수립 및 경제블록의 형성을 통해 폐색된 지역질서를 영위하던 공간이었으나, 그럼에도 불구하고 제국은 적국의 사치품을 소비·향유함으로써 대동아의

35 유선영 외 엮음, 《'동아' 트라우마》, 28쪽.
36 요시미 순야, 〈제국 수도 도쿄와 모더니티의 문화정치〉, 요시미 순야 외, 《확장하는 모더니티》, 연구공간 수유+너머 '일본근대와 젠더 세미나팀' 옮김, 소명, 2007, 73~74쪽 참조.

제한된 소비 공간을 여전히 세계시장의 일부로서 위치시키고자 하는 식민지 행위주체들의 욕망을 완전히 통제할 수는 없었고, 소련·중국 공산당과의 연계를 통해 유라시아를 아우르는 '사회주의적 연대'를 수립하고자 하는 국제주의자들의 밀입국·망명 또한 완전히 저지할 수 없었다. 포이케르트의 표현을 빌리자면, "비록 나치가 공공연하게 '버터 대신에 총'을 옹호했지만 그들도 감히 인민의 빵에서 버터를 떼어내지는 못했"으며, 같은 작업장에서 일하는 "인종적 열등민"들과 연대하고자 하는 독일 노동자들의 사회주의적 신념 또한 완전히 꺾을 수는 없었던 것이다.[37] 기존 중심성에 대한 '해체' 및 '재중심화'의 작업이 추진되었던 전환기의 정치적 순간은 식민지 조선인들에게 각자가 지닌 욕망이나 이념에 의거하여 복수의 지역질서나 정체성들을 상상할 수 있도록 하는 일종의 틈새를 제공했고, 이들은 제국 내 피식민자인 동시에 경제 행위주체 혹은 정치적 망명자이기도 했던 각자의 중첩되고 교차된 세계-내-입지를 활용함으로써 제국이 규정하는 지역/정체성의 위치로부터 스스로를 탈각시킬 수 있는 잠재적 대응력을 확보했다.

둘째, 위와 같이 식민지 조선인들이 제국이 규정하는 지역/정체성의 범주에 대한 간섭이나 재再정의 양상을 초래했다는 것은 이들이 당대 지역질서로 군림했던 제국의 영토나 담론으로부터 탈출하여 "절대적 외부"[38]로서의 시선을 활용할 수 있었다는 이야기는 아니다. 만일 제국-식민지 내부에 대응이나 재정의의 가능성이 존재한다면, 그것은 바로 개개인에게 축적된 담론·이데올로기의 효과와 더불어

---

37 포이케르트, 《나치 시대의 일상사》, 김학이 옮김, 개마고원, 2003, 99, 189~210쪽.
38 푸코, 《성의 역사 1》, 이규현 옮김, 나남, 1990, 115쪽.

애초에 제국 생성의 동력으로서 상정되었던 자본 및 제국 스스로 식민지에 수출했던 계급적 불평등이라는 내부적 모순의 발현에 의거하여 형성된 것이라는 게 이 책의 입장이다. 즉, "고정된 영토와 인구의 범위 안에서 기능하는 것이 아니라 항상 자신의 경계선을 넘나들며 자신의 외부 환경을 먹어치우려 하기에" 제국주의를 건설하는 동시에 필연적으로 이를 넘어서려는 움직임을 보이게 되는 세계시장의 문제, 경제 구성체의 팽창이 야기하는 프롤레타리아들의 축적을 해결하기 위한 방편으로써 식민지에 "수출"되어 제국에 대한 잠재적 위협 요소로서 작동할 수밖에 없었던 사회주의 계급투쟁의 문제[39] 등은 이 책이 주시하고자 하는 지점들이다. 한때 자본주의/계급투쟁을 토대로 전개되었던 제국주의의 '경계 너머'를 향한 팽창적 관성慣性은 "고정된 영토와 인구의 범위 안"으로 제한될 수밖에 없었던 식민지 말기에 이르러, 역설적으로 "동아고립주의" 자체에 대한 반동反動을 형성한다는 점을 생각할 필요가 있다. 식민지 개척을 통한 확장이 한계에 이르렀고 국내 시장의 포화를 해소할 수 있는 해외 시장은 경쟁 국가들에 의해 독점된 지 오래이며, 내부적으로는 "자본주의적 생산 과정의 메커니즘에 의해 스스로 교육되고 단결한 조직 노동자 계급의 성장하는 반역"에 직면할 수밖에 없었던 식민지 말기란 19세기 후반 이래 진행되어 온 제국주의 체제가 "완성과 동시에 근저에서부터 흔들리기 시작했던 시대"[40]였음을 상기하자. 그렇다면 우리는 식민지 말기에서 해방기에 이르는 파국적 시기에 대한 관찰을 통해, 대

---

39 안토니오 네그리·마이클 하트, 《제국》, 윤수종 옮김, 이학사, 2001. 202, 302~313쪽.

40 로자 룩셈부르크, 《자본의 축적 1》, 황선길 옮김, 지식을만드는지식, 2013. 973쪽. 요시미 순야 외, 《확장하는 모더니티》, 연구공간 수유+너머 '일본근대와 젠더 세미나팀' 옮김, 소명, 2007. 73쪽.

동아라는 제국의 영토적 분할선이 공고화되는 동시에 이를 요동시키기 위한 내란內亂—트러블trouble—이 일어났던 현장을 목격할 수 있을 것이다. 따라서 이 시기 제국−식민지의 탈중심적 상상들은 개개인에게 축적된 담론·이데올로기에 의해 유발된 효과인 동시에, "역사적 몰락의 필연성"에 직면한 제국주의 자체로부터 기인한 시스템 오류의 결과물로도 파악될 필요가 있다.

제국의 '아시아'란 "문화적으로 구성된 정치적 상상의 산물"이었으며, 이러한 정치적 상상의 "식민주의적 작동" 및 "파괴적 힘의 역사"로 인하여 아시아라는 기표는 현재 "20세기 후반 이후 자본·지식·문화의 전 지구화에 대응하기 위한 지역주의적 사고를 불가능하게 하는" "퇴행적 힘"으로 작용하는 것으로 인식되기도 한다.[41] 그러나 제국의 아시아가 정말로 '상상의 공동체'일 뿐이었다면, 이러한 가상의 공동체에 대한 상상은 다른 방식으로 이루어질 수도 있을 것이다.[42] 이 책에서는 아시아−세계를 구성하기 위한 조선인들의 정치적 상상·실천들을 제시함으로써 제국에 의해 가려진 다양한 지리학적 전망들을 복원하고, 동아시아 전반에 걸쳐 유일한 지역질서이자 "세계사적 지평"[43]으로 군림하고자 했던 제국의 대동아 기획이 지닌 위상을 재고하는 한편, 제국이 그린 국경과 완전히 일치하지 않는 피식민자들의 인

---

41 유선영 외 엮음, 《동아 트라우마》, 10~11쪽.

42 김철이 지적한 바 있듯이, "모든 삶과 죽음을 '국민', '민족', '국가'의 이름으로 발화하고 환원하는 내셔널리즘의 주체화 전략"이야말로 아시아를 "식민주의의 흔적으로부터 자유롭지 못하게" 하는 원인이었다. 김철에 따르면, 국민·국가라는 정치적 범주로부터 한 발 더 나아가 "'국가'가 아닌 다른 세계에 대한 상상력을 조직화"할 때, 비로소 단일한 주체성·영토성의 속박에 국한되지 않는 "다양하고 복합적인 존재의 가능성"을 초래할 수 있다고 한다. 여기에 대해서는 김철, 〈"결여"로서의 국(문)학〉, 《사이》 1권, 2006.

43 김예림, 〈'동아'라는 시뮬라크르 혹은 그 접속자들의 문화 이념: 1930년대 후반 최재서·백철의 문화론을 중심으로〉, 《상허학보》 제9권 3호, 2008, 328~329쪽.

식 지도cognitive map[44]에 대한 분석을 통해 식민지 조선인들이 제국에 의
해 규정된 지역/정체성에 대한 무/의식적인 재정의를 초래한 바 있음
을 밝힐 것이다. 이 책에서는 이를 통해 궁극적으로, 우리를 끝없이
식민지를 향해 퇴행시키던 '동아東亞'라는 과거의 트라우마 및 "파괴적
힘의 역사"를 되새기는 것에 그치지 않고, 현재의 아시아를 새로이 구
상할 수 있도록 하는 하나의 사례를 찾을 수 있기를 희망한다.

---

44 프레드릭 제임슨의 '인식 지도' 개념은 개인이 지역과 세계를 어떻게 분절하는지를 보여 주는 모
델이자 개개인이 지닌 정치적 무의식을 보여 주는 메타포이다. 프레드릭 제임슨, 《지정학적 미
학》, 조성훈 옮김, 현대미학사, 2007, 13쪽 참조.

3. 아시아 연구의 흐름과 공간 사유의 방식들

식민지 말기로부터 해방 직후에 이르기까지, 조선인들의 아시아 상상에 함의된 탈중심적 층위를 고찰한다는 이 책의 주제의식을 더 선명히 하기 위해, 이 절에서는 다음 세 가지 분류와 관련하여 최근 아시아 연구의 흐름들을 검토해 볼 것이다. 즉, 1) 대동아공영권을 둘러싼 제국의 아시아 담론 및 기획을 다룬 연구, 2) 초국경적 이동 및 공간의 교차성에 의거한 식민지인들의 지역/정체성 형성 과정을 다룬 연구, 3) 문학작품 내에 제시된 지역/정체성 표상을 통해 아시아의 문화지리를 읽어 내고자 하는 연구이다. 이 책은 제국에 의해 구획된 동아시아 지역질서의 바깥으로 흘러나가는 조선인들의 상상·실천들을 재조명하고, 이를 통해 제국의 단일 질서 내부로 전적으로 수렴되지 않는 문화지리적 전망들을 가시화하고자 하는 목적을 지닌다. 따라서 제국이 어떠한 사상·정책·의도를 통해 지역질서를 구축하고자 했으며 당시 제국—식민지인들은 실질적으로 어떠한 지역/정체성을 영위하고 있었는가, 나아가 당대 축적된 이동·산포의 궤적 및 정체성 구성의 경험들이 문학작품 내에서 어떻게 형상화되었는가를 살펴보는 것은 이 책이 필수적으로 거쳐야 할 과정이라 할 수 있다.

첫 번째로 대동아공영권을 둘러싼 제국의 아시아 담론 및 기획을 다룬 연구의 대표적 사례로는 김경일, 임성모의 작업을 들 수 있다. 아시아라는 지역/정체성이 본격적으로 문제시되었던 것은 지정학geopolitics의 개념이 제국에 도입되기 시작한 1920년대 이후부터이다. 김경일은 이 시기 제국의 지역적 공간에 대한 관심이 서구 제국주의·인종주의 및 영·미 헤게모니 블록에 대항하는 반反서구적 지역공동체의 구상이라는 취지에서 촉발된 것임을 언급한 바 있다.[45] 당시 일본에 도입되었던 카를 하우스호퍼Karl Haushofer의 지정학 개념은 나치 독일의 '정책과학'적 면모를 띤 것이었는데, 이는 일본의 아시아 담론·기획 또한 나치 독일의 경우와 마찬가지로 "총력제국 탄생의 이론적 기반"[46]이라는 맥락 하에 평가되리라는 사실을 예고하는 것이다. 실제로 임성모는 전시 체제 당시 제기되었던 아시아 담론/기획들이 대부분 "일본의 대륙 침략행위의 이데올로기적 미화"로 인식된 바 있음을 언급한다.[47] 이는 당대 아시아 담론·기획들이 대체로 '아시아의 헤게모니를 장악하기 위한 수단으로써 균질적인 지역공동체의 구상'이라는 제국의 단일한 의도나 정책의 일환으로 파악되어 왔음을 드러내는 것이다. 이 경우 식민지 시기의 아시아 담론은 자칫 "제국의 아시아"[48]에 국한된 것으로 인식될 수 있으며, 식민지인들은 제국의 정책에 복무하거나 억압당하는 수동적 존재로 위치하게 된다는 한계를 지닌다.

그러나 대동아공영권에 관한 기존 논의들이 위와 같이 제국의 아시아 담론·기획이 지닌 정책적이며 이데올로기적인 측면에 주로 초점을 맞추고 있었다면,[49] 김경일·임성모는 제국의 아시아 담론 내부에 이미 다양한 스펙트럼과 균열이 존재하고 있었으며 이것이 단일 이데올로기로 수렴되기보다는 개개인에게 축적된 이념·사상들 간의

45 김경일, 〈대동아공영권의 '이념'과 아시아의 정체성〉, 백영서 외, 《동아시아의 지역질서》, 2005, 244쪽.
46 이석원, 〈대동아 공간의 창출−전시기 일본의 지정학과 공간담론〉, 《역사문제연구》 제19호, 2008, 272~275쪽.
47 임성모, 〈동아협동체론과 '신질서'의 임계〉, 169쪽.
48 유선영·차승기 엮음, 《동아' 트라우마》, 11쪽.
49 여기에 대해서는 榮澤幸二, 《大東亞共榮圈の思想》, 講談社現代新書, 1994, 北河賢三, 戰爭と知識人, 山川出版社, 2003 등 참조.

충돌에 의거하여 유동적인 장을 형성했음을 밝히고 있다는 측면에서 의의를 지닌다. 김경일·임성모는 제국의 연속적인 아시아 정책을 구성하는 두 축으로 파악되어 왔던 동아신질서론(1938)과 대동아공영권(1940) 사이에 기실 일정한 간극이 있었음을 입증한 바 있다. 즉, 당시 동아신질서론의 주요 담론으로 대두되었던 동아협동체론이나 동아연맹론은 "황국의 주권을 회명晦冥할 우려가 있는" "일본 해소의 사상"을 제기함으로써 "당대 파시즘·제국주의에 대한 '저항'으로서의 측면을 내포"하는 양의적 성격을 띠고 있었다는 것이다.[50] 특히 임성모는 사회주의적 혁신론자였던 오자키 호츠미尾崎秀実의 사례를 들어, 동아협동체론이 "소련과, 자본주의 기구를 이탈한 일본, 그리고 공산당이 완전히 헤게모니를 장악한 상태의 중국, 이 세 민족의 긴밀한 제휴 원조 및 결합"을 중핵으로 하여 "인도·버마·타이·인도네시아·베트남·필리핀·몽골·회교·조선·만주 등 제 민족의 민족공동체 확립"을 지향하는 유라시아 지역공동체의 구상을 선보였다는 사실을 제시한다.[51]

이는 일견 단일해 보이는 제국의 아시아 기획 내부에서도 실은 좌/우 이념에 의거한 각기 다른 아시아의 담론들이 엇갈리고 있었음을 드러낸다. 이러한 엇갈림이 야기하는 제국 내부의 사상적 균열은 대동아공영권이 담지하는 고유한 입지에 대한 비판적 시각을 가능케 하는 한편, 또 다른 '아시아' 범주의 가능성을 제기함으로써 제국—식민지인들로 하여금 사상적 틈입이나 의도된 오독誤讀, 전유 등의 방

50 김경일, 〈대동아공영권의 '이념'과 아시아의 정체성〉, 222~223쪽. 임성모, 〈동아협동체론과 '신질서'의 임계〉, 170쪽 참조. 김경일은 이러한 저항적 측면으로 인하여 동아협동체론이나 동아연맹론 등 좌파 계열의 논의가 "공식적으로 채택되지 않았을 뿐 아니라 일본 정부에서 오히려 억압하려는 자세가 있었음"을 언급한 바 있다.
51 임성모, 〈동아협동체론과 '신질서'의 임계〉, 192쪽.

식을 통해 "일본이 설치한 무대의 수동적 배역에 머무르려고만 하지 않는"[52] 수행성을 선보이는 기반이 되었다는 측면에서 의미가 있다.[53]

두 번째로, 초국경적 이동 및 공간의 교차성에 의거한 식민지인들의 지역/정체성 형성 과정을 다룬 연구의 대표적 사례로는 까오유엔(高媛)과 테사 모리스-스즈키Tessa Morris-Suzuki의 작업을 들 수 있다. 앞서 언급했다시피 식민지인들을 제국의 아시아 정책에 복무하는 수동적 존재가 아닌, "일본이 설치한 무대"를 배경으로 그간 축적한 이념·사상·언어 등을 수행하는 행위주체적 존재로 파악하는 관점은 이들의 지역/정체성 형성 과정을 검토할 때에도 유용한 시사점을 제공한다. 이 시기 일본이 연출한 대동아라는 무대가 얼마나 정교하게 기획되었는지에 대해서는 우선 까오유엔 및 김수림의 논의를 참조할 수 있다. 이들에 따르면 일본은 만주나 하얼빈 등의 식민지 공간을 제국이 지닌 초영역적 권력을 전시·상연하기 위한 일종의 "야외극장"으로 구성한 바 있다. 이때 식민지인들은 내지 관광객들에게 제국의 "낙토" 건설을 실연實演해 보이거나 하얼빈이라는 유럽의 영역까지 자국의 영토로 확보한 제국의 무대에 압도·포섭됨으로써 제국

---

52 김경일, 〈대동아공영권의 '이념'과 아시아의 정체성〉, 244쪽.
53 실제로 동아협동체론과 동아연맹론은 위와 같은 측면으로 인하여 식민지 조선의 좌파 지식인들에게 상당한 호응을 자아낸 바 있다. 정종현에 따르면 "연맹론과 협동체론의 담론 구조에는 '민족적 자립'의 계기가 내장되어 있었던 것이 사실이며(동아연맹론의 경우 "조선의 독립을 부추긴다"는 이유로 도조 히데키를 중심으로 한 군부에게 탄압을 받은 바 있다), 식민지 지식인들은 이러한 제국 이데올로기의 틈새를 포착"했다고 한다. 다시 말해 식민지 지식인들은 "제국의 헤게모니 담론이 상충하고 모순되는 지점에서 발화"하며, 이때 "식민지 지식인들이 개입하고 발화한 장소"란 바로 "제국의 이데올로기와 제국이 제시하는 유토피아 사이의 간극"이라는 것이다. 협동체론에 공명한 식민지 조선의 대표 논자로는 인정식印貞植, 김명식金明植, 서인식徐寅植, 박치우朴致祐, 차재정車載貞 등 서구 철학·정치학·경제학을 전공한 중견 마르크스주의자들을 들 수 있으며, 동아연맹론에 공명한 대표 논자로는 전향 사회주의자였던 강영석姜永錫 등이 있다. 여기에 대해서는 정종현, 《동양론과 식민지 조선문학》, 창비, 2011, 84~129쪽. 차승기, 〈추상과 과잉—중일전쟁기 제국/식민지의 사상연쇄와 담론정치학〉, 《상허학보》 21집, 2007 참조.

의 판타지에 복무하는 모습으로 그려지고 있다고 한다.[54] 이처럼 연출의 주체이자 식민지 공간을 구성하는 "힘의 근거"를 제국으로 상정하는 입장은 아시아 내 식민지인들의 이동성이나 지역/정체성 또한 "제국이 부여하는 주소" 및 "제국의 테크놀로지"에 의거할 때에만 영위 가능한 것으로 인식할 수 있다는 측면에서 문제가 된다.[55]

그러나 까오유엔이 지적한 바 있듯이, 식민지를 배경으로 펼쳐지는 대동아라는 무대는 제국의 국책적 의도 이외에도 유흥, 관광, 자본 등의 흐름이 끊임없이 개입하고 충돌하는 일종의 교차점과 같은 성격을 띠기도 했다는 점을 염두에 둘 필요가 있다. 가령 러일전쟁·만주사변의 유적지를 관람시킴으로써 "일본정신"이나 "서구에 대한 승리"를 선전하고자 했던 제국의 의도와는 달리, 토속적인 "만주정

---

54 전자에 대해서는 까오유엔(高媛), 〈낙토를 달리는 관광버스-1930년대 '만주' 도시와 제국의 드라마투르기〉, 요시미 순야 외, 앞의 책. 후자에 대해서는 김수림, 〈제국과 유럽: 삶의 장소, 초극의 장소〉,《상허학보》 23집, 2008 참조.

55 김수림은 최명익의 〈심문〉에 대한 분석을 통해 피식민자의 이동성은 제국에 등록된 '주소지'를 바탕으로 하는 '신원' 및 '만철'이라는 제국의 테크놀로지에 의거할 때에만 가능했던 것임을 논의한 바 있다. 그러나 후술하는 내용에서 알 수 있듯이, '만철'을 타고 간 피식민자들이라 하더라도 목적지에 도착한 이후에는 뿔뿔이 흩어져 각자의 길을 갔을 것이다. 아울러 〈심문〉에 대한 분석에서 드러난 바 있듯이 제국이 안겨 준 러시아 여성에 취해 제국-기계의 일부로 동화되어 버린 듯한 피식민자들이라 하더라도, 호복/기모노를 입은 "양녀"라는 제국의 상품/알레고리에 싫증이 난 이후에는 또 다른 상품을 찾기 위해 제국의 '외부' 시장으로 눈길을 돌렸을 것이다. 더구나 오늘 호복/기모노를 입은 채 제국의 상품/알레고리 역할을 충실히 수행하는 듯했던 "양녀"들이라 하더라도, 내일이 되면 양장을 걸친 채 구미의 상품/알레고리 행세를 할 가능성을 배제할 수는 없는 것이다. 김수림은 제국이 자신의 생존권 내에 위치한 피식민자들에게 "양녀들"로 표상되는 유럽의 상품/알레고리를 제공함으로써 그 '외부'를 환기하지 않고서도 세계에 접촉할 수 있게끔 안배했다고 기술한 바 있다. 그러나 이러한 노력에도 불구하고, 제국이 피식민자들에게 이들이 원했던 모든 "세계"를 제공해 주는 시장이 될 수는 없다. 아울러 제국이 제공하는 수단에 의거할 때에만 이동할 수 있게끔 피식민자들을 통제했다 하더라도, 행선지에 도착한 이들의 이후 행적이나 내면적 욕망까지 전부 추적할 수는 없는 것이다. 다시 말해 완전한 '저항'이 존재하지 않듯이 완전한 '통제' 또한 존재하지 않으며, 제국이 상품/알레고리에 의거하여 피식민자들에게 접근하는 한, 제국은 또 다른 상품/알레고리를 통해 피식민자들을 유혹해 내고자 하는 '외부' 담론들과 여전히 경쟁 관계에 놓일 수밖에 없다. 김수림, 〈제국과 유럽: 삶의 장소, 초극의 장소〉, 168~176쪽 참조.

서"를 맛보고자 무질서한 노천시장으로 향했던 본토 관광객들의 행보는 "제국의 테크놀로지"에 의거하여 이동하는 이들의 동인動因이 기실 애국이 아닌 유흥이나 소비, 향락에 있었음을 드러낸다.[56] 아울러 제국에 의해 "불행한 '망국의 백성'으로서 연기"할 것을 요청받았으나, 그저 "기계처럼 걸어와 앞에 따악 버티고 설 뿐인" 백계 러시아인 웨이트리스[57]의 형상은 이들이 현지에서 마주하게 되는 풍경 또한 제국이 부여하는 주소나 정체성으로부터 일정 부분 비켜 서 있었음을 시사하는 것이다.

테사 모리스-스즈키가 주목하고 있는 것 또한 이러한 양의적 측면이다. 테사 모리스-스즈키는 제국에 의해 새로이 구획되고 개발된 식민지/이주지인 카라후토(남 사할린)의 사례를 들어 "식민지 유토피아"를 건설하고자 했던 제국의 시도가 있었던 한편으로 중앙 정부와 식민지 정부의 충돌, 식민지 정부와 현지 기업 간의 충돌, 영구 이주를 장려했던 중앙 정부의 취지와는 달리 뜨내기나 불법 체류자들이 많았던 현실 등이 오히려 제국의 의도를 분열시키는 측면도 있었음을 지적한다. 가령 카라후토에서는 국경을 통제하려는 식민지 정부의 노력에도 불구하고 경제적 이득을 노린 무인가 중국인 상인들의 월경越境이 끊이지 않았으며, 노동을 위해 카라후토로 이주했던 식민지인들은 계약이 끝나면 제국의 의도나 정책과는 상관없이 중국이나 만주, 내지 등으로 뿔뿔이 흩어져 이동했다는 것이다.[58] 카라후토라는 식민지 공간은 제국이 애초에 원했던 대로 "모국의 미풍을 계승"

56 까오유엔(高媛), 〈낙토를 달리는 관광버스―1930년대 '만주' 도시와 제국의 드라마투르기〉, 232~236쪽 참조.
57 정지용, 〈오룡배 3〉, 《정지용전집 2》, 민음사, 1991, 94쪽.
58 테사 모리스-스즈키, 〈식민주의와 이주〉, 208쪽.

하는 "우리들의 고향, 자손의 낙원지"[59]라는 단일한 이미지로 연출되기보다는 제국의 식민지화로 인하여 촉발된 "여러 방향의 흐름이 모이는 합류 지점"으로 남을 수밖에 없었다. 이때 관광·자본 등 복수의 흐름에 의해 형성된 카라후토라는 공간을 통해 입증할 수 있었던 것은 제국이 지닌 초영역적 패권이나 공간에 대한 장악력이 아니라, 경계 내·외부로 교차하고 산포하는 욕망이나 이동성에 대해 제국이 드러낼 수밖에 없었던 통제의 허술함이었다. 테사 모리스-스즈키의 표현을 빌리자면, 제국의 대동아가 "다방면으로 횡단·교차하는 복합적 흐름의 일부"인 한 "조선, 타이완, 만주국, 카라후토, 그 어느 곳에서도 '새로운 일본'이 매끈하게 만들어지지는 않았"던 것이다.[60] 피식민자들은 이러한 제국의 들쭉날쭉함을 틈타 각각의 동기를 지닌 채 이동을 결정했고, 제국의 의도에 의해 좌우되기보다는 1930년 일본 아이치 현의 산신三信 철도 파업에서 볼 수 있듯이 오히려 현지에서의 연대를 통해 내지의 규율에 도전하기도 하는 '욕망의 발화자'이자 이념적 주체로서 제국의 무대에 개입했다.[61]

세 번째로, 문학작품 내에 제시된 초국경적 이동 및 지역/정체성 표상을 통해 1930~40년대 아시아-세계를 둘러싼 문화지리를 읽어

---

59 테사 모리스-스즈키, 〈식민주의와 이주〉, 191쪽.

60 테사 모리스-스즈키, 〈식민주의와 이주〉, 185, 204~208쪽.

61 아이치 현에서 일어난 재일 조선인들의 '산신 쟁의'는 조선인과 일본인 노동운동 모두에게 큰 영향을 끼쳤던 사례로, 당시 재일 조선인들은 파업 위원회를 조직하여 조선인 노동자들에 대한 착취 및 불평등한 대우에 대해 항의하는 한편 일본인 노조와 연대함으로써 임금 지불 요구에 대한 승소를 이끌어내었다. 켄 카와시마에 따르면 이러한 산신 파업의 승리는 "수직적 위계질서 구조를 파괴하고, 이 구조가 수평적이고 횡단적 연결 구조로 대체될 수 있음을 보여" 주는 한편, "조선인 노동자 착취에 대한 사회적·경제적 우회로를 만들었다"는 측면에서 의의를 지닌다고 한다. 이에 대해서는 켄 카와시마Ken Kawashima, 〈상품화, 불확정성, 그리고 중간착취─전간기 일본의 막노동시장에서의 조선인 노동자들의 투쟁〉, 헨리 임, 곽준혁 편, 《근대성의 역설》, 후마니타스, 2009. 188~194쪽 참조.

내고자 하는 연구의 대표적 사례로는 정종현, 이경훈, 김미란의 작업을 들 수 있다. 국문학 분야에서는 대동아공영권으로 인한 지역/정체성의 재편 및 그에 따른 이동에 의거하여 형성된 피식민 주체성에 대한 연구가 만주를 중심으로 특히 활발하게 진행된 바 있다.[62] 우선 정종현은 "종족적 정체성은 조선인, 거주지는 중국, 국적은 중국 혹은 일본을 선택해야 하는 삼중의 정체성의 경계"에 놓였던 만주 내 조선인들의 "트랜스내셔널한 경험"을 조명하며, 이들의 눈에 비친 만주는 "동아신질서 구상의 구심점"이자 "의사–제국적 주체"로 "신생新生"하게 하는 "복지福地"였던 것만큼이나 제국 이데올로기가 지닌 '균열'을 발견, 성토하거나 혹은 (독립국을 표방하는) 만주국의 구성 민족으로서 "내선일체"라는 제국의 동일화 명령으로부터 어느 정도 비켜 선 "해방감"을 누릴 수 있었던 장소로 그려진 바 있음을 제시한다.[63] 이처럼 제국에 의해 재편된 아시아 공간이 지닌 초국적이며 탈중심적인 맥락들을 읽어 내고자 하는 시도는 이경훈과 김미란의 작업으로 이어진다. 이경훈과 김미란은 식민지 말기 이효석의 작품을 통해 '구라파주의'를 검토함으로써 기존 논의에서 제시된 바

62 이와 관련된 연구로는 김철, 〈몰락하는 신생新生, '만주'의 꿈과 농군의 오독誤讀〉, 《상허학보》, 2002. 한수영, 〈만주의 문학사적 표상과 〈북간도〉에 나타난 '이산'의 문제〉, 《상허학보》, 2003. 이경훈, 〈만주와 친일 로맨티시즘〉, 《한국근대문학연구》, 2003. 이경훈, 〈아편의 시대 아편쟁이의 시대〉, 《사이》, 2008. 김려실, 〈인터/내셔널리즘과 만주〉, 《상허학보》, 2004. 정종현, 〈딱지본 대중소설에 나타난 '만주' 표상〉, 《한국문학연구》, 2007. 김미란, 〈만주, 혹은 자치에 대한 상상력과 안수길 문학〉, 《상허학보》, 2009. 동국대학교 문화학술원 한국문학 저, 《제국의 지리학 만주라는 경계》, 동국대학교출판부, 2010 등 참조. 국문학계의 경우 만주라는 공간을 둘러싼 연구들은 그간 활발했던 반면, 만주 이외의 '대동아' 공간(지나, 몽고, 남양 등)에 대한 연구는 상대적으로 적어 이 부분은 보완되어야 할 필요가 있다. 만주 이외의 '대동아' 공간을 다룬 연구로는 권명아, 《역사적 파시즘》, 책세상, 2005. 오태영, 〈남양(南洋)' 표상과 지정학적 상상력〉, 《한국문학이론과 비평》 13권 2호 제43집, 2009.6. 《동아시아 지역주의와 조선 로컬리티–식민지 후반기 여행 텍스트를 중심으로》, 동국대학교 국어국문학과 대학원 박사학위논문, 2011 등 참조.
63 정종현, 〈근대문학에 나타난 〈만주〉 표상〉, 《한국문학연구》 28, 2005. 229, 244~245쪽.

있듯이 "제국 일본의 공간 담론 안에서 재정위된 서구에 대한 욕망"을 읽어 내기보다는, "제국의 지리적 상상 안에 들어와 있는 제국의 장소"로서의 하얼빈을 재전유·재맥락화함으로써 "제국의 표상 방식에 흠집"을 내고자 했던 일련의 시도들이 있었음을 언급한다.[64] 이들의 논의에 따르면 이효석의 작품 내에 등장하는 피식민 주체는 "만철"과 "투어리스트 뷰어로"로 대표되는 제국의 시스템에 의거하여 만주로 향했다는 측면에서 일견 제국의 공간 담론을 승인한 것으로 볼 수 있으나, 이처럼 제국에 의거하여 만주로 향했던 발길을 제국의 중심성을 향해 되돌리기보다는 결국 어느 곳에도 귀속되지 않는 "방랑객"의 입지로 남는다는 측면에서,[65] 혹은 아시아의 한 장소였던 하얼빈을 유럽의 일부로 인식하는 "의도적인 역사의 오독"을 범하고 문명 대 야만의 구도를 전복시켜 제국 일본에 야만의 딱지를 부여하고 있다는 측면에서[66] 제국의 중심성으로부터 이탈하는 지정학적 상상을 드러내는 것으로 평가될 수 있다고 한다.

위와 같은 연구의 성과들과 더불어, 이효석의 작품에 등장하는 피식민 주체는 "국가를 갖지 않은 자는 자기와 타자를 스스로 규정할

---

64 이경훈, 〈식민지와 관광지-만주라는 근대 극장〉, 《사이》 6권, 2009. 김미란, 〈감각의 순례와 중심의 재정위: 여행자 이효석과 '국제 도시' 하얼빈의 시공간 재구성〉, 《상허학보》 38집, 2013.6, 185~187쪽. 방민호는 이와 유사한 맥락에서 이효석의 〈풀잎〉(1942)이 "대동아주의 대신에 코스모폴리타니즘을 주장한 소설"이라고 언급한 바 있으며, 김재영은 이효석이 '미의식'으로 표상되는 보편주의를 전략적으로 내세움으로써 "사회주의든 대동아주의든, 지나간 또는 진행되는 어떤 현실적 프로그램에도 완전히는 포섭되지 않는 일탈을 만들어 내고, 그런 점에서 그 자체로 하나의 질문이 될 수 있"다는 분석을 제시한 바 있다. 방민호, 〈자연과 자연 쪽에서 조망한 사회와 역사: 이효석 소설에 나타난 공간의 새로운 음미〉, 《분화와 심화: 어둠 속의 풍경들》, 민음사, 2007. 336쪽. 김재영, 〈'구라파주의'의 형식으로서의 소설〉, 《현대문학의 연구》 46호, 2012.2. 337~338쪽.

65 이경훈, 〈식민지와 관광지-만주라는 근대 극장〉, 84~105쪽.

66 김미란, 〈감각의 순례와 중심의 재정위: 여행자 이효석과 '국제 도시' 하얼빈의 시공간 재구성〉, 193~203쪽.

능력을 얻지 못한다"는 측면에서 세계의 인지 불가능성으로 귀결되는 것으로 인식되기도 하지만,[67] 정말로 "서양이든 동양이든 어느 곳도 중심에 놓지 않고 (아시아 혹은) 세계를 사유하는 방법"[68]은 식민지 조선인들에게는 불가능했던 것일까? 그러나 국가나 국적만이 자아 정체성을 규정하는 기준이 되는 것은 아닐 것이며, 또한 인간이 하나의 중심에 근거한 단일한 정체성만을 항상 영위하게 되는 것은 아닐 것이다. 식민지 정체성의 구축은 중심부와 식민지 사이의 경계의 고정성에 의존하는 것[69]이라고 하나, 앞서 검토한 바 있듯이 이러한 경계가 지닌 고정성 자체가 이미 자명한 것이 아님이 밝혀지고 있으며 단일한 '중심'으로서의 대동아 또한 이미 그 자체로 지정학적 상상에 대한 복수의 판본들을 내포하고 있었다는 점이 드러나고 있기 때문이다.

 문학에 나타난 피식민 주체의 행보에 대한 고찰이 "식민지 시기 조선의 지식인들이 펼친 사유의 지평이 갖는 근본적인 한계"를 가늠해 보기 위한 것이라면,[70] 이제 우리가 해야 할 일은 제국 중심부로의 귀환 대신 "방랑"을 선택했던 식민지 주체들의 상상 및 여정에 천착함으로써 이들이 펼친 사유의 범위 및 지평을 좀 더 폭넓게 규명하고 그 한계와 가능성을 시험해 보는 일이 될 것이다. 이를 위해 이 책은 앞서 살펴보았던 선행 연구들의 방법론과 성과를 충실히 계승하는 한편, 1930~40년대에 발표된 문학작품들을 통해 아시아-세계를 가

67 김수림, 〈제국과 유럽: 삶의 장소, 초극의 장소〉, 1장 참조.
68 김미란, 〈감각의 순례와 중심의 재정위: 여행자 이효석과 '국제 도시' 하얼빈의 시공간 재구성〉, 214쪽.
69 안토니오 네그리·마이클 하트, 《제국》, 177쪽.
70 김미란, 〈감각의 순례와 중심의 재정위: 여행자 이효석과 '국제 도시' 하얼빈의 시공간 재구성〉, 214쪽.

로지르고, 통과하고, 초월하고자 했던 "방랑객"들의 여행 루트를 보다 본격적으로 추적해 보고자 한다. 이들의 여정은 만주라는 공간에만 국한되지 않을 것이며, 이들의 방랑 또한 해방 후 시점에 이르기까지 다양한 형태로 지속되어 끊임없이 그려지고, 지워지고, 덧씌워지는 과정—중에 있었던 당대 아시아 지도의 재—규정 가능성을 드러내게 될 것이다.

4. 논의의 방법 및 대상

동역권·동일화의 명령에 의해 휩쓸렸던 식민지 말기의 총력전 체제를 생각할 때, 1930~1940년대는 일견 제국이라는 총체성을 향해 모든 것들이 수렴되던 시기이자 파시즘이라는 전체주의 운동에 의해 그려졌던 단일한 시공時空인 것처럼 보일 수 있다. 그러나 "총체화, 전체화, 통일화는 다양체 속에서 생산되고 출현하는 과정들일 뿐"[71]이라는 들뢰즈·가타리의 언급을 상기할 때, 제국의 "보편사"란 어디까지나 제국이 아닌 다른 흐름들과의 길항에 의해 우발적으로 형성되는 것이며, 제국의 운동에 의해 그려지는 대동아의 총체적 시공간은 기실 복합적인 다양체의 움직임들에 의해 구성되는 과정-중에 놓인 더 넓은 지도의 일부인 것이다. 그렇다면 식민지 말기에서 해방 직후에 이르기까지 아시아-세계의 상상적 지형도를 충실히 복원하려는 이 책의 시도에서, 중요한 것은 제국주의·전체주의 운동과 공존하거나 경합했던 동시대의 다른 흐름들을 선별해 내는 것, 그리고 이러한 흐름들의 궤적을 추적함으로써 당시 생산되고 출현했던 아시아-세계의 다양한multiple 지형들을 좀 더 폭넓게 가시화하는 것이 될 것이다. 이 책에서는 이를 위해 들뢰즈·가타리의 리좀Rhyzome 모델을 활용하고자 하며, 제국과는 상이한 아시아-세계를 구상하게끔 했던 대표적인 흐름으로서 근대 자본의 팽창 및 사회주의라는 두 가지 움직임을 포착하고자 한다.

들뢰즈·가타리는 "생물학, 해부학, 인식 형이상학, 신학, 존재론,

---

71 들뢰즈·가타리, 《천 개의 고원》, 4~5쪽.

모든 철학"에 이르기까지 서구 근대 전반을 지배해 왔던 사유의 체계를 "나무 모델"로 명명한 후, 이에 대한 탈중심적 개념으로서 "리좀 모델"을 제시한 바 있다. 리좀은 나무 모델에 대한 부정을 통해 얻어지는 것으로, 위계적 체계로서 "의미생성과 주체화의 중심"을 포함하고 상위의 통일성으로부터만 정보를 받아들이며, 미리 설정된 연결들을 통해서만 주체의 직무를 받아들이는 "중앙 심급" 위주의 나무 모델을 벗어나 구근이나 덩이줄기, 혹은 쥐가 사는 굴과 같이 "매우 잡다한 코드화 양태"를 띤 "내재적 과정"이자 수평적인 "결연 관계"로의 이행을 의도하는 것이다.[72] 식민지 말기 아시아 담론들을 "제국의 아시아"로 환원될 수밖에 없는 것으로 파악했던 기존 연구들이 이 시기를 제국이라는 중앙 심급에 의해 구축되는 위계적이며 통일적인 체계로 포착하고자 했다면, 이 책은 "하나의 질서를 고정시키는" 제국의 체계로부터 벗어나 각자의 덩굴을 뻗으며 불특정 다수의 지점들과 "연결접속"을 시도했던 아시아 담론들의 "변이, 팽창"에 주목함으로써 이 시기를 아시아의 행위주체들이 자신의 고유한 위계를 구상하고 여러 욕망·이데올로기들과의 교차를 시도하며, 이를 통해 나름의 지도를 스케치해 갔던 다방면의 흐름들로 포착하고자 한다.[73] 이러한 방법론의 설정은 1930~1940년대가 실제로 일원론적 근대성에 대한 해체 내지는 초극을 기반으로 하여 구축된 다중심부적multicentric 시기였음을 생각할 때 보다 유의미한 것이다.

한편, 그렇다면 식민지의 각 집단/행위주체들로 하여금 "단일 중심부적 구조"의 해체 하에 실질적으로 덩굴을 뻗어 결연하게 하고,

72 들뢰즈·가타리, 《천 개의 고원》, 11~55쪽 참조.
73 들뢰즈·가타리, 《천 개의 고원》, 19, 47쪽.

각자의 아시아/세계 지도를 구상하게끔 하는 동력으로 작용했던 전체주의 이외의 흐름들이란 대체 무엇이었는가? 앞서 언급했다시피 식민지 공간 내부에 대응이나 변혁, 초극의 가능성이 존재한다면, 그것은 바로 식민 제국이 성립되기 위하여 체제 자체에 포함시킬 수밖에 없었던 내부적 모순이나 양가성으로부터 파생된 것이라는 게 이 책의 입장이다. 안토니오 네그리·마이클 하트는 이처럼 제국을 요동시키거나 초월하게끔 하는 내부적 요인으로서 근대 자본과 사회주의라는 두 가지 요소를 지목한 바 있다.[74]

우선 근대 자본의 경우, 통념적으로 알려져 있다시피 일정 시점에 이르기까지 제국의 팽창과 궤도를 함께 했다는 점은 자명하다. 가령 마르크스는 국가권력 및 식민지제도야말로 "자본집적의 강력한 지렛대"[75]라는 점을 밝힌 바 있거니와, 로자 룩셈부르크는 제국주의가 "아직도 비자본주의적 환경을 가진 세계의 나머지를 독차지하려고 경쟁하는 자본 축적 과정의 정치적 표현"임을 지적했던 것이다.[76] 즉, 자본은 "잉여가치의 판매 시장으로서, 생산 수단의 공급처로서 그리고 임금 체제를 위한 노동력 저장소로서 '비자본주의적 (외부) 환경/

74 《제국》의 서문에 기술된 바 있듯이, 네그리·하트는 "제국empire이란 용어를 현재의 전 지구적 질서를 지칭하기 위해 사용하며, 제국주의imperialism라는 용어와 대비하여 사용한다." 다시 말해 네그리·하트가 지칭하는 현대적 의미의 '제국'은 미국 등 선진국가의 자본·군사·정치적 네트워크가 전 지구를 장악해 가는 양상을 포착하는 데 초점이 맞추어져 있으며, 근대 초반에 형성되었던 제국주의와는 대비적 의미를 지닌다는 것이다. 이러한 용어의 차이로 인한 혼란을 방지하기 위해, 식민지시기를 다룬 이 책의 초점은 현대의 '제국'이 아닌 근대 초반의 '제국주의'에 맞추어져 있으며, 본 논문에서 활용되는 네그리·하트의 논의 또한 '제국주의'에 대한 분석에 한정된 것이라는 점을 밝혀 둔다. 아울러 본 연구에서 언급되는 '제국'은 현대적 의미의 제국과는 구분되는, 근대 초반의 일본 제국을 지칭하는 것이라는 점 또한 밝힌다. 여기에 대해서는 윤수종, 《네그리·하트의 《제국》·《다중》·《공통체》, 읽기》, 세창미디어, 2014. 서문 참조.
75 카를 마르크스, 〈자본론〉 제24장, 《경제학·철학초고/자본론/공산당선언/철학의 빈곤》, 김문현 옮김, 동서문화사, 1994. 316쪽.
76 로자 룩셈부르크, 《자본의 축적 2》, 황선길 옮김, 지식을만드는지식, 2013. 732쪽.

사회계층'[77]을 필요로 한다는 측면에서, 식민 제국과 동일한 이해관계를 공유하고 있었다. 따라서 식민지 조선의 자본주의 및 소비시장에 대해 접근할 때 제국의 국민경제학nationalökonomie[78]적 관점을 고려해야 하는 이유 또한 이러한 맥락 하에 이해할 수 있다.

그러나 자본의 팽창은 제국 형성의 공모자와 같은 입지를 지니고 있었음에도 불구하고, 일정 시점이 지나면 오히려 제국의 체제가 지닌 모순을 가시화하거나 제국의 지정학적 배치를 요동치게 만드는 결과를 초래한다는 점을 고려해야 한다. 이는 자본이 지닌 파괴적이며 세계 지향적인 속성으로부터 기인한다. 그간 많은 연구자들이 지적해 왔듯이 자본은 기본적으로 수직적 위계에 대한 파괴성을 담지하고 있으며,[79] 토지·법·혈통으로 대표되는 "전前자본주의 생산 관계의 견고한 굴레"로부터 노동력을 풀어내어 자본주의적 임금 제도에 편입시킨 바 있다.[80] 이는 "다른 사회적 권위 및 생산 조건"에 종속된 노동력을 해제시켜 국민경제의 통제 하에 두고자 했던 제국주의의 폭력과 연결되며, 현 시점의 관점을 적용해 보자면 자본주의 위계제의 영향력 하에 전 지구를 포섭하고자 하는 세계화 및 신자유주의의 폭력으로 이어지는 것이기도 하다.[81] 그러나 다른 한편으로 이

77 로자 룩셈부르크, 《자본의 축적 2》, 598쪽.
78 로자 룩셈부르크, 《자본의 축적 1》, 황선길 옮김, 지식을만드는지식, 2013, 3쪽.
79 페르낭 브로델은 이와 관련하여, "사회의 수직적 위계와 부딪히는 것이야말로 자본주의의 숙명적 과제"라고 보았다. 이때 브로델이 말하는 "사회의 수직적 위계"란 정치적·종교적·군사적·계급적 위계를 포괄하는 것이며, 자본은 기존 사회적 위계에 침투함으로써 이들의 아성을 파괴한다. 페르낭 브로델, 《물질문명과 자본주의 읽기》, 김홍식 옮김, 갈라파고스, 2012, 80~84쪽.
80 로자 룩셈부르크에 따르면 "토지의 공동 소유에 기초한 원시적 농민 공동체, 봉건적 농노 관계 등을 비롯한 자연경제적 생산 형태들은 모든 면에서 자본의 요구에 반하는 견고한 장벽을 제공"하며, 이러한 이유로 "자본주의는 무엇보다도 모든 역사적 형태의 자연경제, 즉 노예제 경제, 봉건주의, 원시 공동체주의 그리고 가부장적 농업에 대한 파괴전을 수행한다"고 한다. 여기에 대해서는 로자 룩셈부르크, 《자본의 축적 2》, 598쪽.
81 로자 룩셈부르크, 《자본의 축적 2》, 588~589, 597~628쪽, 안토니오 네그리·마이클 하트, 《제

는 "항상 자신의 경계선을 넘나들며 외부 환경을 먹어치우려" 하고, "세계 모든 지역의 모든 국가들에서 판매 시장을 찾고자 하는" 파괴적·세계 지향적 특성을 담지한 자본이, 자본의 흐름을 본국-식민지라는 "고정된 영토적 경계 안"으로 통제하고자 하는 제국주의에 대한 대항성 또한 당대에 역설적으로 담지하게 되었음을 의미하는 것이다.[82] 네그리·하트가 논의한 바 있듯이 "제국주의들로 구성된 근대 세계는 자본의 필요에 기여하고 그 이해를 확장해 왔으나, 동시에 그것은 자본, 노동, 상품의 자유로운 흐름을 효과적으로 가로막는—그리하여 세계시장의 완전한 실현을 필연적으로 방해하는—엄격한 경계들을 창조하고 강화"했다.[83] 따라서 자본은 제국주의를 건설하는 동시에 필연적으로 이를 넘어서려는 움직임을 보이게 되었다. 즉, 자본은 블록경제bloc economy[84]·통제경제[85] 등의 정책을 통해 상

국》, 188~189쪽.

82 안토니오 네그리·마이클 하트, 《제국》, 175쪽. 이와 관련하여 니콜라이온은 "어떠한 발전된 자본주의 국가도 국내시장만으로는 충분할 수 없다"고 언급했으며, 룩셈부르크는 "자본주의적 생산은 태생부터 세계적 차원의 생산이며, 유아기 국면에서 이미 세계시장을 위해 생산한다"는 점을 지적한 바 있다. 페르낭 브로델의 말을 빌리자면, 자본주의는 언제나 "세계적인 차원과 세계적인 규모에서 존재한다. 세계 전체를 향해 손을 뻗는 것이 자본주의의 속성이었다." 여기에 대해서는 Nikolai-on, 《Ocherki nashego poreformennogo obshchestvennogo khozyaistva(개혁 후의 러시아의 사회경제 개요)》(1893), 로자 룩셈부르크, 《자본의 축적 1》, 455쪽에서 재인용. 로자 룩셈부르크, 《자본의 축적 1》, 472~473쪽. 페르낭 브로델, 《물질문명과 자본주의 읽기》, 130쪽.

83 안토니오 네그리·마이클 하트, 《제국》, 299, 430~431쪽.

84 블록경제는 정치적·경제적으로 관계가 깊은 여러 국가가 결집하여 역내域內의 자급자족 경제를 강화하는 반면, 역외域外국가들에 대해서는 차별대우를 취함으로써 폐쇄적 경제관계를 맺는 경제나 경제권을 의미한다. 이 용어는 광역경제廣域經濟와 같은 뜻으로 쓰이는데, 그 본질은 자본주의의 판매시장, 원료·식료 시장으로서의 식민지나 반식민지를 필요로 하고 그에 대한 배타적·폐쇄적 지배를 강화하려는 데 있다. 블록경제는 세계 전체를 개방된/평등한 시장으로 보는 견해와 대립되는 것이며, 따라서 세계경제와의 연관을 부정하는 특성을 지닌다. 여기에 대해서는 《두산백과》, 해당 항목. 정치학대사전편찬위원회, 《21세기 정치학대사전》, 아카데미아 리서치, 2002, 해당 항목 참조.

85 1940년 7월 24일에 이르면 일제는 전시동원체제를 구축하기 위한 조치의 일환으로 '사치품 등 제조판매제한규칙'을 공포하게 되며, 이로 인해 제국-식민지의 거의 모든 생산품에 대한 가격통제 및 생필품 배급제가 시행되는 한편 '경제경찰제'를 통해 직접적인 통제와 감시가 일상화되

품·노동의 이동을 "식민지와 본국 사이에서 수직적으로 조절"하던 기존 제국주의 체제와는 달리, 세계시장이라는 "더 광범위한 수평적인 길"들을 "모든 방향으로" 열어 놓도록 부추김으로써, 종국에는 제국에 의해 규정된 '국내 시장'의 보호 장벽을 파괴하는 데 일조하게 되었다.[86] 그리하여 '경계 너머의 세계'를 욕망하는 자본의 팽창은 자국 내 시장에 대한 제국의 단일한 코드화를 방해하는, "훈육 체제 안에 제한되거나 통제될 수 없는 새롭고 유목적인 욕망들" 및 "이종혼합miscegenation"의 지역/정체성들을 출현시키기도 했던 것이다.[87]

그런가 하면, 제국이라는 고정된 영토적 경계를 강화하려는 시도는 한편으로 "새로이 발견된 인간 평등의 잠재력" 및 자본주의 발전의 동력이기도 했던 "노동주체들의 탈영토화 욕망"을 자극함으로써, "폐쇄된 공간 어디에서나, 억압할 수 없는 경험에 대한 욕망 및 희망을 지닌 채 유목주의와 탈출exodus로 돌아서고자" 하는 대중들의 계급운동을 양산했다.[88] 마르크스가 1844년에 이미 예견한 바 있듯이, 제

었다고 한다. 손정목, 《일제강점기 도시사회상 연구》, 일지사, 1996, 212~217쪽, 《조선경제연보》1941, 42, 《동아일보》1940.6.26 등 참조.

86 안토니오 네그리·마이클 하트, 《제국》, 119, 339~340쪽. 브로델이나 들뢰즈·가타리에 따르면, 자본의 운동이 산출하는 관계성은 무엇보다도 상품과 상품의 교환관계, 즉 시장이다. 이때 상품교환에 기반을 둔 시장은 "교환하지 않고, 토지라는 몸에 표시하는" "기입자"로서의 사회구조로 환원되지 않는다는 측면에서 문제적이다. 이와 관련하여 월러스틴이나 도미야마 이치로는 시장이 사회에 대해 외부성을 지니고 있으며, 자본은 사회 혹은 "국내라는 공간"을 조직할 수 없을뿐더러 주권제도가 정의한 영토나 국민과는 달리, 언제나 정의되지 않는 "비결정성(탈영토화)"을 만들어 내는 "재정의운동"의 면모를 띤다고 지적한다. 이와 관련하여 레닌의 다음과 같은 기술도 참조하라. "국내시장과 외국시장의 경계는 어디에 있는가? 국가의 정치적 경계를 든다면 이는 너무나도 기계적인 해결책일 것이다." 여기에 대해서는 페르낭 브로델, 《물질문명과 자본주의 2-2 교환의 세계 하》, 주경철 옮김, 까치글방, 1996, 793쪽. 들뢰즈·가타리, 《안티 오이디푸스—자본주의와 분열증》, 김재인 옮김, 민음사, 2014, 319쪽. 이매뉴얼 월러스틴, 《역사적 자본주의/자본주의 문명》, 나종일 옮김, 창비, 2014. 도미야마 이치로, 《유착의 사상》, 심정명 옮김, 글항아리, 2015, 130~141쪽. 레닌, 《러시아 자본주의의 발전》(1899) 등 참조.

87 안토니오 네그리·마이클 하트, 《제국》, 191, 339쪽.

88 안토니오 네그리·마이클 하트, 《제국》, 120쪽.

국을 건설하기 위한 조건들 중 하나였던 자본의 팽창은 "새로운 노동력의 참가와 프롤레타리아의 창출"을 끊임없이 요청하는 것이었으며, 이는 곧 축적된 노동자들의 몰락 및 빈곤화로 인한 계급투쟁의 위험성이 불거지게 됨을 예고한다.[89] 근대 국가는 이로 인한 전복 효과들을 해소하고 "국내의 질서와 주권을 수호"하기 위해, 제국주의를 통해 "계급투쟁과 내전을 새로운 땅, 새로운 시장—식민지—으로 수출"함으로써, "단일 국가 내부에서 발생하는 정치적 모순들을 국경선 밖으로 이전"하고 계급 간 갈등이라는 국내 상황을 본국–식민지라는 지정학적 구도로 치환하고자 했다.[90] 그러나 본국–식민지 사이의 고정된 경계선에 의해 분할된 계급 내에 머무를 수밖에 없었던 식민지의 프롤레타리아들은, 제국주의의 예속으로부터 벗어나기 위한 방편으로 "제1세계(식민 본국)와 제3세계(식민지 영토) 간의 분업의 종결"을 의도하는 "전 지구적 프롤레타리아의 정치적 통합"을 추진했으며, 제국이 아닌 다른 결연의 가능성을 제시함으로써 제1세계 중심적 관점으로부터 이탈하고자 하는 프롤레타리아 국제주의 운동으로 나아가게 되었다. "자본의 축적을 위한 새로운 부는 외부로부터(식민지 영토로부터) 오며, 명령은 내부에서(식민 본국에서) 발생한다"는 제국주의적 모델을 전복시키고자 했던 이들의 운동은 내부/외부를 결정짓는 제국의 경계선이 지니는 수직적 위상을 뒤흔드는 새로운 수평적 연대의 부상을 예고하는 것이었으며, 동일한 착취구조 하에 놓인 만국萬國 프롤레타리아들과 연동된 문화지리의 형태들을 선보이는 것이기도 했다.[91]

---

89 카를 마르크스, 《경제학 · 철학초고/자본론/공산당선언/철학의 빈곤》, 17~19쪽.
90 안토니오 네그리 · 마이클 하트, 《제국》, 312~313쪽.
91 안토니오 네그리 · 마이클 하트, 《제국》, 313, 344~451쪽.

이처럼 1930~1940년대 식민지 행위주체들로 하여금 제국 중심성으로부터 이탈하여 제국과는 다른 정체성, 영토 및 결연들을 상상하게끔 하는 동력으로 작용했던 대표적인 흐름이 바로 근대 자본의 팽창과 사회주의였다면, 이 책에서는 식민지 말기에서 해방 직후에 이르는 기간 동안 당대 조선인들이 이러한 리좀적 흐름들의 발아·연결·교차에 의거하여 궁극적으로 어떠한 문화지리학적 전망들을 형성하게 되었는지를 이 시기 문학 작품들을 통해 살펴보고자 한다. 특히 이 책에서는 대동아공영권이라는 폐쇄적 지역질서로의 전환에 직면했던 식민지 말기의 작품들, 그리고 제국 중심성이 와해된 후 기존 제국 통치 및 대동아 지역/정체성에 대한 대응을 관찰할 수 있는 해방 직후의 작품들에 의거하여 당대 아시아 공간에 대한 조선인들의 인식·상상 및 재구성의 감각들을 관찰할 것이다.

(1) 근대 자본의 흐름이 선보이는 세계시장과의 연동성 및 혼종적 지역/정체성의 확산에 초점을 맞추는 경우, 박태원·이효석 등 1930~1940년대 활동했던 모더니즘 계열 작가들의 작품을 분석 대상으로 선정한다. 앞서 살펴본 바 있듯이, 근대 자본이 "모든 장벽과 속박을 뒤집는 세계주의적 에너지"에 의거함으로써, 단일 법역法域이어야 할 제국-식민지 공간을 "매우 잡다한 양태"를 띠는 세계시장의 일부로 구성한 바 있음을 상기하자. 이러한 자본의 침투 및 세계시장과의 연동은 식민지인들로 하여금 국가·인종 등의 정치적 분할선에 의한 제한으로부터 한 발 더 나아가, "세계 전체를 (소비를 통해) 사적 공간 내에 펼치고자 하는"[92] 코즈모폴리턴적 정체성을 축적하게끔

---

92 들뢰즈·가타리, 《천 개의 고원》, 299쪽.

부추기는 것이다. 이는 곧 식민지 말기 조선인들이 대동아라는 단일한/협소한 정치적 기표를 향한 수렴을 시도하는 와중임에도 불구하고, 식민지의 일상적 층위에 이르기까지 그간 침전沈澱시켜 왔던 습속화習俗化된 경제 행위에 붙들림으로써, 여전히 "미영귀축美英鬼畜"의 역사적·문화적·소비적 기의들로 겹겹의 층위를 이룬 혼종적 지역/정체성과 마주하거나 '세계 만유漫遊'의 욕망에 휩쓸리는 등 제국이 규정하는 대동아의 범주에 트러블을 일으키게 될 것임을 시사한다. 가령 이효석의 〈은은한 빛〉(1940.7)의 한 대목을 살펴보자.

〈조선 된장보다두 좋은 게 있어. 여자의 옷복색이야. 신여성의 짧은 치마두 좋지만 자락을 질질 끌 정도로 긴 치마두 좋거든. 여름의 엷은 것두 좋거니와, 춘추의 무색 겹옷을 입는 시절두 좋구, 밤색저고리와 파랑치마에 이 꽃신을 신은 우아로운 양자는 아마 천하일품이 아닐까 생각하네. 태평하고 아취있는 품은 바로 독창 그것이란 말일세.〉

〈엉뚱한 데서 감동하는군. 여자한텐 무얼 입히든 이뻐 뵈는 법야. 그렇게 좋다면 이번 미국 갈 때 잔뜩 해가지구 가면 어때? 역수입이 아니라 직수입이지. 저쪽 가서 대대적 선전을 해서 조선 여성을 위해 기염을 토하구 오라구.〉

〈그래. 한 재산 만들어가지구 올까. 마네킹이라도 데리구 가면 팔리긴 틀림없을 텐데.〉

백빙서는 얼마 후면 학교에서 안식년의 휴가를 얻게 되는데, 그 휴가를 이용하여 한 일 년 미국을 유람하고 오기로 되어 있었다. 실은 그 일로 〈미션〉의 본부와 영사관과 절충하기 위하여 요즈음 서울에의 여행이 잦았다. 연래의 희망의 실현이니만큼 서양문화의 싱싱한 면을

마음껏 완미하고 와서, 동서를 비교 연구하노라 하며 뽐내고 있는 판이었다.[93]

위 대목에서 알 수 있듯이 미영美英과의 전쟁을 앞둔 1940년대라는 시점에도 불구하고, 〈은은한 빛〉에 나타난 식민지 조선인들은 "직수입"이라는 자본주의적 경로에 의거함으로써 자국/적국이라는 제국의 정치적 분할선을 넘어 "미국"으로 표상되는 서구 시장 및 세계와의 연동을 시도하는 면모를 보인다. 아울러 "미국 유람"을 통해 "서양 문화의 싱싱한 면을 마음껏 완미"하고 "동서를 비교 연구"하겠다는 백빙서의 모습은, '동아 봉쇄주의'를 통해 '서양'과 대비되는 지역주의적 장벽을 세우고자 했던 제국의 정책에도 불구하고, 식민지 말기 조선인들이 제국의 정치적 장벽 내부로 제한되거나 통제될 수 없는 유목적이며 혼종적인 욕망 및 정체성들을 여전히 영위하고 있었음을 시사하는 것이다.

(2) 사회주의라는 흐름이 선보이는 프롤레타리아들의 범세계적 연대에 초점을 맞추는 경우, 심훈·한설야·김사량 등 1930~1940년대 좌파 계열 작가들의 작품을 분석 대상으로 선정한다. 여기에서는 사회주의라는 동인動因에 의거하여 식민지 조선인들이 수행해 왔던 월경越境의 양상들이 문학 속에서 형상화됨으로써, 제국의 프레임에 속박된 아시아의 상상적 지형에 변이를 일으키게 되는 기점들을 추적한다. 식민지 조선인들은 사회주의 운동에 합류한 이래 망명·밀입국 등을 통해 중국·소련과 연동된 디아스포라적 정체성을 지니게 되

---

93 이효석, 〈은은한 빛ほのかな ひかり〉, 《文藝》, 1940.7.

었는데,[94] 이는 제국의 지정학적 구획 내에 배치되어 있었던 식민지 조선인들이 사회주의적 '극동極東'이라는 프롤레타리아들의 수평적 영토성을 향한 이동을 시도하게 되었음을 의미한다. 이후 사회주의자들은 식민지 말기에 이르러 제국에 의해 대동아 역내 사회주의 운동이 분쇄되고 해외 연락망 또한 두절되는 폐쇄적 상황을 맞이하게 되지만, 이들이 축적해 왔던 중국·소련 등과의 연대 경험은 식민지인들로 하여금 "절해고도絶海孤島"와 같이 봉쇄된 '대동아'의 공간을 여전히 '외부' 프롤레타리아들과 연동된 공간으로 표상하도록 하는 계기가 되었다.

《초향씨는 마치 무슨 절해고도 같어요. 그 외로운 섬, 근가로는 이 따마큼씩 원양항해의 큰 기선도 지나가고 조그만 어선도 지나는 갑니다만》(중략)

《그런데 그보다 더 이상한 것은 그촉한 바위섬이 사람이나 무슨 그림자같이 늘 움직이는 것입니다. 그러며 항시 발돋움을 하고 멀리 무엇을 바라다보고 있습니다. 그 눈에는 아득히 대륙大陸-마-더-랜드가 뵈는 듯 만듯한데 그러나 이 바다에는 늘 안개가 끼어서 간지럽게도 그 섬은 대륙을 똑똑히 내다볼 수 없습니다그려.》

《초향씨는 내보기에는 섬과 같은데 바다를 잊은듯합니다. 섬은 무

---

94 이 책에서 논의되는 디아스포라의 개념은 Simmel · Park의 규정에 입각한 것이다. 이들에 따르면, 디아스포라는 이방 세계에 정착했음에도 불구하고 출신 국가의 문화적 규범과 정치경제적 문제에 관심을 가지는 한편, '동포 간 연대와 조직화'에 주력하여 초국경적 네트워크를 형성하는 존재로 제시된다. 여기에 대해서는 Robert E. Park, *Human Migration and the Marginal Man*, American Journal of Sociology, vol.33, no.6, 1928, pp. 882-223, Simmel, *On Indivisuality and Social Forms*, ed.& trans. Donald N. Levine, Chicago & London: The Univ. of Chicago Press, 1971, pp. 143-149 참조.

엇보다 바다를 잘 알 것이고 바다의 넓음을 잘 알 것인데…….》[95]

1937년 중일전쟁의 발발과 1938년 국가총동원법의 공표 이후, 강화된 총력전체제 및 동아봉쇄주의로 인해 "옛날의 용감한 투사들"은 대부분 "구금되었거나 운동을 정지하고 어쩔 줄 모르는" 상황에 놓였으며,[96] 중국·소련 등 "대륙"의 혁명 동지들과의 연락망 또한 끊어졌다. 이로 인해 식민지 사회주의자들은 한설야의 《초향》(1939)에서 은유된 바 있듯이 고립된 "섬"과 같은 처지를 영위하게 되었으나, 그럼에도 불구하고 식민지 조선이라는 "섬"은 "너른 바다"를 사이에 두고 "대륙"과 여전히 연동되어 있으며, 이들의 눈에는 혁명 모국母國인 "마-더-랜드"가 "바라다보이는" 것으로 표상된다. 나아가 고립된 섬에 위치한 식민지인 초향에게 "항구바다에서 해사海事"를 경영한다는 해외 혁명조직의 밀사密使가 찾아오는 것으로 시작되는 《초향》의 서사는, 전 세계 프롤레타리아들의 연대라는 "너른 바다"에 대한 경험을 축적한 바 있는 식민지 사회주의자들이, 제국에 의해 고정된 아시아의 영토적 경계에 대해 어떤 식의 상상적 돌파를 시도하는지를 드러내고 있다는 측면에서 의미심장하다.

"글은 비록 미래의 나라들일지언정 어떤 곳의 땅을 측량하고 지도를 제작하는 것과 관련되어 있다"는 들뢰즈·가타리의 표현을 상기할 때,[97] 문학작품을 통해 당대 조선인들이 형상화한 아시아/세계의 지형을 더듬어 보는 것은 단순히 허구적 서사의 분석에 그치는 것만

95 한설야, 《초향(1939)》, 《한국근대장편소설대계 22》, 태학사, 1988, 152~153, 169쪽.
96 김태준, 〈연안행〉, 《문학》, 1946.7, 창간호.
97 들뢰즈·가타리, 《천 개의 고원》, 14쪽.

이 아니며, "지도에 실정성을 부여하는 습관이나 제도, 인접하는 언설이나 텍스트와 협동하여 세계에 대한 어떤 태도를 실천"하고자 했던 이들의 행위를 추적하는 것이기도 하다.[98] 이 책에서는 위와 같은 연구를 통해 세계사의 지정학적 맥락에 개입하거나 스스로의 세계-내-입지를 발화하고자 했던, 그리하여 당대 지역/정체성 설계에 참여하고자 했던 조선인의 실천들을 재조명하는 작업을 수행할 수 있기를 희망한다.

---

[98] 미즈우치 도시오 편, 《공간의 정치지리》, 심정보 옮김, 푸른길, 2010, 196쪽.

| 제2부 |

아시아 지역/정체성 상상의 흐름과
트러블의 요소들

시기적 측면에서 식민지 말기는 '단절'과 '특수'의 시대로 규정되어 왔다. 반서구주의·반자유주의·반개인주의·반자본주의·반사회주의 등을 표방했던 신체제의 면모에서 알 수 있듯이 식민지 말기는 20세기 초반 이래 지속적으로 추진되어 온 근대화 움직임에 대한 반동反動이 공식적으로 표명되었던 시기이자, '동양론'이라는 과거-회귀적이며 지역파편화적인 담론에 의거하여 근대라는 '보편'에 대한 초극이 시도되었던 시기인 것이다. 1930년대 "울트라 모-던니즘"의 정점에 이르렀던 식민지 조선인들은 1938년 동아신질서 건설 선언과 더불어 그간 영위해 왔던 근대적 정체성으로부터 "전향"할 것을 명령받았고, "구라파문명에 대립하는 동아적 봉쇄주의"[2]로서의 대동아공영권을 창출하고자 하는 제국의 폐쇄적 질서 및 제국적 주체의 환각으로 점철된 당대 정치문화적 담론의 장은 향후 연구자들로 하여금 식민지 말기를 "암흑기" 혹은 민족문학사의 동질성·연속성을 위협하는 "부랑크blank"라고 명명하게끔 하는 원인이 되었다.[3] 다시 말해 식민지 말기는 타 시기들과는 달리 시대의 연속적 흐름이라는 관점에서 정의되기보다는 새로이 도래하는 제국의 특수한 판도에 의거하여 규정·통제되는 것으로 인식되어 왔으며, 당대 식민지 조선인들이 영위할 수 있었던 정체성 또한 카프 시절의 계급적 주체나 1920~30년대 자유주의를 바탕으로 한 근대적 개인주체 등과는 구

1 이선희, 〈茶黨女人〉, 《별건곤》, 1934.1.
2 金明植·印貞植·車載貞, 〈東亞協同體와 朝鮮〉, 《삼천리》 제11권 제1호, 1939.1.1.
3 백철, 《조선신문학사조사》, 백양사, 1947, 398~399쪽.

분되는, 제국이라는 '새로운 틀'에 입각한 의사-제국적 주체의 형태를 띠는 것으로 분석되었던 것이다.[4]

그러나 한편으로 1910~20년대에 이미 식민지 조선이 세계적 동시성을 확보한 인류·세계의 일부로 조응照應하고 있었으며, 인종·지리 등의 경계를 초월하는 문화적·사상적·경제적 교류의 장의 일원으로 스스로를 정립시킨 바 있다는 점을 상기하면 이처럼 단절된 시기로서 식민지 말기를 조명하고자 하는 시각과 관련하여 다음과 같은 의문들이 떠오르기도 한다. 즉, 20세기 초반 이래 전 지구적 흐름을 형성한 바 있던 근대화·자본화의 침투력 및 확장력을 생각할 때, 이러한 시대적 흐름들에 대한 임의적 폐쇄 혹은 통제를 통해 아시아적 정체성을 확보하고자 했던 제국의 시도란 실제로 어느 정도의 성과를 거둘 수 있었던가? 아울러 국가·인종이라는 경계를 넘어 세계와의 연계성 차원에서 조선의 입지를 파악하고자 했으며, 식민지 말기에 이르러서도 여전히 "초지역적의 시대의식"을 영위할 것을 주장한 바 있던 식민지 조선인들은 그들의 사유·연대·운신의 폭을 대동아의 구획 내부로 제한하고자 했던 제국의 기획에 직면했을 때 과연 어떠한 반응들을 보였던 것일까?[5]

지금까지 식민지 말기/전시 체제를 다룬 연구들은 제국이 근대 이후의 시대원리를 모색하고자 했던 동양론의 담론 및 "아세아 십억인구"를 아우르는 "광역권"의 구축을 통해 피식민자라는 협소한 입지를 벗어나 "제국적 주체"로서 신생新生할 수 있게끔 하는 기반을 제공했음을 지적한 바 있다. 즉, 제국의 대동아공영권 기획은 식민

4 정종현,《동양론과 식민지 조선문학》, 18, 33, 106쪽.
5 류준필, 〈1910~20년대 초 자국학 이념의 형성과정〉,《대동문화연구》, 2005, 40~42쪽, 金明植·印貞植·車載貞, 〈東亞協同體와 朝鮮〉.

지 조선인들에게 동양이라는 대주체를 통해 스스로를 정치문화적 주체로 정립할 수 있게끔 하는 "가상의 매혹"을 선사했으며, 식민지 조선인들은 이러한 "가상"에 부응함으로써 더 확장된 정체성을 영위할 수 있는 길을 모색했다는 것이다.[6] 이러한 선행 연구들의 성과에 덧붙여, 이 책에서는 제국의 대동아공영권이 위와 같이 식민지 조선인들에게 새로운 정체성 영역으로의 '확장' 가능성을 제시해 주었던 만큼이나, 기존에 영위해 왔던 정체성의 '배제'를 조건으로 삼는 것이었다는 점을 상기시키고자 한다. 즉, 새로이 도래하는 "제국의 판도"는 자유주의·자본주의·프롤레타리아 국제주의 등 제국이 아닌 다른 정체성 구성의 기반들에 대한 부정否定을 통해 이룩되는 것이었고, 이로 인해 식민지 말기 담론의 장에는 제국의 대동아를 "대단히 비좁은 집"에서 "크고 넓은 집"으로 가는 "팽창"으로 해석하는 관점이 존재했던 반면,[7] 범세계적 정체성 및 연대를 추구해 왔던 식민지 경제 행위주체·코즈모폴리턴·이념적 디아스포라 등에게 강요된 "동아고립주의"라는 "정조대貞操帶"[8]의 명령으로 해석하는 관점 또한 병존並存하고 있었던 것이다. 그렇다면 20세기 초반 범세계와의 교류 및 세계 자본주의체제·공산주의 인터내셔널Communist International 등 제국보다 더 웅대한 스케일을 지닌 흐름들과의 접촉을 통해 확립되었던 식민지 조선인들의 국제적 활동 범주나 인종적·지역적 경계에 국한되지 않는 인류·세계에 대한 감각은, 대동아라는 지정학적 "정조대"를 착용해야 했던 식민지 말기라는 시점에 과연 어떠한 대응의

6 정종현, 《동양론과 식민지 조선문학》, 364쪽.
7 미야타 세쓰코, 《식민통치의 허상과 실상》, 정재정 옮김, 혜안, 2002, 303쪽.
8 明植·印貞植·車載貞, 〈東亞協同體와 朝鮮〉, 정인섭鄭寅燮, 〈巴里《奈巴倫墓》參拜記, 凱旋門을 지나 偉人의 무덤을 찾다〉, 《삼천리》 제12권 제9호, 1940.10.1.

지점들을 형성하고 있었던 것일까?

이 장에서는 이처럼 단절·특수가 아닌 연속·보편의 관점에서 식민지 시기 전개되었던 지역/정체성 담론들의 흐름을 살펴보고, 식민지 말기가 20세기 초반 다이쇼 데모크라시 등을 거쳐 형성된 인류·세계 인식 및 근대 자본의 팽창·사회주의 운동의 경험을 통해 구축된 범세계적 지역/정체성의 노선을 유지하고자 했던 당대 조선인들의 욕망으로 인하여 여전히 제국의 분절적 질서로 수렴되지 않는, '열린' 담론의 장으로 요동치고 있었음을 밝히고자 한다.

이를 위해 이 장에서는 1) 식민지 시기 매체에 실린 기행문에 대한 분석을 통해 20세기 초반 형성된 지정학적 사유의 두 가지 형태, 즉 '아시아'라는 지역적 사유와 '보편'으로서의 인류·세계 인식의 전개 및 경합의 양상들을 살펴보고, 2) 근대 자본주의·사회주의 운동과의 접촉으로 촉발된 식민지 조선인들의 초국경적 여정에 대한 추적을 통해 이들이 인종·국가를 넘어 세계와의 연계성 차원에서 스스로의 지역/정체성을 정립하게 되는 기점들을 분석하며, 3) 이러한 과정들을 통해 형성된 식민지 조선인들의 세계시민적·국제주의적 관점이 대동아의 사상이 지닌 내부적 혼선과 맞물리며 제국이라는 "군국주의적 천황제 국가"[9]로 온전히 회수될 수 없는 다원적 세계관 및 혼종적인 정체성들을 산포하게 되는 과정을 규명한다. 이를 통해 20세기 초반 이래 지속적으로 추구되었던 인류·세계 인식 및 범세계적 지역/정체성의 노선이 세계에 대한 위계적 분할 및 축소가 강제되는 식민지 말기에 이르러서도 여전히 제국의 정치문화적 담론 장에서 변이를 일으키는 내부적 위험 요인으로서 존재하고 있었음을, 그리하여 제국

9 오다기리 히데오小田切秀雄, 〈'근대의 초극'에 대하여〉, 《문학文學》, 1958.4.

의 일원론적 지역질서에 대응하는 다원적 지역/정체성의 상상들을 야기하는 기반으로 작용하고 있었음을 제시할 것이다.

1. 아시아 지역/정체성의 역사적 배경

지역적 범주의 구축과 '세계'의 경합

이 절의 목적은 《개벽》·《별건곤》·《삼천리》 등의 매체에 게재된 1910~1930년대 기행문을 매개로 식민지인들의 지역/정체성 구축 과정을 고찰하는 것이다. 이 절에서 해명하고자 하는 문제의식을 더 구체적으로 표현해 보자면 다음과 같다. 즉, 조선인들은 아시아라는 지역적 범주를 언제/어떻게 인지하게 되었으며, 식민지라는 특수한 조건 하에 놓이게 된 이들의 아시아—세계 인식은 어떠한 문화지리적 상상들을 야기했는가?

주지하다시피, 서양에 대한 이항대립적 개념으로서의 아시아가 처음 등장한 시기는 식민지 말기가 아니다. "구라파문명에 대립하는 동아적 봉쇄주의"[10]로서의 대동아가 부상하기 이전, 근대 초기에 이미 새로운 지역적 연대의 가능성이 모색된 바 있음을 상기하자. 청일전쟁(1895)·대한제국 수립(1897)·러일전쟁(1904)·한일합방(1910) 등의 이벤트로 점철되었던 근대 초기는 중화中華의 중심성이 종식되는 정치적 전환기였던 동시에, "천연두처럼 유행하는 서양 동점東漸의 기세"[11]에 대응하기 위한 동아시아의 지역적 연대가 처음 제안된 시기이기도 했다. 이 시기 아시아 담론들은 서양에 대한 대립항이자 방어의 거점으로서 동양을 사유하는 경향이 일반적이었는데, 가령

---

10 金明植·印貞植·車載貞, 〈東亞協同體와 朝鮮〉.
11 후쿠자와 유키치, 〈脫亞論(1885)〉, 다케우치 요시미, 《다케우치 요시미 선집 2-내재하는 아시아》, 윤여일 옮김, 휴머니스트, 2011, 338쪽.

안중근은 〈동양평화론〉을 통해 당시 동서양의 구도를 "황백인종의 경쟁"으로 단적으로 표현한 바 있으며 "동양의 몇 억만 황인종"이 일치단결하여 "서양세력을 극력 방어"해야 한다는 인식이 한청일韓清日을 막론하고 공유되었음을 지적했던 것이다.[12]

　이처럼 인종 간 대결에 근거하여 당시 세계 정세를 파악하고자 하는 시도는 동시대의 여러 논의에서 찾아볼 수 있다. 가령 김옥균은 "삼국제휴 서력방알三國提携 西力防遏"이라는 말로 삼화주의三和主義의 골자를 표현했으며, 〈대동합방론〉을 주장한 다루이 도키치樽井藤吉는 "백인 제국주의 침략"을 공동방위하기 위해 한청일을 대등하게 합종한 "대동국大東國"의 창설을 제안했다.[13] 아울러 오카쿠라 텐신岡倉天心은 동일 "인종"이라는 전제 하에 중국·인도·실론·자바·수마트라·미얀마·타이·몽골·타타르·아라비아·페르시아에 이르는 광범위한 지역을 "하나의 아시아"로 호명한 후, "동양의 해방을 위해 서양에 대한 게릴라전을 전개할 것"을 주장했던 것이다.[14] 요컨대 이 시기는 서양의 등장으로 촉발된 아시아의 범주화에 관한 논의들이 '인종'이라는 개념에 근거한 지역 단위의 연대로 이어진 때이며, 한청일 지식인들에 의해 제기된 아시아의 다양한 기획들이 국가 및 민간 차원의 국제적 교류를 통해 그 실체를 획득해 간 시기이기도 하다.[15]

12 안중근, 〈동양평화론(1910)〉, 최원식·백영서 엮음, 《동아시아인의 '동양' 인식》, 창비, 2010, 197~199쪽.
13 다루이 도키치의 "대동국"이란 현재의 합중국 형태와 유사한 연방국가인 것으로 보인다. 다루이 도키치의 〈대동합방론(1893)〉에 대해서는 다케우치 요시미, 《다케우치 요시미 선집 2-내재하는 아시아》, 329~337쪽 참조.
14 오카쿠라 텐신, 〈동양의 각성(1902)〉, 〈동양의 이상(1903)〉, 최원식·백영서 엮음, 《동아시아인의 '동양' 인식》, 28~31쪽 참조.
15 가령 1880년대 일본 자유당 좌파의 영수였던 오이 겐타로大井憲太郎는 김옥균의 개화당 거사가 실패하자 "조선의 부모형제"를 지원하겠다는 명목 하에 무기·탄약을 지닌 채 밀항을 하려다 경찰에 검거된 바 있으며, 다루이 도키치의 '대동합방론'은 동학당 농민운동인 진보회의 창시자

그러나 근대 초기 형성되었던 아시아라는 인종적·문명적·정치적 연대의 담론은 대한제국의 수립 및 러일전쟁, 한일합방을 거치면서 급속하게 퇴색되기 시작했다. 권보드래가 지적한 바 있듯이, 대한제국이라는 민족국가가 "형성과 동시에 위기에 처한 1900년대의 독특한 상황"은 아시아라는 지역 단위의 사유보다는 자국 내부의 상황으로 시선을 돌리게 했으며, 황제의 전제권 및 국가적 위기에 대한 인식은 "公=善, 私=惡이라는 성리학적 세계관과 습합"되면서 민간 차원의 담론이나 운동, 교류를 저지하는 결과를 낳았던 것이다.[16] 더구나 "수백 년 이래 악을 행하던 백인종의 선봉을 한 번의 싸움으로 크게 부순" 러일전쟁 승리라는 "괴걸魁傑한 대사업"은 일견 "한청 양국의 뜻있는 이"들에게 축하의 분위기를 안겨 주는 듯했으나, 개선 이후 곧장 "같은 인종인 한국을 억압하여 조약을 맺고, 만주 창춘 이남을 조차한다는 핑계로 점거"하는 일본의 "만행"은 그간 아시아적 연대를 형성하고자 했던 "한청 양국인의 소망을 크게 절단"하는 게 아닐 수 없었다. "가장 가깝고 가장 친하며 어질고 약한 같은 인종"을 향해 수행된 이러한 제국주의적 움직임은 그간 발화되었던 인종적 연대의 담론들을 무색케 했으며, 이웃 국가에 대한 "우의友誼"를 저버리는 사건이었다는 측면에서 유교라는 문명적 연대의식 또한 약화시켰다.[17]

그리하여 "동서·황백 두 인종의 경쟁" 구도를 바탕으로 한 1900년

이자 이후 일진회의 회장이 되는 이용구李容九의 호응을 얻어 대한제국 내 일진회의 청원운동으로 이어지기도 했다. 오사카 사건과 일진회의 청원운동에 대해서는 다케우치 요시미, 《다케우치 요시미 선집 2―내재하는 아시아》, 324~337쪽 참조.

16 권보드래, 〈진화론의 갱생, 인류의 탄생: 1910년대의 인식론적 전환과 3.1 운동〉, 《대동문화연구》, 2009, 227쪽.
17 안중근, 〈동양평화론(1910)〉, 197~198쪽.

대의 아시아 담론은 위 시점에 이르러 "위로 하늘을 속이며 아래로 사람을 속이는 마설魔說"에 불과한 것으로 판단되었다.[18] 이는 아시아라는 인종적·문명적·정치적 범주화의 기획이 그 폭력적 실상으로 인해 한청 양국인들 스스로에 의해 거부되기 시작했음을 보여 준다. 아울러 지역적 담론에 대한 이러한 거부 의사의 표명은 한일 간의 대등한 연대를 주장했던 '대동합방론'이 결국 "배반"의 담론에 불과했음이 드러나는 한일합방을 기점으로 그 정점에 이른다.[19] "조금이라도 퇴보하면 호랑이에게 물려 씹히는" 제국주의 경쟁의 현장에 위치해 있음을 실감한 한청 양국에게 '아시아'란 이제 동일 인종의 침략으로 인해 "나라를 그르친 자"의 담론으로 인식될 뿐이었다.[20] 이러한 연유로 조선 지식인들의 문제의식은 외부와의 연대에서 "내부 구심력 강화"로 급격히 축소되었고,[21] 아시아 기획 및 이에 의해 파생되는 국제적·정치적 담론의 공간은 이후 식민지 말기에 이르기까지 그 열림이 유보되어야 했다. 서양에 대한 인종적·지역적 대응이 무산된 1910년대의 시점에 이르러 동아시아 각국인들은 뿔뿔이 흩어진 채 세계와 대면하게 되었으며, 아시아의 파경과 더불어 대한제국의

---

18 신채호, 〈동양주의에 대한 비평〉, 최원식·백영서 엮음, 《동아시아인의 '동양' 인식》, 207~209쪽.

19 다케우치 요시미에 따르면, 일본 정부에게 이용당했음을 깨달은 이용구는 일본의 작위를 거절했으며, 울분을 참지 못해 스마須磨에서 죽음에 이르렀다고 한다. 다케우치 요시미, 앞의 책, 336~337쪽 참조.

20 신채호, 〈동양주의에 대한 비평〉, 207~209쪽. 이러한 인식은 중국에서도 마찬가지였는데, 가령 중공당의 초기 지도자였던 리따자오(李大釗)는 〈大亞細亞主義(1917)〉라는 글을 통해 "아시아인에 대한 약탈과 폭력이 단지 서양에 의해서만 진행된 것이 아니고, 대유럽주의에 대응하는 대아시아주의를 표방한다고 해서 지역 공동체가 만들어질 수는 없으며, 대아시아주의란 제국주의·침략주의의 다른 표현일 수 있음"을 분명히 한 바 있다. 이 글은 《동아시아인의 '동양' 인식》에 〈신아시아주의〉라는 제목으로 실려 있다. 여기에 대해서는 김형열, 〈淸末民初 中國知識人의 日本留學과 동아시아 인식-戴季陶와 李大釗의 일본유학 경험을 중심으로〉, 《일본근대학연구》, 2014, 359쪽 참조.

21 한기형, 〈근대 초기 한국인의 동아시아 인식: 《청춘》과 《개벽》의 자료를 중심으로〉, 《대동문화연구》 제50집, 2005.6, 173쪽 참조.

해체까지 겪어야 했던 당대 조선인들은 그야말로 "小我"의 위치에 선채 국가를 대체할 다른 범주, 다른 연대, 다른 정체성의 근원을 모색하게 되었던 것이다.

그렇다면 1910년 한일합방 이후 조선인들은 과연 무엇에 근거하여 스스로의 범주를 구성하게 되었는가? 이 시기 조선인들이 국가·인종이 아닌 다른 매개에 의거함으로써 세계-내-입지를 획득하고자 했다는 것은 주지의 사실이다. 가령 류준필·박승희는 한일합방 전후 《소년》을 중심으로 국가·인종이라는 경계를 넘어 인류·세계와의 연계성 차원에서 조선의 입지를 파악하고자 하는 언설들이 유포되기 시작했음을 밝힌 바 있다.[22] 《소년》에 따르면 조선은 반도라는 지리적 입지를 바탕으로 "해륙문화의 융화와 집대성"을 모색함으로써 세계를 포괄하는 책임을 수행하고, "전 우주의 행진"에 동참할 수 있는 가치를 획득해야 하는 것으로 제시되었다.[23] 서로 다른 두 문화 간의 대립이 아닌 융화를 제안하는 《소년》의 언설은 "동양이 흥하면 서양이 망하고 서양이 흥하면 동양이 망하는" 배타적 구도로 인해 "세력의 양립"[24]마저도 사유할 수 없었던 1900년대의 분위기에서는 좀처럼 찾아보기 힘든 것이었다. 이렇듯 대립·축출이 아닌 공존·융합에 초점이 맞추어진 언설들의 등장은 1910년대 조선인들이 인종·지역 등의 이항대립적 범주를 넘어 세계라는 더 넓은 범주에 포섭되기 위한 인식적 차원의 전환을 선보이기 시작했음을 짐작케 한다.

국가·인종 등 수직적이며 균질적인 범주에 대한 귀속 하에 "문명

---

22 류준필, 〈1910~20년대 초 자국학 이념의 형성과정〉, 40~42쪽. 박승희, 〈근대 초기 매체의 세계 인식과 문학사〉, 《한민족어문학》 제53호, 2008. 12.

23 〈지리학 연구의 목적〉, 《소년》 2년 10권, 1909, 94~95쪽. 최남선, 〈소년시언〉, 《소년》 3년 5권, 1910. 5. 6~7쪽.

24 신채호, 〈동양주의에 대한 비평〉, 207쪽.

국의 부국강병을 모방"하는 국민이 될 것을 요청받았던 근대 초기와는 달리, 제국의 정치로부터 소외된 "불모의 공간"에 위치하게 된 1910년대 조선인들에게 가장 시급했던 것은 "국가라는 경계 속에서 순환하는 1900년대식 인식 틀"을 대신하여 스스로의 입지를 파악하기 위한 새로운 인식 틀을 구축하는 것이었다.[25] 강제적 합방으로 인한 배반의 경험 및 약육강식·우승열패라는 생존 경쟁에 대한 환멸은 당시 조선인들의 지향점 또한 1900년대의 부국강병으로부터 정의正義·지선至善·박애博愛 등의 가치 모색으로 변화시켰고, 조선인들은 이러한 가치들을 성취하여 "인류에 공헌"[26]함으로써 국가라는 인식 틀을 경유하지 않고도 세계·우주라는 더 넓은 범주에 포섭될 수 있는 길을 찾고자 했다. 더구나 제1차 세계대전(1914)·러시아 혁명(1917)·3·1운동(1919) 등 1910년대의 정치적 이벤트들은 "문명의 등급 간 엄격한 구별과 위계에 의해 움직였던" 1900년대의 "분할된 질서"를 뒤흔들어 조선-서양 간에 동등함의 감각을 선사하고, "자유, 평등, 박애, 민족자결의 원칙"에 의거한 "인류라는 공동체의식"을 실감케 했다는 측면에서 이러한 경향을 더욱 부추겼던 것이다.[27] 한편 1910~1920년대 다이쇼大正 데모크라시에 의해 촉발된 "개인과 민중의 발견" 및 "탈정치성"은 정치가 아닌 경제·문화·예술·철학·사상 등의 활동에 의거하여 국가에 의존하지 않는 공동체를 형성하고, 열국列國의 인정을 받을 수 있는 가능성을 열어 놓았다.[28] 이는 정

---

25 권보드래, 〈식민지 지식인의 민족과 인류〉, 《정신문화연구》 제28권 3호, 2005, 313~314쪽. 이태훈, 〈1920년대 전반기 일제의 '문화정치론'과 부르주아 정치세력의 대응〉, 《역사와 현실》, 47집, 2003, 3~10쪽 참조.

26 현상윤, 〈이광수군의 〈우리의 이상〉을 독함〉, 《학지광》 15, 1918.3, 56쪽.

27 권보드래, 〈식민지 지식인의 민족과 인류〉, 315~318쪽.

28 김현주, 《사회의 발견》, 246~247쪽. 마쓰오 다카요시에 따르면 "다이쇼 데모크라시는 러일전쟁

치적 불모의 공간으로 남게 된 식민지 조선에서 국가라는 범주를 대체하기 위한 다양한 시도들이 부각되기 시작했음을 시사하며, 식민지 조선인이 국가 단위의 일원론적 매개로부터 벗어나 세계-내-입지를 구축하기 위한 다채로운 경로들—민족·동포·사회 등—을 모색하게 되는 기반이 되었다.[29]

요컨대 이 당시는 국가를 갖지 못한 식민지 조선인들이 자아와 타자를 규정하는 데 필요한 대안적 정체성의 근원을 상상하고, "일국가를 넘어" "글로벌한 질서 체계에 접속"함으로써 "세계-속-우리"를 형성할 복수적 경로들을 탐색하기 시작했던 시기라 할 수 있다.[30]

이 끝난 1905년부터 호헌3파 내각에 의한 개혁들이 이루어진 1925년까지 거의 20여 년간 일본의 정치를 비롯해 사회·문화 각 방면에 현저하게 나타난 민주주의적 경향을 가리키며, 이를 낳은 것을 광범위한 민중의 정치적·시민적 자유의 획득과 옹호를 위한 운동들이었다"고 한다. 마쓰오 다카요시에 따르면 이러한 다이쇼 데모크라시의 풍조는 당대 일본 제국주의에 대한 비판 또한 선보인 바 있는데, 가령 《동양경제신보》에 게재된 〈대일본주의의 환상〉(1921.7~8)에서는 "경제상의 기회균등과 문호개방을 세계적으로 실현하고, 민족자결주의에 입각하여 중국/시베리아/멕시코의 인민, 그리고 이들과 처지가 같은 세계의 모든 인민의 정치상 및 경제상의 완전한 자유권을 인정"함으로써 "동양 전체, 아니 세계의 약소국 전체를 우리의 도덕적 지지자로 삼자"는 주장이 제기되고 있음을 알 수 있다. 여기에 대해서는 마쓰오 다카요시, 《다이쇼 데모크라시》, 오석철 옮김, 소명, 2011.5, 314~315쪽.

29 김현주, 《사회의 발견》, 247~271쪽. 권보드래, 〈진화론의 갱생, 인류의 탄생: 1910년대의 인식론적 전환과 3.1 운동〉, 237~240쪽. 권보드래, 〈근대 초기 민족 개념의 변화〉, 《민족문학사연구》, 189, 2007, 207~210쪽. 김현주에 따르면 이 시기 '동포'라는 용어는 특히 국권의 상실로 인해 발생한 "빈 터"에 공동체적 유대감을 회복하고자 하는 취지에서 쓰인 것으로, "개인 간의 수평적 연대를 강조하고 '모두 다 같은 형제'라는 수사학적 상상력을 강하게 작동하면서, 신분제의 위계화를 초월하는 근대적 개념으로 의미화"되었다고 한다. 여기에 대해서는 김현주, 《〈제국신문〉에 나타난 세계 인식의 변주와 소설적 재현 양상 연구》, 《대중서사연구》 제21권 제2호, 2015, 320~321쪽 참조.

30 김항은 '민족nation'이 "17세기 이래 서구에서 구축된 주권국가 단위 국제질서 내의 범주"이며, 민족주의는 "자기명명과 자기표상과 관련된 자폐적 언설구조임과 동시에, 시작부터 전 지구적인 범주체계에 접속돼야 했던 글로벌한 자기 개방의 의식체계이기도 하다"는 점을 언급한 바 있다. 즉, 민족주의는 "자신을 닫기 위해 자신을 여는 것"이기도 하며, 따라서 1910년대 '국가를 갖지 못한' 조선에 처한 식민지 조선인들이 대안적 정체성의 근원으로서 구상했던 '민족'은 "일국가적 기획인 동시에, 시작부터 일국가를 넘어서" "글로벌한 질서 체계에 접속"하기 위한 시도였다고 한다. '민족'은 "지역 내 인간집단의 의식과 행위를 언어와 역사와 문화적 표상을 통해 강력한 통일체로 집결하는 기획이지만, 그 통일체 형성은 글로벌한 질서 체계 속에서 다른 통일체와 '비교'될 수 있는 지평에 접속됨으로써만 완수될 수 있기 때문"이다. 그러므로 앞으로 살

그렇다면 식민지 조선인들은 1910년대 이후 구축되기 시작한 탈정치적 풍조에 의거함으로써 실제로 어떠한 여정들을 거쳐 세계와 연동된 정체성을 축적하게 되었던 것일까?

1910~1930년대 《개벽》·《별건곤》·《삼천리》 등의 매체에 실린 식민지 조선인들의 답사 및 기행은 위 질문의 답을 모색하는 데에 흥미로운 참조점들을 제시한다. 즉, 이들 답사·기행문은 1) 세계에 기여할 만한 가치를 담지하는 조선(인)의 면모를 찾아 전국을 누비는 '내부적 답사'로부터 시작하여 2) 국경을 넘어 세계 각국인들과 교류하고, 3) 사회·경제·문화·예술 등 여러 분야에서의 성과를 축적함으로써 마침내 획득했다고 판단되는 조선인들의 세계-내-입지를 체감하기까지의 여정들을 선보이고 있는 것이다.

망국의 경험을 떨치고 인류라는 공동체의 일원이 되려는 열망이 드높았던 1910~1920년대의 경우, 시대를 관통하는 질문은 바로 "우리가 세계의 인정을 받을 만한 독자적이고도 보편적인 가치를 지니고 있는가?"였다고 할 수 있다. 제1차 세계대전·러시아혁명·3·1운동 등으로 심화된 세계주의 및 동등성의 감각은 조선인들에게 "기회를 맛나거든 우리도 이리 하엿소 하고 내노흘 것이 잇서야 하겟다. 그때는 우리가 사람으로 자랑이 되는 때이다."[31]라는 인식을 지니게끔 했다. 이는 곧 《개벽》의 〈조선문화의 기본 조사〉(1923.1-1925.12)·〈朝鮮人이 본 朝鮮의 자랑〉(1925.7.1), 《별건곤》의 〈외국인이 본 조선의 자랑거리〉(1928.5.1)와 같이 "조선의 자랑"을 모색하

펴보고자 하듯, '우리'를 형성하고자 했던 식민지 조선인들의 움직임이 곧 '세계-속-우리'의 탐색으로 이어지게 되었음은 짐작 가능한 일이며, 이때 식민지 조선인들의 '국민/시민 되기'는 언제나 '세계시민 되기'의 일환이었던 것이다. 여기에 대해서는 김항, 《제국 일본의 사상》, 창비, 2015, 213~215쪽.

31 권덕규, 〈마침내 조선 사람이 자랑이여야 한다〉, 《개벽》, 1925.7.1.

는 내부적 답사의 기획으로 이어졌다. "당대 조선 민족의 보편적 가치를 긍정"[32]한다는 목적 하에 조선의 유적·명승지·사회·풍속·지리 등을 탐색했던 《개벽》·《별건곤》의 기획은 "전 북경北京대학 교수·독일 백림伯林대학 세균학교수·오스트리아 유야납維也納대학 화학교수·불국佛國 영사대리·체크스로파키야人 부인·독일 라입치히 대학 교수"[33] 등 다국적의 평가위원들을 적극 활용했다는 측면에서, 애초에 일국의 분할선을 넘어선 글로벌한 질서 체계를 도달해야 할 기준점으로 상정하고 있었음을 알 수 있다. 이들은 "금일 우리 조선에 잇서서 무엇을 그다지 자랑하며 무엇을 그다지 칭찬할 것이 잇는가"라는 의문 하에 경상남북도와 강원도·충남 일대를 답사했고, "사실를 사실대로 쓰자닛가 자연 악평이 되는" 조선의 현실로 인하여 "나는 무엇을 가지고 선전하란 말인가"라는 좌절감에 빠지기도 했다.[34] 그럼에도 불구하고, 이들은 국제적 평가위원들이 추천하는 조선의 기후·지리·의복·민족성·가족제도·언문·아악 등을 통해 조선에도 "구라파에서야 엇지 꿈에나 볼 수 잇는" 장점들이 있음을 확인했다.[35] 또한 이들은 조선일보 사장·근화학원장·의사·변호사·중앙기독교청년회총무 등 각계각층의 사람들에 대한 설문을 통해 '세계 속 조선'의 입지를 총합적으로 구성해 내고자 했으며, 세계 각국과의 비교·분석에 입각함으로써 조선이 지닌 사회·문화 방면의 보편적 가치들을 발견하기도 했다. 가령 〈朝鮮人이 본 朝鮮의 자랑〉의 설문자들은 다음과 같은 응답을 제시하고 있다.

---

32 이경돈, 〈1920년대 초 민족의식의 전환과 미디어의 역할〉, 《사림》 23권, 2005, 49~50쪽.
33 〈외국인이 본 조선의 자랑거리〉, 《별건곤》, 1928.5.1.
34 〈朝鮮人이 본 朝鮮의 자랑〉, 《개벽》, 1925.7.1.
35 靑吾, 〈天惠가 特多한 朝鮮의 地理〉, 《개벽》, 1925.7.1. 〈외국인이 본 조선의 자랑거리〉.

서양사람을 보면 아모리 신체가 건강하고 체력이 장대하다 하야도 대개 안력이 부족하야 근시안이나 원시안이 만코 또 치아가 약하야 충치가 만흐며 전염병에 잘 걸리고 일차 걸리면 **완치하기가 어렵되** 우리 조선사람은 그럿치 안습니다. **– 의사 김용채**

우리 조선여자는 무엇보다도 그 정조가 세계에 참 비할 곳이 업슬 **것이외다.** (중략) 나는 중국이나 미주에 잇슬 때에 그 나라 사람들에게 항상 조선 여자의 정조를 자랑하엿고 또 그 사람들도 항상 층찬하엿습니다. **– 근화학원장 김미리**

각국 사람을 다 맛나보지는 못하얏습니다만은 내가 본 몇 나라 사람에 비하야 보면 조선사람이 제일 傷人害物의 악심이 업고 유순순량 **합니다.** (중략) 그 외에 천연의 경치도 남에게 자랑거리가 만코 또 조선의 가옥도 다소 자랑할 것이 잇습니다. (중략) 실제로 사용하야보면 서양인의 煉瓦製層屋이라던지 일본인의 木製屋보다 편리한 점이 만히 잇습니다. **– 중앙기독교청년회총무 구자옥**

내가 조선에 잇슬 때에는 별로 조선의 조흔 것을 알지 못하겟더니 年前에 일본으로, 미주로, 인도로, 남양군도로, 중국, 또는 노령露領을 다녀보닛가 조선의 조흔 것을 알겟습듸다. 제일에 조선은 인심이 순후하고 선량합니다. 조선사람은 미인米人이나 노인露人처럼 음흉하지도 안코, 일인처럼 경한輕悍하지도 안코 인도나, 남양인처럼 비겁치도 안코 중국인처럼 지둔치 안코 대륙성과, 해양성, 도성島性을 겸유하야 의기가 잇고도 평화스러우며 순고하고도 야매치 안습니다. **– 보성고등보**

위 언설들은 전 지구적인 질서 체계와의 접속 하에 비로소 식별 가능한 것으로 드러나는 조선의 가치들을 제시하고 있다. 정체성의 구축이 타자와 구분되는 자아의 면모를 발견해 가는 것에 다름 아니라면, 식민지 조선인들은 다른 조직체와 비교될 수 있는 '세계'라는 지평에 접속함으로써 비로소 인류의 일원이 될 만한 조선의 가치들을 축적해 나갈 수 있게 된 셈이다.[37] 아울러 "낙토니 천국이니 하는 미주美洲" 또한 "기후가 몃칠만 혹렬酷烈하면 인축人畜이 일사병에 다 걸일 것"이라는 구절에서 알 수 있듯이, 조선에도 세계와 견줄 만한 자랑거리가 있음을 인지하는 과정은 미주나 구주歐洲 국가들 역시 허다한 결점을 지니고 있음을 인지하는 과정이기도 했다.[38] 이를 통해 당대 조선인들은 기존의 문명적 위계 관념으로부터 벗어나 '보편으로서의 인류'라는 수평적 질서 체계의 일원으로서 스스로를 자리매김하는 한편, (국가라는 정치적 분할선에 의해 규정되는 것이 아니라) 세계 각국과의 동시대적 조응照應을 통해 형성되는 지역/정체성을 상상할 수 있었던 것이다.[39]

---

36 〈朝鮮人이 본 朝鮮의 자랑〉.

37 김항, 앞의 책, 213~215쪽.

38 〈천혜가 특다한 조선의 지리〉에 따르면, "영국은 우량雨量이 다多하고 공기가 비습하야 심무深霧가 항상 폐새閉塞함으로 청량한 천일을 견見키 난難하고 하류는 거개 급류인 고로 운수에 불편하며 천산물天産物은 철, 석탄이외에 별로 볼 것이 업"고, "소위 신세계라 칭하는 미주는 토지가 광대하고 물산이 풍부하며 물질의 발달이 극도에 달하야 자칭 낙토니 천국이니 한다. 그러나 금년과 가튼 대선풍大旋風이 몃 번만 불면 전 미주가 천연의 비행기를 타고 공중으로 비산飛散할 것이오 또 기후가 계속하야 몃칠만 혹렬酷烈하면 인축人畜이 일사병에 다 걸일 것"이라고 한다. 青吾, 〈天惠가 特多한 朝鮮의 地理〉, 1925.7.1.

39 실제로 권보드래는 1910~1920년대 식민지 조선인들이 이미 "칸트·괴테·니체·로크·루소·벤덤·밀·쇼펜하우어·베르그송·휘트먼·에머슨·보들레르·랭보·하이네" 등의 외국 사상가들을 "동시대적 감각으로 참조"하는 양상을 보인 바 있음을 제시한 바 있다. 권보드래, 〈진화

이처럼 보편적 가치를 담지하는 조선을 발견하기 위한 내부적 답사들이 거두었던 소기의 성과들과 더불어, 매체에 게재되는 조선인들의 여정은 점차 국경을 넘어 '외부'로 진출하는 것에 초점이 맞추어지기 시작했다. 이때 세계와의 접속을 꾀했던 당대 조선인들의 면모를 뒷받침하는 것 중의 하나가 바로 기행문에 나타난 국경에 대한 감각이라 할 수 있다. "국경이라는 개념이 이윽고 하나의 실체로서, 국가와 국가 사이의 한계선으로서 우리들의 실생활에서까지 그 위치를 차지하기에 이른" 것은 "대동아 전쟁 발발에 의해서"였다는 정비석의 언급에서 알 수 있듯이, 1920년대 조선인들에게 국경은 아직 정치적·군사적 분할선이라는 의미를 담지하지 않았으며, 세계로 나아가기 위해 거쳐야 할 연결 지점이자 문화적·경제적 "교집처交集處"로 인식되는 경향이 컸던 것으로 보인다.[40]

그 예로 〈一千里 國境으로 다시 妙香山까지〉의 필자는 만주의 관문으로 들어서기 위해 신의주의 국경을 건너는 감상을 "하필 외국이랄 것 무엇이냐. 그저— 사람 사는 세계이지 국경이 다— 무엇이냐"라고 토로한 바 있으며, 이 글에서 국경지대를 바라보는 필자의 관점은 "물화는 멧 만톤이나 보내스며 또 밧앗는가"와 같이 경제적 교류의 측면에 주로 초점이 맞추어져 있다.[41] 이처럼 국경을 '보내고 받는' 교

론의 갱생, 인류의 탄생〉, 앞의 글, 233~234쪽.
40 達成, 〈내가 본 國境의 1府 7郡〉, 《개벽》 제38호, 1923.8.1. 정비석은 "압록강변에서 자란 내게 국경이라는 말은 아주 평범하게밖에 여겨지지 않았"으며, "작은 배를 타고 한 시간만 나가면 만주 땅을 자유롭게 걸을 수 있었던 내게는 국경이라는 건 실감은커녕 개념조차 분명치 않았었다."는 것이다. 정비석에 따르면 "국경이라는 개념이, 이윽고 하나의 실체로서 우리들의 실생활에서까지 그 위치를 차지하기에 이른" 것은 "대동아 전쟁 발발에 의해서"였다고 하며, 이를 통해 비로소 "국경"이 "국가와 국가 사이의" "한계선"으로 인식되었다고 한다. 여기에 대해서는 정비석, 〈국경〉, 《국민문학》, 1943.4.
41 春坡, 〈一千里 國境으로 다시 妙香山까지〉, 《개벽》 제38호, 1923.8.1.

역의 장소로서 바라보는 시각은 〈국경에서 어든 雜同散異〉에서도 마찬가지이다. 이 글에서 필자는 "신의주에 가장 많은 것은 밀수입자와 밀정"이라고 단언한다. 이때 "여기ㅅ 것을 저기로 저기ㅅ 것을 여기로" "교묘히 수속을 해서 빼여 돌니는" 밀수입자 및 "경찰밀정 · 세관밀정 · 전매국밀정"은 당대 조선인들에게 금기시되기는커녕 오히려 "재조도 능하다"는 선망의 시각과 함께 기술되고 있었으며, 이를 통해 신의주라는 국경도시는 합법적 · 불법적인 온갖 루트의 교역이 교차하는 '외부'와의 연결 지점으로 자리매김하고 있음을 알 수 있다.[42]

1920~1930년대에 이르기까지, 당대 조선인들이 정치적 의미가 아닌 사회 · 문화 · 경제적 방면의 수평적 연계—확장이라는 차원에서 국경을 바라보고 있었다는 점은 자명해 보인다. 이들에게 국경은 무역 · 밀수 등의 경제활동을 통해 행동의 반경을 넓히고, 해외 활동을 통해 조선의 국제적 위상을 높일 수 있는 출발점이었다.[43] 민족 등 국가와 겹쳐지지 않는 사회문화적 집합체에 근거하여 활동하던 이들은 (합법적/불법적 루트를 막론하고) 제국의 국경 '너머'로 발걸음을 옮겨 거주지/정체성을 확장하고, 세계 각지에 분포하는 동포들과 연대하

---

42 〈국경에서 어든 雜同散異〉, 《개벽》 제38호, 1923.8.1.
43 1920~1930년대 매체에 소개되는 기행문의 대부분이 현지에 거주하는 '동포'들의 소식을 함께 전달하고 있었다는 점을 염두에 둘 필요가 있다. 간도 · 만주 · 미국 등지의 조선인 사회에 대한 소개는 인구, 거주 지역, 생활수준, 지가地價, 유망 업종, 투자 종목, 수입, 풍습에 이르기까지 조선인들이 제국의 국경을 넘어서 해외 활동의 거점이나 생활권으로 삼을 수 있을 만큼 구체적인 내용들을 담고 있었으며, 필자들은 이주나 방문을 통해 조선인의 국제적 위상을 높일 것을 독자들에게 적극 권장하기도 했다. '동포'가 "혈연집단을 가리키는 의미로 계속 활용되면서 일본 제국으로 통합되지 않는 조선의 특수성을 가리키는 단어"로 통용되었다는 권보드래의 지적을 상기할 때, 이러한 '해외 동포'에 대한 관심이나 연대의 추구가 곧 제국에 의해 제한된 국경 '너머'로 나아갈 수 있게끔 하는 동력으로 작용한 바 있음을 예측할 수 있다. 권보드래, 〈'동포', 기독교 세계주의와 민족주의〉, 위의 글. 春坡, 위의 글; 〈國境情調〉, 《삼천리》 제8호, 1930.9.1. 박인덕, 〈육년만의 나의 반도, 아메리카로부터 도라와서 여장을 풀면서 □ 형제에게〉, 《삼천리》 제3권 제11호, 1931.11.1. 金璟載, 〈動亂의 間島에서〉, 《삼천리》 제4권 제7호, 1932.5.15. 등 참조.

는 한편, "해외"를 "우리가 살고 있는 우리 공간으로 전유"함으로써 제국의 정치적 영토성을 초과하는 문화지리적 궤적들을 초래하기도 했다.[44]

이처럼 세계와의 접촉-연계를 통해 정체성의 확장을 시도하고자 했던 사례가 비단 물화物貨 등의 경제적 방면에만 국한되었던 것은 아니다. 가령 1926년 정인섭鄭寅燮·이하윤異河潤·김진섭金晋燮 등에 의해 결성된 해외문학파의 경우, 《해외문학》(1927)·《문예월간》(1931)의 창간사를 통해 조선 문학이 "일 국민문학이 되는 동시에 세계문학의 권내로 포괄"되어야만 한다는 점을 강조한 바 있다. 특히 본격적인 번역 잡지를 표방했던 《해외문학》·《문예월간》은 "일본문예"를 경유한 영미문예의 "간접 수입"에 의존하는 것이 아니라 영국·프랑스·독일·이탈리아·러시아·미국 문학의 원전原典 번역을 통한 "새로운 문학사상의 직접 수입"을 시도함으로써, 조선의 "모든 문예운동은 세계를 무대로 하여 향상하고 진전해 나간다"는 점을 명확히 했던 것이다. 이러한 해외문학파의 움직임은 국가라는 정치적 매개체를 거치지 않은 채 사상의 국경을 넘어 세계와 직접 "접촉"함으로써 조선 문예 운동의 범주를 확장하고, 이를 통해 "남부끄럽지 않은 우리 문학"을 건설하는 한편 조선 문학을 "세계문학의 조류" 내에 위치시키고자 했던 몇몇 문인들의 면모를 드러내고 있다.[45]

---

44 차혜영은 식민지 조선인들이 '해외 동포'에 대한 인식을 통해 "해외를 문명개화의 대상으로서 따라 배워야 하는 제도나 문명의 도달점으로 전유"하는 것이 아니라 "우리가 살고 있는 우리 공간"으로 전유한 바 있음을 밝히고 있다. 여기에 대해서는 차혜영, 〈1920년대 지知의 재편과 타자 표상의 상관관계: 《개벽》의 해외관련 기사를 중심으로〉, 《역사와 현실》 통권57호, 2005. 9, 76~77쪽.

45 당시 해외문학파는 영문학·불문학·독문학 등을 전공한 동경 유학생 출신들로 구성되어 있었으며, 스스로를 두고 "프롤레타리아파, 민족파와 더불어 문단을 삼분한다고 자평"하기도 했다. 여기에 대해서는 《해외문학海外文學》 창간호, 1927. 1. 17. 《문예월간》 창간호, 1931. 11. 최덕

한편, 1930년대에 이르러서도 장고봉張鼓峰 사건(1938.7) 등 중국·
소련에 의한 대규모 군사적 충돌이 국경지대에서 발생하기 전까지,
조선인들은 국경이 정치적 분할선이라는 사실을 딱히 체감하지 못했
다.[46] "인력차 자전차 보행인 어느 것이나 모다 세관압헤서 스토푸를
당하고", "보행인은 몸덩이를 만처 보는"[47] 식의 월경越境의 행정적 절
차는 오히려 "근대성이 풍성한 결과를 맺은"[48] 1930년대의 식민지인
들에게 (세계 각국과의 원활한 교류를 방해하는) 번거로움의 감각만을
끼칠 뿐이었다. 더구나 그간의 노력 끝에 세계시민의 입지에 어느 정
도 도달했다고 믿는 식민지인들에게, 자신을 이등국민 취급하는 국
경 관리들의 태도는 그야말로 "불유쾌不愉快"한 것으로 인식되지 않
을 수 없었다. 가령 두만강을 바라보며 "쨱크런던이 즐겨 그리는 아
라스카의 자연"을 생각하고 "센티멘탈"에 잠기던 김기림은, "어마어
마한 단총을 들이운 바줄이 허리에서 절렁"거리는 "국경경비선의 경
관"에게 조사를 받게 된다. 이때 그는 "무례에 갓가울 만치" 단순한
어법으로 진행되는 조사에 대하여 "그는 대단히 일본말을 조와한다.
그것이 다소간 그의 〈오-토리티〉에 적지 안케 〈풀러쓰〉한다고 생각
하는 모양이라"고 순간적으로 생각했던 것이다.[49] 일본어/만주어로

교, 《한국잡지백년 2》, 현암사, 2004. 권영민, 《한국현대문학대사전》, 서울대학교출판부, 2004
참조.

46 1938년 7월에 발발한 장고봉 사건은 국경지대의 귀속을 놓고 벌어진 "국경 분쟁"의 대표적 사건
이었으며, 5천여 명의 사상자를 낸 이 사건 이후 《삼천리》에는 조선군사령부 사관과 총독부 관
리를 대상으로 하는 '국경 현지' 좌담회가 게재되었다. 이 좌담회는 '국경'을 바라보는 당대 조선
인들의 시각이 "교류"나 "교역"으로부터 "방공" "안보" 등의 키워드로 옮겨 가기 시작했음을 보
여 준다. 여기에 대해서는 〈國境 現地)座談會(朝鮮軍司令部 士官과 總督府 官吏 모여), 張
鼓峰 風雲과 其後 情勢〉, 《삼천리》 제10권 제11호, 1938.11.1.

47 林元根, 〈滿洲國 遊記〉, 《삼천리》 제4권 제12호, 1932.12.1.

48 정종현, 《동양론과 식민지 조선문학》, 15쪽 참조.

49 김기림, 〈두만강과 류벌〉, 〈國境情調〉, 《삼천리》 제8호, 1930.9.1.

떠드는 현지 관리의 거드름에 직면하여 영어로 응수하는 이와 같은 태도는 그가 자신을 통제하고자 하는 식민/현지 당국의 의도에 더 문명화되고 세련된 세계인의 입지에서 대응하고자 했음을 드러내며, 이를 통해 당대 아시아에 서서히 자리 잡기 시작하는 제국의 위계질서 및 식민지인이 지닐 수밖에 없는 정치적 한계를 벗어나고자 했음을 짐작케 한다.

이처럼 세계성의 부가를 통해 식민성을 극복하고자 했던 1930년대 조선인들의 면모는 이들이 아시아라는 동일성의 범주를 적극적으로 사유하기보다는, 보편성 확보를 위한 범세계적 여정만을 지속적으로 추구하게끔 하는 원인으로 작용했다. 가령 앞서 제시된 김기림의 기행에서도 볼 수 있듯이, 여행 중 마주치는 중국인·만주인 등 타 아시아 민족들은 '문명화된' 조선인과는 확연히 다른 범주의 존재로서 그려지고 있었음을 알 수 있다. 그 예로 만주국 여행 도중 마주친 중국인들에 대한 임원근의 기술을 살펴보자.

滿洲國人 **거리에는 아즉도 원시형**原始型**의 가지가지가 그대로 보존되여 잇다.** (중략) 10년전에 보던 中國사람들의 허리는 그대로 굽엇다. 그리고 의연히 소매가 손등을 덥헛다. 순경과 병대의 복장에서는 해여진 구멍에서 솜뭉치가 비죽비죽 내비친다. **그리고 대관절 그 사람들은 최근에 와서 무엇을 밋고 그러케 우월감이 느러 갓는지 나는 참말로 그들의 비겁한 국민성을 아니우슬 수 업다.**

나는 엇던 毛物店압헤서 발길을 멈추엇다. **맛치 박물관 표본갓흔 한 《되사람》이 나오더니 《여보 무엇 삿서옹》하면서 아조 거만한 태도로 말을 건넌다. 나는 아조 不유쾌한 안색으로 아모런 대답을 아니하엿다.** (중략)

안동현 거리거리에는 〈경축타도악군벌기념일〉이라는 포스터가 이곳저곳에 부터 잇다. 오늘 아츰에는 某방면에 출동하는 듯한 일본군과 만주국군의 행차행렬이 잇섯다. 양군의 콘트라스트는 컴페아의 대상이 못될만 하엿다. 나는 엇던 서양잡지에서 중국을 시찰한 사람의 말로서 중국군인을 가라처서(They are nothing but miserable creatures all poor faded and ill clad) 이러케 기록된 것을 보앗다. 물론 잘 못닙고 잘 못먹는 것이 결코 그들의 죄악도 아니며 비난거리도 아니다. **그러나 대체로 그들의 밀늬하리듸씨풀닌은 코럽트한 것이다. 정의에 빗나는 의협심이나 군율을 직히는 군인정신 등은 아모리 살펴도 그들의 머리속에 담겨잇지안는 것 갓다.**[50]

위 글에서 알 수 있듯이, "되사람"으로 호칭되는 중국인/만주인에 대해 임원근은 "원시형", "거만한 태도", "비겁한 국민성" 등을 지적하며 냉소로 일관하고 있다. 이러한 임원근의 기술에서 이들을 동일 범주로 인식하고자 하는 면모란 찾아볼 수 없다. 만주국의 수립이 "오족협화 공존공영의 간판"을 내세움으로써 동아 신질서 건설의 기반을 다지고자 했던 제국의 의도로부터 비롯된 것이었음에도 불구하고,[51] 위 구절에서 알 수 있듯이 만주인에게 국민의 지위를 부여하는 제국의 정치적 맥락은 동아시아 각 민족들 간에 "우월감" 및 위계질서를 조장함으로써 오히려 민족 간 불화를 심화시키는 결과만을 초래하고 만다. 다시 말해 제국의 신동아 건설이 민족 간 위계질서를 근간으로 진행되는 한, 이는 식민지 조선인들로 하여금 아시아라는

---

50 林元根, 〈滿洲國 遊記〉.
51 〈開闢評增〉, 《개벽》, 1934. 11. 1.

동일성으로부터 멀어져 보편으로서의 '세계'를 지향하도록 하는 무의식적 계기로 작용할 뿐이었다.[52]

나아가 흥미로운 점은, 제국과의 제휴 하에 국민의 지위를 얻은 만주인들의 우월감에 대응하기 위해, 임원근은 "서양 잡지"와 제휴하는 양상을 보인다는 것이다. 즉, 제국—만주국의 국민들 사이에서 자신이 한낱 식민지인으로 존재할 수밖에 없음을 깨달은 임원근은 이들을 "miserable creatures"로 파악하는 서양의 관점을 소환하는바, 이를 통해 그는 제국이 규정하는 아시아의 정치적 위계질서로부터 벗어나 제국—만주의 정세를 보다 객관적으로 품평할 수 있는 (듯 보이는) 또 다른 범주를 향한 관념적 이동을 선보이고 있음을 알 수 있다. 이는 서양이라는 중심적 범주에 의존하고 있다는 측면에서 제국주의의 또 다른 표현으로 볼 수도 있겠으나, 이때 도입되는 제국 일본 이외의 관점은 식민지인들에게 인종·지역이 아닌 다른 사회문화적 기준—문명화 여부—에 근거한 범주화의 가능성을 여전히 제기함으로써, 당대

---

52 중국의 경우 리 따자오·쑨원·왕징웨이 등 정당 수뇌들의 아시아 담론들이 1910~1930년대에 걸쳐 꾸준히 제기되었던 반면, 1910~1930년대 식민지 조선에서는 인종이나 지역 단위의 사유가 그다지 발견되지 않는다는 점을 염두에 둘 필요가 있다. 가령 〈世界 三大 問題의 波及과 朝鮮人의 覺悟如何, 社說(1920)〉의 필자는 "세계 3대 문제 중 하나"라는 "인종 문제"를 두고 "동일한 백인종 중에서도 優한 민족이 劣한 민족을 학대"하는 경우가 있으므로 "인종차별 철폐의 이상을 완전히 達코저 하면 각국이 共히 민족과 민족의 차별을 선폐함이 순서상 당연의 事"임을 강조하고 있다. 이 구절에서 알 수 있다시피 당대 조선인들의 사유는 개별적인 '민족'을 우선으로 전개되고 있었으며, '지역'·'인종' 등 더 넓은 범주의 사유란 어디까지나 부차적인 것에 불과했다. 한편 조선인 아나키스트 박열은 1922년 흑우회 기관지에 게재된 〈아시아 먼로주의에 대하여〉에서 다음과 같이 언급하고 있다. "하긴 우리 조선인에게는 백색인종의 자본주의, 제국주의로부터의 박해도 있을지 모르겠다. 하지만 그보다 더 혹독한 박해를 현재 우리 조선인은 일본인의 자본주의, 제국주의로부터 받고 있다. (중략) 이런 엄연한 사실을 무시하고 단지 똑같은 아시아 인종이라는 조건으로 우리 조선인에게 아시아 인종으로서의 단결을 강요하는 것은 분명 백색인종의 발호에 이름을 빌려 그 정복자로서의 지위를 하루라도 오래 유지하려는 제국주의적 책략에 지나지 않는다." 여기에 대해서는 최원석·백영서 엮음, 앞의 책, 〈世界 三大 問題의 波及과 朝鮮人의 覺悟如何, 社說〉, 《개벽》 제2호, 1920.7.25. 박열朴烈, 〈아시아 먼로주의에 대하여〉, 《太い鮮人》 제2호, 1922 참조.

조선인들로 하여금 만주·중국 일대에서 ˝The strongest˝[53]로 군림하는 제국의 지역질서에 매몰되지 않도록 하는 기반으로 작용했다.

위와 같은 연유들로 인하여, 식민지 조선인들은 정치지리학의 개념이 확산되고 블록경제에 근거한 지역적 분할의 경계가 지도 위를 가로지르기 시작하는 1930년대의 시대적 상황 하에서도, 여전히 인류·세계 개념에 입각한 사회문화적 확장의 여정에 열광하고 있었다. 즉, 이들은 문명의 자취를 쫓아 이집트·예루살렘·파리로 향하고,[54] 세계문학의 흐름과 예츠Yeats의 발자취를 쫓아 애란愛蘭을 여행하며,[55] "동양의 리듬을 몸에다 지니고서 지구를 한바퀴 도는 조선의 딸" 최승희의 해외 진출을 주시했던 것이다.[56] "英語 又는 에쓰語로 번역하야 해외에 보내고 십흔 우리 작품"들을 언급하고,[57] "조선무용의 민속무용으로서의 양식화를 세계인에게 보여 주겠다"던 최승희가 "전 세계의 호화로운 칭찬 속에 무친" 것을 자축하던 1930년대 중후반의 시대적 분위기는 당대 조선인들이 "만장滿場의 박수"를 받을 만한 보편적 가치를 획득했다는 자부심 하에 세계 각국과 교류하고 있었음을 보여 준다.[58]

근대성이 정점에 이르렀던 1930년대는 실제로 문화·예술·기술·체육 등의 방면에서 조선 청년들이 "다른 나라 학생에 조금도 손색

53 林元根, 〈滿洲國 遊記〉.
54 〈민족흥망의 자최를 차저〉, 《삼천리》 제8권 제2호, 1936.2.1.
55 정인섭(鄭寅燮), 〈애란문단방문기〉, 《삼천리문학》 제1집, 1938.1.1.
56 〈륜돈, 파리로 가는 무희 최승희〉, 《삼천리》 제7권 제11호, 1935.12.1.
57 〈英語 又는 에쓰語로 飜譯하야 海外에 보내고 십흔 우리 作品〉, 《삼천리》 제8권 제2호, 1936.2.1.
58 〈太平洋서 絶讚밧는 崔承喜 - 米國 건너가서 最高 人氣 속에 싸이다〉, 《삼천리》, 제10권 제8호, 1938.8.1.

이 업시 조선의 성가聲價를 내는"[59] 시기였다. 특히 "전 세계의 가장 웃듬가는 예술가만 소개"한다는 메트로폴리탄 극장의 매니저가 "허리를 굽혀 청격하는 속에" 등장했다는 최승희의 존재는 "인종적 제한을 초월하는 정묘精妙의 기민의 기술"을 통해 "최고급 명예의 길"에 오른 조선의 위상을 확인시켜 주는 계기가 되었다.[60] 아울러 이들의 해외 진출은 세계 문명의 실상을 "안전眼前"에 대면함으로써, 그간 "위대한 진리의 화신"과 같이 인식되었던 서양에 대한 문명적 위계의식을 떨치고 세계 각국인들과 조선인들 간에 수평적 관계를 구축하도록 하는 결과를 초래했다는 측면에서 중요하다. 가령 정인섭의 〈애란문단방문기〉를 살펴보자.

(중략) 예츠 양은 그 때 마츰 그 극장에 와 있으니 의향이 있으면 맛내보라고 한다. 나는 예츠 씨를 면회하는 것도 중요한 일이거니와 예츠양을 맞나보는 것이 더욱 흥미 있는 일이라고 생각하고 즉시 면회를 청했다.

나는 현관홀에 다시 내려와 걸상에 앉어 여러 가지를 상상하면서 기다리고 있다. 나이는 얼마나 되며 얼굴은 어떻게 생겼으며 스타일은 어떠하리라 … 옷은 무엇을 입었을가 … 나는 무슨 말을 해볼가? 나의 유상幼想은 무척 화려하게 미끄름질을 치고 있었다. **일세의 거장 예츠씨의 영양! 그에게 고귀와 찬란과 영화를 그리고 있었다. 향기로운 가인의 자태… 나는 예츠씨의 신비로운 예술경에서 예츠양의 긴**

59 〈英國汽船 船長 申君, 大西洋航行의 優秀船 船長으로〉《삼천리》제5권 제9호, 1933.9.1, H. R. ima, 〈東京樂壇消息〉, 《삼천리》제7권 제6호, 1935.7.1 등 참조. 참고로 손기정이 베를린 올림픽의 마라톤 종목에서 금메달을 획득했던 것도 1936년의 일이었다.
60 〈太平洋서 絶讚밧는 崔承喜-米國 건너가서 最高 人氣 속에 싸히다〉.

치마자락을 연상하고 이상한 감격으로 기다리고 있다.

조곰 있으니 여사원이 한 젊은 19세 가량 되어보이는 노동자를 뒤에 다리고 온다. 그리고 예츠양이라고 소개한다. 나는 놀냈다. 놀렸다는 것보담도 의심했다. 아니 의심한다는 것 보담은 오히려 정신이 어떨떨 했다고 하는 것이 옳을 것이다. 외? **나는 나의 여러 가지 긴장했던 상상과는 정반대의 인물, 아니 나의 기대라는 것이 너무나 부화**浮華**하고 엉터리 없었다는 것을 깨닫고 바로 안전**眼前**에 나타난 위대한 진리의 현실적 화신?을 보고 놀내지 않을 수 없었든 것이다.** 더구나 우에는 내복 하나만 입고 여인이 청색의 남자 직공복을 양 억개에 걸바를 걸치고 그리고 바지에는 여러가지 색의 펭키가 무더서 이제 막 무슨 작업을 하다가 온 모양같다. 더구나 **그의 얼골 모습과 자태가 나의 예식착오를 여지없이 공격하는 듯한 꾸지람을 던지고 잇는 것 같었다.** 그는 자기가 안 바틀러 예츠양이라고 인사를 하면서 반가히 악수를 한다.

《나는 조선이란데서 왔읍니다. 당신을 뵈옵게 되어서 말할 수 없이 반갑습니다.》

《저 亦 그렇습니다. 언제 이리 오셨읍닛가?》

《오늘 아침에 기차에서 내렸읍니다.》

그는 갑작이 자기 옷과 몸을 한 번 훌터보더니 미안한 듯이 조곰 웃는 어조로 변명을 하며

《이런 옷을 입고 그대로 뵙게되니 대단 미안합니다!》

《천만의 말슴이올시다.》

나는 나의 내방 목적을 이약이 하기 전에 그가 그의 복장에 대한 말을 하는 기회를 이용해서 내가 알고싶은 첫 수수꺽기를 뭇지 않을 수 없었다.

《양께서는 여기서 무얼하고 계심닛가?》

《저는 여기서 무대장치를 배우고 있어요.》

그는 미소를 띠우면서 분명한 어조로 답을 했다. 나는 비로소 나의 의문이 풀리기 시작한 것을 느끼자, 곳 이어서 양의 결심이 비범한 것을 감탄했다.

(중략) 다음에는 아직도 《아베座》 개관의 시간이 좀 남아 있기에 부득이 그 이 교당 바로 건너편에 있는 中央模範學校(센트럴 모델 수쿨)로 찾아갔다. (중략) 소학생들은 아침 등교시간이 되었기 때문에 희희낙낙 하면서 가방을 질머지고 쌍쌍 들어온다. 이국異國에 돌입자突入者를 보고 그들의 호기심은 100퍼—센트인 모양이다. (중략) 여러가지 그들의 신교육 방침을 듣고는 특히 제 1학년의 영어시간을 참관하기로 하고 그의 인도로 교실에 들어갔다.

들어가서 교단 한 쪽에 서 있노라니깐 급장이 기립을 불러서 전반이 인사질을 한다. 교사는 30세가량 되어 보이는데 교실용어는 전부 영어이다. 생도들은 소학생인데도 불구하고 잘 알아들으면서 대답도 곳 잘하고 지명하면 이러서서 낭독도 훌륭하게 한다. 교과서를 조사해보니 교육국 편찬으로 되어 있는데 그 속에는 독일의 《그림 동화》도 있고 정말丁抹의 《앤더슨 동화》도 있으며 간혹 《스티븐손》의 동요도 섞여 있으나 특이한 늣낌을 주는 것은 애란 전설이 많이 들어있었다. 그런데 아동들의 발음은 역시 표준발음에 통일되어 있는데 영란英蘭의 지방어 쓰든 사람들에 비해서 훨신 정확하게 들린다. 역시 교육의 힘이라고 생각했다. 그리고 **어느 나라 아동이던지 서로 경쟁하는 심리는 마찬가지다. 하나가 잘못 읽게 되면 여러 아이들이 서로 손을 뽑내 들면서 제가 읽으려고 선생님을 부르면서 애쓰는 꼴이 가엽고도**

우수윘다. (중략) 여선생 두 분의 지시를 받어 교문을 나오는 도중에 아이들이 몰려와서 내 얼골을 구멍날 듯이 드러다 본다. 시간이 넉넉했드려면 조선 동화나 동요를 하나식 들려줄 것인데, 동방여인東方旅人이 그들의 동화세계에 분명히 나타난 셈이다. 나는 끝없는 미소를 던지면서 작별했다.[61]

위 글에서 알 수 있듯이, 아일랜드에 도착한 후 "일세의 거장" 예츠의 딸과 만나기에 앞서 정인섭이 가지고 있던 기대는 눈앞에 나타난 현실로 인하여 여지없이 수정된다. 즉, "위대한 진리·신비로운 예술경" 등의 표현에서 알 수 있듯이, 진리의 총체이자 문화적 선구자로서 상정되었던 예츠 양이라는 기표는 기실 "청색의 남자 직공복"을 입은 평범한 노동자의 기의를 담지한 것으로 확인되는 것이다. 이러한 실상과의 대면을 통해 정인섭은 선진 문명의 "고귀와 찬란과 영화"에 압도된 식민지인의 위치로부터, 초면의 악수를 나누는 대등한 개인의 위치로 전환된다. 아울러 정인섭이 예의에 어긋난 옷차림을 한 예츠의 딸에게 "천만의 말슴이올시다."라며 관용을 베푸는 장면은, 외국의 기준에 미달하는 매너를 항시 지적당할 수밖에 없었던 전 시대 조선인들의 모습과 대조를 이룬다는 측면에서 의미심장하다. 주지하다시피, 1920년대 조선인들은 "시대에 낙후된 상투-좀 업시하야 주셔요, 상투를 그대로 두시겟거든 문을 걸고 출입을 말아주셔요. 외국사람 시찰단의 눈에 뜨이면 사진박아 가지고 돌아단이는 꼴-참 보기 시러요."라는 식으로 외국의 질서 체계를 의식하여

---

61 정인섭, 〈애란문단방문기〉.

옷차림이나 매너를 항시 자기검열할 수밖에 없었다.[62] 그러나 1920년 대 조선인들이 이처럼 "해외를 문명개화의 대상으로서 따라 배워야 하는 제도나 문명의 도달점"으로 인식했던 데 반해, 1930년대 조선 인들은 문명의 도달점을 이미 성취成就하여 '매너'라는 보편적 가치를 (서양인들에 비해 더 철저히) 체현한 존재로서 스스로를 구현하고 있 는 것이다.

한편, 위 글에 드러난 정인섭의 행적은 서구/동양, 황인종/백인 종, 제국/식민지 등 정치적 범주로 수렴되지 않는 다양한 정체성 수 행의 양상들을 선보이고 있다는 측면에서도 주목할 필요가 있다. 가 령 예츠의 딸이나 소학교 생도들과의 대면에서 정인섭은 동양인/식 민지인이라는 고정된 범주 내부에 머물러 있는 것이 아니며, 남성/ 어른/교육자 등 다채로운 사회문화적 범주들에 근거를 둔 행위들을 수행하고 있음을 알 수 있다. 즉, 성인 남성으로서 "가인의 자태"를 상상하거나, 어른으로서 "어느 나라 아동이던지 서로 경쟁하는 심리 는 마찬가지"임을 읽어 내는 한편, 교육자로서 학생들의 영어 발음 을 분석·평가하는 정인섭의 면모는 식민지 개개인이 각자에게 축적 된 정체성의 다양한 기의들을 활용함으로써 제국주의의 정치적 범주 로 환원되지 않는 사회문화적 궤적들의 다원화를 선보이게 되었음을 드러낸다.[63]

이처럼 조선인들이 각자의 여정을 통해 축적해 왔던 세계와의 수

---

62 大喝生, 〈좀 그러지 말아주셔요〉, 《개벽》 제1호, 1920.6.25.
63 물론 정인섭이 이처럼 제국주의의 정치적 범주화에 국한되지 않는 행위수행을 선보일 수 있었 던 까닭에는 계층적 특성 또한 개입하고 있었음을 고려해야 한다. 정인섭은 와세다대 영문학과 졸업생이자 이후 런던대 교수를 역임하는 영국 유학파 출신의 시인·평론가·영문학자였다. 정 인섭의 이러한 계층적 특성이 (식민지인에 국한되지 않는) 그의 다채로운 정체성 구사를 가능케 하는 원인이 되었음을 아울러 고찰할 필요가 있다.

평적 연계 및 사회적·문화적·경제적 교류의 다원적 궤적들은 식민지 말기 동아신질서 건설 선언과 더불어 급작스럽게 제국의 프레임 내부로 제한되기 시작했다. "미영귀축美英鬼畜"에 대항하는 일만지日滿支 블록의 형성을 골자로 하는 1938년 11월 3일의 동아신질서 건설 선언은 최승희가 "아메리카 기자"와의 인터뷰에서 "아메리카는 문명한 나라요 또는 누구나 잘 사는 기적의 나라임니다." "현대 (조선의) 청년남녀들은 아메리카의 것이라면 무엇이나 조와해요. 가령 아메리카 음식이라든지, 아메리카 의복이라든지, 아메리카의 습관 아메리카의 춤까지도 조와함니다."라고 "더듬거리는 영어로" 미국에 대한 친밀감을 표명한지 불과 3개월 후의 일이었던 것이다.[64] 이러한 갑작스러운 정치적 변환은 식민지인들이 그간 공들여 구축해 놓았던 세계 각국와의 교류의 장이 제국에 의해 임의로 분할·축소되거나 균질화될 것임을 예고하는 것이었다. 아울러 이는 제국이 이미 자신의 테두리 내에 가둘 수 없는 범위까지 확장되어 버린 대만·중국·조선 등의 식민지 정체성을 섣불리 제국의 정치적 공간 속으로 끌어들임으로써, 1921년에 이미 지적된 바 있듯이 "국방의 울타리"를 구축하는 것이 아니라 스스로의 "울타리"를 흔들리게 할 "위험한 연초煙草"들을 축적하게 되었음을 의미했다.[65] 그리하여 중일전쟁(1937) 및 태평양전쟁(1941)의 발발을 거쳐 "세계의 지도"가 "다시 한 번 물색칠할 때에 이르럿"을 때,[66] 이로 인해 식민지인들이 아시아의 정치적 공간 속으로 소환되고 "동서·황백 두 인종의 경쟁" 구도로 재분할된 세계와 다시금 대면하게 되었을 때, 이들이 그간 축적해 왔던 "국가

---

64 〈太平洋서 絶讚밧는 崔承喜 - 米國 건너가서 最高 人氣 속에 싸히다〉.

65 〈대일본주의의 환상〉, 《동양경제신보》, 1921.7-8.

66 이광수, 〈나의 海外 亡命時代-상해의 2년간〉, 《삼천리》 제4권 제1호, 1932.1.1.

에 의존하지 않는" 다원적 정체성의 노선, 세계 각국과의 수평적 연대감 등은 최재서가 언급한 바 있듯이, "민족과 국토와의 직접적 연계를 무시"하고 제국이 예상치 못했던 방향으로 당대 지역/정체성 상상의 변이를 유도한다는 측면에서 "끝없는 위험 신호"로 지목되었던 것이다.[67]

제국의 수직적 분할과 근대 자본주의/사회주의 운동

한편, 식민지 말기 제국의 동일화·동역화 명령으로 온전히 회수될 수 없었던 조선인들의 행보는 이들이 근대 자본주의·사회주의에 의거하여 인종·국적·지역·민족 등의 분할을 뛰어넘는 범세계적 전망을 축적했다는 사실에 의해 촉발된 것이었음을 아울러 언급할 필요가 있다. 앞서 살펴본 바 있듯이 제국에 의해 정치적 공간이 폐쇄되었던 1910~1930년대까지의 기간 동안 식민지인들은 국가나 정치를 대체할 만한 사회·경제·문화·예술 분야의 다른 정체성 범주들을 모색했고, 이를 통해 제국보다 더 웅대한 스케일을 지닌 운동의 일원으로 상정되는 경험을 했다. 특히 1910~1930년대 미국·소련의 대두와 함께 전 지구적 흐름을 형성했던 근대 자본주의·사회주의는 식민지인들로 하여금 전주錢主·노동자라는 세계-내-입지를 새로

---

67 최재서,〈문학자와 세계관의 문제〉,《국민문학》, 1942.10. 최재서는 이 글에서 특히 "생활 전일체로서의 민족과 국가를 적대시하며, 어느 나라에도 소속되지 않는 인류"를 목표로 한다는 "세계주의"에 대한 우려를 표명한 바 있다. 즉 "모든 지역과 인종의 총체로서의 지구를 상정"하고, "전 세계를 내 집으로 하고 전 인류를 동포로 삼으며, 인간의 귀천·혈통·인종·국민성 등은 불문에 붙이는" 세계주의적 세계관은 "민족과 국토와의 직접적 연계도 무시"하고, "결국에 가서는 유기적 전일체로서의 민족과 국가의 해체를 가져온다는 데 그 잠재적이며 편재적인 위험성이 있다는 것이다."

이 획득케 함으로써, 식민지 말기에 이르러서도 대동아공영권이라는 제국의 판도가 아닌 세계시장·프롤레타리아 국제 연대 등의 범세계적 판도로 흘러가도록 하는 동력으로 작용했던 것이다. 식민지인들이 인류·세계의 일원으로 스스로를 정립시키기 위해 모색했던 다채로운 경로들 중에서도, 이들 운동은 제국이 성립되기 위해 체제 내부에 포함시킬 수밖에 없었던 모순들로부터 비롯되었다는 측면에서 제국을 '건설하는 동시에 초월하는' 변혁의 가능성을 내포하는 것으로 인식되었다. 나아가 제1차 세계대전 이후 "신세계"의 전망을 선보인 것으로 기술되었던 미국·소련의 존재는, 세계 자본주의 체제·공산주의 인터내셔널이라는 초-제국주의적ultra-imperialism/반-제국주의적 anti-imperialism 질서를 표방하고 있다는 측면에서 이러한 변혁을 당대에 이미 실현한 것으로 평가되었던 것이다.[68]

근대 자본주의나 사회주의가 경계 '너머'에 대한 지향성을 지니고 있었다는 사실은 명백하다.[69] 마르크스는 "자본으로 하여금 자신의 경계를 넘어 세계시장을 향한 경향을 취하도록 하는 요소들 중 하

---

68 1930년대 전후 미국·소련은 "세계의 첨단에 선 신문화국가"이자 식민지인들이 성취해야 할 문명적 전망의 실천적 사례로서 식민지 조선의 언론에서 회자되고 있었다는 점을 상기하자. 가령 1929년《삼천리》에서는 "오늘날 세계의 문명이 아메리카 문명과 露西亞 문명의 두 가지로 나누어잇다"라는 구절을 찾아볼 수 있으며, 1932년《삼천리》에는 〈우리들은 亞米利加문명을 끄으러 올가 露西亞문명을 끄으러 올가?〉라는 설문이 실리기도 했다. 여기에 대해서는 梨花專學校教授 尹聖德 孃, 〈最近 美國新女性〉,《삼천리》 제3호, 1929.11.13, 洪陽明 외, 〈우리들은 亞米利加문명을 끄으러 올가 露西亞문명을 끄으러 올가?〉,《삼천리》 제4권 제7호, 1932.5.15. 참조.

69 자본주의 운동과 사회주의 운동은 동일하게 'movement'로 표기되는 경우가 많으나, 사회주의 운동이 단일한 슬로건 하에 조직화되어 주체 활동의 기반이 되는 캠페인campaign의 성격을 강하게 띤다면 자본주의 운동은 무방향적이며 무의식적인 순환·유통circulation에 가깝다. (이후 살펴보겠지만, 1920년대 조선 상품의 세계 수출을 추구했던 "물산장려운동"과 같이 캠페인의 성격을 띠는 자본주의 운동도 존재했음을 물론 고려해야 한다.) 이러한 각각의 속성들은 곧 서론에서 살펴본 바와 같이, 사회주의 운동으로 하여금 조직을 향한 외부적 망명·이탈을 야기하는 반면, 자본주의 운동으로 하여금 제국의 정치적 분할선을 융해시켜 내부적 해체를 유발하도록 하는 근간이 되었다.

나"로서 실현realization의 문제를 꼽은 바 있다.[70] 마르크스에 따르면 자본은 생산 과정에서 만들어진 잉여가치를 실현하고 과잉 생산에서 생긴 가치 절하를 피하기 위해 자신의 영역을 팽창시키고자 하는 욕구를 지니고 있으며, 이로 인하여 필연적으로 제국주의라는 정치 형태를 취하게 된다. 그러나 "자본의 갈증"이 끊임없이 "새로운 피"를 필요로 하는 반면, 제국주의는 "비자본주의적 문명을 쇠퇴시키면 시킬수록 더욱 빠르게 자본주의 축적의 토대를 침식"하는 결과를 초래할 수밖에 없다. 나아가 "비록 제국주의가 자본주의의 진행 경로를 연장하기 위한 역사적인 방식일지라도, 제국주의는 또한 자본주의를 빨리 끝내 버리는 확실한 수단"[71]이기에 결국 자본은 제국을 넘어서려는 움직임을 형성하지 않을 수 없는 것이다. 실제로 제국주의는 어느 시점에 이르면 "무역 독점과 보호 관세, 본국과 식민지 영토들을 가지고 고정된 경계선들을 지속적으로 설정"하고 "경제적·사회적·문화적 흐름들을 막거나 일정한 방향으로 돌리"게 되며, 이러한 "제국주의적 실행들이 창조한 경계선들은 자본주의 세계시장의 완전한 실현을 가로막"기에 자본은 결국 제국주의를 "극복"하지 않을 수 없다.[72] 네그리·하트가 논의한 바 있듯이 자본이 "통제 범위를 지속적으로 확장하려는 욕구"에 근거하여 제국주의를 넘어 "사실상 유일한 세계 권력이 되려는 경향"을 지니는 것이라면, 그리하여 "순환, 이동성, 다양성, 혼합"을 근거로 삼는 세계시장의 이데올로기가 실제로 "국민국가가 부과해왔던 모든 이분법적 분할을 압도"[73]하는 동력

---

70 카를 마르크스, 《정치경제학 비판 요강》, 김호균 옮김, 지만지, 2012.
71 Rosa Luxemburg, The Accumulation of Capital, p. 446.
72 안토니오 네그리·마이클 하트, 《제국》, 314쪽.
73 안토니오 네그리·마이클 하트, 《제국》, 209, 302~309쪽.

을 지닌 것이라면, 식민지 말기 조선인들은 지역 블록화와 총동원 체제로 묶인 식민지 공간 내에서 그간 축적해 왔던 국제적 역량과 더불어, "자신의 외부 환경을 먹어치우고자" 하는 자본의 본성에 기인함으로써 제국에 의해 폐색된 아시아를 돌파할 수 있는 길을 발견했던 셈이다.

실제로 한일합방 이후 식민지 조선인들이 자본의 초월적·세계 지향적 속성에 주목함으로써 제국과 구분된 활동 영역을 구축하는 한편, 제국의 정치적 분할선을 돌파하여 세계 각국으로 진출할 수 있는 길을 모색하고자 했다는 사실은 지속적으로 관찰된다. 가령 김현주는 식민화로 인하여 "더 이상 강병強兵의 주체가 될 수 없었던" 1910년대 조선인들이 "경제의 발달"로 눈길을 돌리게 되었다는 점을 제시한 바 있다.[74] 아울러 1920년대 《개벽》에는 "조선을 경영적으로 개발"하기 위해 "먼저 외국자본의 수입을 장려하고 제외국諸外國 간의 직통항로를 개설"하여 "일본의 보호관세적 장벽을 철파"하는 한편, "조선품朝鮮品을 세계적 상품으로 화化하여 구미歐美에 직수출"해야 한다는 글이 실리는 것이다.

우리의 폐물은 남의 귀염을 바다 새 목숨을 닛대여 가건마는 우리 속에 흐르는 조선의 피는 속절업시 자자짐에야 어찌할가. 민족의 존재를 스스로 무시하고 족보를 질머진다면 그만이어니와 그래도 아니라면 무슨 움즉임이 잇서야 할 것이 안일가. 살피건댄 저들의 들어덤비는 까닭은 저들의 마음맛는 그것은 무엇일가. 먼저 이것에 애써 보아야 할 필요가 잇지 안흔가! **아아 이제야... 토산장려의 바람이 불어**

---

74 김현주, 《사회의 발견》, 272~273쪽.

온다. 조선과 제외국 간에 직통항로가 개설된다 한다. 어찌 되얏던지 이로부터 우리 무역의 큰 길은 열리여 보랴 함인지 배주고 속빌어먹든 日中의 씨름과 다른 우리로서는 창시적 운동이라고 자랑할만한 구미의 직접수출 그것이 今의 큰일이다. 이에 대한 이삼선견의 담談을 소개하노라. (一記者)

(중략) 조선을 경영적으로 개발함에는 무엇보담도 먼저 외국자본의 수입을 장려함이 가장 급무가 됨은 서설을 요할 바가 아니라. 諸外國 간의 직통항로를 개설하는 所以는 일본의 보호관세적 장벽을 철파함에 다소의 一利가 잇슬 듯 하되 이보담도 이상의 필요를 늣기는 바는 외국무역이 조선인에게 어떠케 이해득실이 잇느냐 하는 그 점을 중심삼아 各個의 자각을 엇게 하면 수입의 초과를 기우할 것이 아니오 딸하서 토산장려이니 무산자의 불평이니 하는 그리 焦心할 문제를 일으킬 것도 업슬 듯 합니다. 백두으로부터 한나까지의 연면한 육산 3면다도에 둘린 수산 이러한 천사의 이권은 그냥 방기하고 남의 것으로만 살아가랴는 민족 신탁회사의 천지 고리대업자의 세계 땅이나 사노코 추수에 몰두하는 은행 인취나 경취의 가튼 관설도박장에는 명을 액기지 안는 민족 참말 이 민족이야말로 천하가 모다 최혜국이 안닌 바에야 이 민족을 그냥 먹이여 살릴 理가 잇겟습니까. 현하 토산장려의 운동이 매우 힘잇서 뵈입니다마는 이 운동의 결과가 만일 소극적 진행에 그친다 하면 외인의 치소는 둘재치고 그나마 조선인의 남은 운명은 아마도 이로써 결정되리라 하야도 과언이 아닐 듯 합니다. 그리하야 내 살림을 내 것이란 경제적 표어의 신성한 뜻을 오해하고 **남의 것은 이용치 안코 다만 국산품만을 일상생활의 필회물로 안다 하면 이것은 돌오혀 세계로부터 배척을 자취함이나 무이합니다.**

우리도 남과 가티 제조를 하던지 개량을 하던지 공예와 상책 모든 것에 전력을 다하야 목면을 버서버리고 주단을 입어야 초가로부터 양옥으로 옴기게 되여야 할 적극적 생활의 방침을 취하는 그것이 20세기 금일의 신생활의 味를 맛봄이 아닙니까. 이런 것도 불구하고 **소위 조선총독부 당국자들은 무엇을 위험시 하얏던지 조선물산장려의 선전행렬을 엄금함은 그야말로 변변치 못한 정치가의 눈으로 보아도 실로 가소절장할 일이라 안흘 수 업습니다.**

(話頭를 轉하야) 目下 歐米 수출에 가장 유리한 국산으로 말하면 金, 銀, 重石, 黑鉛 가튼 광물은 물론, 특히 黑鉛에 이르러셔는 年前 大戰 당시에 일본인이 영국에로 제1회로 수출한 3천噸의 品은 우량한 成績을 擧하얏스나 이것에 滋味를 부친 奸商들은 이것을 好機로 하야 其後부터는 本品에 雜物을 混入하얏슴으로 하야 제2차의 3천톤은 퇴각을 당하야 여지업시 신용을 일허버린 일이 잇섯습니다.

그러나 今後부터 이것을 우리의 손으로 특별정제에 힘을 써서 수출하게 되면 상당한 신용을 어들 터이오 目下 일본 내지로 흡수되는 大豆는 그 품질이 일본산에 비하야 매우 우월한 好品임으로 이것도 우리의 손으로 직수출하면 매년 일천만원 이상의 수입은 無慮하겟스며 발서 年 백만원에 近한 生絲는 조선제사회사로부터 수출되고 年 수백만원을 초과하는 皮物(山皮), 월 800톤(1월 중에 미국으로 수출된 額)에 달하는 烟草 北鮮産으로 유명한 洋食品 用의 蕎麥 白豆 기타 胡桃 등이며 공예품으로 鍮器 가튼 것은 재래 製度에 가공만 하면 그만이오 다시 木製品 衣欌 가튼 것도 다소 人工을 가하면 이것도 年 백만원의 수출은 無慮할 것이오 근래 유행되는 고려식 磁器는 先月 중에도 수출된 것이 8만여 원에 달하얏고 草製品의 莚席類 중에도 둥글방석 가튼 것은 가장 만히 쓰이고 기타 草布類, 竹第品이 매우 市勢를 엇덧스며 牛皮와 가튼 품질개량에 일층 用力만 하면 상당히 需用될 것이오 특히

까_뎅類는 부녀들의 內職으로 이것을 장려만 하면 역시 少不下 年 수십만원의 이득이 잇슬 것입니다. 이제부터라도 힘만 쓰면 不遠한 장래에 朝鮮品은 세계적 상품으로 化할 것입니다. 이러케 황금세계에 안저서도 남에게 구걸질을 하는 인생 알고 보면 참말 기맥힘니다. 그리하야 적극적 물산장려에 共鳴하는 余로서는 하로 밧비 余의 생장지와 외국간의 무역에 신기운을 촉진하야 넘우도 지리하게 한우님 덕만 바라고 살랴고 하든 우리 민족에게 새 목숨이 품기여지기를 기약합니다.[75]

위 인용문에서 알 수 있듯이, 이 글은 "남의 것은 이용치 안코 다만 국산품만을 일상생활의 필회물必須物로 안다 하면 이것은 돌오혀 세계로부터 배척을 자취自取함"임을 지적하는 한편, "물산장려의 선전행렬을 엄금"하는 "조선총독부 당국자"들에 대해 "가소절장可笑絶腸할 일"이라고 논평하고 있다. 아울러 이 글은 세계와의 직통 무역을 통해 경제 행위주체로서의 입지를 개척하고, "日下 일본 내지로 흡수되는" 자원들을 "우리의 손으로 외국에 직수출"함으로서 "적극적 생활의 방침"을 취하는 한편, 보호 관세 등 제국주의의 장벽을 돌파함으로써 "민족에게 새 목숨이 품기여지기를 기약"했던 당대 조선인들의 면모를 드러내고 있다는 측면에서 주목할 만하다.

이처럼 자본이라는 동력에 의거함으로써 제국의 경계를 넘어서고자 했던 식민지인들의 면모는 위 글에 드러나다시피 단순히 "기약期約"의 수준에만 머물러 있었던 것은 아니다. 식민지 조선의 무역 및 유통 구조를 다룬 최근의 연구들은 1910~20년대 식민지 조선인들이 제국의 통일 관세 제도에 대해 반발함으로써 독자적인 무역 루트

75 一記者, 〈世界의 商戰에 參加할 만한 朝鮮輸出物〉, 《개벽》 제34호, 1923.4.1.

를 일정 기간 동안 영위했으며, 이로 인해 제국-조선은 본국 대對 원료품 공급지/완제품 시장이라는 전형적인 식민지 무역의 형태로 자리 잡는 것을 유보한 바 있음을 지적한다.[76] 1876년 문호개방 이전부터 조선에서는 정부의 강력한 규제에도 불구하고 서양 제품의 유통이 꾸준히 진행되어 왔으며, 문호 개방 이후 조선은 대 조선 무역에 관심을 표방했던 미국·독일·영국·프랑스 등과의 통상을 증대하게 되었다. 이러한 대외 무역의 전개는 한일합방 이후 제국의 조선 경제 독점을 일시적으로 저지하는 요인으로 작용했다. 즉, 일본은 자국의 식민지에서 기본적으로 통일 관세제도[77]를 실시함으로써 식민 본국-식민지 간의 경제를 통합하고 무역의 흐름 또한 수직적으로 통제·독점하고자 했다. 그러나 1) 조선의 대 서양 무역 중 가장 큰 비중을 차지했던 영국의 입장을 고려하지 않을 수 없었고,[78] 2) 별개의

---

76 여기에 대해서는 송규진, 〈1920-1931년 조선총독부의 관세정책과 조선무역구조의 성격〉, 《한국사학보》 제6호, 1999.3. 〈일제하 조선무역연구를 통한 '식민지 개발론' 비판〉, 《내일을 여는 역사》, 2001 가을호. 〈문호개방 이후 대 서양무역이 조선경제에 끼친 영향〉, 《사학연구》 제81호, 2006.3. 강진아, 〈이주와 유통으로 본 근현대 동아시아 경제사〉, 《역사비평》 79호, 2007년 여름 등 참조.

77 일본 정부는 한일합방 이후 대한제국의 관세 제도를 향후 10년간 유지할 것임을 발표했다. 대한제국 관세제도의 유지 기간이 만료된 이후, 이를 어떠한 형태로 설정할 것인지는 일제의 식민지 경제정책과 관련하여 중요한 화두였다. 당대 일본 중의원들은 일본과 조선 간에 관세가 그대로 유지된다면 이는 곧 "일본과 조선 사이에 경제 장벽을 구축하는 셈"이며, 이로 인해 "일본과 조선의 경제가 각각 독립적으로 전개될 수 있다"는 점을 우려했다. 이 때문에 일본 정부는 '통일 관세 제도'를 실시하여 '경제적으로 완전한 병합'을 시행하는 한편, 조선-일본 간의 이입세는 철폐하고 대외 관세율은 증가시켜 조선을 안정된 일본 상품 시장으로서 독점하고자 했다. 여기에 대해서는 송규진, 〈1920-1931년 조선총독부의 관세정책과 조선무역구조의 성격〉, 106~108쪽. 〈문호개방 이후 대 서양무역이 조선경제에 끼친 영향〉, 259쪽. 한편 대한제국의 붕괴 이후 식민지로 전락한 조선에서 가장 최후에 이르기까지 유지되었던 권리가 바로 관세 제도로 대표되는 경제권이었다는 사실은, 당대 조선인들이 왜 민족에게 "새 목숨"을 부여하기 위한 방편으로써 "경제의 발달"에 주목하게 되었는지를 짐작케 한다.

78 송규진에 따르면 실제로 영국의 그레이 외상은 1910년 7월 14일 런던 주재 가토 대사와 회담을 가지고 "일본이 어떠한 방법으로 조선에서 지위를 강화시키든 반대하지 않을 것이나, 경제적 이유에서 일본 관세율의 조선 적용은 상당한 우려를 자아내는 것이라는 영국 측의 입장을 전달"했다. 나아가 그레이 외상은 "조선의 관세 제도를 상당 기간 유지할 것"을 일본 정부에 요구했다

관세 제도를 바탕으로 제3국(미국, 독일, 영국, 프랑스, 중국 등)으로부터 석유·주단·포목·면사·농기구 등을 수입해 왔던 조선인 자본가 상층계급의 반발을 무마시켜야 했던 것이다.[79] 결국 조선 총독부에서는 1920년 관세특례 규정을 시행하여 조선인들로 하여금 '제국과는 구분된' 무역 루트 및 시장을 일정 수준 영위하도록 했으며, 이로 인해 당대 조선은 식민 본국의 시장으로서 독점되는 것을 유보한 채 세계 자본주의 체제의 일원으로서의 입장을 매우 제한적이나마 고수하고 있었다. 이후 1930~40년대에 이르러 관세특례가 철폐됨으로써 조선은 결국 식민 본국의 경제에 통합되나, 그럼에도 불구하고 이 시기의 통계는 식민지 조선의 무역이 본국과의 수직적 유통에만 전적으로 매몰되지는 않았다는 사실을 보여 준다. 즉, 송규진에 따르면, 식민지 조선의 무역이 대 일본 무역에만 70~80퍼센트에 이를 정도로 편중되어 있었던 것은 사실이나, 1910년대 유럽·아시아·아메리카 지역과의 무역은 일본을 제외한 수입 총액의 49퍼센트, 29퍼센트, 22퍼센트를 차지했고, 1934~37년의 시점에도 2퍼센트, 80퍼센트, 18퍼센트의 수준을 유지하고 있었다.[80] 이러한 대 서양 무역의 경우

고 한다. 여기에 대해서는 송규진, 〈문호개방 이후 대 서양무역이 조선경제에 끼친 영향〉, 260쪽, 구대열, 《한국국제관계사 연구 1-일제시기 한반도의 국제관계》, 역사비평사, 1995, 138쪽.

[79] 송규진, 〈1920-1931년 조선총독부의 관세정책과 조선무역구조의 성격〉, 113~122쪽, 〈문호개방 이후 대 서양무역이 조선경제에 끼친 영향〉, 229~231쪽.

[80] 송규진, 〈일제하 조선무역연구를 통한 '식민지 개발론' 비판〉, 150~151쪽. 물론 위와 같은 통계를 통해 당대 전개되었던 조선에 대한 제국의 자본주의적 수탈의 실태를 부정하거나, 이른바 '식민지 개발론'을 옹호하고자 하는 것은 결코 아니다. 이 연구에서 강조하고자 하는 바는 자본이 전적으로 통제될 수 없는 침투성 및 세계시장을 향한 지향성을 지니고 있으며, 이로 인해 제국의 확장에 기여하기도 하지만 동시에 관세 등 제국이 설정하고자 하는 경계를 오히려 약화시키기도 하는 양가성을 띤다는 점이다. 후자의 경우, '엔블록' 설정으로 인하여 세계와의 대외 무역이 단절되는 식민지 말기에 이르러 더욱 극명하게 드러나게 된다. 한편 국적이나 인종 등을 가리지 않는 시장의 특성은 식민지 조선인들에게 제국의 총아였던 자본을 역으로 제국 경제를 갉아 먹는 허점으로 이용할 수 있도록 하는 가능성을 제공하는 것이기도 했다.

1941년 통제경제로의 전환 이후 완전히 단절되나, 그럼에도 불구하고 식민지 말기 문학작품에서는 흥미롭게도 사재기·밀수 등의 비합법적 루트에 의거하여 서양(적국) 제품들의 유통이 여전히 이루어지고 있었음이 제시되는 것이다.[81]

한편, 이러한 합법적/비합법적 루트에 의거한 대 서양 무역의 양상은 비단 조선으로의 제품 수입을 둘러싸고 벌어진 현상만은 아니었다. 1940년 《삼천리》에 게재된 〈불인탈출기〉에서 따르면, 조선인 호상豪商 21명은 식민지 말기에 이르기까지 프랑스령 인도차이나에 거주하며 인삼 등의 "조선품"을 (식민 본국에 대한 경유 없이) 현지 시장에 "직수출"했다고 한다. 아울러 같은 호에 게재된 〈伯林, 巴里, 白耳義의 戰火 속에서 최근 귀국한 兩氏의 보고기〉에서는 파리로 이주한 후 두부장사로 성공을 거두었다는 안봉운安鳳雲이라는 조선인의 이야기가 언급된다.[82] 즉, 식민지 조선인들이 구축한 경제적 활동 영역은 제국의 정치적 분할선과 일치하지 않았으며, 자본의 세계 지향적 속성은 제국에 대해 경계-너머로의 확장을 유발했던 것과 동일하게, 식민지 상인들로 하여금 개별 동체動體로서 제국-너머의 상업적 이윤을 향해 나아가도록 부추겼던 것이다.

위와 같은 자료들을 통해 알 수 있듯이, 식민 본국-식민지 간의 경제블록을 형성하여 조선을 자국의 시장/병참기지로서 독점하고자 했던 제국의 노력에도 불구하고, 제국은 식민지 조선을 세계 자본주의

---

81 이러한 사재기·밀수의 대상은 화장품, 향신료, 석유, 주류, 기호품에 이르기까지 다양했다. 여기에 대해서는 하신애, 〈식민지 말기 박태원 문학에 나타난 시장성: 《여인성장》의 소비주체와 신체제 대응 양상을 중심으로〉, 《상허학보》, 2011.6 참조.

82 佛印사이곤市 (貿易商中一洋行主) 金相律, 〈佛印脱出記〉, 《삼천리》 제12권 제10호, 1940.12.1, 〈伯林, 巴里, 白耳義의 戰火 속에서 최근 귀국한 兩氏의 報告記〉, 《삼천리》 제12권 제10호, 1940.12.1.

체제로부터 전적으로 분리해 내지 못했고, 자국의 식민지로 침투하는 (아울러 식민지 조선인들을 자국의 소비/판매 시장으로 유인해 내는) 영국·프랑스·독일·미국 등 대외 자본의 경제적 영향력을 완전히 배제하지도 못했다. 실제로 제국 일본 자체마저도 식민지 말기에 이르기까지 선철·구리·원유와 중유 등의 수입을 92퍼센트, 100퍼센트, 75퍼센트에 육박하는 수준으로 미국에 의존하고 있었던 것이다.[83] 이처럼 제국 스스로도 완전히 통제할 수 없었던 세계 자본의 순환성·침투성 및 외부 환경에 대한 갈망은 조선인들이 피식민자라는 제국 내 입지를 넘어 스스로에게 "새 목숨"을 부여하기 위한 동력으로서 왜 자본에 주목하게 된 것인지를 짐작케 한다. 특히 조선인들이 수행했던 서구 등 대외 자본과의 비/합법적 거래는 송규진도 언급한 바 있듯이, 독점적이었어야 할 제국의 식민지 시장을 다변화시키고 이를 통해 제국으로부터 일정 수준의 지분을 회수할 수 있는 잠재성을 지니고 있다는 측면[84]에서 정치적 위험성을 띤 것으로 간주되었던 것이다.

식민지 시기 조선인들이 선보였던 경제적 행위 수행에 대한 열망은 1920~30년대를 거쳐 절정에 달한다. 특히 수직적 위계질서를 무화시키는 자본의 등가성 및 경계로부터의 이탈을 유발하는 자본의 세계 지향성은 당대 문학작품에서 일종의 '돌파구'로서 형상화되고 있다는 측면에서 눈길을 끈다. 가령 방인근의 〈자동차운전수〉(1925)와 박태원의 〈소설가 구보씨의 일일〉(1934)을 살펴보자.

나는 다 해여진 쓰메이리 양복을 닙고 캡을 뒤집어쓰고 나왓다. 주

83 김기정, 〈세계자본주의체제와 동아시아 지역질서의 변동〉, 155쪽.
84 송규진, 〈문호개방 이후 대 서양무역이 조선경제에 끼친 영향〉, 233, 261~263쪽.

머니 속에 돈 륙십 원이 착착 접혀 잇슬 것을 생각하니 돈에 주렷든 나는 몹시도 유쾌하고 든든하엿다. 세상이 다 환―하고 긔운이 나며 발이 가벼웟다.

… 요놈의 돈이란 것이 사람을 살리기도 하고 죽이기도 하고 하하 웃게도 하며 엉엉 울게도 하는 조화가 무궁한 물건이야 … (중략) 흥! 나의 피가 도는 가슴에 돈은 폭 안기여 잠을 잔다. 입부고 귀여운 돈 이다. 뉘게 가던지 순량하게 잇겟다. (중략)

에라, 나도 월급을 타면 꼭 오리에리 양복을 하나 사 닙어야지, 그 놈의 다 떠러진 거지발싸개 갓흔 것을 닙고 다니니 사람 갑세 가야지. (중략) 따는 나도 붉과한 내 취한 얼골에 윤태 나는 양복이 선명하게 거울 속에 나타나서 딴사람가치 훌늉하게 뵈일 때 씽긋 우슴이 입가 에 움즉엿다. (중략) "야―이건 굉장지독야라, 하이칼라 막 되는구나. 한 턱 바더 먹어야겟네." (중략) 뚱뚱보는 개기름이 지르르 흐르는 붉 은 얼골에 더구나 술이 취해 싯뻴개 가지고 식식거리며 내 양복 입은 모양을 아래위로 훌터보며 "이애 똑 딴 신사다. 그만하면 됏다." 하고 조하한다. 나도 깃벗다. 만족의 미소가 가슴에 서리는 것을 깨다랏다. 그리고 어서 새 양복을 닙고 운전을 해 보고 십헛다. 아―시드른 청춘 인 나의게도 어렷슬 때 새 옷 닙고 깃버하든 그런 즐거움을 또 맛보는 구나. 흥. 넥타이가 팔팔 날이고 기생들이 침을 흘니고 이애 이건 조 타. 제발 오늘 저녁에는 입분 기생 아씨가 탑소사.[85]

구보는 자기에게 양행비洋行費**가 있으면, 적어도 지금 자기는 거의 완전히 행복일 수 있으리라 생각한다.** 동경에라도… 동경도 좋았다. 구보는 자기가 떠나온 뒤의 변한 동경이 보고 싶다 생각한다. 혹은 좀

---

[85] 방인근, 〈자동차운전수〉, 《방인근 작품집》, 지식을만드는지식, 2010, 130쪽.

더 가까운 데라도 좋았다. 지극히 가까운 데라도 좋았다. **오십 리 이내의 여정에 지나지 않더라도, 구보는 조그만 슈케이스를 들고 경성 역에 섰을 때, 응당 자기는 행복을 느끼리라 믿는다. 그것은 금전과 시간이 주는 행복이다.** 구보에게는 언제든 여정에 오르려면, 오를 수 있는 시간의 준비가 있었다. 구보는 차를 마시며, 약간의 금전이 가져다줄 수 있는 온갖 행복을 손꼽아 보았다. **자기도, 혹은 8원 40전을 가지면, 우선 조그만 한 개의, 혹은 몇 개의 행복을 가질 수 있을 게다. 구보는 그러한 제 자신을 비웃으려 들지 않았다. 오직 고만한 돈으로 한때, 만족할 수 있는 그 마음은 애달프고 또 사랑스럽지 않은가.**[86]

위 글에서 알 수 있듯이, 식민지인들은 "뉘게 가던지 순량純量하게 있는" 자본의 등가적 속성에 의거함으로써 사회적 위계질서의 전환을 시도하는 것으로 제시된다. 즉, 〈자동차운전수〉의 인물은 돈 "륙십 원"에 의거하여 "해여진 쓰메이리詰襟 양복"을 "윤태나는 오리에리折り襟 양복"으로 교체함으로써, 기생의 시중을 드는 운전수의 신분에서 벗어나 기생들이 침을 흘리는 "하이칼라 신사"로 "딴사람 같이" "사람 값"을 올리는 데 성공했던 것이다. 이처럼 "굉장지독야" 한 전환을 유발하는 자본의 돌파구적 속성은 비단 등가성에만 국한된 것은 아니었다. 〈소설가 구보씨의 일일〉은 제국 내 피식민자라는 위치로부터 이탈하여 제국의 수도에 도달하거나, 국경을 넘어 "양행洋行"하게 하는 자본의 세계 지향성에 주목하고 있는 것이다. "슈케이스를 들고 경성 역에 섰을 때" 구보가 느끼는 행복에서 알 수 있듯이, 금전은 피식민자가 처한 입지로부터 탈각할 수 있게끔 하는 "거

---

86 박태원, 〈소설가 구보씨의 일일〉, 《성탄제》, 동아출판사, 1995, 170~171쪽.

의 완전한" 동력으로서 상상되었으며, 이들은 "비행기란 하늘만 트이면 어디든지 날 수 있는 것같이, 돈만 지니면 사면초가 중에서도 솟아날 수 있"다는 점에 천착함으로써 피식민자의 정치적 한계를 넘어선 영역에 스스로를 위치시키고자 노력하기도 했다.[87] 나아가 이들은 "모든 방향으로의 확장"을 부추기는 금전의 동력에 의거하여 제국의 체제를 초과하는 소비 실천을 선보임으로써, 제국의 영토 내부에 예기치 않게 세계시장의 영역을 끌어들였던 것이다. 아래 대목을 살펴보자.

사랑채는 조선 건물인데 실내는 조선 것에다가 화양절충의 가지가지를 격식 있게 베풀어 놓았다. 문은 모조리 유리문으로 거게는 유록색의 화려한 커-텐이 (중략) **흑단으로 맨든 피아노 븐새로된 탁자와 선반들이 있고 그 우에는 불상, 이태리제의 도기, 서반아제의 상자, 지나제의 청동기같은 골동품과 검고 흰 나체조각과 석고상이 보기좋게 앉어 있다.** 그리고 벽에는 크고 적은 양화 몇폭과 고부랑이 걸려있고 방 윗목 한편구석에는 사람의 머리해골이 놓여 있다. (중략) **"이 담료는 순 조선건데 한 장에 몇천원짜리가 있어."**[88]

위 구절에서 알 수 있듯이, 식민지 경성은 제국의 분할선 내로 제한되지 않는 식민지인들의 "종잡을 수 없는discursive"[89] 소비 실천에 의거하여 조선·이태리·서반아·지나가 망라된 혼종적 공간으로서 재구성된다. 위와 같이 거주자의 인종·국적을 알아차릴 수 없을 정도

87 한설야, 《초향》, 112, 536쪽.
88 한설야, 《초향》, 112쪽.
89 Judith Butler, *Gender Trouble: Feminism and the Subversion of Identity*, 127쪽.

로 범세계화된 "화양절충"의 사유私有 공간은, 식민지인들의 문화적 정체성을 제국의 정치적 영토성과 전적으로 겹쳐지지 않는 코즈모폴리턴으로서 정립시키는 한편, 식민지 말기에 이르러 균질적이어야 할 대동아의 지역질서에 다변화를 촉진함으로써 식민지 정체성/공간성에 대한 제국의 통제력을 일정 부분 회수하는 것이기도 했다.[90]

그리하여 식민지들의 신체에 축적된 범세계적 소비 관습들은 제국에 의한 지역 폐쇄가 진행되는 1940년대의 상황 하에서도 대동아의 지역질서와 외부 시장 간에 무의식적 연계를 초래하는 한편, 식민지인들로 하여금 여전히 "특정한 국민성의 낙인"보다는 "런던의 모자와 파리의 향수와 뉴욕의 안전면도기가 진열된 메가로폴리터니즘"의 세계를 선호하도록 함으로써, "피와 땅"으로 묶인 "생활 전일체로서의 민족과 국가"에 대한 "해체"를 초래하는 위험 요인으로 지목되기도 했다.[91]

한편, 제국을 건설하기 위한 조건들 중 하나였던 자본주의의 팽창은 "새로운 노동력의 참가와 프롤레타리아의 창출"을 끊임없이 요청하는 것이었다. 그리하여 제국은 필연적으로 프롤레타리아의 축적에 의한 계급투쟁의 발발 가능성이라는 위험을 담지할 수밖에 없었으며, 이로 인해 발생하는 전복적 효과들을 해소하기 위하여 계급투쟁과 내전을 식민지로 "수출"할 수밖에 없었다. 그러나 본국과 식민지 사이의 고정된 경계선에 의해 규정된 계급 내에 머무를 수밖에 없었던 식민지의 프롤레타리아들은 제국주의의 예속으로부터 벗어나기 위한 방편으로 "전 지구적 프롤레타리아의 정치적 통합"을 추진했으

90 하신애, 〈식민지 말기 박태원 문학에 나타난 시장성: 《여인성장》의 소비주체와 신체제 대응 양상을 중심으로〉, 340쪽.
91 최재서, 〈문학자와 세계관의 문제〉, 《국민문학》, 1942.10.

며, 제국이 아닌 다른 결속의 가능성을 제시함으로써 사회주의 계급
운동으로 나아가게 되었다. 본국-식민지라는 위계적 구도에 입각한
제국주의적 모델을 전복시키고자 했던 이들의 운동은 제국의 분할선
이 지니는 고정성을 뒤흔드는 수평적 범주 혹은 "자본주의적 착취의
핵심 대행자"였던 "국민국가"를 대체하는 대안적 세계질서의 부상을
예고하는 것이기도 했다.[92]

　"세계의 노동자와 피억압 민중이여, 단결하라!", "프롤레타리아의
조국은 전 세계이다" 등의 구호를 내걸었던 사회주의 운동은 국민
정체성에 기초한 것이 아니라 "국가의 경계와 위계를 넘어 전 지구
적 지형에서 유토피아적 미래를 제기"[93]했다는 측면에서 식민지인들
의 눈길을 끌었다. 미국과 더불어 신생국 중 하나였던 소련은 1917
년 사회주의 혁명이 성공한 직후 "무병합·무배상의 강화講和, 구 러
시아 제국이 지배했던 모든 민족이 독립할 자유, 약탈했던 영토와 권
익의 반환"[94] 등을 제창함으로써 제국주의적이며 위계적인 국제 정치
의 흐름에 획기적인 변화를 일으킨 것으로 평가되었다. 나아가 소련
은 1920년 "공산주의 인터내셔널 대열에는 백색, 황색, 흑색 피부의
사람들, 전 지구의 노동자들이 형제와 같이 결합해 있다"는 코민테
른의 규약을 발표함으로써 실제로 인종·국가·지역·민족의 경계를
초월한 수평적·다원적·국제적 연대의 형성을 선언했던 것이다.[95] 이
처럼 반-제국주의적·민족자결적·세계연합적인 이데올로기의 표명

92　안토니오 네그리·마이클 하트, 《제국》, 87~88, 313, 344~451쪽.
93　안토니오 네그리·마이클 하트, 《제국》, 88쪽.
94　고모리 요이치小森陽一, 〈마르크스주의와 내셔널리즘〉, 고모리 요이치 외 지음, 한윤아 외 옮
　　김, 《내셔널리즘의 편성》, 소명출판, 2012, 28쪽.
95　고모리 요이치, 앞의 글, 33~34쪽.

에 의거하여 소련은 당대 조선인들에 의해 "인류 구제救濟의 빛!"으로 표상되었다. 즉, "정치적 苦, 경제적 苦, 사회적 苦, 따라서 계급적 苦, 민족적 苦"에 시달리던 식민지 조선인들에게 있어서 프롤레타리아 국제주의는 "정치적 혁명군이 지나간 발자국이 아즉 새로운 세계의 큰 길거리"로 나아갈 수 있게끔 하는 또 하나의 동력으로 인식되었던 것이다.[96]

따라서 1910~1920년대 식민지 조선인들이 "계급투쟁에 힘쓰메 마르크스, 엥겔쓰, 레-닌 등의 인물을 알려"[97]하는 한편 소련이라는 신진 세력과의 연대를 열망했던 것, 전 세계 노동자들을 향한 사회주의 운동의 호명에 응답함으로써 제국이 부여하는 피식민자라는 입지를 전환시키고자 했던 것은 예측 가능한 결과였다. 가령 1919년 2월 8일 도쿄 간다神田에서 발표되었던 조선 유학생 600명의 독립선언에는 실제로 "러시아 혁명과의 연대"가 명시되어 있거니와[98], 임원근林元根은 《삼천리》에 게재된 글을 통해 1920년대 소련에 대한 식민지 조선인들의 반응을 다음과 같이 기술한 바 있다.

> 1917년에 그에게로부터 전수한 세계인의 커다란 경이와 충동은 그를 한편에 잇서 욕하고 질시하면서도 한편에 잇서는 그를 오즉 《신비의 나라》《XX의 나라》로 일홈 지엇스며 그리하야 다혈질의 세계청년 학도들은 입국수속의 준험한 곤란도 무릅쓰고 맛치 샘물줄기를 따르는 魚群들과 가치 북쪽나라 露西亞를 향하야 만흔 발길을 옴겨 노앗던 것이다. 나 역시 아즉 20을 곳 넘긴 어린 書生이엇지마는 오즉 자유의

---

96 〈爭鬪의 世界로부터 扶助의 世界에〉, 《개벽》 제32호, 1923.2.1.
97 〈나의 海外 亡命時代〉, 《삼천리》 제4권 제1호, 1932.1.1.
98 고모리 요이치, 〈마르크스주의와 내셔널리즘〉, 30쪽.

공기를 마시려는 열망과 사회적 신비를 탐방하려는 다분의 호기심에 움직임을 바더 엇던 기회를 잡아가지고 그곳으로 모험의 첫 발길을 드려노앗던 것이다.[99]

1919년·1921년에 결성된 이르쿠츠크 고려공산당·상해 고려공산 당 등의 조직은 위와 같이 "자유의 공기"를 마시고자 "샘물줄기를 따르는 魚群들과 가치 북쪽나라 露西亞"로 향했던 식민지 조선 청년들의 이동·망명의 결과였다. 아울러 1922년 코민테른에 의해 개최된 극동인민대표회의는 모스크바에 파견된 한국대표단으로 하여금 "중국 조선 일본 토이기 뿌하다 아부간 인도 아불리카 하이틔 자바 스마트라" 등 "세계 모든 민족의 이상이 집중된" "세계민족世界民族의 공동천하共同天下"[100]로서의 소련의 위상을 확인하는 한편, 코민테른-조선 공산당 조직 간의 연계성을 강화하도록 하는 계기가 되었다.[101] 이는 사회주의 운동과의 접촉을 통해 식민지인들의 정체성이 기존 "한 몸뚱이조차 의지할 곳이 바이없는 조선놈"으로부터 "XX(레닌)의 사진 앞에서 손을 들어 맹세한 당원"이자 "전 세계 무산대중과 약소민족의 동지"로 전환되었으며, 식민지인들의 눈길이 조선 민족이라는 협소한 범주로부터 벗어나 "무산 계급" 전체를 아우르는 보다 확장

---

99 〈나의 海外 亡命時代〉, 위의 글. 임원근은 실제로 1921년 3월 고려공산청년단 상해회 결성에 참가하여 중앙위원이 되는 한편 고려공산당(이르쿠츠크파) 상해지부에 입당했다. 1922년 1월에는 모스크바에서 열린 '극동인민대표회의'에 상해에 있는 대한독립신문사 대표 자격으로 참가했으며, 연이어 열린 '극동청년대회'에 고려공산청년단 대표 자격으로 참가하기도 했다. 여기에 대해서는 한국학중앙연구원, 《한국민족문화대백과》 참조.

100 노도露都 체류 특파원 이관용李灌鎔, 〈莫斯科地方쏘비옛트大會 傍聽記 육(六)〉, 《동아일보》, 1925.5.19. 〈적로수도赤露首都 산견편문散見片聞(3)〉, 《동아일보》, 1925.6.16.

101 실제로 코민테른 민족부 극동국은 이후 꼬르뷰로高麗局(1922)·오르그뷰로組織局(1924) 등 한국 문제 전담기관의 설치를 통해 한인 공산주의 조직에 대한 지속적인 관심 및 지원을 표명한 바 있다. 여기에 대해서는 한국사사전편찬회, 《한국근현대사사전》, 가람기획, 2005.9.10 참조.

된 문화지리로 옮겨가게 되었음을 시사한다.[102]

X씨를 중심으로 동렬이와 진이와 그리고 그의 동지들은 **지난날의 모든 관념과 '삼천리 강토'니 '이천만 동포'니 하는 민족에 대한 전통적 애착심마저 버리고 새로운 문제를 내걸었다.**
그 문제 밑에서 머리가 터지도록 싸우듯 하여 몇 달을 두고 토론하였다.
"왜 우리는 이다지 굶주리고 헐벗었느냐?"
하는 것이 그 문제의 큰 제목이었다. **전 세계의 무산대중이 짓밟히는 것이 모두 이 문제 때문에 신음하고 있는 것이 확실하다.** (중략)

세정이는 동렬이가 지시하는 대로 스크랩북에 무산 계급 운동에 관한 기사를 오려 붙이기도 하고, **세계 약소민족의 분포와 생활 상태며 지역을 따라 생산과 소비되는 비교표를 꾸며 나아갔다.** 그보다도 더 복잡한 각 도시의 공장 노동자들의 노동 시간과 임금 기타에 관한 통계를 세밀하게 뽑는 것이 한 가지 학과였다. 또 **어떤 날에는 컴퍼스질을 해 가며 인도나 아일랜드 같은 나라의 지도를 진종일 그리느라 눈이 캄캄하고 머리가 몹시 아플 적도 있었다.**[103]

위 구절에서 보듯, 소련·중국·연해주·만주 등을 거점으로 진행된 식민지 조선인들의 사회주의 운동은 이후 "인도나 아일랜드"에 이르기까지 확장된 이념적·문화적 네트워크를 영위하게 되었음을

---

102 심훈, 《동방의 애인》(1930), 《우리현대소설 2》, 선영사, 1994, 102~105쪽.
103 심훈, 《동방의 애인》, 103~105쪽.

알 수 있다. 사회주의를 통해 접촉한 이러한 "너른 세계"의 기억은 이후 식민지 말기 "공산주의"를 배제의 대상으로 지목하는 '동아 신질서 건설'이 선언되었을 때,[104] 이로 인해 절단된 전 지구적 "유토피아"의 미래 및 천황제 파시즘을 향한 제국의 전향 요구에 직면하게 되었을 때, 식민지 프롤레타리아들로 하여금 해외 사회주의 조직과의 재再연동을 상상·시도하게끔 하는 인식적 기반이 되었다.

그리하여 20세기 초반 인류·세계 인식에 의거하여 예비되어 있던 제국에 대한 탈중심의 가능성은 식민 제국이 담지한 내부적 모순의 결과물인 근대 자본주의·사회주의 운동과 조우함으로써, 보다 본격적인 분열 및 이탈의 기점들을 생성하게 되었다. 이후 식민지인들은 제국 이외의 판도로부터 들려오는 범세계적 전망들을 지속적으로 축적·발화함으로써, 식민지 말기 아시아를 둘러싼 정치문화적 담론장 내부에 "군국주의적 천황제 국가"[105]로 온전히 회수될 수 없는 언어들을 누출시켰던 것이다. 이를 좀 더 상세히 고찰하기 위해 다음 절로 넘어가 보자.

---

104 스즈키 다케오(鈴木武雄), 〈병참기지로서의 반도〉, 《아시아 태평양전쟁과 조선》, 인문사 편집부 엮음, 신승모·오태영 옮김, 제이앤씨, 2011, 95쪽.
105 오다기리 히데오(小田切秀雄), 〈'근대의 초극'에 대하여〉, 《문학文學》, 1958.4.

2. 식민지 말기 아세아적 정체성의 단일화 혹은 복수화

아시아의 근대적 기획과 복수複數의 모델들

1938년 고노에 내각은 중일전쟁의 장기전화와 태평양전쟁 돌입 등 전시 상황의 변화에 대응하여 동아신질서 건설을 선언하기에 이르렀으며, 이를 기점으로 제국-식민지 내부에 아시아와 관련된 담론들이 적극적으로 형성되기 시작했다. 이는 1910년 한일합방 이래 폐쇄되거나 금기시되었던 식민지 조선의 정치적 공간 및 지역적 사유가 재개되었음을 의미했다. 제국에 의해 촉발된 식민지의 정치적 공간은 "'우리' 내부의 동질화를 강력히 추진함으로써 사회의 모든 성원을 전쟁 수행에 필요한 기능적 담당자로서 배치"[106]한다는 목적 하에 식민지인들에게 (그간 배제되어 왔던) 국민의 권리에 대한 협상의 가능성을 제공하는 것이었다. 그러나 아시아적 사유가 지니는 위험성을 1900년대에 이미 경험한 바 있으며 1910~1930년대에 걸쳐 국가와 구분되는 다양한 역량들을 축적해 왔던 식민지 조선인들은, 제국의 동화정책이 약속하는 국민의 지위에도 불구하고, 대동아공영권(1940)라는 제국의 일원론적이고 반反서구적이며 지역 폐쇄적인 노선으로 전적으로 수렴되지는 않았다.

　제국의 아시아 기획이 구미의 문호개방주의 및 세계경제 통합정책에 대항하기 위한 지역 파편화 정책의 일환이었으며, 이로 인해 세계 각국과의 교류의 장을 형성해 왔던 제국-식민지인들의 활동 범

106　요시미 순야 외, 《확장하는 모더니티》, 71쪽.

위를 현저히 축소시켰다는 사실은 분명해 보인다. 즉, "대동아전쟁의 혁혁한 전과에 따라 우리들의 행동범위는 무한히 확대되어" 갈 것이라던 몇몇 식민지인들의 기대와는 달리,[107] 1940년대 전후 매체에 실린 기행문들은 동아 신질서 건설 선언을 기점으로 실제로 조선인들의 운신의 폭이 줄어들었으며 이들의 여정 또한 제국의 통제 범위 내로 제한되었다는 사실을 드러내는 것이다. 앞서 살펴본 바 있듯이, 1910-1930년대 기행문들은 국경을 넘어 불특정 다수의 국가들로 향하는 민간인들의 개별적 여정에 의거하여 기술되었으며, 사적교류 및 사회·문화·경제 방면의 탐구에 주력하고 있었다. 이에 반해, 1940년대 전후 매체에 실린 기행문들은 아래 표에서 확인할 수 있듯이 1) 장고봉·남경·상해·사이공 등 전적지戰迹地 탐방기, 2) 동경 인근의 해군기지·해군병학교 등 군사시설 방문기, 3) 이세신궁·천황폐하어친열 등 성지참배기, 4) 만주·시베리아 일대의 개척지 방문기, 5) 남한산성·서주 등 옛 전장戰場 방문기, 6) 독일·이탈리아 등 제국의 동맹국 방문기와 같이 제한된 여정에 한해 기술되는 경우가 대부분이었다. 더불어, 1940년대 전후 기행문들은 비상시국민생활개선위원회 위원·국민정신총동원조선연맹 평의원·만주국 방공친선사절·상해 중앙선전강습소 여행단 등에 의한 공적인 시찰視察의 성격을 강하게 띠었던 것이다.[108]

---

107 정비석, 〈국경〉.

108 차혜영은 이 시기 《문장》에 게재된 기행문의 목적지 또한 국외의 경우 "중국, 일본, 독일"로 한정되어 있었으며, 국내의 경우 "전선으로의 단체여행"이나 "부여신궁 어조영 문화인 부대 근로봉사기"와 같이 공적/집단적 양상을 띠고 있었음을 지적한 바 있다. 차혜영, 〈동아시아 지역표상의 시간·지리학: 《문장》의 기행문 연구〉, 《한국근대문학연구》 제20호, 2009, 126쪽.

'동아 신질서 건설' 선언(1938) 이후 《삼천리》, 《대동아》에 실린 기행문 목록

주제별 분류	저자/제목/발행 매체/발행 연도
전적지戰迹地 탐방기	李晟煥(비상시국민생활개선위원회 위원), 〈日蘇戰鬪의 經驗과 朝鮮民心의 動向〉, 《삼천리》제10권 제12호, 1938.12.1. 在南京 岳陽學人, 〈最近의 南京〉, 《삼천리》제10권 제12호, 1938.12.1. ＿＿, 〈初夏의 古都 南京, 古蹟과 史實을 차저〉, 《삼천리》제11권 제7호, 1939.6.1. ＿＿, 〈戰跡과 詩歌, 李太白・杜牧之・白居易・蘇東坡 等 詩客이 노니든 자최를 차저〉, 《삼천리》제12권 제3호, 1940.3.1. 上海中央宣傳講習所旅行團 逸凡沈, 〈朝鮮視察記, 全鮮에 和氣 도는 內鮮一體의 全貌〉, 《삼천리》제13권 제4호, 1941.4.1. 玄卿駿, 〈聖戰地 〈張鼓峯〉, 當時 皇軍 奮戰의 地를 찾어-〉, 《삼천리》제12권 제9호, 1940.10.1. 金璟載, 〈戰後의 南京, 古都의 最近 相貌는 어떤가〉, 《삼천리》제12권 제9호, 1940.10.1 佛印사이곤市(貿易商中一洋行主) 金相律, 〈佛印脫出記〉, 《삼천리》제12권 제10호, 1940.12.1.
군사시설 방문기	朱雲成, 〈東京遊記〉, 《삼천리》, 제10권 제12호, 1938.12.1. 東京女子大學 金敬愛, 〈海軍兵學校, 海國男兒를 養成하는 東京江田島를 차저〉, 《대동아》제14권 제5호, 1942.7.1.
성지 참배기	東京에서 白鐵, 〈天皇陛下御親閱 特別觀艦式 拜觀謹記〉, 《삼천리》제12권 제10호, 1940.12.1. 李石薰, 〈伊勢神宮, 聖地參拜記〉, 《삼천리》제14권 제1호, 1942.11.
개척지 방문기	東京城에서 朴東根, 〈在外 同胞의 近況, 北滿鏡泊湖行〉, 《삼천리》제12권 제3호, 1940.3.1. 韓相龍(국민정신총동원조선연맹 평의원), 〈事變後의 現地朝鮮民衆, 靑島 濟南의 活・氣, 北支一帶에 朝鮮人 增加率 激甚〉, 《삼천리》제12권 제8호, 1940.9.1. 申興雨, 〈紀行 西伯利亞의 橫斷〉, 《삼천리》제12권 제9호, 1940.10.1. 鏡泊湖人, 〈北滿洲의 朝鮮人開拓團〉, 《삼천리》제12권 제10호, 1940.12.1. 유치진, 〈作家開拓地行, 北滿으로向하면서-개척문화의사절이 되어-〉, 《대동아》제14권 제5호, 1942.7.1.

옛 전장戰場 방문기	朴鍾和, 〈紀行 南漢山城〉, 《삼천리》 제12권 제4호, 1940.4.1. 黃河學人, 〈古戰場과 項羽, 徐州에 있는 三國誌의 옛 戰蹟〉, 《대동아》 제14권 제5호, 1942.7.1.
동맹국 방문기	秦學文(滿洲國防共親善使節), 〈羅馬, 伯林市民의 歡迎, 滿洲國防共親善使節로서〉, 《삼천리》 제11권 제4호, 1939.4.1. 孫基禎, 〈伯林 올림픽 映畵 《民族의 祭典》을 보고〉, 《삼천리》 제12권 제6호, 1940.6.1. 鄭寅燮, 〈巴里 《奈巴倫墓》 參拜記, 凱旋門을 지나 偉人의 무덤을 찾다〉, 《삼천리》 제12권 제9호, 1940.10.1.

이 시기 제국-식민지인들의 궤적은 대체로 제국의 영토 내부로 한 정되었으며, 서구로의 이동이 빈번했던 이전 시기와는 달리 제국의 동맹국인 독일·이탈리아를 제외한 나머지 유럽/아메리카/소련 지역 에 대한 기행문은 전멸하다시피 한다.[109] 또한 사회·경제 분야의 답 사나 문화·예술적 교류에 초점을 맞추었던 이전 시기와는 달리, 일 본·독일·이탈리아에서 개최된 정당대회에 참관하고 "정치운동의 조류"를 관찰하며, "우리 황군의 군영"을 찾아 "은덕"을 느끼는 필자 들의 면모는 이 시기 식민지인들의 발걸음이 제국의 정책과 더불어 급격하게 정치·군사 방면으로 수렴되고 있음을 드러낸다.[110] 이러한 정치·군사 방면의 열린 가능성은 그간 정치적 "무소속자"의 입지를 영위해 왔던 식민지인들에게 "시대적 정열"이나 "흥분"을 불러일으

---

109 손기정의 〈伯林 올림픽 映畵 《民族의 祭典》을 보고〉나 정인섭의 〈巴里 《奈巴倫墓》 參拜記, 凱旋門을 지나 偉人의 무덤을 찾다〉 정도를 예외로 꼽을 수 있겠는데, 이 두 기사 역시 올림픽 금메달 획득·나치스 군대의 파리 점령이라는 '승전'의 기억을 각인시키기 위한 의도에서 기획된 것이라는 점을 염두에 둘 필요가 있다. 그럼에도 불구하고 이 두 '민간인' 필자가 무/의식적으로 제국의 의도로부터 엇나가는 발화들을 종종 노출시키고 있는 것은 사실이다.

110 朱雲成, 〈東京遊記〉, 秦學文, 〈羅馬, 伯林市民의 歡迎, 滿洲國防共親善使節로서〉, 東京城에서 朴東根, 〈在外 同胞의 近況, 北滿鏡泊湖行〉.

키는 일대 사건으로 받아들여지기도 했다.[111] 그러나 다른 한편으로, 동아 신질서라는 이벤트를 기점으로 하여 열린 정치적·군사적 가능성은 국경 봉쇄나 유럽/아메리카/소련과의 친교 단절, 무역 루트의 폐쇄[112] 등으로 인한 사회적·경제적·문화적·사상적 교통交通 불가능성의 확산을 의미했던 것이다.

당시 제국의 지역 파편화 정책이 해외를 무대로 활동하던 제국—식민지인들에게 상당한 타격을 주었다는 사실은 자명해 보인다. 가령 〈불인탈출기〉의 경우, 불령佛領 인도지나의 남단에 거주하는 조선인 호상豪商 김상률이 "중경에 있는 장蔣정권에 물자를 공급하고자 하는 불인佛印"과 "수차 불인당국에 대하여 물자공급을 중지하기를 권고했던" 일본 간의 군사적 충돌로 인해 "재산을 그대로 두고 불인을 탈출하다싶이" 떠날 수밖에 없었음을 기술하고 있다. 이 사건으로 인해 불인에 거주하던 조선인 약종藥種 무역상 21명이 외무성의 지령에 따라 전원 피난길에 오를 수밖에 없었다는 사실은 당시 조선인들의 국제 활동이 실제로 제국 열강들에 의해 제한을 받기 시작했으며, 그간 세계적 규모의 대외 무역에 종사해 왔던 개개인들이라 할지라도

---

111 가령 이광수는 위와 같은 심경을 "조선인으로 말하면 오랫동안 세계문화사의 실종자이던 것이 이제야 아시아 재건설의 담임자가 되었음에랴."라는 구절로 표현한 바 있다. 이광수, 〈심적 신체제와 조선문화의 진로〉, 《매일신보》, 1940.9.5.–12. 이광수를 비롯한 민족주의 계열의 지식인들이 제국의 '국민 되기'로 수렴되는 과정에 대해서는 김항, 《제국 일본의 사상》, 창비, 2015, 4장 참조.

112 당시는 일본의 도발적인 중국정책으로 인하여 미국이 미일통상항해조약의 파기(1939.7)를 선언했던 시점이자, 일본에 대해 이른바 "ABCD(미국·영국·중국·네덜란드) 포위진"이 언급되거나 미국·영국·캐나다·뉴질랜드·네덜란드 등에 의해 "일본 자산 동결, 통상조약의 폐기, 석유협정의 정지, 석유나 설철屑鐵 수출금지 등의 보복조치"가 취해졌던 시점이기도 하다. 이러한 당대의 정치경제적 상황은 '확장'을 모토로 내세웠던 제국의 언설에도 불구하고, 식민지 말기가 국제적 고립으로 인해 '지역 파편화 정책'을 취할 수밖에 없었던 '봉쇄'의 시기였음을 입증한다. 김경일, 〈대동아공영권의 '이념'과 아시아의 정체성〉, 백영서 외, 《동아시아의 지역질서》, 2005, 214~216쪽 참조.

이제는 파편화된 지역 체제의 영향을 받지 않을 수 없게 되었음을 시사하는 것이다.[113] 이러한 제국의 파편화 정책에 따른 제한은 비단 무역상 계층에게만 타격을 주었던 것은 아니었다. 가령 1940년《삼천리》에서는《伯林, 巴里, 白耳義의 戰火 속에서 최근 귀국한 兩氏의 報告記》라는 제목으로 "전쟁 중의 구라파"에서 "위난을 피하여 급거 귀국"한 예술가·지식인 계층의 좌담을 게재하고 있다. 이 좌담회의 목적은 다음과 같다.

근일 입경한 희귀한 두 손님, 한 분은 백림伯林과 파리에 19년을 체재하다가 파리 함락의 바로 전날 밤 구사일생으로 탈출한 구라파 화단의 명성인 배운성裵雲成 화백,[114] 또 한 분은 역시 백이의白耳義와 백림 등지에 9개년을 체재하다가 전화가 신변에 파급하자 위난을 피하여 급거 귀국한 백이의 겐츠대학 연구실의 고고학계 권위 김재원金載元 씨를 迎하여, 4,5년 전 구미 각국을 시찰하고 돌아온 연전 교수 정인섭鄭寅燮 씨까지 함께 정좌하여, 가장 생생한 전쟁 중의 구라파 소식을 듣기로 하였습니다. 이것이 가장 숨김없고, 대담하고 생신한 기록이 될 것임을 자신합니다.[115]

《삼천리》의 편집 후기에 제시된 바 있듯이, 이 좌담회는 남총독에 의해 "신체제에 즉응卽應할 반도의 신국민조직의 대강이 발표"된 1940년의 시국에 걸맞게 "금차 발발된 제2차 구주대전의 제상諸相"

---

113 佛印사이곤市 (貿易商中一洋行主) 金相律,〈佛印脫出記〉.
114 이 기사에 따르면 배운성은 독일 백림미술학교 출신이며, 독일 문화원 및 파리살롱의 회원이었다고 한다.《伯林, 巴里, 白耳義의 戰火 속에서 최근 귀국한 兩氏의 報告記》,《삼천리》, 1940.12.1.
115 《伯林, 巴里, 白耳義의 戰火 속에서 최근 귀국한 兩氏의 報告記》.

을 듣고자 하는 취지에서 개최된 것이다.[116] 그러나 "전란戰亂구주"로
부터의 탈출 현황 및 동맹국·적국의 소식을 파악하고자 했던 당초의
의도에도 불구하고, 구라파에 오랫동안 체재해 왔던 이들은 현지에
대한 향수 및 제국 열강들의 충돌로 인해 국제적 활동에 제약이 걸린
동포들의 상황을 오히려 전경화前景化함으로써, 제국의 맥락에 대한
불일치 지점들을 드러내기도 한다.

　　배운성 – 독군이 파리를 함락하기를 지난 6월 13일이었는데, 제가
파리를 탈출하기는 6월 11일이었으니 함락되기 하루 전입니다. 그때
까지 저는 파리리·살게街 38번지에 있었으며, 6월 5,6일경 저는 집에
서 점심을 먹고 있는데 갑자기 싸이렌이 울리기에 밖을 내어다 보았
으나 아무 것도 보이지 않아요. (중략)
　　불란서 정부는 〈최후까지 싸운다〉고 선언하기 때문에, 그리고, 미
국이 참전하고 영국의 적극적 후원을 믿고 있었기 때문에 그다지 불
안을 느끼지 않았으나, 결국 이태리가 참전하고 미국의 태도가 애매
하기 때문에 파리의 공포는 절정에 이르다싶이 되었어요. 그래서 저
도 일본대사관의 권고에 의해 6월11일, 의복 몇 벌과 10여 년 전에 독
일에 있을 때 그린 어머니의 초상화 한 점만을 걸머지고 불이야 불이
야 파리를 탈출하여 두루로 향했습니다. 두루로 가는 로방에 있는 유
명한 샤를레교회회당 부근에 이르렀을 때와, 두루에서 보루도로 가는
도중, 두 차레나 공습을 받았으나 천행히 무사했었습니다. 그래서 보
르도에서 배를 타지 못하고 라스랠에서 〈하루나마루〉를 타게 됐는데
동행자는 테크랑으로 유명한 濱中勝, 문예가 小松淸, 성악가 목사 부

116 〈編輯後記〉, 《삼천리》, 1940.12.1.

부, 伊奈村 等 제씨였고, 저는 파리에다가 수채화와 유화 1백7십점을 두고 온 것이 유감입니다.

정인섭 – 다시 들어가실 생각은 없으십니까.

배운성 – 웨요. 독영간의 전쟁도 끝나서 파리가 아주 평온해지면, 제 집도 파리에 있고, 그 타 기구 물건, 그림 등을 전부 그대로 두고 왔으니까 가려고 합니다. (중략)

김동환–현재 구라파에서 유학하고 있는 조선인학생이나, 또는 기타 사회적으로 활동하고 있는 조선인이 얼마나 됩니까.

배운성–파리에는 조선동포가 10여명 있었으나, 가정을 이루고 있는 이는 불과 3,4명밖에 안됩니다. 장길룡張吉龍 씨는 파리대학을 졸업하자 곧 파리에 있는 만철사무소에 취직하여 일을 보며, 그 외 윤을수尹乙洙, 김봉수金鳳洙, 김준엽金俊燁, 류재성劉在成, 이용재李用宰 제씨가 있었습니다. 김봉수씨는 독일에 있을 때 대학에서 라디오에 관한 것을 전공하고 파리로 와서 역시 대학에서 연구하던 분인데, 금번 독불전쟁이 발발되자 자기 집에 라디오 안떼나 등을 자수로 가설했던 것이 불군의 혐의를 받게 되어, 더욱이 독일서 왔다는 것 등 제 조건으로 그만 독일스파이로 불군에게 체포 되어서 뭇척 고생을 받는다고 하드군요.

김재원–얼마 전에 총독부 외사과 사람을 통해서 김봉수씨가 무사히 석방되었다는 소식을 들었습니다. 한 2개월간이나 취조를 받았다구 하드군요.

배운성–그리고 윤을수씨라는 분도 역시 파리대학을 나와 철학박사의 학위를 얻은 분으로 파리학회에서 역문상을 획득했고, 파리에 있는 일불협회에서까지 상을 탄 분입니다. 그리고 그의 저서면 무엇이든지 저명한 출판사에서 출판해 주게끔 유명해졌으며, 저서 역시 잘 팔리는 모양이며, **내가 파리를 탈출할 때 윤씨는 마침 이태리에 잠시 가서 발티칸궁에서 연구하던 중인데, 이태리정부가 불란서에 대하여 선전시고를 하게 되자 그만 불국으로 오지 못하게 되었지요.**

김동환-조선인 예술가로서 구라파에서 이름을 떨치던 분으로 누구누굽니까. 그리고 최승희崔承喜씨의 인기는 어떠했습니까.

배운성- 최승희 씨는 금번 구라파에서 성공했다고 볼 것입니다. 부군되는 안막安漠 씨가 좋은 마네쟈로 사교도 능난하고 뱃심도 좋아서, 많은 도움이 된 것도 있으려니와 최여사 역시 풍부하고 선이 좋은 육체로 이국적이요 고전적인 무용까지 해서 파리에서도 상당한 호평을 박했습니다. 극장도 일류 극장에서 했고, 비평가들도 지상에 상당히 호평했드군요. (중략) **일류 오페라 극장주와 계약하고 했으니 그의 인기를 가히 짐작하실 것이며, 씨즌이 나빳기 때문에, 즉 가을로 모두 계약했었는데 가을에 전쟁이 발발되어 그만 중지된 것이 매우 유감돼요.**[117]

위 글에서 알 수 있듯이, 영국·미국·프랑스 등의 서구 열강들에 대항하여 추진된 제국의 지역 파편화 정책은 유럽 등지에 정착했던 해외 조선인 동포들의 삶을 "그만 중지"시키는 한편, 국내로 강제 소환함으로써 거주지와 재산, 작품, 사회적 지위 등을 잃은 채 난민難民의 삶을 살게끔 했다. 나아가 제국은 전 유럽을 자유로이 누비며 "동서양의 조화"를 추구하던 이들의 행보를 제국-동맹국의 경계 내부로 제한함으로써, 예술·지식 방면의 초국경적 교류에 결정적인 제동을 걸었던 것이다. 이로 인해 배운성을 비롯한 해외 예술가·지식

---

117 《伯林, 巴里, 白耳義의 戰火 속에서 최근 귀출한 兩氏의 報告記》.

인 계층이 제국의 아시아 정책에 대해 적극적으로 동조하기보다는 "유감"을 표했던 것, 제국-동맹국의 입장에 주목하기보다는 "재구在歐 조선인 근황"에만 관심을 두었던 것,[118] 나아가 제국이 표명하는 아시아의 영속성에 귀의하기보다는 "미의 조화"가 구현된 장소인 유럽으로의 귀환 의지를 강하게 어필했던 것은 예정된 결과였다.[119] 다시 말해 제국의 아시아 기획이 모든 식민지인들에게 보다 넓은 영토 및 국민의 가능성을 제공하는 기회로 인식되지만은 않았던 것이다. 더불어 1940년에 게재된 정인섭의 기사에서 볼 수 있듯이, "서울 지붕 밑"으로 소환되었음에도 불구하고 "大戰의 소음을 삼키는" "문명의 花都 파리"를 부르짖어 왔던 예술가·지식인 계층은 제국의 파시즘적 정책이 지니는 제한적 속성을 "정조대貞操帶"라는 표현으로서 가시화하기도 했다.

세느江은 綠水로 흘러 흘러
《마로니에》의 뿌리를 적시고

---

118 위 글에서 제시된 바 있듯이, 이들은 총독부 외사과 및 일본대사관의 관할 하에 있었다. 그러나 일본 여권의 소지자로서 해외에 체류하고 있었음에도 불구하고, 위 좌담회에서 드러나는 이들의 거주/활동은 "조선 동포"라는 범주를 기반으로 전개되고 있었으며 해외에서 유명세를 얻은 예술가·지식인들 또한 "조선인 예술가" "조선 명사"라는 레테르를 단 채 소개되고 있음을 알 수 있다. 나아가 "조선인으로 구라파인에게서 배울 점이란 어떠한 것일까요?"라는 구절에서 볼 수 있듯이, "재구在歐 조선인"-"구주歐洲" 간의 일대일 관계에 초점을 맞춘 위 담화에서는 제국 일본이라는 정치적 기표가 누락되어 있는 것이다. 이는 곧 영국·미국·프랑스 대對 독일·이탈리아·일본이라는 구도로써 발발한 제2차 구주대전 당시 해외 조선인들이 일본에 귀속된 내부자적 관점을 담지했던 것이 아니며, 여전히 "조선 동포"라는 (분리된) 사회문화적 범주에 입각한 채 제 3자의 관점을 영위하고 있었음을 드러낸다. 이는 좌담회 참석자들이 독일 등 제국 동맹국의 승리에 전혀 동조하지 않은 채 오로지 "불안·공포·고생" 등 갑작스러운 외부적 타격으로 인한 감각만을 부각시키고 있는 이유를 짐작케 하며, 아울러 전쟁 발발에 대해서도 제국 일본인들과는 상이한 태도를 선보일 수밖에 없었음을 시사하는 것이다. 《伯林, 巴里, 白耳義의 戰火 속에서 최근 귀국한 兩氏의 報告記》.

119 《伯林, 巴里, 白耳義의 戰火 속에서 최근 귀국한 兩氏의 報告記》.

河床에 《미로》의 《비너스》를 감추고
大戰의 소음을 삼키는 巴里
문명의 花都,
예술은 巴里人의 신앙이 되다.
《루불》의 《모나리자》를 찾다가
《샹제리제》의 여인들과 산보하는 밤,
인생은 天眞을 동경하면서
환락의 현실을 요리하나니
巴里여! 그대는 천사요, 또한 마귀일진저!
凱旋門이 車輪이 되어
《나폴레옹》이 아직도 지구를 돌린다.
《베르사이유 宮殿》이 위급하든 날
《카이젤》의 수염은 미소했으련만-
《제네바》의 活舞臺를 부셔트리고
《히틀러》는 《안바리드》를 참배한다.
그렇나 《파리챤》과 《파리젠느》들은
《몬파리》를 부러짖으리라
《불바르》의 《카페》에서도
《오페라座》의 무대에서도
《세느江》上의 船遊에서도
《몬파리!》《몬파리!》
나는 서울 지붕 밑에서
巴里에서 부는 나팔소리를 듣는다.
《몬마르트》 유흥가에는
여전히 밤모르는 청춘이 있어

貞操帶를 비웃고 있다.[120]

이러한 제국의 지역 파편화 정책에 대한 불일치적 태도는 "전 지구 노동자들의 결합"을 강령으로 삼았던 사회주의자들의 경우에도 마찬가지였다.[121] 즉, 식민지 코즈모폴리턴들이 제국의 지역 파편화 정책을 "정조대"로서 표상했다면, 중국·소련 등 해외 운동 거점들과의 연결이 끊긴 채 전향에 직면할 수밖에 없었던 식민지의 몇몇 사회주의자들은 "손바닥만한 서울"에 갇혀 "너른 바다"로 나아갈 수 없게 된 스스로의 상황을 "절해고도絶海孤島"라는 은유를 통해 무/의식적으로 토로하고 있기 때문이다.

초향씨는 마치 무슨 절해고도絶海孤島 같아요. 그 외로운 섬, 근가로는 이따만큼씩 원양항해遠洋航海의 큰 기선도 지나가고 조그만 어선도 지나는 갑니다만 워낙 이 섬은 뾰죽한 바위로 되어서 아무도 들어가 볼수가 없습니다그려.[122]

그리하여 태평양전쟁을 전후로 세계는 다시금 지역 대 지역의 대

---

120 앞서 살펴본 바 있듯이, 해외문학파의 일원이었던 정인섭은 1940년의 시점에 이르러 위와 같은 시를 선보이고 있다는 측면에서 주목된다. 당초 "지상 영웅 히틀러" 및 "《나치스》의 개선문 행진"을 조명하고자 했던 위 기사는 그간 세계 지향적 경향을 축적해 왔던 정인섭의 관성적 태도에 의거함으로써, 오히려 "문명의 花都"이자 "환락의 현실"로 표상되는 파리의 근대적·자유주의적 속성에 대한 애착의 표명으로 귀결되고 있음을 알 수 있다. 나아가 정인섭이 "히틀러"의 점령에 맞서 "몬파리"를 부르짖는 파리지엔들의 입장을 "서울 지붕 밑"에 있는 식민지인들의 입장과 부지불식간에 연계시키는 대목은, 파시즘의 "정조대"에 의해 온전히 통제될 수 없는 "청춘"들의 욕망이 당대 식민지 내에서도 통용되고 있었음을 시사한다는 측면에서 의미심장한 것이다. 정인섭, "몽파리", 〈巴里《奈巴倫墓》參拜記, 凱旋門을 지나 偉人의 무덤을 찾다〉.
121 고모리 요이치, 〈마르크스주의와 내셔널리즘〉, 33~34쪽.
122 한설야, 《초향》, 152~153, 502~503쪽.

립 관계로 재편되기 시작했으며, 이로 인해 제국–식민지인들이 통합적 세계에 대한 전망을 잃고 제국의 블록 내부로 제한될 위기에 처해 있다는 인식은 여전히 "서울 지붕 밑에서 巴里에서 부는 나팔소리를 듣"고자 했던 코즈모폴리턴들,[123] "혁명 모국"의 일원이 되고자 했던 프롤레타리아 국제주의자[124]들로 하여금 그간 축적된 언어·담론을 발화케 함으로써, 아시아 지역/정체성 형성을 둘러싼 담론 장에 불일치 및 분열을 초래하는 원인이 되었다.

위와 같은 연유로 인하여, 아시아를 둘러싼 정치적 경합에 참여하게 된 코즈모폴리턴·국제주의자들의 지역/정체성 발화는 제국의 판본에 대해 지속적인 불화를 유발할 수밖에 없었다는 점을 염두에 둘 필요가 있다. 제국에 의해 추진되었던 대동아공영권의 기획은 근대 초기 동서·황백인종의 대결을 기반으로 한 이항대립적 세계관의 반복이었으며, 서양이라는 공동의 적을 설정함으로써 내부의 단결력을 유지하려 했던 방식 또한 앞 시대의 아시아 담론과 다르지 않았다. 실제로 1940년대 담론의 장에서는 오카쿠라 텐신 등 1900년대 전후 아시아 담론들이 전유·배포됨으로써 대동아공영권을 뒷받침하는 논의로 활용되고 있는 것을 볼 수 있다.[125] 이때 "약소민족을 압제, 주구해온 앵글로색슨의 굴레로부터 동아를 해방"[126]한다는 대동아공영권

123 정인섭, 〈巴里《奈巴倫墓》參拜記, 凱旋門을 지나 偉人의 무덤을 찾다〉.
124 〈나의 海外 亡命時代〉, 《삼천리》 제4권 제1호, 1932.1.1.
125 오카쿠라 텐신의 〈동양의 이상〉은 본래 1903년 런던의 존 머레이John Murray 출판사에서 영문으로 간행된 것이었으며, 1935년·1939년 일본어 완역본이 발매됨으로써 일본인들에게 널리 알려지게 되었다. 특히 1943년에 독자들의 요구로 인해 영문판이 복각되었다는 사실은 태평양전쟁 이후 오카쿠라 텐신의 아시아 논의가 보다 활발한 '호명' 및 대중적 인기를 누리고 있었음을 입증하는 것이다. 여기에 대해서는 최원식·백영서 엮음, 《동아시아인의 '동양' 인식》, 28~29쪽 참조.
126 오쿠다이라 다케히코, 〈대동아전쟁의 큰 목적과 그 성격(1942)〉. 모리타니 가쓰미, 〈대동아공영권의 경제적 의의(1942)〉. 인문사 편집부 엮음, 《아시아 태평양전쟁과 조선》, 신승모·오태

의 논리는 "수백 년 이래 악을 행하던 백인종의 선봉"을 쳐부수고 "
동양평화를 유지"하고자 했던 러일전쟁 전후의 아시아 담론과 고스
란히 겹쳐지는 것이다.[127] 이와 달리 "동서·황백 두 인종의 경쟁시
대"라는 수사의 허구성을 근대 초기에 이미 인지한 바 있으며,[128] 근
대 자본주의·사회주의 운동에 의거하여 통합적 세계관을 축적해 왔
던 식민지 코즈모폴리턴·국제주의자들은 바야흐로 열린 정치적 공
간을 맞이한 이후에도 여전히 "세계 건설"[129]의 담론을 관습적으로 발
화함으로써, "피와 땅"으로 묶인 동양·황인종이라는 폐쇄적·본질적
인 (듯 보이는) 범주를 범세계 및 전 인류에 기반을 둔 각각의 구성적
모델들로 다변화시키고 있음을 알 수 있다.

동아신질서 건설이 선언되었던 1938년부터 태평양전쟁의 실질적
인 수행에 돌입하는 1941년 이후에 이르기까지, 제국-식민지 내부
에서 다양한 이데올로기적 성향을 띤 아시아 담론들이 경합을 벌였
다는 점은 자명하다. 가령 사회주의 이데올로기에 기반을 둔 아시
아 담론의 경우, 동아협동체론·동아연맹론이 혁신좌파에 의해 제기
된 바 있는 것이다. 그중 오자키 호츠미尾崎秀実·미키 키요시三木清 등
에 의해 주창되었던 동아협동체론은 "동아를 하나의 봉쇄적 단위로
생각하지 않고 단지 세계적 질서 일반에 선행하는 공동 방위적인 결
합"으로 인식하며, "자유주의가 주장하는 개인의 자발성, 창조력" 및
"국제주의가 주장하는 인류의 평화·박애 등을 존중"한다는 측면에
서 "세계로부터 스스로를 고립시키기 위한 것이 아니라 오히려 세계

영 옮김, 제이앤씨, 2011, 62, 66~67쪽.
127 안중근, 〈동양평화론〉.
128 신채호, 〈동양주의에 대한 비평〉.
129 金明植·印貞植·車載貞, 〈東亞協同體와 朝鮮〉, 《삼천리》 제11권 제1호, 1939.1.1.

를 진정으로 세계적으로 만들기 위한" 의도를 담지하고 있었다.[130]

이러한 동아협동체론의 자유주의적·세계주의적 면모는 식민지 조선인들로부터 상당한 호응을 얻었다. 실제로 1939년 1월《삼천리》에 실린 〈東亞協同體와 朝鮮〉 특집은 동아협동체론에 대한 공명을 바탕으로, 제국과는 상이한 지역/정체성의 발화로 나아갔던 식민지 사회주의자들의 면모를 보여 주고 있는 것이다. 이 특집은 지금까지 "제국이라는 틀 속에서 스스로를 정치적·문화적 주체로 정립"하고자 했던 사회주의자들의 면모를 드러내는 것으로 해석되어 왔다. 즉, 선행 연구에 따르면 이 특집은 "제국의 판도 안에서이긴 하지만 조선민족의 번영을 위해서 내선일체와 침략전쟁에 협조하자는 것"을 요체로 함으로써, "현실적인 힘을 지닌 제국주체로서 다시 태어날 것을 열망"하는 내용을 담고 있다는 것이다.[131] 그러나 "조선민족의 번영"이라는 목적에 초점을 맞추어 "제국적 주체구성"[132]을 촉구하고자 했던 당초의 의도에도 불구하고, 복잡한 층위를 지닌 이 특집은 그간 축적시켜 왔던 국제주의적 관점과의 혼선混線으로 인하여 제국과는 '결을 달리하는' 지역/정체성 기획으로 (잘못) 귀결되어 버린 것

---

130 오자키 호츠미, 〈동아협동체의 이념과 그 성립의 객관적 기초〉, 미키 키요시, 〈신일본의 사상 원리〉, 최원식·백영서 엮음, 앞의 책, 38, 47, 63, 67쪽. 김경일은 제국이 '대동아공영권'을 공식적인 '아시아' 기획으로 채택했던 것은 동아협동체론이나 동아연맹론 등 좌파 계열의 논의가 "전부 분쇄된 이후"라는 사실을 언급한 바 있다. 임성모, 정종현에 따르면 연맹론과 협동체론의 담론 구조에 "당대 파시즘·제국주의에 대한 저항으로서의 측면" 및 '민족적 자립'의 계기가 내장되어 있었던 것이 사실이며 이로 인하여 두 논의는 제국에 의해 공식적으로 채택되지 않았을 뿐 아니라 일본 정부에서 오히려 억압하려는 자세가 있었다고 한다. 그러나 식민지 조선인들은 "조선의 독립을 부추긴다"는 이유로 도조 히데키를 중심으로 한 군부에게 탄압을 받았던 이 두 논의에 대해 상당한 호응을 보였다고 한다. 여기에 대해서는 김경일, 〈대동아공영권의 '이념'과 아시아의 정체성〉, 222~223쪽. 정종현, 《동양론과 식민지 조선문학》, 창비, 2011, 84~129쪽. 임성모, 〈동아협동체론과 '신질서'의 임계〉, 백영서 외 지음, 《동아시아의 지역질서》, 170~173쪽.

131 정종현, 《동양론과 식민지 조선문학》, 85~86쪽.

132 정종현, 《동양론과 식민지 조선문학》, 86쪽.

으로 독해되기도 한다. 다시 말해 식민지 사회주의자들이 아시아 담론에 대한 참여를 통해 착지하고자 했던 "제국의 판도"는 지역적·인종적 분할을 초월하는 범세계의 언어·담론으로 인하여, 언제나 오염의 위기에 직면해 있었던 것이다.

서구 정치학·경제학을 전공한 중견 마르크스주의자였던 필자 김명식金明植, 인정식印貞植, 차재정車載貞은 "신동아 건설에 많은 난관이 있는 것은 부정할 수 없는 일이지마는 제국의 기정방침과 같이 실현될 것은 번언繁言할 필요가 없다"고 전제함으로써 신동아 건설이 피할 수 없는 현실이 되었음을 자인하고 있다. 그러나 이들은 "신동아를 건설함에 當하야 제일 긴급한 것은 신건설의 지침이 될만한 의식의 확립"에 있음을 지적한 후, "수긍할만한 세계관의 체계"가 무엇인가에 대한 토론에 진입함으로써 뜻밖에도 수직적 분할이라는 "정부방침"으로부터 미끄러지기 시작한다. 즉, 이들은 신동아 건설의 세계관을 둘러싸고 "독이獨伊양국"과 같이 "파시즘"의 "민족적 배타관념"을 방침으로 삼는 것에 대한 관습적 경계를 드러내는 한편, "지역적으로 동방적의 것과 서구적의 것과를 분별하는 것보다 시대적으로 초지역적의 의식을 발견"해야 하며 이로써 "인류사 신기원新紀元"에 서야 한다는 통합적 인류·세계 개념에 귀착함으로써 어느새 제국의 지역/정체성 기획과는 상이한 "판도"로 회귀해 버린 스스로를 발견하기 때문이다.

여기서 이제 우리는 신동아건설의식을 제시할 필요가 있는대 (중략) 그러면 **파시즘이 신건설의 도안이 될 것이냐 하면 그것은 파시즘의 국가의식을 이해하는 者로서는 누구나 긍정치 아니 할 것이다.**
물론 최근 독이獨伊양국이 구주의 침체한 현상을 타파함에 있어서

그 국가의식이 원동력이 될 것은 누구도 모르는 바 아니지마는 그러나 그것이 신구주의 건설의식이 될 수 없는 것은 국가적 독재사상과 민족적 배타관념이 입증하는 바이오. 더구나 東亞의 현실에 있어서 그러한 국가사상이나 민족관념으로 신건설의 도안을 삼는다하면 그것은 손문의 삼민주의가 신건설의 장해물이 되는 것보다 더 큰 장해물이 될 것이니 그러므로 신건설에 대한 관심을 가진 者는 특히 이러한 의식을 경계치 아니하면 아니될 것이다.

그러므로 우에서도 말하였거니와 지나사변이 발발한 후 정치가, 실제가 학자 등의 이 신건설에 대한 이론이 만이 논란되었으나 이제 오히려 일정한 의식이 확립되지 못하야 한갓 정부선언의 몃 가지 방침으로 건설방략을 삼고 나가는 모양이니 이 정부선언은 현장을 수습하는 편법이 될 것 뿐이오 신건설의식이 될 수 없는 것이다. 그리고 학자의 논책 중에는 일본평론 11월호 소재 杉森孝次郎의 〈문화정책의 확립에〉라는 논문이 신건설에 대한 세계관의 체계를 세우려고 노력하였으나 오즉 삼민주의를 배격함에 끈치고 신건설의 구체적 의식을 제시치 못한 것은 용두사미의 감이 없지 않다.

그런데 이제 나는 遠方에서 시급한 주문을 바다 내의 생각한 바 신건설의식을 양론할 시간의 여유가 없으나 그 대략을 말하면 이상주의의 신형태인데 정치적으로 데모구라시와 경제적으로 고렉띄브와 사회적으로 휴매니즘을 집결조화하야 단일 관념으로 조직한 것이니 이상주의는 신동아를 건설함에 완전무결한 의식이 되리라고 생각한다. 첫재 정치적으로 데모구라시를 실현하야 박그로 독재의식을 배척함과 함께 앞으로 손문의 민족주의와 민권주의를 양기고 또 경제적으로 크래티브를 실현하야 민주주의의 조잡한 견해를 지탄하는 동시에 자본주의의 식욕을 견제하고 공산주의의 공상을 수정할 것이다. 그리하야 사회적으로 휴매니즘을 실현함으로써 인문의 발전을 기도하야 만방이 협화하는 단서를 지을 것이다. 그리고 이 이상주의가 우리로 하야곰 일지 양민족간에서 조화역의 임무을 수행케 함에 좋은 의식이 될 것은 말할 필요도 없다. 그러므로 이제 우리는 먼저 이 이상주의에 대한 깊은 조계를 가지고 新東亞의 건설운동에 참가하지 아니하면 아니 될 것이다. 그러하야 정치적으로는 데모구라시를 양 민족에게 선전하고 경제적으로는 코텍리브를 사회적으로는 휴매니즘을 주장하야 저들로 하야곰 그로써 협화만방하는 의식을 삼계하면 우리의 진로는 스스로 열릴 것이오. 그와 동시에 우리의 신동아 그리고 신세계건설에 대한 공헌은 사상에 혁혁할 것이다.

〈우리는 일즉 서구의 사상에 질서에 배우고 이미 그것을 우리의 것을 맨들었다. 우리는 물론 그것을 いろは로부터 배웠으나 우리는 서구에서 배우기 전에 이미 우리는 우리의 문화와 사상과 전통을 가지고 있었다. 우리는 다못 서구문화를 전취한 것만이 아니다. 그것을 우리의 류의로 바다드러 동방화하고 또 東方化함에 의하야 하나의 새것을 창조하려한다〉(일본평론 12월호 社說) 원래 서구문화와 동방문화를 대립시킬 필요도 없거니와 그리함으로써 신건설의 의식이 나오지 안는 것은 이상의 언론으로 알 수 있다. 그리고 신건설의식은 동방적의 것이 되여도 아니될 것이오. 서구적의 것이 되여도 아니될 것은 세계성을 가진 신건설의 본질로 보아 단언할 수 있다. 그럼으로 그것은 동방적인 동시에 서구적이오 그리하야 세계적이 되지 아니하면 아니될 것이다. (중략) 그러므로 신동아건설의 의식을 논함에 당하야 지역적으로 동방적의 것과 서구적의 것과를 분별하는 것보다 시대적으로 초지역적의 의식을 발견치 아니하면 아니될 것이다. (중략) 그리하야 그로써 신동아건설의 의식을 삼는 동시에 나가서 세계건설의 수도

에 서지 아니하면 아니될 것이다. 그리고 그러한 의식으로 해서 우에서 말한 이상주의는 원래 서구와 동방을 초월한 시대의식이 될 수 있으니 신동아의 협동체를 건설함에 있어서 그것이 실현될 계기가 전개될 것은 필연한 理勢이다.

동아의 재편성이란 무엇을 의미하느냐.

첫재로 경제적 의미의 동아재편성이란 것은 東亞 각 민족의 공존공영을 기조로 하는 일만지《뿌럭》경제의 확립을 내용으로 하는 것이며.

둘재로 정치적 의미의 동아재편성이란 것은 이러한 경제적 목표를 확보하기 위한 동아협동체 혹은 동아연방체의 결성을 말하는 것이다. 물론 이러한 동아협동체란 것은 백인의 제국주의에 의한 동아의 침략을 근본적으로 배제한다. 그러나 그것은 白人의 제국주의적 침략을 배제하는 것이며 백인 그 자체를 배제하는 것은 절대로 아닐 것이다. 또 동아협동체의 사상은 항일지나의《내쇼날리즘》을 초극하는 계기를 포함하는 동시에 추상적일《인터*쇼날리즘》과도 대립된다. 그러나 그것은 그러타고 해서 전동아를 들어 동아고립주의 동아몬로-주의 지방적 폐쇄주의 지방적 편의주의에 봉쇄해 버리려는 것도 아니다. 전동아를 들어 한 개의 경제적, 정치적 단위로 결성하려는 것은 한 개의 협동체로의 전동아가 한 개의 단위로서 전세계사의 전진에 향하여 적극적으로 참가하고 기여한다는 것을 의미할 뿐이다.

다시 이를 문화적으로 고찰한다면 구라파의 문명에 대해서 전全전통과 전全성장을 달리하는 동아민족공통의 문화를 확보하며 또 발전 성장케 하려는데 있다. 동아협동체에 부여된 이러한 문화적 사명은 결코 구라파문명의 도입을 무조건하고 배제하려는 것은 아니다. 동아의 고유한 문화를 기저로 해서만 구라파의 문명을 선택하고 또 섭취하려는데 있을 뿐이다.

그러므로 그것은 구라파문명의 무비판적 모방을 배제할뿐 아니라 다시 구라파문명에 대립하는 동아적 봉쇄주의에도 대립된다.[133]

즉, "일본제국을 유일절대의 맹주"로 하는 동아의 배타적·수직적 재편성에 동조하는 듯했던 이들은 역설적이게도 아시아를 "동아고립 주의 동아몬로−주의 지방적 폐쇄주의 지방적 편의주의에 봉쇄해 버리려는 것이 아님"을 강조하는 한편, "동방적인 동시에 서구적이오 그리하야 세계적인" 협동체가 "한 개의 단위로서 전세계사의 전진에 적극적으로 참가"해야 한다는 결론에 도달하고 있음을 알 수 있다. 아울러 "동아협동체에 부여된 문화적 사명은 구라파문명의 도입을 무조건하고 배제하려는 것이 아니"며, 동아협동체란 "백인의 제국주의적 침략을 배제하는 것이지 백인 그 자체를 배제하는 것은 아닐 것"임을 주장하는 이들의 언설은 "포악무도한 영미가 이 지구상에서 소멸될 때까지 싸울 것"[134]을 획책했던 제국의 "민족적 배타관념"에 대한 재검토를 요구하는 것이다. 그리하여 "정치적으로 데모구라시를 실현하야 박그로 독재의식을 배척하고, 경제적으로 고렉띄브collectivism를 실현하야 민주주의의 조잡한 견해를 지탄하는 동시에 자본주의의 식욕을 견제하고 공산주의의 공상을 수정하며, 사회적으로 휴매니즘을 실현함으로써 인문의 발전을 기도"하는 것으로 종합되는 이들의 이상주의적 지역/정체성 기획은 아시아를 제국의 균질적이며 특수한 판도 내에 복속시키는 것이 아니라 정치·경제·사회

133　金明植·印貞植·車載貞, 〈東亞協同體와 朝鮮〉.
134　오쿠보 고이치, 〈대동아전쟁에서의 황군의 사명과 본령〉

방면에서 자율성을 지닌 여러 단위들의 "연방"으로 위치시킬 것을 제안하고 있다는 측면에서, 이들이 여전히 사회주의 운동을 통해 학습·축적해 왔던 국제적 연대의 연장선상에서 발화하고 있음을 드러낸다.[135] 즉, 이들에 의해 재再정의된 "세계 건설"의 이상주의적 모델은 "제 민족 공존공영에 인한 협동질서"[136]를 표방하는 프롤레타리아들의 "병렬적·병판적인 연합"[137]과 크게 다르지 않았던 것이다.

한편 식민지 조선의 코즈모폴리턴들은 혁신좌파의 운동이 "분쇄"되고 대동아공영권론의 채택이 기정사실화되는 1940년대에 이르러서도, 여전히 전 인류나 범세계에 입각한 관점을 선보이고 있다는 측면에서 눈길을 끈다. 앞서 살펴보았던 좌담회의 자료에서 알 수 있듯이, 제국의 동아 재편성을 "흥분"이 아닌 "유감"으로 받아들였던 해외 예술가·지식인 계층은 제2차 구주대전을 두고 어떠한 태도를 취할 것인지에 대해서도 제국과 불일치하는 지점들을 형성했다. 가령 해외문학파의 일원으로서 세계주의적 입장을 고수해 왔던 정인섭은 1939년 연재한 〈구주대전歐洲大戰과 전쟁문학戰爭文學〉에서 다음과 같은 견해를 밝힌 바 있다.

제일차 구주대전은 인류 역사상의 가장 큰 사건이었다. 따라서 이와 같이 중대한 위국에 직면했을 때 그들은 여하한 태도를 취했을까? 보통 상식으로 생각해도 약 오五개의 경향을 추측할 수 있을 것이다.

---

135 金明植·印貞植·車載貞, 〈東亞協同體와 朝鮮〉.

136 金明植·印貞植·車載貞, 〈東亞協同體와 朝鮮〉.

137 스즈키 다케오, 〈병참기지로서의 반도(1942)〉, 인문사 편집부 엮음, 앞의 책, 95쪽. 스즈키 다케오는 이 글에서 당대 좌파에 의해 "병렬적·병판적인 동아" 혹은 "제 민족의 연합 또는 연맹"과 같은 지역/정체성 기획들이 제기되었으며, 이는 1940년대의 시점에 이르러 "황국의 주권을 어둡게" 한다는 명목 하에 정부의 "단호한 경고"의 대상이 되었음을 기술한 바 있다.

첫째는 사건을 적극적으로 지지하고 찬동해서 주전적主戰的으로 나아가서 적국에 대한 의분을 일으키는 동시에 애국적 의기를 고무하는 것이니 이것을 나는 주전적主戰的 문학이라고 하겠다. 둘째는 주전적 태도는 아닐지라도 실제로 나아가서 전투한 체험을 기록한다든지 보고하는 그런 종류의 태도도 있을 수 있으니 이것을 나는 전쟁보고戰爭報告문학이라고 하겠다. 셋째는 직접으로 전쟁을 주창하지도 않고 그렇다고 전지에 나가본 적도 없는 사람으로서 총후에서 번민하다가 절망으로 빠진 사람들이니 이것을 나는 회의적懷疑的 고민苦悶문학이라고 하겠다. 넷째로서는 주전도 아니요 보고도 아니요 번민도 아닌 것이니 즉 **인류의 새로운 이상을 부르짖고 세계의 신질서를 욕구하야 마지않는 인도주의적 태도를 취한 것이니 이것을 나는 신이상주의新理想主義문학이라고 하겠다.** 다섯째는 이 사건에 대해 찬성하지 않는 태도를 취해서 구주대전의 이면을 그린다든지 혹은 풍자한다든지 한걸음 더 나아가서 비난의 의사를 표시하는 것이니 이것을 나는 비전非戰문학이라고 가칭하겠다. (중략)

(네 번째인) **신이념의 문학이란 좀 더 적극적으로 국가의 평화를 찾고 인류애를 부르짖는 것이니** 서반아의 이바네츠가 "묵시록의 사 기사四騎士"에서 시示한 바와 같이 남구주南歐洲에 새로운 환희와 문명을 요구하기도 하고 낙위諾威(노르웨이)의 보엘이 천구백십칠년에 발표한 "세계의 얼골"에서 주인공으로 하여금 취하게 한 **인류의 구제와 세계의 신결속新結束을 위하여 부르짖는 것**도 있었고 브라질의 작가 "아란하"가 "카난"에서 의도한 남미의 이상향理想鄕을 꿈꾸는 것도 있었다. (중략)

이상에 나는 제일차 구주대전이 낳은 각종 전쟁문학의 특질과 그 윤곽을 요약했는데 역사는 반복한다 하듯이 이번 제이차 구주동란에 있어서도 역시 비슷한 경향이 나타나리라고 생각되지마는 제일차와 다른 것은 먼저 대전이 돌발적이오 열광적이므로해서 거기에 나타난 전쟁문학도 퍽도 긴장된 질적요진과 다면적인 양적요소가 있었지마는 이번 것은 돌발적이 아닌 만성적 예감에다가 경험자의 인구성忍久性과 회피적인 시위성示威性이 있으므로 제일차 때와 같이 극도의 열렬한 주전문학도 그다지 뚜렷하게 보이지 않을 것 같고 고민문학도 아직딴은 그리 심각할 것 같지도 않고 본격적인 비전적 논조도 들리지 않는다. 따라서 이번 대전의 결과로서 내 생각에는 새로 고도로 발달된 무기의 직능발휘에 따른 기록적보고문학이 꽤 발전될 것 같고 또 ◆**전쟁이 어떤 형식으로서든지 끝이 난다면 평화공작을 위한 세계 각국의 새로운 상호관련 혹은 전 인류의 새로운 이상 등에 대한 문학적 견해가 상당히 보여질 것으로 추측된다.**[138]

위 글을 통해 도출되는 내용은 세 가지로 정리될 수 있다.

첫째, 제1차 구주대전 당시의 여러 경향에 대한 분석을 바탕으로, 정인섭은 제2차 구주대전에 대한 개개인의 태도 또한 단일한 것이 아니라 "다면적多面的"인 것으로 나타날 것이라고 예측하고 있다. 이는 식민지 말기 정치문화적 담론 장을 휩쓸었던 "흥분"의 정서에도 불구하고, 실상 제국의 아시아 기획 및 대동아 전쟁에 대한 식민지인들의 반응 또한 주전主戰/회의懷疑/인도주의人道主義 등으로 분열되어 겹겹의 층위를 형성하게 될 것임을 드러낸다.

둘째, 정인섭은 제1차 구주대전 이후 대두되었던 인류·세계 인식에 대한 회고를 통해, 제2차 구주대전 이후에도 "세계 각국의 상호관

---

138 정인섭, 〈歐洲大戰과 戰爭文學〉, 《동아일보》, 1939.9.19-26.

련"이나 "전 인류의 이상"을 추구하는 인도주의적·세계주의적 경향이 특히 부각될 것이라는 점을 제시하고 있다. 이는 정인섭이 세계주의적 전망을 지속적으로 영위하고 있으며, 나아가 동서·황백인종의 대결에 근거한 제국의 배타적 세계관에 대해 동조하기보다는 이를 전쟁 기간 동안의 일시적 현상 정도로 파악하고 있음을 드러낸다.

셋째, 앞서 제시된 사항들을 통해 알 수 있듯이, 전쟁에 대응하여 나타난 여러 경향성들을 분석하거나 그중에서도 정인섭 자신이 고수해 왔던 세계주의적 경향의 회귀를 예측하는 대목은 '아시아 십억 인구'에 기초한 단일 지역질서의 수립을 의도했던 제국의 정책에도 불구하고, 당대 조선인들의 인식이나 전망이 결코 제국이 규정하는 노선대로 균질적으로 수렴되고 있지는 않았다는 사실을 보여 주는 것이다.

이처럼 세계주의에 입각한 언어·담론을 선보였던 식민지 코즈모폴리턴들의 면모는 1940년대에 이르러서도 제국과 지속적인 불일치의 지점들을 형성하고 있었다는 측면에서 주목된다. 1940년 8월 제국은 〈기본국책요강〉 발표 및 외무대신 담화를 통해 대동아공영권 구상을 공론화하기 시작했으며, 이를 기점으로 동아협동체론·동아연맹론 등은 배제되는 한편 "대동아의 존립과 발전의 책임을 담당"하는 일본에 대해 각 지역이 "자진해서 그 지도에 복종"해야 한다는 "지정학적 수직통합론"이 천명되었다.[139] 더불어 제국−식민지에서는

---

139 1941년 1월 14일 일본 정부는 "조국의 정신에 반해 황국의 주권을 회명晦冥할 우려가 있는 국가연합이론(동아연맹론, 동아협동체론 등)을 금알禁遏"한다는 방침 아래 동아신질서 건설의 사상운동은 우익 단체인 대정익찬회大政翼贊會에서 통일적으로 지도할 것을 결정했다. '동아협동체론'의 주창자 중 한 명이었던 오자키 호츠미는 '조르게Richard Sorge 사건'이라는 스파이 사건에 연루되어 1941년 10월 태평양전쟁 개전 직전에 체포되었으며, 1944년 11월 러시아혁명 기념일에 조르게와 함께 교수형에 처해졌다. 김경일, 〈대동아공영권의 '이념'과 아시아의 정체성〉, 임성모, 〈동아협동체론과 '신질서'의 임계〉, 169, 190~191, 223~224쪽.

"일본은 천황을 중심으로 한 가족을 이루고, 동양은 일본을 중심으로 한 가족을 형성"한다는 황도皇道주의[140] 및 근대 이후의 새로운 원리를 동양/전근대에서 찾고자 하는 동양론이 제창되었던 것이다.[141]

그러나 "일본 이외의 민족으로서는 그것을 지성을 통하야 섭취 이해하기는 불가능할만치 전통적이고 감정적이고 혈액적"[142]이었던 황도주의 및 아시아 각 민족들을 동양이라는 대주체로 환원하고자 했던 제국의 동일화 정책에 대한 반발은, 이들로 하여금 제국이 표방하는 배타적·수직적 질서에 전적으로 귀의하기보다는, 그간 영위해 왔던 전인류적 세계질서로의 복귀를 반복적으로 어필하게끔 하는 원인이 되었다. 가령 식민지 시기 대표적인 모더니스트로서 리처즈 Richards·엘리어트Eliot 등의 이론을 도입했으며, 이상과 더불어 "파리에 가서 삼 년만 공부하고 올 것"[143]을 계획했던 김기림은 1941년 "인류는 지금까지 시간과 공간을 초월하여 오직 한 개의 문화"만을 지닌 것이 아니며, 문화의 발전은 언제나 "혼혈"적 양상을 띠는 것이기에 동양론만을 맹목적으로 관철시키기보다는 "동양문화와 서양문화의 결혼"을 통해 "세계사가 구경하여야 할 신문화"를 탄생시킬 필요가 있다는 점을 역설한다.[144]

---

140 최재서, 〈대동아의식에 눈뜨며—제2 대동아 문학자대회에서 돌아와서〉, 《국민문학》, 1943.9.
141 정종현, 《동양론과 식민지 조선문학》, 22~23쪽 참조.
142 金明植·印貞植·車載貞, 〈東亞協同體와 朝鮮〉.
143 장석주, 《이상과 모던뽀이들》, 현암사, 2011.
144 김기림, 〈동양'에 대한 단장〉, 《문장》, 1941.2. "이질의 문화와의 접촉·교류·종합의 과정"에 의해 생성되는 "혼혈"적 특성을 강조하는 한편, "동양문화라는 것이 벌써 역사상의 사건으로 영구히 결제된 사항이어서는 안 되"며, "그것은 역사적으로 있던 그대로의 모양으로 현대에 회생할 권리가 없"고 "문화는 민족을 따라 시대를 따라 늘 달라온 것이 지금까지의 사실"임을 지적하는 김기림의 태도로 미루어 볼 때, 김기림의 이와 같은 발언은 "역사적으로 있던 그대로의" 동양문화를 "역사상의 사건으로 영구 결제"하고자 하는 제국의 의도에 간섭하여 이를 보다 다원적이며 보편적인 방향—"세계사"적 관점—으로 수정하고자 하는 목적을 지닌 것으로 볼 수 있다. 한편 서구적 근대의 몰락을 기정사실화하면서도 여전히 서구적 근대의 위력을 명시하며,

문화의 발전은 대개는 다른 문화와의 접촉·교류·종합의 과정을 거쳐서 실현되는 것이지만 몇 세기를 두고 통일된 모양으로 지속되었던 문화가 이미 말기에 도달하여 새로운 단계로 비약할 적에는 거기는 이질의 문화와의 전면적인 접촉·종합이 자못 효과적인 계기를 이루는 경우가 많다. (중략) 동양문화라는 것이 벌써 역사상의 사건으로 영구히 결제된 사항이어서는 안 되었다. 딴은 서양문화의 도도한 압력에 여지없이 수그러든 동양문화였다. 그것은 그 자체가 한 시초와 발흥기를 가졌었고 드디어 완결된 한 독립한 역사의 분절로 그치기는 하였다. 그것은 역사적으로 있던 그대로의 모양으로 현대에 회생할 권리는 없다. 우리는 "문화는 인류와 함께 있다"는 말을 기억하려 한다. 그 말은 결코 인류는 지금까지 시간과 공간을 초월하여 오직 한 개의 문화를 가졌다는 것을 결코 의미하지 않는다. 문화는 민족을 따라 시대를 따라 늘 그 받아들이는 태도에 있어서, 양식에 있어서, 가치의 단계에 있어서 달라온 것이 지금까지의 사실이었다. (중략) 근대 서양의 파탄을 목전에 보았다고 곧 그것의 포기절연을 결의하는 것은 한 개의 문화적 감상주의에 넘지 않는다. (중략) 있던 그대로의 동양문화, 있는 그대로의 동양문화가 곧 역사에 등장하는 것은 아니다. (중략) 동양문화와 서양문화의 결혼—이윽고 세계사가 구경하여야 할 향연일 것이고 동시에 한 위대한 신문화 탄생의 서곡일 것이다.[145]

"역사상의 사건으로 영구히 결제決濟된 사항"으로서의 동양문화를

나아가 몰락에 대한 대안을 동양에서 찾고자 하지 않았던 또 다른 사례로서 서영인은 김남천을 제시한 바 있다. 여기에 대해서는 서영인, 〈근대인간의 초극과 리얼리즘—김남천의 일제말기 비평 연구〉, 《국어국문학》, 137권, 2004. 〈일제 말기 김남천 문학과 만주〉, 《한국문학논총》 48집, 2008 참조.
145　김기림, 〈'동양'에 대한 단장〉.

기반으로 삼고자 하는 제국의 배타적 질서에 대한 우려를 표명하는 한편, 이질의 문화와의 접촉·교류·종합을 통해 "세계사가 구경하여야 할 신문화"를 탄생시키고자 하는 김기림의 면모는 그가 아시아를 제국의 동일화·동역화 정책으로 수렴되는 폐쇄적 전일체이기보다는 각 문화들 간의 교류를 통해 형성되는 혼종체로 파악하고 있으며, 나아가 1941년의 시점에 이르러서도 "동양"이 아닌 "세계"를 도달해야 할 목표로서 상정하고 있음을 시사한다. 문화는 민족을 따라 시대를 따라 그 받아들이는 태도에 따라 늘 달라온 것이 지금까지의 사실이며, 따라서 "역사적으로 있던 그대로의 동양문화를 현대에 회생"시키기보다는 "동양의 새 발견을 위한 서양의 참여"가 필요함을 강조하는 위 구절은 그가 일찍이 "소비도시와 소비생활면에 쇼윈도처럼 진열되었던" 서구적 근대의 파탄에 대한 반성을 표방한 바 있음에도 불구하고, 이질의 문화와의 접촉에 의해 파생되는 근대의 침투적 속성에 근거함으로써 여전히 세계사의 흐름과 연동된 아시아의 혼종적 모델을 제시하고자 했음을 드러내는 것이다.[146]

일원론적 세계관의 붕괴가 이끌어낸 것들—다원성, 다양체, 리좀

마지막으로, 이 절에서는 제국이라는 단일 중심성으로부터 이탈하고자 했던 몇몇 식민지 조선인들의 움직임은 이들이 축적해 왔던 언어·담론에 의해 추동된 것일 뿐만 아니라, 제국의 아시아 기획이 내재하고 있던 자체적 모순에 의거하여 더 증폭되는 것이었음을 지적

---

[146] 김기림, 〈조선문학에의 반성〉, 《인문평론》, 1940.10. 김기림, 〈'동양'에 대한 단장〉.

하고자 한다. 앞서 〈東亞協同體와 朝鮮〉 특집 및 정인섭·김기림의 사례를 통해 살펴본 바 있듯이, 20세기 초반 이래 지속적으로 추구되어 왔던 국제주의적·세계주의적 관점은 대동아공영권 수립을 기점으로 사상운동을 "통일적으로 지도"[147]하고자 했던 제국의 노력에도 불구하고, 여전히 아시아 기획 내부에 잔존하여 사상적 균열·충돌의 지점을 형성하고 있었다. 더구나 "유기적 전일체全一體"로서의 근대 제국을 건설하는 동시에 서구의 일원론적 근대를 초극하여 다원적 세계질서로 나아가고자 했던 제국의 목표는 "제국주의를 강행하면서 제국주의로부터의 해방을 제창한다"[148]는 측면에서 내부적 혼선의 가능성을 이미 담지하고 있었던 것이다. 이러한 요인들로 인해 신동아 건설의 사상은 일관되거나 체계적이기보다는 다성적Polyphonic이고 불확정적일 수밖에 없었으며, "그 사상적 무無내용 때문에 그것을 받아들이는 사람들의 마음속에 자유로운 발상을 허락"하기도 했다.[149] 이 절에서는 대동아공영권의 핵심 이데올로기로 거론되었던 '근대의 초극' 좌담회를 중심으로, 유럽 중심의 일원론적 사관에 대응하여 동아를 구성하고자 했던 제국의 사상적 기획이 담지한 내부적 균열을 살펴 볼 것이다.

  1942년 《문학계》에 게재되었던 '근대의 초극' 좌담회와 1942~43년 《중앙공론》에 게재되었던 '세계사적 입장과 일본·동아공영권의 윤리성과 역사성·총력전의 철학' 좌담회에서 주로 문제시되었던 것은 유럽적 근대의 몰락과 일본의 자각, 유럽 중심의 역사주의 및 발

---

147 김경일, 〈대동아공영권의 '이념'과 아시아의 정체성〉, 223쪽.
148 다케우치 요시미, 《다케우치 요시미 선집 2-내재하는 아시아》, 윤여일 옮김, 휴머니스트, 2011, 338쪽, 158~159쪽.
149 다케우치 요시미(竹內好) 외, 〈大東亞共榮圈の理念と現實〉(座談會), 《思想の科學》 21, 1963, 6쪽.

전단계설의 극복 등으로 볼 수 있다. 이러한 문제점들은 "유럽의 세계 지배를 초극"하기 위한 "세계 질서 변혁"의 필요성이라는 맥락에서 제기된다.[150] 이는 곧 "유럽 중심의 일원론적 세계관"을 벗어나 각각의 독자적 원리를 지닌 "다원적 세계관"으로 나아가는 한편, 민족·국민국가를 역사발전의 필수적 단계로 사유하는 유럽의 발전단계설을 극복함으로써 "민족에 대한 협소한 사고방식을 넘어선" 공영권을 구성하자는 논의로 이어지고 있다. 그러나 좌담회라는 담론 공간에서 제기된 발화들은 위와 같은 논의의 목적을 향해 전진하기보다는 오히려 머뭇거리거나 미끄러지는 면모들을 보인다. 나아가 좌담회의 참석자들은 각자의 입장들을 밝히는 과정에서 뜻하지 않게 제국의 '아시아' 기획에 내재된 모순들을 폭로함으로써, "하나의 선"[151]을 따르고자 했던 당초의 목적을 배반한 채 "회의 전체"를 "야릇한 혼돈과 결렬"[152]로 이끌어 가기도 했던 것이다.

이러한 현상의 원인을 분석하기 위해서는 우선 서양에 대한 '대항 논리'를 직조하기 위해 기획된 위 좌담회의 참석자들이 "일본주의자들이 아니라 오히려 당대의 가장 뛰어난 서구적 근대주의 이론가"[153]들이었다는 점을 언급할 필요가 있다. 독일철학·독일음악·서양중세사·과학철학·가톨릭신학·불문학·독문학·경제학 등의 분야에서 활동했던 이 제국의 일류 인사들은 "개개의 계기가 자율적 원리를

---

150 나카무라 미츠오 · 니시타니 게이지 외, 《태평양전쟁의 사상》, 이경훈 외 옮김, 이매진, 2007, 48쪽.

151 나카무라 미츠오 · 니시타니 게이지 외, 《태평양전쟁의 사상》, 44쪽.

152 '근대의 초극' 좌담회의 사회자였던 가와카미의 〈결어結語〉, 다케우치 요시미, 《다케우치 요시미 선집 2-내재하는 아시아》, 120쪽에서 재인용.

153 에토 준(江藤淳), 〈신화의 극복〉, 다케우치 요시미, 《다케우치 요시미 선집 2-내재하는 아시아》, 181쪽에서 재인용.

지향하여 통일이 분열되어 버린" 서구적 근대를 넘어 "보편적 통일 원리"나 "정신 질서"를 재건해야 한다는 신동아 건설의 취지에 대해 충분히 수긍하고 있었다. 그러나 이들이 지닌 "일본인의 피"와 "서구 지성 사이의 상극"[154]은 이들로 하여금 "근대의 부정"이나 "일본정신의 부활"과 같이 자명한 것으로 회자되는 명제에 대해 의문을 제기하고, 이를 통해 '초극'해야 할 서구적 근대를 도리어 '옹호'하는 면모를 보이게끔 했다.

가령 과학철학 전공자인 시모무라는 "근대를 너무 간단히 '불행한 시대'로 보는 것은, 저 자신에게는 정직하지 않은 듯합니다."라고 발언한 바 있다. 아울러 독일 음악 전공자인 모로이는 "아까부터 이야기했던 바로는 근대가 모든 점에서 나쁘다는 논의가 많았던 것 같습니다. 하지만 근대라 할지라도 향상했던 시대에 대해서는 역시 배워야 합니다."라고 언급하고 있는 것이다. "근대에는 모든 것이 전문화되었다는 것, 분화되었다는 것은 분명한 사실"이나 "분화와 전문화 자체가 곧바로 타락은 아니"며, 이것이 "발전의 성격을 갖는다는 점을 인정함과 동시에 근대정신의 적극적인 성격으로서 승인"해야 한다는 시모무라의 발언은 "서양을 학습하고 이것을 추구하여 나름대로 길을 밟아 왔"으며, 발레리Valéry, 딜타이Dilthey, 베버Weber 등 서양 사상가들과의 동시대적 교류를 통해 학문적 입지를 확보해 왔던 이들의 근대에 대한 태도를 짐작케 한다.[155]

실로 "고등학교나 대학교 때 일본의 고전을 읽어 보자는 생각이 들었지만 느낌이 확 오는 것은 거의 없었"던 데 반해, "서양 문학 작품

---

154 가와카미의 〈결어結語〉.
155 나카무라 미츠오 · 니시타니 게이지 외, 《태평양전쟁의 사상》, 57, 77, 102쪽

은 저를 위해 쓰인 것 같은 느낌을 지니고 읽었"던 경험을 "아주 보편적"으로 공유했던 이들에게 "서양에서 수용한 독毒"을 완전히 떨쳐버리기란 힘든 일이었다. 아울러 이들이 "근대에 대해 아무리 해박한 지식과 분석을 시도해도, 그것을 수행하는 정신의 움직임 속에는 무언가 불건전한 것"이 존재하여 이들로 하여금 번번이 제국적 맥락으로부터 엇나간 발언들을 던지게끔 하는 요인으로 작용했던 것이다.[156] 따라서 이들은 서양에 대한 '부정'을 통해 성립되는 동양의 개념을 지지하기에 앞서 머뭇거릴 수밖에 없었으며, 이들의 입을 통해 무의식적으로 전파되는 자유주의·개인주의 이념이나 다원적 관점은 오히려 이항대립적 분할을 바탕으로 구축되는 대동아공영권의 사상적 맥락을 약화시키는 면모를 보이기도 했다.

고바야시: 당신은 일본 음악은 싫습니까?

모로이: 싫지 않습니다.

고바야시: 아주 형편없습니까?

모로이: 발전성이 없다는 말입니다.

고바야시: 되돌아보았을 때, 발견되는 것도 없습니까?

모로이: 그런 일은 하고 있습니다. 저는 전통적인 음악을 듣고 아주 아름답다고 생각한 일이 있습니다. 결코 하나부터 열까지 모두 부정하는 것은 아닙니다. 단, 우리가 지금부터 음악을 만들어갈 경우, 그런 것을 받아들여 쓰는 것에 대해 저는 부정적입니다. 어떤 사람은 《만엽집》을 연구함으로써 무언가를 얻는 경우도 있는 듯하며, 또 어떤 사람은 근대 음악에 철저히 빠짐으로써 무언가를 획득하는 경우도 있겠습

156 나카무라 미츠오·니시타니 게이지 외, 《태평양전쟁의 사상》, 71, 112쪽.

니다. 저는 그런 데서 힌트를 얻지 않았다고 말하고 있을 뿐입니다.[157]

스즈키: (전략) 사실 지금까지 유럽은 세계사의 지도자였습니다. 그건 사실입니다. 그러나 그 사실은 단지 정치적 지배, 경제적 지배, 그런 것의 우위만은 아니었습니다. 유럽 문화는 보편타당성을 가진 문화였지요. 그 문화로 유럽의 우위성이 지탱되었고, 거기에서 유럽적 세계 질서가 만들어졌습니다. 그러므로 유럽 바깥 세계의 대두 역시 보편타당성을 가진 문화가 떠받치고 나타나지 않으면 헛것입니다. 정치적 해결만으로는 해결되지 않습니다. 그 점을 잘 생각해봐야 합니다.[158]

니시타니: (전략) 근세에서 인격은, 절대적인 것에 대한 관계 안에서 성립한다는 것에서 개인의 절대라는 의미로 바뀌었습니다. 즉 그것은 개인이 어떠한 공적인 질서에서도 나누어질 수 없다는 의미를 가지게 되었다는 뜻입니다. 그것은 타락이라면 타락이겠지만, 동시에 진보라고는 못해도 적어도 전진이라고 말할 수는 있을 겁니다. (중략) 저는 근세 인간의 생활은 근본적으로 모험적인 면을 가지고 있다고 생각합니다. (중략) 모험적이라고 한 것은 개인이 자신의 삶을 스스로 살아가려는 것으로, 경험이나 체험을 생활의 중심에 둔다는 뜻입니다. 그래서 근대인의 특색은 이 경험, 즉 자신이 보거나 만져보고, 일반적으로 자기가 납득한 것이 아니면 동의하지 않는 데 있는 게 아닐까요? (중략) 저는 이것이 근세의 대단한 진보이며 (중략) 다시 말해 지금까지 한 것처럼 곧바로 국가라든가 일본적이라든가 하는 것을 단

157 나카무라 미츠오·니시타니 게이지 외,《태평양전쟁의 사상》, 78~79쪽.
158 나카무라 미츠오·니시타니 게이지 외,《태평양전쟁의 사상》, 154쪽.

지 위에서 강제적으로 들고 나오는 것만으로는 불충분하다고 보는 거거든요.[159]

가메이: "지나사변 이래, 일본정신의 부활이 외쳐지고 고전도 널리 읽히고 있지만, 그것이 곧바로 근대로부터의 구제가 될지 그렇지 않을지. 저는 이 점에 대해 아주 불안하며 의혹이 많습니다."[160]

위 인용문에서 볼 수 있듯이, '근대의 초극'이란 단순히 서양이나 서구적 근대의 축출만으로 해결되는 문제는 아니었다. 이것은 서구적 근대의 대안으로 제시되는 일본정신이 과연 유럽에 비견될 만큼의 "보편타당성"을 획득하여 세계사를 선도할 수 있을지의 문제이자, "절대적인 것에 대한 관계"를 이미 깨뜨리고 나온 근대의 자율적 개인들을 국가나 일본주의라는 "공적인 질서" 속으로 다시금 소환할 수 있을지의 문제이기도 했다. 나아가 이는 제국이라는 다민족 국가의 형식 하에 자명한 것으로 장려되어야만 했던 다원적 질서를 어떻게 천황제 파시즘이라는 일원론적인 정치 체제와 조화시킬 것인지의 문제로 귀결되는 것이다. 다시 말해 '근대의 초극'은 특수성과 보편성의 양립이라는 불가능한 임무의 수행에 관한 논의였으며, 초-근대라는 '신세계'를 천황제 국가라는 '구질서'로 통제하고자 했던 제국의 시스템 오류를 의도치 않게 드러냄으로써 이데올로기의 '형성'이 아닌 '상실'을 실제로 초래하기도 했다.[161]

---

159 나카무라 미츠오 · 니시타니 게이지 외, 《태평양전쟁의 사상》, 173쪽.
160 나카무라 미츠오 · 니시타니 게이지 외, 《태평양전쟁의 사상》, 71쪽.
161 코오야마는 1946년 1월, 일본의 패전과 관련하여 다음과 같이 언급한 바 있다. 즉, 당시 세계는 "근대세계로부터 근대 질서를 넘어선 세계로, 즉 초근대세계로 추이하는 추세" 속에 있었으며, 여기서 일본은 "추세에 역행하는 근대화와 추세에 따르는 초근대화를 동시에 수행해야 하

가령 "문명개화라고 이야기되었던 것 속에는 뭔가 당시 사람들을 매혹한 바가 있었다는 점", 이로 인해 "이토 히로부미 같은 사람들의 생각과는 별도로 일반인들에게는 필요가 없게 되면 서양 문화를 버려도 좋다는 기분이 아니었"다는 점을 지적하는 니시타니의 발언은 "아메리카니즘이 일본뿐 아니라 유럽에까지 스며들고 있는" 이유에 대한 츠무라의 분석—"미국이라는 나라 자체가 전통적인 문화를 갖지 않아 세계적 보편성이 발생했고, 철저한 데모크라시나 기계문명 등 '신세계' 사회 풍속의 새로움을 선사했으며, 다종다양한 인종의 혼합 생활이라는 독특한 사회 구성을 선보였기 때문"—과 겹쳐지며 역설적으로 전통에 근거한 일본의 독자적이며 균질적인 "정신미精神美"만으로는 결코 "세계 민중의 마음을 사로잡"거나 세계질서를 주도할 수 없다는 것을 자각시켰던 것이다.[162] "문명개화를 극복하기 위해 일본적인 것을 수립하는 것도 좋으나, 역시 유럽에 대해 더욱 철저한 이해를 가지는 것도 필요하지 않을까 생각합니다." "근대인은 근대로써 근대에 이기는 것입니다. 우리에게 주어진 재료는 오늘날 존재하는 재료 이외에는 없습니다."[163]라는 이들의 발언은 서구적 근대에 대한 '대항 논리'를 추출하려 했으나 여전히 서구적 근대의 연장선상에서 해답을 모색해야 함을 시인할 수밖에 없었던 '근대의 초극' 좌담회의 딜레마를 보여 주고 있다.

이처럼 일본이라는 특수성을 통해 서구적 근대가 지닌 일원론적 중심성을 해체하는 한편, 이를 대체할 만한 보편으로서의 "세계 신

는 매우 어려운 상황에 놓여" 있었다는 것이다. 高山岩男, 《文化國家の 理念》, 秋田屋, 1946, 2~3쪽.

162 나카무라 미츠오·니시타니 게이지 외, 《태평양전쟁의 사상》, 107, 120~123쪽.

163 나카무라 미츠오·니시타니 게이지 외, 《태평양전쟁의 사상》, 108, 119쪽.

질서" 또한 구축해야 했던 제국의 딜레마는 대동아라는 광역권의 이념 설정 문제에서도 반복적으로 드러나고 있다. "'나' 한쪽의 입장만을 취한 채 아시아를 자기들의 활동 소재로만" 보았다는 유럽과는 달리, "'나'와 '너'의 관계"에서 "공영共榮"을 추구하겠다는 제국 측의 입장은 "만방의 각 나라로 하여금 각자의 자리를 갖게 하는 것"이라는 이념으로 단적으로 표현되고 있다. 이는 "영미 민주주의의 민족자결주의적인 사고방식"에 비해 "좀 더 진전된 사상"인 것으로 제시되며, "부족적 원시국가-봉건국가-왕조국가-국민국가"라는 유럽식 발전단계설의 "종적 서열"을 깨뜨리고 "세계에 독자적인 원리를 수립"하고 있다는 측면에서 "다원적 세계질서"를 건설하고자 하는 제국의 의지를 입증하는 것으로 제시된다.[164]

그러나 이러한 제국의 광역권 이념은 다민족의 "공영"과 더불어 "동아에 있어서 일본의 특수 위치"[165]를 주장하고자 하는 모순에 근거함으로써 여전히 스스로 구축한 사상적 맥락을 약화시키는 형상을 면치 못한다. 가령 니시타니는 "세계의 다원성을 이론적으로 탐구함으로써 다원적인 것 중 하나인 일본의 주체성에 대한 이론적 근거를 파악할 수 있다는 것은 분명하지요. 그러나 특히 일본의 지도성을 언급할 때, 다원적인 세계 안에는 인도나 지나도 있는데 다른 누구도 아니라 일본이 지도성을 지닌다는 근거는 아무래도 찾을 수 없습니다."라는 발언을 통해 일본의 특수 지위에 의거하여 형성되는 대동아의 위계질서에 대한 의구심을 드러낸다.[166] 여기에 대해 스즈키는 "일본이 지도성을 지니는 가장 비근한 근거로서 일본이 근대를

164 나카무라 미츠오 · 니시타니 게이지 외, 《태평양전쟁의 사상》, 148, 264, 343, 364쪽.
165 나카무라 미츠오 · 니시타니 게이지 외, 《태평양전쟁의 사상》, 249, 253쪽.
166 나카무라 미츠오 · 니시타니 게이지 외, 《태평양전쟁의 사상》, 364쪽.

거쳤다는 점을 생각할 필요가 있지 않을까요. (중략) 단순한 다원적 독자성 이상의 우월적인 주체성이 있는 게 아닐까요."라는 식의 궤변을 선보이기도 하지만, 이들은 결국 "일본의 지도적 위치" 하에 아시아의 수직적 통합을 이룩하고자 하는 시도가 "구미와 똑같은 제국주의적 침략"이라고 해석될 소지를 다분히 지니고 있음을 인정하지 않을 수 없었다.[167] 더구나 주목해야 할 부분은, 서구식 발전단계설과 차별화되는 대동아의 통합적 이미지를 제시하기 위해 "다원적 세계관"이나 인종적·민족적 경계의 무화無化를 주장하는 언설들로 나아갔던 이들의 기획이 역설적으로 그간 고정불변의 것으로 간주되었던 민족·인종·국적 등의 개념에 부과된 속박을 해제解除함으로써, 동아의 각 민족들로 하여금 제국의 일원적 경계성 내부로 전적으로 회수될 수 없는 "광의廣義의" "융합적" 정체성들을 향해 발걸음을 옮기도록 하는 일종의 틈새를 형성하고 있다는 점이다.

고야마: (전략) 피라는 것을 그저 피만으로 우수하다거나 열등하다, 힘이 있다거나 없다고 말할 수는 없는 것 같습니다. 피라는 것은 어떻게 지도해 나가느냐 하는 것, 다시 말해 피 이외의 원리에 의해 피가 살기도 하고 죽기도 하는 게 아닐까요? 혈연이 같다면 언제든 평화로울 거라고 생각하지만 사실은 그렇지도 않습니다. 피와 피가 다투고, 형제는 타인의 시작이라든가 먼 친척보다 이웃사촌이라는 말도 있습

---

167 나카무라 미츠오·니시타니 게이지 외, 《태평양전쟁의 사상》, 243~246, 367, 368쪽. 김경일이 지적한 바 있듯이, "자국의 전통"이나 "특수성"에 대한 배타적 강조 및 "타자와의 소통을 통한 보편성의 확보"를 동시에 진행하고자 했던 '대동아'의 이념은 늘 일정한 긴장과 모순을 생성해 낼 수밖에 없었다. 이로 인해 1941년 10월 해군성에서 개최된 외교 간담회나 1942년 5월 개최된 대동아건설심의회 제2회 총회에서는 "대동아공영권이라는 것의 내용은 모순투성이"라거나 그저 "대립적·소승적인 사상"에 불과하다는 식의 비판들이 내부로부터 제기되기도 했다. 여기에 대해서는 김경일, 〈대동아공영권의 '이념'과 아시아의 정체성〉, 230~231쪽 참조.

니다. 피라는 것은 어떤 방향으로도 전환될 수 있는 것, 어느 것하고도 연결되는 것, 연결하는 사람이 다르면 달리 움직이는 게 아닐까요? 아무래도 결정력은 피 바깥에 있는 것 같습니다.[168]

니시타니: 요전 좌담회에서도 말했지만, 공영권 총력전이라고 해서 대동아 공영권 안의 여러 민족을 교육에 의해 철저히 일본인으로 동화시킨다는 일이 공상은 아니라고 생각해요. 고사카 군도 민족의 철학에서 논했듯이, 민족이 역사를 만드는 동시에 역사가 민족을 만들기도 하지요. **민족은 이른바 부동**浮動**하는 주변을 지니므로, 역사 과정 안에서 융합하거나 동화할 수 있습니다. 예를 들면 조선의 경우는 여타의 민족과 다를지도 모르지만, 지금까지 일반적으로 여겨져 왔듯이 '조선 민족'을 움직일 수 없는 고정된 관념처럼 여긴다는 것은 이제 와서 불충분합니다.** 하나하나 기성의 '민족'을 고정시켜 바라보는 입장에서 민족자결주의가 나오는데, 현재처럼 조선에 징병제가 발포되고 '조선 민족'이 아주 주체적인 형식으로 일본 안으로 들어올 경우, 즉 주체적으로 일본인이 되는 경우라면 지금까지 고정되었다고 여긴 작은 '민족'의 관념은 커다란 관념 속으로 녹아들지 않을까요. (중략)

고사카: 그렇지요. **지금까지 민족에 대한 사유방식은 아무래도 너무 협소했어요. 민족은 역사적으로 살아 움직이는데도 웬지 움직임이 없는 비역사적인 민족을 생각하지요. 그것은 자연 민족에 불과해요.** (중략) 지금 대동아공영권은 기존의 민족이라는 관념으로는 아무래도 한계가 있기 때문에 민족에 대한 협소한 사고방식을 넘어선 새로운

168 나카무라 미츠오 · 니시타니 게이지 외, 《태평양전쟁의 사상》, 208쪽.

형태의 민족이론이 요구된다는 것을 보여줍니다.[169]

위 언설들은 인종·민족·혈연 개념의 유동성 및 가변성을 강조함
으로써 그간 "선천적으로 세계 지배적이라고" 인식되어 왔던 서양의
인종적 우수성을 부정하는 한편, 아시아 각 민족들을 일본을 향한 동
일화의 명령으로 이끌고자 하는 분명한 목적 하에 발화되고 있다. 그
러나 이처럼 인종·민족·혈연 개념의 "부동浮動, 융합, 동화" 가능성
에 의거하여 '주어진' 정체성의 경계 내에 머물러야 한다는 기존 인
식으로부터 해방된 동아의 각 민족들이, 반드시 제국이라는 "동역
권"으로 향해야 할 이유는 어디에 있겠는가? 다시 말해, 조선인이라
는 개체가 주체적인 결단을 통해 일본인이 될 수 있다면, 똑같이 주
체적인 결단을 통해 미국이나 소련 혹은 세계라는 커다란 관념 속으
로 녹아들지 못할 이유는 무엇이며, 또한 민족의 개념이 그토록 부동
浮動하는 것이라면 개체의 결단을 통해 복수의 관념들 속으로 녹아듦
으로써 코즈모폴리턴이나 디아스포라의 정체성을 구축하지 못할 이
유는 또 무엇인가?

문제는 서구식 발전단계설과 차별화되는 "다원적 세계관"을 선보
이는 동시에 제국이라는 수직적 경계 내부로 제한되는 "전일체"적
공영권을 형성하고자 했던 이들의 모순된 기획이 "기존의 민족적 동
일성에서 탈영토화되는 출발점"은 분명 표시했으나, "그렇게 탈영토
화된 상이한 인민들을 재영토화하기 위한 명확한 도달점은 표시하지
못"했다는 사실이다.[170] 서구적 인종주의·에스닉 내셔널리즘의 경계

---

169 나카무라 미츠오·니시타니 게이지 외, 《태평양전쟁의 사상》, 340~341쪽.
170 이진경, 〈식민지 인민은 말할 수 없는가?: '동아신질서론'과 조선의 지식인〉, 《사회와역사》 통
   권71호, 2006년 가을, 11쪽.

로부터 탈각되어 "다원적 질서"를 향해 유포된 인민들을 "일본의 특수 위치"라는 명목 하에 재집결시킬 수 있는 명확한 논리를 찾지 못한 채로,[171] 이들은 반反서구라는 명목 하에 제국 인민들을 "어떤 방향으로도 전환될 수 있고, 어느 것하고도 연결될 수 있는" '열린' 세계 속으로 끌어내고야 만다. 광역권의 테두리를 설정하기 위해 개별 인종·민족·혈연 등의 경계를 해제할 수밖에 없는 이러한 모순적 행보는 제국이 그간 그토록 경계해 왔던 서구적 근대의 쇠퇴로 인한 해악들, 즉 "국적과 국민성을 초월하여 자기의 성향에 맞는 문화에서 고향을 찾고자" 하는 코즈모폴리턴[172] 혹은 민족적 테두리를 벗어나 이데올로기라는 "커다란 관념" 속으로 녹아들 것을 시도하는 프롤레타리아 국제주의자 등의 존재를 역설적으로 승인할 수밖에 없는 아포리아Aporia에 직면케 했다. 단일한 '나무줄기'와 같았던 서구식 발전 단계설을 해체함으로써, 이들은 동아의 각 민족들에게 인종·민족·혈연 등의 단계적 범주로 환원되지 않은 채 "무한한 방향"으로 나아갈 수 있도록 하는 여지를 제공했으며, 이를 통해 "어떠한 통일도 전

---

[171] 1943년 교토제국대학 퇴임 후 국책기구인 민족연구소의 초대 소장을 맡았던 일본의 사회학자 다카다 야스마高田保馬는 "동아의 제 민족이 민족자결주의의 미몽"에서 벗어나 "동아민족"이라는 "초超민족·광廣민족"을 실현시켜야 함을 주장한 바 있다. 다카다는 "동아민족"이라는 초민족 구성체 속에서 "구래의 민족주의를 폐기한 일본민족이야말로 유대의 중심"이 될 것임을 전망한 바 있으나, 제국이 주창했던 민족이라는 '고정된 경계성'의 폐기가 실제로 동아 제 민족들의 향후 행보를 "일본을 주축으로 하는 동종同種·동문同文·동역同域의 유대"로 온전히 환원해낼 수 있었는지에 대해서는 의문이다. 1943년 신경에서 개최되었던 제2회 일만화日滿華 흥아興亞단체의 회합은 '대동아'라는 광민족주의가 식민지 말기에 이르러서도 동아 제 민족들을 여전히 제국이라는 대주체로 수렴해 내지 못하고 있었음을 보여 준다. 가령 만주국협화회 측 위원인 만주건국대학 교수 오카노 간키는 "흥아이론"의 실천에 앞서 "왜 아시아는 하나인가/어떻게 아시아를 하나로 만들 것인가"라는 사상 체계의 확립이 우선임을 지적한 바 있거니와, 중국총회의 대표 주학창은 "대다수 타민은 아주일가亞洲—家나 동아공영권 확립은 물론 대동아전쟁의 진의조차 이해하지 못하고 있는 게 현실"임을 발화한 바 있는 것이다. 여기에 대해서는 임성모, 〈대동아공영권 구상에서의 '지역'과 '세계'〉, 《서울대학교 세계정치》 제26집 제2호, 2005, 109~110, 121~124쪽.

[172] 최재서, 〈문학자와 세계관의 문제〉, 《국민문학》, 1942.10.

제하지 않고, 결코 총체성으로 들어가지도 않는" 다양체multiplicité의 흐름들을 생성할 수 있도록 하는 이론적·인식적 기반을 만들어 내고 있기 때문이다.[173]

통합적 인류·세계에 대한 인식 및 세계주의·국제주의라는 당대 시대적 흐름들과의 경합을 통해 불가피하게 '열렸던' 제국의 아시아는 이로 인해 보다 많은 대안적 상상들의 발흥을 허용하게 된 셈이다. 그리하여 서구에 대한 초극의 방편으로써 제국이 구상해 낸 광역권·광민족주의廣民族主義"의 융합적 개념은 1939년에 이미 "민족적 배타관념"을 극복하고 "초지역적의 의식을 발견"[174]할 것을 주장했던 식민지 조선인들로 하여금 초超인종·초超민족·초超혈연적 연대에 대해 자유로운 인식의 여지를 지닌 채, 제국이라는 "현관 바깥으로의 모험"[175]에 착수하여 각자의 지역/정체성을 추구할 수 있게끔 하는 또 하나의 '틈새'를 열어 주었던 것이다.

173 들뢰즈·가타리, 《천 개의 고원》, 11~55, 69, 990쪽 참조.
174 金明植·印貞植·車載貞, 〈東亞協同體와 朝鮮〉.
175 페르낭 브로델, 《물질문명과 자본주의 읽기》, 김홍식 옮김, 갈라파고스, 2012, 308쪽.

제3부

지역적 사유의 전개와
피식민 주체들의 공간 이동

이 장의 목적은 동아 신질서 건설에 직면하게 된 전환기의 식민지 조선인들이 근대 자본의 팽창·사회주의라는 동력에 의거함으로써 제국을 향한 '수렴'이 아닌 '이탈'을 선보이는 한편, 아시아라는 지역적·공간적 사유를 제국의 대동아에 대한 대응적 의미로 (재)구성하기 시작하는 기점들을 추적하는 것이다. 천황제 파시즘에 의해 식민지 조선인들의 인류·세계 인식에 제한이 가해지기 시작하는 순간이란, 이들이 그간 영위해 왔던 근대 자본이나 사회주의 이념들을 대항-제국의 동력으로 새롭게 인식하고, 제국의 수직적 분할을 우회·돌파하여 세계와 다시금 접속하기 위한 방편으로써 활용하게 되는 순간이기도 했다. 이는 곧 계급적·금전적 동인動因에 의거하여 식민지 조선인들이 수행해 왔던 월경越境·망명 등 공간 이동의 양상들이 대동아에 대한 정치적 대응성을 담지한 채 문학 속에서 형상화되기 시작했음을 시사한다. 따라서 이 시기 문학작품에 나타난 공간 표상 및 이동의 궤적은 단순히 서사의 배경으로만 위치했던 것은 아니며, 제국에 의해 고정되거나 자명한 것으로 제시되는 아시아의 공간성을 재맥락화하고 이를 통해 여전히 '열린' 과정-중에 놓인 아시아의 유동성 및 변혁 가능성을 제시하고자 하는 의도를 담지한 것이기도 했다. 가령 이 시기에 발표된 한설야의 작품은 사상적 분자들의 "정체모를 움직임"[1] 및 상해·경성 등 주요 식민도시들이 지닌 "불온한 책

1 김남천, 〈토픽 중심으로 본 기묘년의 산문문학 中〉, 《동아일보》, 1939.12.21.

동지"[2]로서의 면모를 형상화함으로써, 제국의 "배후"에서 구성되는 이념적 아시아의 가능성을 조명한다. 아울러 박태원은 제국의 수직적·위계적 지정학의 축소판이었던 경성의 '내적국경'을 돌파하는 경제 행위주체들의 실천에 주목함으로써, 세계시장과 끊임없이 연계되고자 하는 아시아 공간의 유동성·혼종성을 부각시켰던 것이다.

당시 근대 자본의 팽창이나 사회주의라는 흐름들에 근거한 식민지 행위주체들의 여정은 "하나의 점, 하나의 질서를 고정시키는" 제국의 체계에 대응하기 위해 각기 다른 아시아−세계의 상상적 지형들을 스케치하는 것이었으며, 이를 통해 복수의 지역/정체성 모델들을 선보이기에 이르렀다. 즉, 사회주의 운동에 근간을 둔 이념적 주체들이 "사상적 분자"들의 초국경적 망명에 의거하여 피압박 민족들의 국제적 연대를 형성하고자 하는 디아스포라의 행적을 그려 나갔다면, 근대 자본의 팽창에 근간을 둔 경제 행위주체들은 인종·민족·국가 등의 단일 경계에 의해 제한되지 않는 혼종적 정체성을 가시화하는 한편, 자본이 지닌 세계 지향적 속성에 의거함으로써 대동아라는 "피와 땅"에 고정된 경계 자체를 해체시키고 봉쇄된 제국의 영토를 세계시장의 일부로서 재再위치시키고자 하는 코즈모폴리턴의 궤적을 선보였다. 이 장에서는 심훈·한설야·박태원의 작품을 중심으로 이러한 지역/정체성 형성의 흐름들을 추적함으로써 식민지 말기의 다원적 질서를 가시화하는 한편, 근대 자본·사회주의라는 동력에 근거한 식민지 조선인들의 탈중심적 여정들이 제국의 프레임에 의해 속박되었던 아시아의 지형에 각각 어떠한 변이를 일으키게 되는지를 살펴볼 것이다.

---

2 아오야마 신스케(青山信介), 〈반도인 해외 진출의 현재 및 장래〉, 인문사 편집부 엮음, 앞의 책, 189쪽.

1. 모스크바·상해와 이념적 주체들의 디아스포리제이션

적색노국赤色露國을 향한 여정과 프롤레타리아 국제 연대의 전망

1925년 5월 14일~5월 19일에 걸쳐 《동아일보》 2면에는 〈莫斯科地
方쏘비옛트大會 傍聽記〉라는 연재 기사가 실렸다. 총 6회로 진행된
이 기사는 노도露都체류 특파원 이관용李灌鎔에 의해 취재된 것으로,
기사의 서두일언序頭一言에서는 다음과 같은 취지가 제시된 바 있다.

> 새로운세계를 압헤두고 "거듭"나려는 조선의 현재에 잇서서 각 방
> 면으로 너른 세계와 접촉할 필요가 잇슴은 오히려 낡은 소리어니와
> 더욱히 디리상으로나 또는 과거와 현재의 모든 관계상으로나 남다른
> 살림을 하여나가는 적색노국의 모든형편을 잘 이해할 필요가 절실함
> 으로 본사는 조선인의 압길에 조곰이라도 도움이 잇슬가하야 적지않
> 은 노력과 금전을 허비하면서 노도에 긔자를 특파하야 이래 여러 가
> 지 형식으로 보도한 바 잇거니와 지금에 게재하는 이 글은 지난 사월
> 십일 막사과에서 열린 "막사과디방莫斯科地方쏘비옛트대회"를 친히 참
> 관한 본사 특파원의 방텽긔이외다 내용의 여하는 독자제씨에게 일임
> 하거니와 **다소간이라도 취하야어든뎜이 잇다하면 우리는 우리의 압**
> **길을 위하야 속우슴칠 뿐이외다.**[3]

---

3 노도露都 체류 특파원 이관용李灌鎔, 〈莫斯科地方쏘비옛트大會 傍聽記 일(一)〉, 《동아일보》,
1925년 5월 14일.

1919년 4월 이동휘李東輝·김규면金圭冕·김립金立·박진순朴鎭淳 등을 주축으로 하는 한인사회당이 결성되어 코민테른에 대표단을 파견하고 가입을 선언한 이래, 적색노국赤色露國과 식민지 조선인들 간의 교류는 지속적으로 진행되어 왔다. 1920년 7월 제2차 코민테른 대회에 박진순이 고려공산당 대표로 참가했던 것[4]이나 1922년 개최된 극동인민대표회의에 23개 단체 52명으로 구성된 대규모 한인 대표단이 파견되었던 것[5] 등은 이러한 국제적 교류의 결실이었던 것으로 보인다. 특히 위 인용문에서 보다시피 1925년 "莫斯科地方쏘비옛트大會"를 앞두고 《동아일보》가 모스크바에 특파원을 파견하기까지 했던 것은 당시 고조되었던 적색노국에 대한 식민지인들의 관심을 반영한다. 즉, "적지 않은 노력과 금전"을 들여 노도에 기자를 특파했던 동아일보의 사례는 특파원의 체험·여정을 통해 현지와의 연계성을 강화하고, "새롭고 너른" 세계에 대한 인식을 획득함으로써 제국과는 구분되는 "조선인의 압길"을 모색하고자 했던 식민지인들의 실천을 보여 주는 것이다.

　"혁명을 지낸 후 온 세계의 의문이 되고 전 인류의 경이가 되"었던 소련의 존재는 "세계열강의 위혁威嚇과 봉쇄封鎖"를 뚫고 "경턴동디驚天動地의 새 제도·새 문화를 건설"[6]했다는 측면에서, 기존 제국주

4　한인사회당 대표단은 극동의 한인 사회와 레닌 정부와의 관계 정립에 관한 문제를 해결하기 위해 교섭하였으며, 이를 통해 거액의 선전비 및 한인을 적극적으로 보호하겠다는 소비에트 정부의 약속을 받아 냈다. 여기에 대해서는 한국학중앙연구원, 《한국민족문화대백과》 참조.
5　이는 대표총수 144명의 3분의 1을 넘는 숫자였다고 한다. 대회에 참여한 주요 인물들은 이동휘·박진순·여운형·장건상·박헌영·임원근·김단야金丹冶·김규식金奎植·나용균羅容均·김시현金始顯·김원경金元慶·권애라權愛羅 등이었고, 여운형이 대회의장단에 선출되었다고 한다. 이 대회는 1920년 제2차 코민테른 대회에서 채택한 〈민족·식민지 문제에 관한 테제〉에 입각하여 극동의 피압박민족 문제를 다룬 회의로서, 중국·한국·일본·몽골·자바 등지의 대표들이 참가했다. 여기에 대해서는 《한국근현대사사전》, 가람기획, 2005.9.10. 해당 항목 참조.
6　〈赤露特派〉, 《동아일보》, 1925.2.24.

의적 질서와는 구분되는 변혁을 이룩한 것으로 인식되었다. 가령 이 관용은 노국혁명이 "인류생활의 발전에 대하야 유사 이래 초유의 의의를 공급"한 바 있음을 밝힌다. 나아가 "인류의 모든 가치를 전복하고 신이상新理想을 독창적으로 건설"했다는 소련의 존재는 "한 계급이 착취했던 과거의 지도指導를 물리치고, 세계혁명이라는 암흑暗黑한 장래의 새 길로 선구先驅"했다는 측면에서 "인류 자유완성운동의 지도적 위치"에 올라선 것으로 기술되었던 것이다.

대저 무슨 이유로 내가 노국으로 혹한을 무릅쓰고 만흔 비용과 앗가운 시간을 버리고라도 이 길을 떠나게 되엿는지 다시한번 무러보았습니다. 노국의 정치적 활동과 사회적 조직과 문화적 건설을 시찰하고 연구하는 것은 나뿐이 아니라 전세계 모든 정가政家 모든 실업가 모든 학자가 다 하고자 하는 바이니 이것은 무슨 이유인지 알고 십습니다. 그 이유를 한마듸로 말하자면 노국이 붉은 적赤자로 스스로를 형용하는 까닭입니다. (중략) 노국혁명의 성공여부 또는 그 목적의 호부를 불문하고 이 적赤자 속에 인류생활의 발전에 대하여 유사 이래 초유의 의의가 포함된 것이 사실입니다. (중략) 세계전쟁 자체가 노국혁명이 업고는 무의미한 민족적 쟁투爭鬪에 불과하겠지만 이상이 업고 물질적 방면으로 기계화 되야가든 전전의 인류생활에 신내용을 공급한 민족이 노서아 민족입니다. 또스토예브스키와 톨스토이의 예언과 가치 **노서아민족의 막대한 열정이 신이상新理想의 길로 폭발되야 오천여년의 배경을 가진 인류의 모든 가치를 전복하고 신이상을 독창적으로 건설 차 실현하는 공적이 노서아 민족의 영예로 도라간 것도 사실입니다.** (중략) 무산대중의 노력을 소수의 자본가가 기탄업시 착취하는 것을 자각한 인류는 생존의 본의인 발전을 두절하는 모든 위적장

애를 제거하고자 할 때 과거의 지도指導를 물리치고 암흑暗黑한 장래의
새길로 대담히 선구先驅하는 노서아민족이 인류의 자유완성운동을 지
도하게 되엿습니다. (중략) 팔세八歲를 바라보는 소비엣트 정부는 국
내에 신이상을 실현하는 동시에 국외에 국제적 지위를 견고히 하게
되엿스니 즉 법국法國과 동구 이삼국을 제외하고 구주열강은 물론이요
동아의 중국과 일본까지 승인한 것은 노서아 혁명의 완성을 의미하는
거임니다. 미구에 미국까지 승인하면 노서아의 무산계급 집정권이 확
보되는 동시에 세계무산계급의 세력도 이에 따라 왕성하고 레닌의 갈
망하든 세계혁명의 기초가 서게 될 것입니다. 그러나 노국의 모든 곤
란과 모든 성공 모든 연예는 여긔 말하는 이른바 신이상건설과 실현
이 업스면 무의미하게 되는 것입니다. 이 신이상의 내용과 실현 정도
를 우리가 조사하고 냉정히 평가한 후에야 비로소 노국을 찬예하거나
배척할 수 잇습니다. 그러면 **노국과 지리상 경제상 정치상 밀접한 관
계를 가진 조선민족은 영국이나 미국보다도 위선 노국을 이해할 것임
니다.** 나는 생각하기를 노국어와 중국어를 각 중학교의 필수외국어로
할 필요가 잇다 합니다.[7]

무산계급의 공동단결을 통해 인류의 발전을 촉구하는 소련에 대
한 조사·평가가 시급하며, "영국이나 미국보다도 위선 노국露國을 이
해할 것"을 주장하는 이 글은 소련이 선보이는 자유완성운동이 그간
"민족 간 쟁투爭鬪"에 불과했던 세계전쟁을 넘어 인류 전반을 아우르
는 "세계혁명"을 실현했다는 측면에서,[8] 기존 제국주의적 위계질서

---

7 특파원 철학박사哲學博士 이관용李灌鎔, 〈붉은나라 露西亞를 向하면서〉, 《동아일보》,
  1925.2.27.
8 특파원 철학박사 이관용, 〈붉은나라 露西亞를 向하면서〉.

로부터 탈각된 새로운 공간성을 창출한 것으로 인식한다. 소련이 표상하는 이러한 새로운 공간성에 대한 인식은 모스크바 취재를 통해 더 명확히 드러난다. 가령 이관용은 "莫斯科地方쏘비옛트대회"를 통해 "지배권능支配權能을 파지破紙한 기백"을 읽어 내는 한편, 인종·민족·연령·성별 등을 막론하고 "누구나 대표가 되어 길거리를 왕래"하는 모스크바 현지 풍경을 조명함으로써 "데국주의 시대의 세계덕 수부首府"인 "론돈"과 대조를 이루는 "사회주의 시대의 멧트로폴리쓰"를 제시했던 것이다.

모스크바에는 시위행렬 업는 날이 별로 업습니다. 노동자의 행렬은 물론이오 심지어 소학생까지도 위의가 늠름하게 지내갑니다. 요전 모스크바 디방 "쏘비에트" 선거가 잇슬 때에는 모스크바 시에서 가장 번창한 "트벼이스카야" 가로상에 수백의 여자 행력이 불근 기旗를 들고 악대를 압세우고 호기잇게 지나가기로 무러본즉 각 여관과 사가에서 시중하여주는 여자들의 선거행렬이라 합니다. 이들도 대표자를 뽑아 정치에 즉접으로 간섭하게 한다함니다. **노동에 귀천이 업고 남녀의 차별이 업다는 것을 가장 명백하게 말해주는 현상입니다.**

또 한 가지 모스크바 길거리의 특색이라할 것이 잇스니 그것은 소위 유색인종이 만히 왕래하는 것입니다. 구주 대도시 중에 유색인종이 가장 만히 왕래하는 곳은 "론돈"입니다. 영국인은 세계 어느 유색인종이든지 정복하지 안은 것이 업다하야 "론돈"을 "로-마" 데국시대의 "로-마"시처럼 세계의 수부라고 자랑하지마는 **"모스크바" 시에는 세계 어느 인종 어느 민족이든지 대표 안된 것이 업서서 "론돈"으로는 도려히 비교할 수가 업습니다.**

지금 현상의 정치뎍 의의로 보든지 사회뎍 이상으로 보든지 "론돈"
과 "모스크바"의 차이가 얼마나 만흔지 모르겟습니다. **"론돈"을 뎨국
주의시대의 세계뎍 수부首府라면 "모스크바"는 사회주의 시대의 세계
뎍 "멧트로폴리쓰"라 하겟고 "론든"은 세계 노예민족의 거미줄 친 곳
인 반대로 모스크바는 세계 모든 민족의 이상이 집중된 곳이라 할 수
잇습니다.** 그래서 길거리에 나서면 중국사람 조선사람 일본사람은 물
론이요 "토이기" "뿌하다" "아부간" "인도" "아불리카" 등 심지어 "하
의틔" "쟈바" "스마트라" 사람까지 왕래합니다.[9]

그러나 이처럼 전 세계 모든 인종·민족의 "공동단결"을 목표로 하
는 소련의 실상을 목격했음에도 불구하고, 선행 연구에서 언급된 바
있듯이 이 시기 소련이라는 국제주의의 영토에 도착한 식민지 조선
인들의 관점은 아직 조선이라는 개별 민족의 정체성/로컬리티 범주
에 국한되는 경향이 강했던 것으로 보인다.[10] 가령 《동아일보》는 "적
로특파赤露特派"의 목적이 "로시아"가 이룩한 "경텬동디의 대사업"
에 대한 조사와 더불어 "그 디방 각처에 흐터저 잇는 우리 백만 동포
의 소식"을 알기 위함에 있다는 사실을 언급한 바 있거니와,[11] "모스
크바 소비에트의 의댱議長"이었던 카메네프Kamenev에게 "조선사정"[12]
을 전달하고자 했던 이관용의 면모에서 알 수 있듯이 적색노국에 대
한 조선인들의 관심은 세계혁명 자체보다는 제국 내·외부에 흩어진

---

9 노도 체류 특파원 이관용,〈莫斯科地方쏘비엣트大會 傍聽記 육(六)〉,《동아일보》, 1925.5.19,
   〈적로수도赤露首都 산견편문散見片聞 (2)(3)〉,《동아일보》, 1925.6.14, 1925.6.16.
10 한기형,〈서사의 로칼리티, 소실된 동아시아: 심훈의 중국체험과《동방의 애인》〉,《대동문화연
   구》제63집, 2008. 9, 427~428쪽.
11 〈赤露特派〉.
12 노도 체류 특파원 이관용,〈莫斯科地方쏘비엣트大會 傍聽記 육(六)〉.

"조선인의 압길"을 모색하고자 하는 개별적 차원에서 표출되는 경우가 많았던 것이다. 따라서 당시는 범세계적 연대라는 사회주의적 전망을 실현하기보다는 우선 조선-소련 간의 일대일 연계를 구축하는 데 중점을 두었던 시기였으며, 이로 인해 모스크바에 파견된 이관용 또한 조선이 "노국露國과 지리상 경제상 정치상 밀접한 관계"[13]를 지니고 있음을 제시하는 등 조선-소련 간의 접점接點을 이끌어내는 데 상당한 관심을 기울이고 있음을 알 수 있다. 그렇다면 식민지 조선인들은 1920년대를 전후하여 형성된 조선-소련 간의 연계 및 사회주의라는 동력을 바탕으로 "세계무산계급"의 연대라는 공통의 목표에 대한 실천에 이르기까지 과연 어떠한 과정들을 거쳐야 했는가? 다시 말해 식민지 조선인들이 소련이라는 너른 세계와의 접촉을 통해 프롤레타리아 및 피압박 민족의 공동 단결에 대한 전망을 획득한 것이 사실이었다고 한다면, 이들이 이러한 인식구조 상의 변혁을 실질적인 연대의 실천으로 옮기고, 이를 통해 조선이라는 '동포주의'가 아시아-세계를 무대로 하는 '사해동포주의'로 확장되기 시작하는 시점은 과연 언제였던 것일까?

이 절에서는 이러한 문제의식을 바탕으로 하여 1920년대 전후로 전개되기 시작한 사회주의 운동의 흐름을 식민지 말기에 이르기까지 추적하고자 하며, 이를 위해 심훈·한설야의 작품을 중심으로 당대 사회주의자들이 선보인 초국경적 여정들의 의미를 재고하는 한편, 조-소간 일대일 연계가 피압박민족들의 국제적 연대로 확장되어 가는 과정들을 살펴보고자 한다. 이를 통해 식민지 조선의 이념적 주체들이 사회주의라는 너른 세계와의 접촉을 통해 조선이라는 개별 민

13 특파원 철학박사 이관용, 〈붉은나라 露西亞를 向하면서〉.

족의 "압길"을 개척해 나가는 데 그치지 않고, 중국 등 "나라와 말과 부모가 다른"[14] 피압박 민족들을 혁명의 "국제 동지"[15]로 새롭게 발견함으로써 제국의 대동아와 구분되는 '아시아-세계'의 기획에 참여하게 되는 기점들을 짚어볼 것이다.

《동방의 애인》-"혁명 모국"으로서의 소련과 극동極東이라는 범주

1920~30년대는 사회주의 운동의 고양기이자, 모스크바·상해 등 "투쟁하는 혁명가들의 서식지"[16]를 향한 식민지 조선인들의 이동이 가장 활발하게 전개되었던 시기였다. 이 절에서는 1930년 10~12월 《조선일보》에 연재되었던 심훈의 《동방의 애인》을 텍스트로 삼아 당대 이념적 주체들이 선보였던 초국경적 이동 및 소련·중국과의 교류 양상을 분석하고자 한다. 이를 통해 이들이 체험했던 사회주의 세계의 공간성이 실제로 이들에게 지리적·인식적 변혁들을 획득케 했으며, 나아가 이들에게 제국-바깥에 이르기까지 확장된 지역/정체성의 범위를 영위케 함으로써 제국이 규정하는 제한된 위치성으로부터 스스로를 탈각시키거나 조선이라는 지역적·인종적 경계에 국한되지 않는 새로운 '결연'을 모색할 수 있게끔 하는 기반이 되었음을 밝힐 것이다.

《동방의 애인》은 "샘물줄기를 따르는 魚群들과 가치 북쪽나라 露

---

14 임화, 〈내 청춘에 바치노라(1937)〉, 김외곤 저, 《임화 전집1》, 박이정, 2000, 163~164쪽.
15 김사량, 《노마만리》(1947), 실천문학사, 2002, 113쪽.
16 한기형, 〈서사의 로칼리티, 소실된 동아시아: 심훈의 중국체험과 《동방의 애인》〉, 428, 430쪽.

西亞를 향하야 만흔 발길을 옴겨 노앗던"[17] 1920년대 이념적 주체들의 궤적을 생생하게 구현하고 있으며, 또한 발표 당시인 1930년대 식민지 조선의 혁명적 전망을 대변하는 작품이기도 하다. 《동방의 애인》은 중국으로 망명한 바 있던 심훈 자신의 체험 및 러시아·상해 등지에서 활동했던 "사상적 분자"들의 운동 실태를 반영하고 있는데, 가령 심훈은 "기미년 겨울 옥고를 치르고 난 나는 어색한 淸服으로 변장하고 봉천을 거쳐 북경으로 탈주"[18]한 바 있음을 제시한 바 있거니와, 한기형은 그가 1921년 2월 북경을 떠나 동아시아 사회주의 운동의 중심 기지였던 상해로 향함으로써 이동휘·여운형이 이끄는 상해파 고려공산당 및 박헌영 등의 인물과 접촉하게 되었음을 밝혔던 것이다.[19] 이러한 "까오리 망명객"[20]으로서의 입지나 사회주의 운동의 현장에 대한 목격은 《동방의 애인》이 실제 인물 및 사건을 바탕으로 서사를 이끌어 가게끔 하는 기반이 되었다. 즉, 심훈은 이동휘·박헌영·주세죽 등을 모델로 삼아 1920~1930년대 사회주의 운동의 전개를 그려 나가고 있으며, 모스크바에서 개최되었던 국제당 청년대회에 참여하기 위해 "혁명의 모국" 소련으로 향했던 이들의 실제 여정을 서사화함으로써 제국이 아닌 다른 범주를 향해 이동하고자 했던 식민지 조선인들의 면모를 가시화하고 있는 것이다.

"기미년 겨울 옥고" 이후 북경으로 "탈주"했다는 심훈의 회고 및 "우리 민족과 같은 계급에 처한 남녀노소가 사랑에 겨워 껴안고 몸

---

17 〈나의 海外 亡命時代〉.

18 심훈, 〈단재와 우당〉, 《동아일보》, 1936.3. 다만 한기형에 따르면 심훈이 실제로 북경에 도착했던 것은 기미년이 아니라 1920년 초겨울 무렵이었다고 한다. 여기에 대해서는 한기형, 〈백랑의 잠행 혹은 만유─중국에서의 심훈〉, 《민족문학사연구》 제35호, 2007.12, 442쪽 참조.

19 한기형, 〈백랑의 잠행 혹은 만유─중국에서의 심훈〉, 447쪽.

20 심훈, 〈상해의 밤〉, 《그날이 오면》, 차림, 2000.

부림칠 만한 새로운 공통된 애인을 발견"[21]하고자 한다는 작가의 말에서 짐작할 수 있듯이, 《동방의 애인》에 제시된 인물들의 여정은 제국의 경계로부터 이탈하여 제국의 체제에 대응하기 위한 새로운 공간·전망·결연을 모색하고자 하는 목적을 지니고 있다. 가령 심훈 자신과 박헌영을 모델로 삼은 작중인물인 박진과 김동렬은 기미년 당시 "시위 운동"에 참여했다가 1년이 넘는 형기를 마친 후 "우리가 마음껏 소리 지르고 한껏 뛰어볼 수 있는 넓은 무대를 찾자"는 목적 하에 서대문 감옥문을 나서는데, 이처럼 "새로운 희망"을 추구하기 위해 망명을 결심했던 동녘 나라의 젊은 투사들은 "안동현에서 중국인의 목선을 타고 아흐레 만에 황해를 건"넌 끝에 마침내 "각국 혁명객들의 보금자리"인 상해의 황포탄黃浦灘에 도착했던 것이다.[22]

상해! 상해! 흰옷 입은 무리들이 그 당시에 얼마나 정다이 부르던 도회였던고! 모든 우리의 억울과 불평이 그 곳의 안테나를 통하여 온 세계에 방송되는 듯하였고 이 땅의 어둠을 헤쳐 볼 새로운 서광도 그 곳에서부터 비치어 올 듯이 믿어 보지도 않았던가?[23]

상해는 "만세를 부르다가 뛰어나온 사람들"의 집합소이자, 고국의 산천을 그리는 지사志士들이 웅거하는 운동의 현장이었으며, 아울러 "흰옷 입은 무리들의 억울과 불평이 그 곳의 안테나를 통하여 온 세계에 방송되는 듯"했던 "너른 세계"와의 연결 창구이기도 했다.[24] 실

---

21 심훈, 《동방의 애인》, 54쪽.
22 심훈, 《동방의 애인》, 68, 119쪽.
23 심훈, 《동방의 애인》, 69쪽.
24 심훈, 《동방의 애인》, 69, 70, 76, 81쪽.

제로 상해에 도착한 박진과 김동렬은 (이후 도착한 강세정과 더불어) 상해파 고려공산당의 위원장이자 임시정부의 군무총장이었던 이동휘로 추정되는 X씨와 접촉하고 그가 지도하는 "OO당 XX부"에 가입함으로써 사회주의 운동의 범세계적 흐름에 합류하게 된다.[25] 이는 곧 박진·김동렬·강세정이 귀속된 정체성의 범주가 기존 "한 몸뚱이조차 의지할 곳이 바이없는 조선놈"으로부터, "XX(레닌)의 사진 앞에서 손을 들어 맹세한 당원"이자 "전 세계 무산대중과 약소민족의 동지"로 전환되기 시작했음을 의미한다. 즉 인종·민족 등을 바탕으로 하는 제국의 위계질서 하에 배치됨으로써 "우리는 XXXX와 같은 대우를 받는다—" 하고 부르짖으며 분개할 줄만 알았던 이들은 계급이라는 새로운 연대의 가능성과 대면함으로써 상대자를 대적하기에는 너무도 미약했던 "우리의 힘"을 강화할 수 있는 동력을 발견했던 것이다.[26] 그렇다면 이처럼 사회주의라는 국제적 연대의 전망과 접촉함으로써 핏줄에 국한되지 않는 "더 크고 깊은 변함이 없는 사랑"을 찾고자 했던 심훈의 의도, 다시 말해 "'삼천리강토'니 '이천만 동포'니 하는 민족에 대한 전통적 애착심"[27]으로 표상되는 조선이라는 지역적·인종적 경계에 제한되지 않는 새로운 결연의 모색은 과연 작품 내에서 어떻게 형상화되고 있는가? 망명의 길에 나선 "동녘 나라의 젊은 투사들"은 모스크바·상해라는 세계적 무대에 이르러 어떠한 사랑의 대상과 맺어짐으로써 스스로의 지역/정체성을 확장해 나가게 되며, "'동포'니 '형제자매'니 하는 말을 집어치우고 피차에 '동

---

25 심훈, 《동방의 애인》, 70, 103쪽.
26 심훈, 《동방의 애인》, 82, 102~105쪽.
27 심훈, 《동방의 애인》, 103쪽.

지'"[28]로 나아가고자 했던 이들의 "새로운 길"이란 실제 구현에 이르기까지 과연 어떠한 과정들을 거쳐야 했는가?

《동방의 애인》의 서사가 크게 '망명'과 '귀환'이라는 두 가지 흐름을 띠고 있으며, 이를 통해 "혁명 모국"인 소련과의 연동 하에 식민지 조선인들의 여정을 그리고자 했다는 점은 분명해 보인다. 즉, 작품 중후반에 나타나는 1920년대 상해로의 탈출 및 모스크바 국제당 청년대회 참여라는 사건이 '망명'의 서사를 구축하고 있다면, 작품 초반에 나타나는 1930년대 경성으로의 밀입국 및 국내 동지들과의 접선이라는 사건은 '귀환'의 서사를 구축하고 있는 것이다. 소련을 최종 목적지로 하여 망명했다가 다시금 조선으로 돌아오는 이러한 원환적 구성은 이들이 경성·상해·모스크바라는 거점들을 기반으로 하는 초국경적 이동을 통해 조선−소련 간의 연결 루트를 확보했음을 의미하며, 소련과의 지리적·정치적·사상적 연계 및 모스크바·상해 체험을 통해 구축된 해외 거점과의 결속 등은 이들의 '귀환'을 기점으로 제국의 국경 내부로 전격 (밀)반입됨으로써, 식민지 조선이라는 지역/정체성의 확장을 가능케 하는 것이기도 했다.

실제로 이들이 상해−모스크바로의 초국경적 이동을 통해 식민 본국과의 관계 하에서만 스스로를 사유하도록 했던 제국−식민지의 제한적 구도로부터 벗어났으며, 소련과의 접촉 하에 보다 확장된 지역/정체성의 범주를 영위하거나 제국−바깥의 지형들로 구성된 새로운 극동極東의 지도 내부에 스스로를 위치시키게 되었다는 사실을 분명해 보인다. 가령 이들은 사회주의 운동을 통해 "광동廣東·향항香港 등지로부터, 북으로는 멀리 해삼위海參崴나 니콜스크 부근까지 다리

---

[28] 심훈, 《동방의 애인》, 104쪽.

아래에 걸치고 동치서구東馳西驅하는"[29] 국제적 활동 범위를 구축하는 가 하면, 제국 관헌의 조사를 피해 국제당 청년 대회에 비밀히 참석하기 위하여 "자동차로 고비 사막을 뚫는" 우회로를 개척함으로써 상해-고비사막-치타-외몽고-시베리아-이르쿠츠크-톰스크-모스크바라는 제국-바깥의 루트들로 구성되는 사회주의적 극동의 지정학을 구축했던 것이다.[30]

그 해 칠월 상순 어느 날, 동렬이와 그 밖에 두 동지(소설에 나오지 않는 사람)는 모스크바를 향하여 비밀히 떠났다. 십여 일 후에 그 곳에서 열리는 국제당 청년 대회에 참가할 조선인 대표로 뽑혔던 것이다. 중국 철도로 만주리를 거치려면 관헌의 조사가 엄밀하여 무사히 넘길 수가 없으므로 자동차로 고비 사막을 뚫고 몽고를 지나서 치타까지 도착하는 노정을 밟았다.

일망 무제한 사막! 뿌연 하늘과 싯누런 모래 벌판 이외에는 아무것도 보이는 것이 없었다. 바람이 어찌나 세차게 부는지 타고 가는 자동차는 성냥갑같이 휩쓸려 갈 듯하였다. 몇 번이나 자동차 바퀴가 깊

29 심훈, 《동방의 애인》, 134쪽.

30 작품 내 흐름에 따르자면 김동렬이 "국제당 청년 대회"에 참석하기 위해 모스크바로 향했던 것은 1924년 7월의 일로 추정되나, 제국 관헌의 조사 및 스파이를 피해 고비사막으로 우회하는 것으로 제시되었던 김동렬 일행의 루트란 실상 1922년 '극동인민대표회의' 당시 여운형을 비롯한 상해파 고려공산당원들이 모스크바로 가기 위해 밟았던 루트와 상당 부분 일치하는 것이기도 하다. 실제로 여운형은 "거진 매일과 같이 이 괴상한 인물이 정거장을 배회하고 발견하였다. 틀림없이 산양군 인간의 산양군 스파이였다. (중략) 코스를 박구어서 달리 길을 취하지 않고는 여행의 목적은 도저히 달해질 것 같지 않았다. 이리하여 마지막으로 나는 가장 험난한 코쓰 즉 북경서 장가구로 가서 거기서 몽고를 뚫어 러시아로 가는 길을 선택하게 되었다"고 회상한 바 있으며, 이후 이르쿠츠크를 거쳐 모스크바로 들어가게 되었다. 여기에 대해서는 여운형, 〈나의 회상기〉, 《중앙》, 1936.3 참조. 한편 고비사막 및 외몽고를 경유하는 이러한 루트는 1919년 '국제공산당자금사건' 당시 한인사회당의 요원들이 레닌으로부터 지원받은 자금을 상해임시정부로 수송하기 위해 택했던 길이기도 하다. 여기에 대해서는 한국학중앙연구원, 《한국민족문화대백과》, 해당 항목 및 박태원, 《약산과 의열단(1947)》, 깊은샘, 2000, 96쪽 참조.

이도 모르는 모래 물결 속에 파묻혀 죽을힘을 들여 파보면 뒤에 따르면 가솔린만 실은 자동차에서는 기관에 고장이 생겨서 반나절이나 뜯어고치기도 여러 차례 하였다. (중략) **치타에서 기차로 바꾸어 타고 북쪽.외몽고를 지날 때에는 사막에 자루를 박은 회오리바람이 천지가 막막하도록 모래알을 끼얹어 차 속에서 하루에도 두 번씩이나 옷을 갈아입었다.** 귀를 후비면 먼지가 한 움큼씩 나왔다. 전속력으로 달리던 기차는 풍광이 명미하기로 이름난 바이칼 호수 근처에 다다라서는 천천히 그 주위를 돌았다. (중략) 혁명 당시에 극동 정부가 있던 이르쿠츠크를 거치고 시베리아에서 제일 큰 도회였던 톰스크를 지났다. (중략) 치타를 떠난 지 엿새 되는 날 일본 시간으로 아홉 시쯤 하여 오랫동안 동경하였던 모스크바 중앙 정거장에 도착하였다. 여러 날 같은 기차 속에서 기거를 하면서도 서로 모르고 있었던 다른 나라의 대표들도 십여 명이나 함께 내렸다. 국제당 동양부에서는 환영하는 기를 들고 나와서 그들을 맞았다.[31]

이처럼 제국보다 "새롭고" "너른" 세계와 접촉함으로써 이들이 획득한 지리학적 전망이나 해외 거점과의 결속 등은 단순히 제국-바깥의 세계에서만 한정적으로 통용되었던 것은 아니며, "정사복 경관, 육혈포를 걸머멘 헌병이며 세관의 관리들"의 감시를 피해 "깊은 밤에 목선"을 타고 제국의 국경 내부로 밀입密入, 국내 조직에게까지 전달됨으로써 조선이라는 "내지" 또한 소련과 연계된 사회주의 세계의 일부로서 새롭게 합류시키는 것이었다.[32] 실제로 작품 내에서 이

31 심훈, 《동방의 애인》, 136~137쪽.
32 심훈, 《동방의 애인》, 55~56, 65쪽.

들은 밀입국을 통해 제국–식민지 영토에 "오륙십 명의 청년 당원들"을 비밀리에 침투시키는 한편, 조선을 "국제당의 인정"을 받는 "동양부 산하 극동" 사업의 일부로서 배속시켰던 것이다.[33]

그러나 각국 혁명객들의 보금자리로 기능했던 상해[34]·모스크바의 체험, "전세계 무산대중, 약소민족"의 연대라는 사회주의적 전망과의 접촉을 통해 형성된 인식적 변혁 및 확장된 지역/정체성의 범위에도 불구하고,[35] 《동방의 애인》에 나타난 인물들의 행적이 대체로 '흰옷 입은 무리들'인 조선인 동포 사회를 중심으로 전개되고 있으며 작품 내에 제시된 결연의 형태 또한 조–소 간의 일대일 관계에 집중되는 경우가 많다는 사실은 핏줄에 국한되지 않는 국제적 연대를 추진하고자 했던 이들의 결의를 약화시킬 수 있는 위험성을 담지하는 것이기도 했다. 가령 박진과 이동렬은 상해 도착 직후 "조선 사람이 가장 많이 있는 보강리寶康里 근처"에 방을 얻는 한편, "그곳에 거류하는 조선 사람의 생활과 집단 된 근거"를 살핌으로써 현지 한인사회의 일원이 되기 위한 준비 과정을 충실히 이행한 바 있다.[36]

그러나 "동포가 천 명이나 사는 틈에서 굶어야 죽을라구"[37]라는 박진의 말에서 알 수 있듯이 조선인들에 대한 이들의 혈연적 유대감이

---

33 심훈, 《동방의 애인》, 55~56, 134쪽.
34 최낙민에 따르면 1920~30년대 상해는 "일본 제국주의의 영향력이 미치는 공간인 공동조계"와 자유의 공간인 "프랑스 조계"라는 두 개의 공간으로 분리되어 있었다고 한다. 특히 일본 거류민이 주로 거주했던 공동조계의 "양수포 부두" 일대가 당시 항일독립운동 지사들에게 위협의 공간으로 인식되고 있었던 것에 반해, 프랑스 조계에 위치한 "포동 부두·황포 부두" 일대는 일본 등 타국이 경찰력을 행사하는 것을 허용하지 않았던 프랑스 측의 방침으로 인하여 일정한 정치적 자율성을 영위하고 있었으며, 이는 곧 식민지 조선을 비롯한 각국의 혁명객들이 프랑스 조계지로 모여들게끔 하는 원인이 되기도 했다. 여기에 대해서는 최낙민, 〈1920–30년대 한국문학에 나타난 上海의 공간표상〉, 《국제해양문제연구》 제7호, 2012 참조.
35 심훈, 《동방의 애인》, 103, 105쪽.
36 심훈, 《동방의 애인》, 70쪽.
37 심훈, 《동방의 애인》, 73쪽.

란 여전히 확고한 것으로 체감되고 있었던 데 반해, 운동의 거점인 중국 및 "약소민족"의 일원으로서 장차 운동의 동지가 될 안남安南·인도印度 등에 대한 이들의 연대감이란 의식적 차원에 그치고 있었던 것이다. 가령 이들은 "중국 사람들 틈에 끼여 살면서 더구나 앞으로 무대 삼아 활동할 사람이 그 나라 말 한 마디를 땅띔도 못 하는 것이 큰 고통"임을 인식한 후 중국어 강습을 시작하나, 그럼에도 불구하고 망명 초기 중국어를 "되놈의 말"로 형용하는 등 제국주의 위계의식의 내면화로부터 완전히 벗어나지 못하는 면모를 보인다.[38]

더구나 이들은 같은 프랑스 조계 내에 거주하는 인도·안남인에 대해 "이마에 수건을 칭칭 감은 인도 순사도 이상하거니와 송낙 같은 모자를 쓰고 방망이를 젓는 안남 순사도 허재비 같아서 우스웠다"고 논평함으로써 아시아 약소민족을 바라보는 식민 제국의 시선을 고스란히 답습하기도 했던 것이다. "민족에 대한 전통적 애착심마저도 버리고 새로운 길"로 나아갈 것을 결심했으며, 그리하여 "세계 약소민족의 분포와 생활 상태"에 대한 비교표를 꾸미거나 "인도나 아일랜드 같은 나라의 지도를 그리느라 눈이 캄캄하고 머리가 몹시 아플"[39] 정도의 수고를 아끼지 않았던 이들이 1920년대에 이르러 획득한 인식적 변혁은 이처럼 실천·체감의 차원이 아닌 당위적 차원에 머무르는 경우가 많았으며, 이로 인해 《동방의 애인》이 그려내는 사회주의 운동의 전망은 여전히 "흰옷 입은 무리들"의 억울과 불평 타파라는 개별 민족 단위의 목표에 정체되는 듯 보이기도 한다. 실로 《동방의 애인》이 그려 내는 1920년대 사회주의자들의 실상은 1930

---

38 심훈, 《동방의 애인》, 75, 126쪽.
39 심훈, 《동방의 애인》, 103~105쪽.

년대의 심훈 자신도 지적한 바 있듯이 표면적으로는 "동포"를 뛰어 넘는 "동지"의 평등한 결합을 추구하고 있었으나, 이민족異民族·이성 異性과의 실질적 교류에 직면했을 때에는 "탐나는 물건이 있으면 폭 력의 무기를 휘둘러 빼앗아 가지고는 제 물건을 만들면 그만"이라는 식으로 "제국주의자"의 면모를 선보이는 양가적 성향을 띠고 있었던 것이다.[40] 이로 인하여 심훈이 발견하고자 했던 사회주의라는 "동방 의 공통된 애인" 또한 1920년대라는 시점에서는 자칫 조선이라는 개 별 민족의 애인으로 제한될 수 있는 위험에 직면하고 만다.

그러므로 《동방의 애인》을 두고 "조선을 제외한 '동방'의 다양한 주 체는 창조되지 않았고, '동방'의 의미는 유일하게 주체화된 조선적 '로칼리티'의 차원으로 급격히 축소되었으며, 사회주의 혁명이라는 '동방'의 공통분모 또한 약화되고 말았다"[41]는 선행 연구의 평가가 제 기되었던 것도 이와 같은 맥락에서 이해할 수 있다. 이에 덧붙여, 기 존 연구에서 지적된 바 있듯이 《동방의 애인》에서 표상된 상해·모스 크바가 "성장과 학습의 요람"으로서의 속성을 지니고 있는 것이 사 실이라면,[42] 작품 초반에 나타난 이들의 미숙한 면모 또한 "너른 세 계"와의 접촉을 통해 습득한 인식구조 상의 전환을 축적, 발현하기 까지의 성장 과정으로 포착할 수 있는 가능성도 생각해 볼 수 있다. 1920~1930년대 '동방'이라는 지역적 사유란 완성된 형태로 공유되 기보다는 '세계'로 나아가는 여정과 더불어 발견되는 과정—중에 위 치하고 있었으며, 따라서 《동방의 애인》에 나타난 '동방'의 의미 또한 이미 '확보된' 상태로부터의 퇴보나 축소로 인식하기보다는 "너른 세

---

40 심훈, 《동방의 애인》, 83~84, 132쪽.
41 한기형, 〈서사의 로칼리티, 소실된 동아시아: 심훈의 중국체험과 《동방의 애인》, 427~428쪽.
42 한기형, 〈서사의 로칼리티, 소실된 동아시아: 심훈의 중국체험과 《동방의 애인》, 427쪽.

계"와의 접촉을 통해 획득한 인식구조 상의 변혁을 실질적으로 수행하기까지의 '과정'의 일환으로 파악할 수 있기 때문이다.[43]

가령 앞서 지적되었던 조선이라는 개별 주체성으로의 매몰과 더불어, 《동방의 애인》에 나타난 조-소 간 관계는 조선 민족의 근대를 구현하기 위한 "압축적 복제"에 집중된 사회진화론적 추종의 양상을 보이는 것으로 평가되기도 한다.[44] 그런가 하면, 상해에서 "학습"을 통해 새로운 언어·담론을 축적한 김동렬 일행이 모스크바에 도착한 후, 성장한 이념적 주체의 면모를 보이는 것 또한 사실이다. 즉, 이들이 참여한 "국제당 청년대회"는 "세계민족의 공동천하"[45]라는 당대 소련의 명성에 걸맞게, "각국 말로 쓴 슬로건이 빽빽하게 붙은" 국제 대회의 면모를 선보이고 있음을 알 수 있다. 이때 대회장에 "조선 대표"라는 직함을 지닌 채 입장했던 이들은 청중을 향해 "보고와 연설"을 한 후, 대회장을 메운 일백오십 명가량의 각국 대표들로부터 "만장의 박수"를 받음으로써 사회주의 연대의 정식 일원으로서의 동등한 입지를 세계 각국과의 교류 하에 체감했던 것이다. 나아가 대회에

---

43 중국의 경우 리 따자오·쑨원·왕징웨이 등 정당의 수뇌들에 의한 '아시아' 담론들이 1910~1930년대에 걸쳐 꾸준히 제기되었던 반면, 1910~1930년대 식민지 조선에서는 인종이나 지역 단위의 사유에 대한 언급 자체가 상당히 드문 편이었다는 점을 기억해야 한다. 이 시기 식민지 조선의 경우, '동아'라는 지역 단위의 사유란 현지와의 교류에 익숙했던 해외 체류자에 의해 언급되는 경우가 대부분이었으며, 1921년 북경에서 발행된 잡지 《天鼓》와 같이 '韓族'과 '漢族'의 단결에 대한 내용을 담고 있는 경우라 하더라도, 순한문체라는 특징에서 알 수 있듯이 조선인이 아닌 중국인을 독자층으로 하는 성향이 강했다는 점을 고려해야 한다. 따라서 해외 공간에서 주로 통용되었던 지역적 연대의 사유가 과연 식민지 조선인들에게 얼마나 보편적이거나 대중적인 것으로 공유될 수 있었을지에 대해서는 의혹이 남는다. 아울러 1920년대 《天鼓》에 게재되었던 신채호의 '한중연합전선' 논의가 식민지 조선의 문단에 의해 본격적으로 조명되기 시작하는 시점은 한설야의 《열풍》 창작에서 볼 수 있듯이 1940년대였다는 점도 염두에 둘 필요가 있다. 여기에 대해서는 이경재, 〈단재를 중심으로 본 한설야의 《열풍》〉, 《현대문학의 연구》 제38집, 2009.6. 林元根, 《滿洲國 遊記》, 《삼천리》 제4권 제12호, 1932.12.1. 등 참조.
44 한기형, 〈서사의 로칼리티, 소실된 동아시아: 심훈의 중국체험과 《동방의 애인》〉, 433, 438, 440쪽.
45 노도 체류 특파원 이관용, 〈莫斯科地方쏘비엣트大會 傍聽記 육(六)〉, 〈적로수도 산견편문 (3)〉.

참여한 이들이 "조선 지방의 정세"를 보고하는 것에서 한 발 더 나아가, 각국 대표들과 함께 국제당의 "장래의 방침과 전술에 대한 토론"을 하느라 사흘을 보냈다는 대목은 이들의 대회 참석이 단순히 개별 민족의 앞길 개척에만 치중된 소승적小乘的 여정이나 소련이라는 중심성을 향한 추종적 여정만은 아니었으며, 이들이 전 세계 모든 인종·민족의 "공동단결"이라는 목표를 염두에 둔 단계로 진입했음을 시사한다.[46]

한편 이들이 "국제당 청년대회"의 참석을 통해 사회주의 세계의 대표 역할을 수행함으로써 이념적 주체로서 성장한 스스로의 정체성을 실감했다면, 작품 후반에 등장하는 "김동렬, 강세정 두 동지의 결혼식"은 이들로 하여금 그간 학습해 왔던 국가·인종·민족을 초월하는 초국경적 연대의 전망을 본격적으로 체감할 수 있도록 하는 의례로 작용하는 것으로 보인다. 결혼식 장면은 다음과 같다.

결혼식 날은 돌아왔다. 청첩도 없이 서로 입으로만 전한 것이었건만 정각인 오후 여덟 시에는 한 시간 전부터 남녀 동지들이 각처에서 모여들기 시작했다. 백 명 남짓이 수용될 만한 조그만 장소는 벌써 사람의 머리가 우글우글하고 떠들썩하여 훈김이 돌았다. 전등불은 짙은 미색으로 장내를 은은히 비추고 **천장에는 오색의 만국 국기를 우산살 같이 늘였는데 내지에서는 구경할 수 없는 선명히 물들인 "옛날 기"도**

---

46 심훈, 《동방의 애인》, 137, 140쪽. 실제로 "국제당 청년 대회"의 모델인 것으로 짐작되는 '제1차 극동 청년대회'의 경우, 국제공산청년회 집행위원이었던 달린Далин은 "오로지 한국을 일본의 압제로부터 해방시킨다는 (내부적 특수성에 국한된) 과제만을 제기하는" 한국 청년들의 면모에 대한 경계를 당부한 바 있다. 이러한 연유로 한국대표단을 대표하여 시행된 기념연설에서 현순玄楯은 "동양과 서양의 단결 및 프롤레타리아의 국제적 단결"을 강조했다. 여기에 대해서는 임경석, 《한국 사회주의의 기원》, 앞의 책, 542쪽.

한몫 끼여서 '나도 여기 있다'는 듯이 너풀거렸다. (중략)

정각이 이십 분이나 지나서 식장 전면에 주례자인 모씨가 나타났다. 처음에는 얼핏 보아 누구인지도 모르리만큼 모양이 변하였다. 불빛에 눈이 부시도록 흰 설백색 두루마기를 입은 까닭이다. 예복을 입지 않은 그는 세정이를 시켜 조선옷 한 벌을 지어 입었다. 그는 이십 년 만에 흰 옷을 몸에 걸친 것이다. (중략) "지금부터 김동력, 강세정 두 동지의 결혼식을 거행합니다." 선언이 끝나자, 몇 사람의 청년들은 앞으로 나가며 '인터내셔널'을 부르기 시작하였다. (중략)

뒤를 이어서 해삼위나 하바로프스크 근처에서 생장하여 상해까지 떠돌아온 청년들의 주최로 그 곳의 습관을 따라 피로연을 겸한 무도회를 열었다. 그 중에는 러시아 여자의 몸에서 난 튀기 여자들도 오륙 명이나 섞였다. 구름 같은 곱슬머리에 눈동자는 흑진주를 박은 듯이 윤택하고 살갗은 말갛게 들여다보이도록 희멀건 데다가 체격은 서양 여자 그대로 뽑아낸 듯 매끈매끈하였다. 그들은 '이랫씀둥, 저랫씀둥'하고 함경도 사투리도 아니고 러시아 말도 아닌 이상한 악센트로 지껄였다. (중략) 조선 두루마기를 입고 서양 춤을 추는 꼴이란 참으로 가관이었다. 여자들은 새우처럼 허리를 펴지 못하고 웃었다. (중략) 츠카스느카, 띠리쇠불꼽바크 등 갖은 춤을 번차례로 추었다. 자기네의 세상인 것처럼 만판 뛰고 놀았다.[47]

천장에 걸린 "오색의 만국 국기"와 더불어 "선명히 물들인 '옛날기'도 한몫 끼여서 '나도 여기 있다'는 듯이 너풀"대고 있다는 구절은, 만국 프롤레타리아들과 동등한 위치에 놓인 동지로서 세계와 결

47 심훈, 《동방의 애인》, 122~125쪽.

속을 맺고자 하는 이들의 면모를 상징한다. 아울러 "주의자"들의 예식으로 지칭되는 이 혼인은 "하트를 이해할 이성의 동지"들의 결합인 동시에 "흰 설백색 조선 두루마기"와 "인터내셔널"가歌의 결합인 것으로도 제시되는데, 이는 조–소 간 관계 또한 제국주의적 위계를 답습한 추종에 그치는 것이 아니라 "조선 두루마기"와 "루바쉬카", "아라사 소주"가 어우러져 "자기네 세상인 것처럼 만판 뛰고 노는" 동지들 간의 대등한 연대의 장으로서 구성되고 있음을 드러내는 것이다. 이러한 조–소 간의 수평적 관계에 대한 감각은 "러시아 여자의 몸에서 난 튀기 여자"들의 면모를 통해 지역·인종·민족 등의 경계를 초월한 연대로 확대되고 있다는 측면에서 더 주목할 필요가 있다. 즉, "눈동자는 흑진주를 박은 듯 윤택하고 체격은 서양 여자 그대로 뽑아낸 듯 매끈매끈"하며, "함경도 사투리도 아니고 러시아 말도 아닌 이상한 악센트로 지껄"인다는 이들의 신체는 그 자체로 지역·인종·민족 등의 정치적 분할에 제한되지 않는 초국경적 결속을 표상하고 있기 때문이다.[48]

작품 결말부에 이르러, 이러한 초국경적 연대의 감각은 조–소 간의 관계를 넘어 중국 등 아시아의 타 민족에 이르기까지 확장된다. 그간 이들이 지닌 미성숙한 면모를 보여 주는 대표적 사례로서 지목되었던 것이 바로 중국·안남 등 "약소민족"들에 대한 제국주의적 시각이었음을 기억하자. 그러나 "수련의 성소"인 상해에서의 체류는 실제로 이들로 하여금 변화된 면모 또한 선보이도록 했다. 가령 상해 도착 직후 중국인을 향해 "되놈"이라고 호칭했던 박진은, 작품 후반 "중국 학생들과 깊이 사귀어 당의 프랙션fraction을 하나씩 조직해

---

[48] 심훈, 《동방의 애인》, 122~126쪽.

두는 것이 유사할 때에 큰 힘이 되리라는" X씨의 계획에 힘입어 중국 군관 학교에 입학하게 된다. 입학 후 모자에 "중국 군인의 별표"를 붙이고 나타난 박진은 "불과 몇 달 동안에 몇 차례나 내 몸이 변했나?"라는 "감개무량한" 혼잣말을 선보이게 되거니와, 이후 중국이라는 "남의 나라"를 "우의"나 "의리", "신용"을 지켜야 하는 "친구"로서 인지하게 되는 그의 모습은 너른 세계와의 접속을 통해 축적된 "국제당 당원"으로서의 면모를 고스란히 보여 주는 것이다.

온다던 날짜가 이틀이나 지나서 진이가 돌아왔다. 떠날 때에는 남경까지 다녀온다 하였으나 실상인즉 **그 곳보다 더 먼 곳에 가서 괄목할 만큼 모양이 변해 가지고 동지들 앞에 나타났다.** 여러 사람들은 놀라지 않을 수 없었다. 다 떨어지고 때묻은 중국 두루마기로 초라하게 몸을 담아 가지고 갔던 사람이 황갈색 군복에다가 붉은 줄친 바지를 금이 베지도록 팽팽하게 다려 입고 무릎 아래까지 철썩거리는 털망토를 둘렀는데 한 자락은 멋있게 뒤로 젖혔다. **더욱 이상한 것은 삐딱하게 쓴 모자에는 중국 군인의 별표가 붙은 것이다.** (중략) **실상인즉 박진이는 그 동안 X씨의 소개로 OO 군관 학교에 입학을 한 것이었다.** 상해에 아직 큰 볼 일은 없고 진이의 성격과 소원이 군인이라, 사람의 장처를 따라 그를 지도한 것이었다. 또 다른 한편으로는 **중국 학생들의 사상 경향이 급격히 변해 가는 때라 그들과 깊이 사귀어 연락을 취하는 동시에 유위한 인재가 그들의 속으로 파고들어가서 따로 당의 프랙션을 하나씩 조직해 두는 것이 일종에 유사할 때에 큰 힘이 되리라는 계획이 든 것도 사실이었다.**
　OO 군관 학교에는 X씨와 일본 어느 학교에서 동급생으로 의기가 상통하여 지내던 중국인 친구가 그 학교의 수석 교관으로 있었던 것이다. (중략) "이 청년은 군인으로서 매우 소질이 있으니 학기는 지났더라도 특별 보결생으로 편입시켜 주면 귀형의 우의友誼를 감사하겠노라." (중략) '군인 중국인의 후보생? 불과 몇 달 동안에 몇 차례나 내 몸이 변했나?" 기차 속에서 남의 나라의 군복을 어루만지며 감개무량하였다.

(중략) 한편으로 진이는, 오는 가을이면 그 군관 학교를 졸업하게 되었다. 그 동안 몇 번이나 갑갑하다고 상해로 뛰어 올라와서 함께 고생을 하며 일하겠다고 떼를 쓰는 것을 모씨와 동렬이가 성심으로 말렸다. 특별한 호의로 입학을 시켜준 것인데 당장에 나서야 할 형편이 되지 못하는 바에야 꾸준히 다녀서 업을 마치는 것이 **그네들에 대한 의리로나 또는 조선 사람의 신용상 좋으리라 하여 굳이 계속하게 한 것이었다. 진이는 그 학교에서 신임을 얻었다.**[49]

그러므로 선행 연구의 평가와 마찬가지로 중국이나 러시아는 "수련의 성소"였으며 "때가 이르면 그들은 돌아가야" 하는 것이었지만,[50] 이들이 조선을 떠날 때와 동일한 신체/공간으로 귀환했던 것은 아니었다. 이들은 소련이라는 새로운 범주와의 수평적 연계, 상해·광동·향항·해삼위·외몽고·시베리아·니콜스크·모스크바에 이르는 해외 거점과의 연락망, 제국 바깥-세계에까지 확장된 "극동極東"이라는 지역/정체성의 범주를 더불어 지닌 채 돌아갔다. 다시 말해 《동방의 애인》은 선행 연구의 지적처럼 조선이라는 개별 정체성으로의 매몰로 인한 한계성을 드러내는 텍스트이기는 하나, 그럼에도 불

49 심훈, 《동방의 애인》, 111~112, 134쪽.
50 한기형, 〈서사의 로칼리티, 소실된 동아시아: 심훈의 중국체험과 《동방의 애인》〉, 427쪽.

구하고 이들이 수행한 모스크바·상해로의 초국경적 여정은 제국 '바깥'의 사회주의 세계와의 연계를 통해 지리적·인식적 변혁을 선사함으로써, 식민지 사회주의자들로 하여금 제국과는 '다른' 지역/정체성을 찾아 망명을 수행하거나 지역적·민족적 경계를 초월한 결연을 상상·시도할 수 있게끔 하는, 가능성을 담지한 문화적 결절점으로서 자리했던 것이다.

《마음의 향촌》─서구/로컬리티와의 결별과 '대륙'과의 연대

이 절에서 해명하고자 하는 것은 식민지 말기 제국의 지역 파편화 정책으로 인해 '대동아공영권'이라는 폐쇄된 정치적·지리적·경제적·사상적 기획에 직면하게 된 이념적 주체들이, 그간 축적해 왔던 사회주의 운동의 동력을 바탕으로 해외 거점과의 연계를 다시금 추진함으로써, 제국과는 다른 아시아─세계의 구상에 동참하기까지의 과정이다. 앞서 살펴보았던 《동방의 애인》이 제국의 검열로 인하여 1930년대 초반의 상황에서 미완으로 끝날 수밖에 없었음을 상기한다면, 이 절에서 살펴보고자 하는 바는 다음과 같은 질문으로 구체화될 수 있다. 즉, 《동방의 애인》에서 1930년대 조선으로 돌아온 것으로 제시되는 "사상적 분자"들은 귀환 이후 어떠한 현실과 마주하게 되었으며, 이들은 식민지 말기 제국의 대동아 정책에 직면했을 때 과연 어떠한 선택들을 선보이게 되었는가? 다시 말해 1920~1930년대에 걸쳐 식민지 사회주의자들이 축적해 왔던 제국─바깥의 "너른 세계"에 대한 기억 및 소련·중국과 연동된 사회주의적 "극동極東"이라는 범주는 제국의 영향력이 동아시아 전역에 걸쳐 확대될 것임이 예고되고, 이로 인해 조선인들의 정치적·지리적·경제적·사상적 행보가 대동아 블록 내부로 제한될 것임이 기정사실화되었을 때, 제국의 호명과 이념적 전망 사이에 놓이게 된 식민지 사회주의자들의 행보에 과연 어떠한 영향을 미쳤던 것일까?

1939년 7월 10일~12월 7일에 걸쳐 《동아일보》에 연재되었던 한설야의 《마음의 향촌鄕村》은 지나사변 이후 상해로부터 귀환한 것으로 제시되는 초향草鄕을 중심으로 이야기를 전개하고 있으며, "정치를 말하고 천하를 논해야 하는 도시" 상해를 떠나 답답한 서울바닥에 "절해고도絶海孤島"와 같이 갇히게 된 식민지 사회주의자들의 위치를 형상화하고 있다. 이 작품은 제국의 정치적 분할로 인하여 혁명 모국 및 해외 거점들과의 연결 루트가 끊기고 봉쇄의 위기에 처한 조선의 상황에 대한 은유이자, 이러한 제국의 정책에도 불구하고 경성이라는 "마르고 여윈 땅"을 떠나 "아득이 뵈는 대륙大陸-마-더-랜드"로 향하는 '망명의 서사'로 귀결되고 있다는 측면에서 사상적 분자들을 '살려 갈' 방법을 모색하고자 하는 작가의 의도가 투영되고 있음을 짐작케 한다.[51]

《마음의 향촌》은 상해와 경성이라는 두 공간을 중심으로 진행되고 있으며, 이때 상해가 "첨단을 노리는 국제도시"이자 서로를 "동지니 형제니" 하는 혁명가들의 너른 천지로 묘사되는 반면, 지나사변 이후 "상해의 상황이 급박해지는 통에" 어쩔 수 없이 귀환한 경성은 "피곤과 권태, 안전제일주의"만이 횡행하는 "가난하고 약삭바른 거리"로 기술되고 있다는 측면에서 주목을 요한다.[52] 초향이 머물렀

51 한설야, 《초향》, 99, 153, 502~503쪽.
52 한설야, 《초향》, 30, 77, 90, 97, 100, 292, 502쪽.

던 1930년대 초반의 상해는 지나학생과 더불어 서양선교사의 딸이 경영하는 영어학교에 다니고, 거류민 위안회를 통해 조선이라는 민족의 정체성을 새롭게 발견하는가 하면 "몸과 맘이 강철과 같은"[53] 독립운동가를 통한 감화를 얻기도 하는 등 《동방의 애인》에서와 마찬가지로 너른 세계를 향한 교육과 수련의 공간으로 회고된다. 그러나 상해에서의 삶이 "하늘에도 땅에도 사람에게도 꺼릴 거 없는 결곡한 생활"이었던 반면, 사변을 기점으로 하여 돌아온 "손바닥만 한" 경성은 조선공산당 탄압 및 카프 검거사건의 여파로 인하여 더 이상 사상적 활기를 찾아볼 수 없으며, 제국의 지역 폐쇄 정책으로 인하여 "항구도 배도 없"고 "항시 발돋움을 하고 멀리 무엇을 바라다보고 있지"만 "안개가 끼어서 대륙을 똑똑히 내다볼수"도 없는 갑갑한 상황에 처해 있는 것으로 그려진다.[54] 정치적 자율성이나 사상적 전망을 모색할 가능성이 희박해진 조선 사회에 있어서 유일하게 합법적인 돌파구로 남은 것은 바로 경제적 방면이었으며, 이로 인해 식민지 말기의 경성에서는 "금광나리낑, 실업가, 사장, 은행가, 고리대금업자, 중소상인"으로 대표되는 자본에 대한 욕망만이 "안전제일주의"를 뒷받침하기 위한 "대용품"으로 추구된다.[55] 그러므로 상해라는 혁명가들의 공간으로부터 돌아온 초향이 자신의 눈에 비친 경성의 풍경을 두고 다음과 같이 토로했던 것, 혹은 카프 해산 및 옥중 체험 이후

---

53 한설야, 《초향》, 87, 96~97, 549, 552쪽. 이 작품에서 독립운동가로 제시되는 인물은 '양국일'이다. 《마음의 향촌》, 《열풍》 등의 작품에 등장하는 양국일은 비행사이자 만주, 몽골, 시베리아 등지에서 활동한 독립운동가였던 서월보徐曰甫를 모델로 한 것으로, "비행학교의 조수"였다는 경력 및 "불란서에서 새로 사온 비행기를 시험비행하다가 추락"했다는 사고 경위 등이 대체로 실제 인물의 삶과 일치한다. 여기에 대해서는 한설야, 《초향》, 552~555쪽, 이경재, 앞의 글 참조.

54 한설야, 《초향》, 153, 170, 502, 545쪽.

55 한설야, 《초향》, 62, 431쪽.

'전향'한 경성을 바라보는 한설야 자신의 심경이 다음과 같이 투영되고 있는 것도 이러한 맥락에서 이해될 수 있다.

"인간에게 완전히 정이 떨어졌다. 지금 그가 사는 사회에는 이렇다 할 한 개의 인간도 없는냥하다. 신선한 냄새도 없고 인간다운 운치도 없다. 무슨 커다란 감상이 있거나 모험심이 있는 것도 아니다. 도대체 사람을 즐기게 할만치 탁 트인 대활한 사람도 없는것이오 그렇다고 사람을 울릴만한 정열을 가진 사람도 없는 것이다. (중략) 말하자면 그저 참새잡이를 다니는 조심성스러운 사냥꾼 같은 사람뿐이오 가까운 포구를 뱅뱅도는 잔사리잡이 어부와 같은 인간들 뿐이다.[56]

꽃을 길르랴고 해보니까 이 땅이 얼마나 마르고 여윈것인지를 알쑤 있었다. 사람을 찾으려고 해보니까 얼마나 사람이 그리운지를 또한 알쑤 있었다. (중략) "초향씨, 초향씨는 내보기에는 섬과같은데 바다를 잊은듯합니다. 섬은 무엇보다 바다를 잘 알것이오 바다의 넓음을 잘 알것인데…" 그리며 권은 빙긋이 그에게 웃어보였다. 초향이는 한 번 개가운 웃음을 던지고나서 "바다? 내게는 바다가 없습니다. 항구도 배도 없습니다. 대체 이 항구를 지나야 저 항구로 가지 않습니까. 그러니까 갑갑해서 죽겠습니다."[57]

한편, 작품 속에서 상해와 경성을 오가는 여정을 선보이는 초향의 존재란 그 자체로 식민지 조선의 운명에 대한 섬세한 은유이다. '선

56 한설야, 《초향》, 13쪽.
57 한설야, 《초향》, 168~170쪽.

영鮮英'이라는 본명을 지닌 초향은 제국으로부터 작위를 수여받은 명문거족 이후작의 사생아로, 출생 직후 아버지에게 자식으로 인정받는 것을 거부당한 채 외가에 의해 양육되었다. 초향의 어머니는 두 번의 첩살이를 거친 끝에 민상기·이선영이라는 성이 다른 남매를 낳았지만 정식 아내로 인정받지 못한 채 사망했고, 초향 또한 "가문에 끼이게 하면 다시 돌보지 않아도 고이 죽겠노라"는 어머니의 애원을 거부당했던 기억을 간직한 채 "떳떳이 있어야 할 것이 없다는" "세상이 던진 가장 큰 모욕" 속에서 살아가지 않을 수 없었다.[58]

두 개의 국가에 대한 종속 경험 및 이로 인해 탄생한 식민지인의 입지를 시사하는 듯한 이러한 설정은 초향 남매로 하여금 "환멸과 회의"가 가득한 식민지 조선이 아닌, 제국-바깥의 "너른 천지"로 눈을 돌리게끔 하는 원인이 되는 것이기도 했다. 즉, "장래 대정치가 대웅변가"가 되겠다던 오빠 민상기가 상해로 건너감으로써 사회주의 이념을 발견하게 되었다면, "음악과 율동"에 소질이 있었던 초향은 "혈육"의 뒤를 쫓아 상해로 건너간 끝에 서구적 근대와 민족을 발견하기에 이른다.[59] 초향은 하와이 출신의 상해대학 강사 이우식을 통해 영어·음악·딴스 등 "근대 문화인"이 갖추어야 할 소양을 익히는가 하면, "거류민 위안회"를 통해 조선 소리와 가야금을 접함으로써 "세계 어느 나라의 노래도 따르지 못할 만큼 심금을 울려주"는 민족에 대한 유대감을 체감하기도 했다.[60] 그러나 "부칠 곳 없는 몸"을 "바다 건너"에 두고자 했던 식민지 조선인들의 꿈은 사변으로 인하여 "자취를 감추"게 되었으며, 제국에 의해 상해의 조계지가 붕괴된

---

58 한설야, 《초향》, 67~74, 333쪽.
59 한설야, 《초향》, 76쪽.
60 한설야, 《초향》, 87~100쪽.

이후 "가즌 고초를 겪"던 초향은 조선으로 귀환하여 "바다를 잊은" 경성의 풍경과 대면하지 않을 수 없었다. 이때 "탁 트인" 전망이나 웅숭깊은 비밀을 간직하기 힘들어진 경성의 면모는 초향으로 하여금 "아무도 들어올 수 없는 초향이만의 세계"를 구축한 채 "모든 사람을 싫건 비웃어주려는 냉조冷嘲"를 띠거나, 기생이 되어 "환락향의 찬란한 네온싸인"에 부딪침으로써 "반발적으로 뛰어 오르는 제 몸의 탄력"을 시험하려는 등 도피적·방어적 태도로 일관하게끔 하는 원인이 되었다.[61]

경성으로 돌아온 초향이 제국의 통제 및 동일화의 압박에 대응하여 도피처를 구축하거나, 혹은 "명일明日"의 전망을 지닌 "참인간"을 모색함으로써 다시금 대륙으로 나아가기 위한 동력을 회복하고자 한다는 점은 명백해 보인다. 실제로 경성에서 초향이 영위하는 생활은 "히틀러가 생기"를 얻고, "쌍륙을 굴려 남경으로 먼저 들어가는 사람이 이긴"다는 "시국을 본 딴 여흥"이 유행하는 사변 이후의 세태와는 확연히 동떨어져 있다. 즉, 초향은 서구적 근대 및 조선이라는 로컬리티의 고정된 경계 내부에 스스로를 배치함으로써 균질화되어가는 제국의 영토성에 대한 방어벽을 마련하려 했던 것이다.[62] 초향이 거주하는 "문화주택" 내부의 풍경은 이러한 측면에서 의미심장한데, "튜맆꽃이 한창인 넓은 양실마루" 위에서 샤리야핀을 듣고 톨스토이·앙드레 지드·보들레르를 읽는가 하면, 앵무새와 양개에게 각각 "메리―" "산쬬"라는 이름을 붙이고 "꾿모―닝·꾿―빠이"를 가르치는 초향의 면모는 "보찌ぼち"·"오하요오·곤방와"로 대표되는 제국의 언

61 한설야, 《초향》, 7, 9, 14, 50~51, 99, 167~169쪽.
62 한설야, 《초향》, 118, 145, 153, 493쪽.

어 및 체제에 대한 반발이라는 측면에서 그 자체로 제국에 대한 방어적 성향을 담지하고 있다.[63] 아울러 "응접실에서 내실로 통하는 문에 항시 잠을쇠를 잠궈두"어 "아무도 들어올 수 없"는 자신만의 단절된 세계를 구축하고자 하는 초향의 면모란 지역 폐쇄를 통해 '동아'라는 특수한 정체성을 형성하고자 했던 제국의 경우와 마찬가지로, 대동아의 권역 내부에 제국과 차단된 사적 영역을 구축함으로써 제국의 국민이 아닌 해외 망명객으로서의 정체성을 보존하고자 하는 의도를 지니는 것으로 읽히기도 한다.[64]

이렇듯 문화주택이라는 거주 공간에 구현된 서구적 근대의 형상이 제국으로 전적으로 환원되지 않을 도피처에 대한 욕구를 대변하는 것이라면, 기생이라는 직업이 담지하는 로컬리티는 식민지 조선인의 운명과 관련된 투쟁적 측면을 대변한다. 파자마를 입고 "샤리야핀"을 듣던 문화주택 내의 모습과는 달리, 기생으로서 집밖에 나선 초향은 "조선 갓신을 신고, 빛도 흰빛을 취"하며, "머리도 조선 고래의 그대로 얌전히 쪽찌고 가르마는 머리한판에 바르게 탄다." 이처럼 "아래위를 하이얗게 차린" 기생으로서의 면모란 "무엇보다 강하게 그의 온몸을 붓들고 있는" 민족에 대한 애착을 드러내는 한편, "발에 밟혀도 머리를 처드는 풀"을 의미한다는 "초향草鄕"이라는 기명妓名에서 알 수 있듯이 "너를 죽이려는 세상"에 대응하여 "쌈을 곧 인생"으로

---

63 초향이 사들인 "양개"의 이름은 "보찌ぼち"였으나, "첨부터 그 이름이 맘에 들지않었"던 초향은 "린틴틴", "나나", "나타샤", "카추샤", "오피리쓰" 등의 후보들을 거론한 끝에 "산□"라는 이름을 선택한다. 타인에 의해 부여된 일본어 이름을 대체하기 위하여 미국·러시아·유럽 등지의 이름들을 거론하는 이 대목은 "시국"과 불일치하는 초향의 성향을 드러내는 것이기도 하다. 여기에 대해서는 한설야, 《초향》, 263~265쪽.
64 한설야, 《초향》, 49~52, 273, 362쪽.

삼고자 하는 투쟁적 태도를 시사하는 것이기도 하다.[65]

실제로 작품 속에서 기생의 역할을 수행하던 초향은 오빠의 동지와 접선함으로써 그간 영위해왔던 생활에 대한 전환을 맞이하게 된다. 경성이라는 "오합난민이 뒤섞인" 거리에서 인간다운 인간을 찾기 위해 애쓰던 초향은 "북선北鮮 어느 항구"에서 왔으며 해사海事를 경영한다는 권이라는 사내와 마주치는데, 오빠인 민상기의 동지이자 제국에 의해 "부량한 자"로 지목되어 수배 중인 권은 "항구도 배도 없는" 처지로 스스로를 형용하는 초향에게 "얼마든지 너른 바다가 있음을" 인지시키는 한편, 경성이라는 "말르고 여윈" 땅을 떠나 "어지러운 머리를 말끔 씻어버리고 그 맑은 정신으로 한번 세상을 고쳐볼" 것을 권유함으로써 "마-더-랜드"와의 연계를 다시금 독려하는 것이다.[66] 이때 권이 제시하는 "마-더-랜드"란 "대차관계貸借關係"가 없는 "평등"을 지향하며, 식민지인으로 표상되는 "한어미에 두애비 자식"이 "한아버지, 한어머니의 오뉘보다도 더 정답게 일생을 한집 한고장에서 살" 수 있도록 하는 공간이라는 측면에서 오빠 민상기의 존재로 표상되었던 프롤레타리아 국제주의의 전망을 고스란히 반영하고 있다.[67]

그러나 이처럼 절해고도와 같았던 초향이 이념적 호명을 획득함으로써 대륙 어딘가에 존재하는 오빠와 연계될 수 있는 루트를 확보하게 되었다면, 식민지 말기라는 시대적 상황은 "떳떳이 있어야 할 것이 없는" 사생아 초향에게 뜻밖에도 아버지로 표상되는 제국과의 상봉 기회를 제공함으로써 정식 자손으로서의 권리 획득 기회를 부여

---

65 한설야, 《초향》, 10, 14, 61, 287, 333쪽.
66 한설야, 《초향》, 55, 149, 169~170, 397, 493쪽.
67 한설야, 《초향》, 575~576쪽.

하는 것이기도 했다. 즉 초향은 죽음을 앞둔 아버지 이후작의 호명에 의해 혈육으로 인정받고 "노돌 땅"을 상속받을 수 있는 가능성을 얻었던 것이다. 그러나 제국 국민으로서의 입지 및 정치적 권리의 획득 가능성을 암시하는 듯한 이러한 기회는 이후작의 태도 및 주변 사람들의 훼방으로 인하여 좌절되고 마는데, 즉 초향은 이후작과의 대면 이후 "딸이라고 한번만 불러 주"기를 청하였으나, 초향에게 돌아온 것은 "과연 이후작 대감의 따님이 옳은지" "적확한 증거"를 제시하라는 답변 및 "후작의 재산을 제가 죄다 먹으려"하는 주변 사람들의 방해공작뿐이었다. 이는 곧 초향으로 하여금 "버젓이 갈 권리가 있는" 아버지의 집으로 발길을 옮기는 것을 주저하게 하는 한편, "이십 년을 모른 척 하던 아버지에게 온정을 구할 필요는 없다"는 인식으로 나아가게끔 했다. 다시 말해 "한 개 인간이 자기의 지나간 죄상에 대해서 책임을 지려는 양심이 있는가, 이런 것을 보려고" 했던 초향의 시도란 실패하고 말았으며, 이는 결국 "자기를 학대하는 큰 어미에게 효성하는 그런 자식이 되지 않으리라. 차라리 그 인간악人間惡에 대하여 몸이 가루가 되도록 싸우고 싶다"는 초향의 "결사적 발악"으로 이어졌던 것이다. "의리와 정"이 없는 부모 자식 관계는 필요 없으며, "차라리 나는 죄 없는 백성의 자식"이 되고 싶다는 초향의 인식은 "인간의 문제는 아버지나 어머니에게 있는 것이 아니"라는 결론에 도달함으로써 그간 집착해 왔던 핏줄이라는 관념으로부터 스스로를 탈각시키는 한편, 제국이 약속하는 국민의 지위가 아닌 "거들킬 데 없는 백성"들을 향한 여정을 택하게끔 하는 계기가 되었다.[68] 아버지의 죽음으로 인하여 국민의 가능성을 완전히 떨쳐버린 이후

---

[68] 한설야, 《초향》, 140, 182, 183, 225, 239, 319, 257, 328쪽.

초향이 마주하는 경성의 아침 풍경은 그가 택한 새로운 행보를 고스란히 보여 준다. 즉, 초향은 "밤사이 남이 떨궈 논 지전뭉치라도 주우려고" 나다니는 오합난민들이 아닌, "노동복 입은 사람, 변또를 낀 사람, 공장으로 가는 소녀" 등으로 이루어진 "근로의 거리"를 목격한 후 "여태 보지 못하던 서울을 오늘 아침에 처음 발견한 듯"하다고 언급했으며, 갑작스럽게 "세상이 너무 널르다"고 느꼈던 것이다.[69]

그러므로 이처럼 제국이 아닌 다른 호명을 선택한 초향의 향후 행보가 정주定住가 아닌 망명亡命으로 이어지리라는 점, "혈육"의 범위에 제한된 정체성이나 "손바닥만한" 경성의 공간으로부터 벗어나 "너른 바다" 너머 어딘가를 떠도는 정체 모를 움직임들의 일원이 되리라는 점은 예측 가능한 일이다. 이 작품의 후반부는 실제로 초향이 대륙으로 건너가기 위해 기존에 영위하던 정체성과 결별하고 새로운 입지 및 연대성을 수용하는 과정으로 그려지고 있다. 즉 권으로부터 오빠의 주소를 건네받은 초향이 "오빠를 찾아갈 수 있게" 되었다는 감격에 사로잡혔음에도 불구하고 오빠의 주소가 적힌 쪽지를 찢어 버림으로써 이제 자신에게는 "오빠보다 권이 필요하게" 되었음을 선언하는 대목에서 알 수 있듯이, 작품 후반에 이르면 이복오빠라는 '절반의 혈연'으로 표상되던 사회주의 운동과의 연계는 권이라는 동지애에 입각한 '타인과의 사랑'으로 대체되며, 초향이 지금까지 영위해 왔던 기생이라는 정체성 또한 조선이라는 "핏줄"에 대한 애착의 표현으로부터 사회주의 운동의 자금을 모으기 위해 경성에 잠입한 '스파이'라는 투쟁적 의미로 완전히 전환된다.[70]

69 한설야, 《초향》, 396~398쪽.
70 한설야, 《초향》, 604~606쪽.

이는 초향이 그간 제국으로부터 도피처를 구축하기 위해 필요로 했던 서구적 근대와도 결별하게 되었음을 의미한다. 즉, 초향은 제국과 분리된 "초향이만의 세계"를 형성하기 위해 사들였던 앵무새 "메리—"와 양개 "산쬬"를 새로운 주인에게 보냄으로써 대륙으로 떠나기 위한 준비를 마무리하는 한편, 경성에 남기고 갈 수밖에 없는 이들을 향해 "내가 가르친 말을 말끔 잊어버리고 낼부터 새 주인이 가르치는 새 말을 배워라"고 당부했던 것이다. 그러나 "꾿모—닝·꾿—빠이"가 아닌 "오하요오·곤방와"를 외우게 될 것이라 예상했던 앵무새는 새를 맡기기 위해 "관수정 어느 커다란 지나인상점"에 갔을 때, 뜻밖에도 초향을 향해 "자이젠再见"이라는 지나어 인사를 던진다. 초향이 앞으로 형성할 대륙과의 관계를 예고하는 듯한 이 지나인 상점의 에피소드는 주인인 "장궤掌櫃 전서방"과 초향의 관계에 대한 설명으로 인하여 더욱 의미심장해지는데, 즉 초향은 "상해서 배운 지나어"로 인하여 전서방과 "더욱 가깝게" 지내 왔으며, 특히 "남들이 모다 그들을 없이 여기고자 하는데 은근히 반감이 생겨서 오히려 필요 이상으로 늘 그를 존대해" 왔다는 것이다.[71]

서구 및 조선이라는 로컬리티와의 결별을 거쳐 비로소 체감하게 된 지나와의 이러한 연대감은 식민지 말기 "갑갑한 경성"에 갇힌 채 완전한 국민이 되지도, 완전한 정치적/사상적 자율성을 누리지도 못했던 조선인들이 서구적 근대에 대한 지향성 및 "핏줄"로 표상되는 혈연·민족·인종 등의 고정된 경계성으로부터 스스로를 탈각시킨 이후에야 동일한 제국의 압박 하에 놓인 동지로서의 아시아 피압박 민족들을 발견하게 되었음을 시사하는 것이기도 하다. 이는 곧 "핏

71 한설야, 《초향》, 614~625쪽.

줄"이라는 (가상의) 동일성을 근간으로 하는 지역적·인종적 아시아가 아닌, "없이 여김"이라는 동일한 계급적 체험을 근간으로 하는 이념적 아시아의 가능성이 부상하기 시작했음을 의미하는 것이다.

그리하여 죽은 어머니로 표상되는 "고향"을 "건공에" 둔 채로, 또한 제국이라는 "아버지 아닌 아버지"의 호명을 거부한 채로, 식민지인들은 비로소 조선이라는 제한된 지역/정체성을 떠나 대륙이라는 이념적 "마-더-랜드"와의 결연을 선보일 수 있게 되었다. "구경가는 것도 도망가는 것도 아니"오 "차라리 살랴고 가는 것"[72]이라는 이들의 여정은 김남천이 평한 바 있듯이 제국의 "배후"에서 "정체 몰르게 움직이는"[73] "죄 없는 백성"들의 연대를 형성하는 것이었으며, 제국의 지역질서에 의해 "절해고도"와 같이 속박되었던 식민지 경성의 지리를 이념적 주체들의 배후 공작에 의거하여 "상해·북경·남경·한구·향항"[74] 등지에서 활동해 왔던 해외 조직과 다시금 연계함으로써 대동아라는 지역 폐쇄적 기획에 대한 돌파의 가능성을 마련하는 것이기도 했다. 이처럼 《마음의 향촌》에서 은유적으로 제기되었던 대륙과의 이념적 연대의 가능성은 1942년에 탈고된 《열풍》에 이르러 신채호의 '한중연합론'을 모델로 하는 조선-중국 간 "련계"라는 형태로서 보다 선명하게 형상화되고 있으며,[75] 아울러 김사량·김태준 등이 선보였던 북경 탈출 및 연안파 공산당으로의 합류라는 실제 사례

---

72 한설야, 《초향》, 637, 650쪽.
73 김남천, 〈토픽 중심으로 본 기묘년의 산문문학 中〉.
74 한설야, 《초향》, 572쪽.
75 한설야, 《열풍》, 조선작가동맹출판사, 1958, 419쪽. 안함광에 따르면 한설야는 1942년에 《탑》 2부인 《열풍》을 창작했으나 발표하지 못했고, 1943~1944년에 걸쳐 《탑》 3부인 《해바라기》를 집필하다가 해방을 맞았다고 한다. 여기에 대해서는 안함광, 《조선문학사》, 연변교육출판사, 1956, 259쪽. 이경재, 《한설야와 이데올로기의 서사학》, 소명출판, 2010, 3장 참조.

로 이어지고 있다는 측면에서,[76] 공간 이동을 통해 '아시아적 연대'의
사회주의적 판본을 형성하고자 했던 이념적 디아스포라들의 실질적
인 출현을 가시화하는 하나의 기점으로서 자리했던 것이다.

76 김사량, 《노마만리(1947)》, 실천문학사, 2002. 김태준, 〈연안행〉, 《문학》, 1946.7 참조.

2. 분할통치apartheid 공간으로서의 경성과 자본의 월경越境

1941년 태평양전쟁의 발발을 전후한 시기, 식민지 거리에는 총동원의 긴장과 동참의 열기가 들끓었고, 기존 제국의 영역 속으로 온전히 회수되지 못했던 식민지인들마저 국민의 시간 속으로 포섭될 수 있는 시기가 찾아왔다. 식민지 조선의 백수들, 즉 '생산 없는 소비'로 일관한 채 눈앞에 펼쳐진 삶의 방식에 대해 자의적/타의적으로 일정한 간격을 유지함으로써 '객관적 관찰'을 표방하던 산책자는 사라질 위기에 처했고, 반서구주의·반자본주의·반자유주의·반개인주의 등을 표방한 신체제의 수립으로 인해 서구 근대성 및 소비 자본주의의 위상은 흔들리기 시작했다. 그렇다면 이처럼 모두를 '아제국我帝國'으로 수렴하고자 하는 총동원의 명령에 의해 초극되거나 부정될 위기에 처한 근대성의 행방은 어떠했으며, 나아가 '개별 공간에서 세계 전체를 향유'함으로써 제국에 의해 구획된 삶과 거리를 두고자 했던 식민지 코즈모폴리턴들은 당대 제국의 체제에 대응하여 어떠한 움직임들을 선보였는가?

앞에서 살펴보았듯이 사회주의 운동이 식민지인들을 새로운 영토성을 향한 망명의 과정으로 이끌어 냄으로써 제국의 프레임에 의해 속박된 아시아의 상상적 지형에 변이를 일으키게끔 추동했다면, 자본의 흐름은 "민족과 상관없이 무차별적으로 적용되는" 등가교환 및 사유화의 속성에 의거함으로써 식민지인들로 하여금 국적이나 출신이 문제가 되지 않는 '세계시장'의 영역으로 거주지를 확장하고, 이를 통해 제국보다 넓은 행보를 지닌 코즈모폴리턴으로 존재하도록 부추겼다. 이 절에서는 박태원의 작품을 중심으로 태평양전쟁으로 인한 제국의 지역 폐색이 진행되던 시기, 식민지인들이 자본이라는 동력에 의거하여 제국의 경계를 횡단하고, 범세계적 소비 습관을 통해 대동아라는 고립된 지역질서를 세계시장과 연계시키는 한편, 유동적이며 혼종적인 지역/정체성을 구성해 가는 방식들을 검토해 보고자 한다. 이는 "특정한 국민성의 낙인이 찍혀지는 것"을 피해 "전 세계를 내 집"으로 삼음으로써, 전일체全一體적 제국에 대한 "해체를 초래"[77]하는 것으로 인식되었던 식민지 말기 코즈모폴리턴들의 궤적을 검증하기 위한 과정이기도 하다.

신체제의 수립과 식민지 말기 유민遊民들의 행방

1940년대가 신체제의 출범으로부터 시작되었다는 것은 익히 알려진 사실이다. 1940년 7월 제2차 고노에 내각에 의해 주도된 이 신체제의 수립은 '생산성의 향상' 및 '사회와 생활의 합리화'에 의거하여 효율적인 총력전체제를 구축하기 위한 방편이었으며,[78] 정치·경제뿐만 아니라 문인이나 지식인 등 식민지 조선의 문화적 장에까지 영향을 미쳐 채만식·이효석·이기영·방인근 등의 작가들로 하여금 "새 시대에 적응한 새 인간형의 창조"에 초점을 둔 "신동아 건설의 작품"을 쓰겠다는 다짐을 불러일으키게 하는 계기가 되었다.[79] 그 이론적 바탕에 반서구주의·반자본주의·반자유주의·반개인주의 등의 요소를

---

77 최재서, 〈문학자와 세계관의 문제〉, 《국민문학》, 1942.10.
78 정종현, 〈사실, 과학 그리고 문학의 신생—신체제기 한국 대중소설에 나타난 '기술적' 주체와 문학의 재편〉, 《상허학보》 23집, 2008, 50쪽.
79 〈신체제하의 나의 문학 활동 방침〉, 〈문학과 전체주의〉, 《삼천리》 1941.1.

담지하고 있던 신체제 논의[80]는 "서양 것은 배격한다는데 양장은 늘 어가구 파—마넨튼가 무엔가두 자꾸 늘어만 가니… 생각 같아선 미용원이나 양장점이나 백화점 양장부를 폐쇄를 시켰으면"[81] 좋겠다는 구절에서 알 수 있듯이 1930년대 절정에 달했던 근대 자유주의/자본주의적 흐름을 경계하는 한편 노동·생산·건설에 몰두하는 건강하고 합리적인 '기술적 주체'[82]의 확립을 목표로 삼았다. 따라서 1940년 이후 대중문학에 신체제라는 "새 시대에 적응한 새 인간형"으로서 "신동아 건설"에 조력하는 과학자·기술자·기업가 등의 형상이 출현하게 되는 것은 우연이 아니다.

특히 이 시기 대중소설에 등장하는 조선인 기업가의 형상은 눈여겨 볼 만한데, 이들은 일본계 기업과의 협력이나 총독부의 후원 하에 철도·광산·토목 등 제국의 생산·건설·확장과 관련된 사업들을 지휘하는 총괄자적 존재로 그려지고 있으며, 이것은 1930년대 후반 이후 일본 독점자본과의 협력을 통해 성장했던 조선인 기업들의 현실[83]이 반영된 결과이기도 하다. 즉, 《사랑의 수족관》에서 "대흥콘체른"의 사장인 이신국은 일본계 철도회사인 "니시다구미西田組"와 결연을 맺어 "철도" 및 "석탄직접액화법"과 관련된 "북지北地관계" 사업을

---

80 한수영, 〈박태원 소설에서의 근대와 전통—합리성에 대한 인식과 '신체제론' 수용의 문제를 중심으로〉, 《한국 문학이론과 비평》 9권 2호 제27집, 2005.6, 234쪽 참조.

81 김남천, 《사랑의 수족관》, 인문사, 1940, 328쪽.

82 정종현, 〈사실, 과학 그리고 문학의 신생—신체제기 한국 대중소설에 나타난 '기술적' 주체와 문학의 재편〉, 50~52쪽 참조.

83 이승렬·장두영 등에 따르면 경제 공황 이후 일본은 유래 없는 활황을 누렸으며, 이 시기 일본 기업들은 만주 진출을 통해 이익을 극대화하였는데, 이 때 조선은 총독부의 경제진흥책에 의해 '중요산업통제법'과 '공장법'의 통제예외지역으로 선정됨으로써 일본 독점자본들의 조선 진출 및 이들에게 협력한 조선인 기업가들의 대거 성장이 이루어졌다고 한다. 장두영, 〈김남천의 《사랑의 수족관》론—1930년대 후반 식민지 자본주의 대응 양상을 중심으로〉, 《한국현대문학연구》 제23집, 2007.12, 337쪽. 이승렬, 〈일제 파시즘기 조선인 자본가의 현실인식과 대응〉, 《일제하 지식인의 파시즘 인식과 대응》, 혜안, 2005, 289쪽 참조.

추진하고,[84] 《청춘무성》에서 원치원이 경영하는 "치은금산"은 총독부 및 도당국의 후원을 받아 광산 및 수리사업에 주력하며,[85] 《별은 창마다》의 "한성피혁"은 지나사변 이후 만들어진 "통제회사"에 편입되어 "중요한 군수품"인 피혁의 "생산과 가공과 군에 납품"을 담당하는 것으로 그려지는 것이다.[86] 이처럼 "시국이 시국이니까 국책에 따라 그것을 실현하기에 전력을 다하는"[87] 한편, "석탄직접액화법"의 기술 개발과 같은 생산 지향적 테크놀로지의 면모를 보이기도 하는 기업가의 형상은 실로 생산성의 향상을 총괄하는 신체제의 대표적 인간형이자 제국의 기술적 주체로서 자리 잡기에 부족함이 없다.

그런데 이처럼 신체제 이후 쓰인 식민지 조선의 대중소설들을 살펴볼 때, 1941년에서 1942년에 걸쳐 연재된 박태원의 《여인성장女人盛裝》[88]은 제국의 생산·건설·확장과 관련된 사업이 아니라 금전의 흐름 및 시장의 질서를 담당하는 금융기업 종사자를 내세우고 있다는 점에서 주목을 요한다. '생산성의 향상'과는 무관하게 금전 그 자체의 이윤이나 소비만을 추구하는 시장─자본의 속성을 경계하는 한편, "양장점"과 같이 서구의 수입 혹은 침투·확산을 가능케 하는 사업에 대하여 부정적인 시선을 견지하던 당대의 시대 분위기[89]를 감안할 때 박태원이 근대 자본주의 질서의 '중핵'이자 전 세계 자본의

---

84 《사랑의 수족관》에 등장하는 "대흥콘체른"은 "대흥공작, 대흥토지개발, 대흥광업" 등을 아우르는 거대 기업이다. 김남천, 《사랑의 수족관》, 484~485쪽 참조.

85 이태준, 《청춘무성》, 깊은샘, 2001. 379~402쪽.

86 이태준, 《별은 창마다》, 깊은샘, 2000. 154, 189쪽.

87 김남천, 《사랑의 수족관》, 413~414쪽.

88 박태원, 《여인성장》, 《매일신보》, 1941.8.1~1942.2.9.

89 김남천의 〈맥〉, 《낭비》에서 서구적 근대에 물든 "데카당스의 상징"이자 "퇴폐적이고 불건강한 것의 대표자", "윤리적 신경"이 결여된 자로 묘사되는 대상은 다름 아닌 "청의양장점" 마담인 문난주였다. 김남천, 《낭비》, 《인문평론》, 1940.2~12 제1회, 225쪽 참조.

수입·침투·확산을 가능케 하는 "한양은행 두취頭取(현 은행장)", 즉 금융 기업가의 형상을 작품 속에 긍정적으로 배치하고 있다는 점은 흥미로운 사실이 아닐 수 없다. 실제로 《여인성장》보다 한 해 앞서 연재된 김남천의 《낭비》의 경우, 작품 속에서 재계의 "알력과 과쟁과 세력다툼의 도가니"를 틈타 "앞잡이" 노릇을 하는 불건전한 모습으로 그려지고 있었던 것은 다름 아닌 "동양은행 본점 지배인" 백인영이었던 것이다.[90] 그렇다면 《사랑의 수족관》(1939-40)·《낭비》(1940)·《청춘무성》(1940) 등의 작품들이 연재되고 생산성의 향상 및 생활의 합리화를 보편 윤리로 삼고자 하는 사회적 담론이 어느 정도 공고화되어 있던 시기, 박태원은 이처럼 '생산'이 아닌 '금전'의 흐름을 주관하는 조선인 금융 기업가의 형상을 작품 속에 등장시킴으로써 무엇을 제시하려 했던 것일까?

한편 1930년대 박태원 문학의 주된 테마 중 하나가 바로 근대적 소비의 문제였으며, 당시 박태원 문학에 등장한 인물의 대부분이 신체제 시기 요구되었던 노동·생산·건설의 직분과는 상반되는 모습으로 그려지고 있었다는 점을 상기하면 우리는 또 다른 의문에 부딪치게 된다. 박태원이 그려 낸 1930년대 경성의 거리에는 '소비'하되 '생산'하지 않는 일군의 무리들이 등장했음을 떠올려 보자. 식민지 문학의 룸펜 혹은 백수라 명명되는 이 "일을 가지지 못한 사람들"은 "굶나, 오늘 또 굶나"를 연발하면서도 "실상은 직업을 얻기를 원하지 않"아 취직의 기회가 없다는 것을 알 때마다 "안도"의 한숨을

---

90 "동양은행 본점 지배인" 백인영은 항상 "계획하고 책모하고 남모르는 음모"에 몰두하지만, 그 무엇도 '생산'하지 못한 채 그저 "나는 과연 무엇 때문에, 누구 때문에 이러한 일을 꾸며놓고 바쁘게 서두는 것일까."라고 생각할 뿐이다. 김남천, 《낭비》, 제8회, 263~266쪽.

쉬며 "담배"를 피우고,[91] 언제까지나 "미완성인 원고"를 싸서 다니면서도 다방에 들러 "레몬티"를 마시고 "엔리코 카루소"의 "엘레지"를 향유하는 것을 잊지 않았다.[92] 더구나 〈소설가 구보씨의 일일〉의 경우, "직업과 아내를 가지지 못한" 구보는 "먹기 위하여 어느 신문사 사회부 기자의 직업"을 지니고 있다는 "극히 건장한 육체"의 벗을 만나 "하루에 두 차례씩, 종로서와, 도청과, 또 체신국에 들르지 않으면 안 되"는 벗의 직업을 놓고 "한 개의 비참한 현실"이라고 논평하기까지 했던 것이다.[93] 그렇다면 1930년대 박태원 문학에서 "레몬티"와 "맥주"를 소비하며 "양행洋行"을 꿈꾸었던 사람들,[94] 언제까지나 "미완성인 원고"를 싸서 다니면서도 하이칼라적 취향[95]을 고수한 채 경성을 활보하던 식민지 근대의 비非생산적 경제 행위주체들은 그들이 한 때 "비참한 현실"이라 명명한 바 있던 '직분'과 '생활'을 강조하는 제국의 신체제와 조우했을 때, 과연 어떠한 방식으로 대응해 나갔던 것일까?

신체제 시기 대중문학을 다룬 지금까지의 연구에 따르면 식민지 조선 지식인들은 신체제라는 "새 시대"를 맞이하여 '과학−기술'이라는 가치중립적 보편성에 근거함으로써 피식민이라는 차별적 표지를

---

91 박태원, 〈딱한 사람들〉(1934), 《성탄제》, 동아출판사, 1995, 216쪽.

92 박태원, 〈피로〉(1933), 〈소설가 구보씨의 일일〉(1934), 《성탄제》, 92, 93, 205쪽. 〈소설가 구보씨의 일일〉에서 구보는 "사람들이 취하는 음료"를 통해 "그들의 성격, 교양, 취미"를 파악할 수 있다고 생각하며, 다방에 앉아 "커피"나 "레몬티"를 음미하는 한편 "가루삐스" "소다스이" 밖에 주문할 줄 모르는 직업인들의 "비속한" 취향을 비판하곤 했다. 이는 곧 식민지인들의 지향점이 제국이 아닌 서구 세계에 있었음을 드러내는 것이기도 하다. 박태원, 《성탄제》, 179, 184쪽.

93 박태원, 《성탄제》, 184쪽.

94 박태원, 〈피로〉(1933), 〈소설가 구보씨의 일일〉(1934), 《성탄제》, 92, 93, 205쪽.

95 '하이칼라'는 쇼와 초기의 '모던'이라는 말과 비슷한 것으로서, 서양 풍속을 모방하는 사람들을 지칭하는 유행어이자 전근대적 야만과 마주선 '근대 지식과 문명'을 암시하는 것이었다고 한다. 이경훈, 《《무정》의 패션》, 《오빠의 탄생−한국 근대 문학의 풍속사》, 문학과지성사, 2003, 110쪽 참조.

벗고 의사-제국 주체로 "신생"할 수 있는 일종의 기회를 모색했다고 한다.[96] 그러나 이처럼 가치중립적인 '기술'에 의거하여 제국의 생산에 기여함으로써 식민/피식민의 경계가 무화되는 비非이데올로기적 '보편 영역'으로 나아가고자 하는 욕망이 존재하고 있었다면, 다른 한편으로는 "민족과 상관없이 무차별적으로 적용"[97]되는 금전적 가치에 의거하여 제국의 체제를 초과하는 소비 실천적 면모를 보임으로써 국적이나 출신이 더 이상 문제가 되지 않는 시장 영역으로 나아가고자 하는 욕망 또한 피식민자 내부에 존재하고 있었다. 실제로 제국의 신체제 취지에 부응하여 "석탄직접액화법"의 기술을 개발하던 조선인 기업가들의 경우라 하더라도, 그 이면에는 "육중한 크림 빛깔의 사층 양옥"[98]을 짓고 미제 "캐딜락"이나 "클라이슬라"를 타며[99] "이천육백 원"짜리 독일 "오토" 피아노를 구매하는 등[100] 경제 행위주체로서의 면모가 자리 잡고 있었던 것이다.

그렇다면 이 시기 가치중립적 보편성에 근거한 기술적 주체의 전망이 사회적 담론의 주류로 자리 잡고 있었다 하더라도, 박태원에게 신체제에 대응하기 위한 방식이란 기실 '생산'이 아니라 경계횡단적이며 침투적 속성을 지닌 자본에 의거하는 '소비'의 측면에서 기인하는 것이었다고 하면 어떨까? 이미 몇몇 연구[101]에서 지적된 바 있듯

96 정종현, 〈사실, 과학 그리고 문학의 신생-신체제기 한국 대중소설에 나타난 '기술적' 주체와 문학의 재편〉, 69쪽 참조.

97 이경훈, 〈긴자의 추억: 식민지 문학과 시장〉, 《현대문학의 연구》 39호, 2009, 329~336쪽.

98 김남천, 《사랑의 수족관》, 201쪽.

99 박태원, 《여인성장》, 206쪽, 김남천, 《사랑의 수족관》, 202쪽.

100 이태준, 《별은 창마다》, 깊은샘, 2000, 23쪽.

101 한수영, 〈박태원 소설에서의 근대와 전통-합리성에 대한 인식과 '신체제론' 수용의 문제를 중심으로〉, 232쪽. 배개화, 〈문장지 시절의 박태원-신체제 대응양상을 중심으로〉, 《우리말글》 제44집, 2008.12 참조.

이, 신체제가 공표되었을 당시 박태원은 잡지 《삼천리》의 신체제 특집 설문에 다음과 같은 각오를 표방한 바 있다.

건전하고 명랑한 작품을- 건전하고, 명랑한 것을 써보려 합니다. 지금 예정에 있는 것은 장편 《남풍》, 《속 천변풍경》, 단편 〈자화상〉 제3화, 제5화, 기타.[102]

위 설문에 나타난 '건전하고 명랑한'이란 구절은 1934년에 발표된 〈소설가 구보씨의 일일〉의 한 대목을 상기시킨다. 일을 가지지 못한 룸펜으로서 "우울과 고달픔"을 토로하며 경성을 배회하던 구보가 "처음으로 명랑"해질 수 있었던 계기,[103] 나아가 작품 전체에 걸쳐 미래에 대한 '전망'을 떠올릴 수 있게 되었던 계기는 바로 "약간의 금전"이 생긴다면 "양행洋行을 선택"하리라[104]는 식으로 미래에 들어올 '자본'과 그 자본이 가져다줄 수 있는 '소비'를 연결 짓던 순간이었다. 이는 '일상생활에서의 소비 실천consuming practice of everyday life'을 통해 제국 체제로부터의 이탈을 꿈꾸는 것이기도 했던 바, 이처럼 자본에 의거한 소비 실천적 상상에 근거를 둔 구보의 "명랑성"이란 "굽 낮은 구두에 가방 찬 혁대를 띠고" "날쌔게 자동찰 내렸다 올랐다"하며 제국 내 "대도시의 운행과 속력의 한 면"에 복무한다는 신체제 시기 직업인들의 생산적인 "명랑성"[105]과는 사뭇 상반되는 의미를 지니는 것이다. 그렇다면 "돈 날 노릇은 없"으면서 "한 푼이라도 생기면 하이칼라로 죄다 달아

102 박태원, 〈건전하고 명랑한 작품을〉, 《삼천리》, 1941.1, 247쪽.
103 박태원, 《성탄제》, 185쪽.
104 박태원, 《성탄제》, 170~171쪽.
105 이태준, 《별은 창마다》, 129~130쪽.

나고", "나무 쌀에 드는 돈보담도 그냥 밖에 나와서 거리로 싸다니는데 드는 돈이 갑절"[106]은 되었던 식민지 말기 경성의 "유민遊民"[107] – 피식민 룸펜들이 제국의 식민/피식민 구도가 아닌 제3의 틀로써 스스로를 정립시키거나 근대의 일원으로서 전망을 지닐 수 있었던 유일한 방식이란, 실로 이처럼 소비를 근간으로 하는 경제 행위주체로서의 위치에 기반을 두고 있었던 것인지도 모른다.

식민지 소비 시장에 대해 고찰한 최근의 논의[108]에 따르면 제국의 범위는 시장의 범위와 반드시 일치하지 않으며, "민족과 상관없이 무차별적으로 적용"되는 시장적 질서 안에서 금전을 가진 자는 식민/피식민의 구도와는 별개로 '손님'으로서 대우받으며 소비 대상에 대한 선택권을 행사할 수 있었다고 한다.[109] 그렇다면 박태원 문학에서 경제 행위주체가 지니는 '선택권'의 수행은 제국이 규정한 피식민자의 위치를 넘어 "엔리코 카루소"의 세계로 "양행"하고, 통제경제의 봉쇄를 뚫고 서구 세계를 식민지 경성 안으로 침투·확산시키며, 나

---

106 이선희, 〈처의 설계〉(1940), 《월북작가 대표문학 5》, 서음, 1989, 79, 111, 121쪽.
107 박태원, 《성탄제》, 185쪽.
108 이경훈, 〈긴자의 추억: 식민지 문학과 시장〉, 329~336쪽 참조.
109 이와 관련하여 다음과 같은 가라타니 고진의 언급을 참조하라. "생산 과정에서 자본가와 노동자의 관계는 확실히 '주인과 노예'이다. 그러나 자본의 변태 과정은 그렇게 일면적인 것일 수 없다. 이러한 과정에서 자본은, 한번은 파는 입장에 서지 않을 수 없다. 그리고 여기에 노동자가 유일하게 주체로 나타나는 장소가 있다. 그곳은 자본제 생산에 의한 생산물이 팔리는 장소, 즉 '소비'의 장소이다. 그곳은 노동자가 화폐를 가지고 '사는 입장'에 설 수 있는 유일한 장소인 것이다. 자본을 지배(예속) 관계로부터 구별하는 것은 바로 노동자가 소비자 또는 교환가치 조정자로서 자본에 상대하는 것이고, 화폐 소지자의 형태, 화폐의 형태로 유통의 단순한 기점─무한하게 많은 유통의 기점 가운데 하나─이 된다는 것인데, 여기서는 노동자의 노동자로서의 규정성이 소거된다. 자본에서 소비는 잉여가치가 최종적으로 실현되는 장소이며, 소비자(노동자)의 의지에 종속당하는 유일한 장소이다." 다시 말해 "개개인은 화폐라는 범주의 담당자로서는 주체적(능동적)일 수 있"으며, 위와 같이 사사화된 화폐의 등가 교환 체계에 의거하여, 개개인의 욕망은 사회적 코드로부터 '해방'된다. 가라타니 고진, 《트랜스크리틱》, 송태욱 옮김, 한길사, 2005, 53, 348~349쪽.

아가 제국의 "가루삐스"·"소다스이" 대신 서구의 "레몬티"나 "맥주"를 마시는 코즈모폴리턴적 신체/공간을 구성하게끔 하는 기반이 되었을 수 있다.[110] 신체제기에 이르러 《별은 창마다》 등의 작품들이 '기술'이라는 보편 영역을 통해 식민/피식민의 경계가 무화되는 "의사-제국적 주체"의 영역에 대한 개척을 시도했다면, 박태원은 《여인성장》에서 자본 그 자체가 지니고 있는 무국적無國籍적이며 침투적인 속성에 다시 한 번 주목함으로써 애초에 국가나 민족 등의 경계가 문제시 되지 않는, 초-제국적ultra-imperialistic 보편 영역으로서의 세계시장질서를 환기시키려 했던 것으로 보인다. 신체제 시기 "소위 장사란 것, 제 손으로 쌀 한 톨 신 한 켤레 만드는 생산이라면 몰라요. 이건 남이 애써 땀 흘려 만든 물건들을 가지구 멀쩡하게 덤벼들어 이윤만을 탐내는 그 장사란 것엔, 난 인류로선 하등의 존경할 무슨 정신적 가치의 일로는 아니봅니다."[111]라는 전반적인 인식에도 불구하고, 식민/피식민의 경계를 가로지르는 것, 제국의 의도를 비껴갈 수 있는 것, 나아가 식민지 조선을 "제국보다 넓은" 세계의 일원으로 자리매김할 수 있게끔 하는 동력이란 여전히 시장 안에서의 소비적 삶에 있었던 것이다.

110 유선영은 '소비'라는 문화실천에 내재된 '잠재적 자기규정력self-regulating potentials' 및 상업자본의 생존을 위한 대응은 식민체제에서도 완전히 소진되거나 억압될 수 없으며, 소비자 개개인은 제국의 정책을 넘어설 수는 없으나 "강요된 것에 대한 회피, 외면, 거부 혹은 '제한된 것'에 대한 열망"을 통해 식민국가의 의도와는 다른 문화실천을 구성할 수 있다는 점을 지적한 바 있다. 유선영, 〈황색식민지의 서양영화 관람과 소비의 정치, 1934-1942〉, 《식민지의 일상, 지배와 균열》, 공제욱·정근식 편, 문화과학사, 2006, 436쪽.
111 이태준, 《별은 창마다》, 98쪽.

제국의 구획과 《여인성장》의 신흥 공간들

식민지 말기 박태원의 장편소설을 평가할 때 빼놓지 않고 등장하는 핵심어는 '통속성' 혹은 '속물성'이었던 것으로 보인다. 그간 진행된 연구들은 《여인성장》을 비롯하여 이 시기 연재된 《명랑한 전망》(1939), 《애경》(1940) 등의 작품들이 우연성에 의거한 연애 도식 및 '물질만능'의 속물성으로 인하여 전망 제시에 실패한 채 통속적 낙관주의로 나아갔다는 평가에서 대체로 일치하고 있다.[112] 《여인성장》의 주인공 김철수를 둘러싸고 벌어지는 연애 사건이나 재벌가 영양과의 결혼으로 맺어지는 해피엔딩적 결말을 염두에 둘 때, 이러한 평가는 일견 사실일 수 있다. 그러나 통속적인 "애정갈등의 삼각적 대립구도"가 "서사의 기본 축"을 이루고 있다는 기존 분석에도 불구하고,[113] 《여인성장》의 서사는 남녀 간의 단순 애정 갈등을 다룬다기보다는 한 남자의 가정이 두 여자의 가정을 놓고 벌이는 선택에 대한 갈등, 나아가 각 가정이 위치한 '공간들' 사이의 갈등을 다루는 것에 더 가깝다고 볼 수 있을 것이다. 실제로 《여인성장》의 주요 인물인 강순영-김철수-최숙경의 가정은 식민/피식민의 경계로 인해 분할된 식민지 경성의 각 공간들에 의도적으로 배치되어 있으며, 김철수가 이 여성들을 놓고 벌이는 '애정 갈등'이란 기실 각 가정이 대변하는 공간의 속성들 중 무엇을 선택할 것인지에 대한 갈등이기도 한 것이다. 이 절에서는 《여인성장》의 서사 전반을 떠받치고 있는 축이 다

---

112 최혜실, 〈산책자의 타락과 통속성〉, 《상허학보 2집》, 1995, 200~204쪽. 공종구, 〈통속적인 연애담의 의미〉, 《상허학보 2집》, 1995, 390~391쪽. 류수연, 〈공공적 글쓰기와 소설의 통속화〉, 《구보학회 3집》, 2008, 211~212쪽. 김종회·강헌국, 〈일제강점기의 박태원 문학〉, 《한국현대문학회 학술발표회자료집》, 2007.8, 116~117쪽 참조.

113 권영민, 《한국민족문학론연구》, 민음사, 1988, 510쪽 참조.

름 아닌 식민/피식민의 기준 하에 분할된 식민지 내부 공간들로 인해 필연적으로 일어나게 되는 갈등이며, 각 공간들 사이의 경계를 횡단하여 규정된 위치로부터의 일탈을 가능케 하려는 행위주체들의 움직임 및 이러한 움직임의 기반이 되는 근대 자본의 힘이야말로《여인성장》의 서사를 추동하고 전망 획득을 가능케 하는 주요 동력임을 제시할 것이다.

경계의 횡단에 대해 고찰하기에 앞서, 우선《여인성장》이 연재되던 당시 식민/피식민의 경계가 어떤 식으로 식민지 경성의 공간을 규정하고 있었는지를 살펴보자. 식민지 경성이 본정本町 중심의 일본인 구역인 남촌과 종로鐘路 중심의 조선인 거주지인 북촌으로 분할된 이중도시적 면모를 띠고 있었다는 점은 주지의 사실이다.[114] 오늘날의 남대문로에서 태평로·충무로·을지로·명동 등에 이르는 공간을 일컫는 남촌은 일본인이 총인구의 60퍼센트 이상을 차지하는 "日人의 獨天地"였으며,[115] 총독부의 정책에 의해 각종 문명 시설[116]들이 편중된 근대적 공간으로서 "옛날의 主人인 조선인 최후의 退去地"[117]인 가회동·계동·인사동 등의 북촌과는 "칼로 비인 것과 같이 현저한 간격"[118]을 드러내고 있었다. 이때 '칼로 비인 것과 같이 현저한' 남

114 전우용,〈종로와 본정—식민도시 경성의 두 얼굴〉,《역사와 현실》40, 2001.6. 신명직,《모던뽀이, 경성을 거닐다》현실문화연구, 2003. 황호덕,〈경성지리지, 이중언어의 장소론—채만식의 《종로의 주민》과 식민도시의 (언어) 감각〉,《대동문화연구》제51집, 2005.9. 최병택·예지숙,《경성 리포트》, 시공사, 2009 등 참조.

115 中間人,〈外人의 勢力으로 觀한 朝鮮人 京城〉,《蓋壁》제48호, 1924. 41~42쪽.

116 식민지 시기 전차 노선 확대, 도로의 개설과 증설, 상하수도 시설, 제방시설 등의 설비는 모두 청계 이남의 일본인 지역을 최우선으로 하여 이루어졌으며, 본정 거리는 1910년 이전에 이미 가로등 설치 및 아스팔트 포장이 완료되어 "어두침침한 "북촌 일대와 대조되는 "불야성의 별천지"로 일컬어졌다.《별건곤》23호, 1929.9. 최병택·예지숙, 위의 책, 231~250 참조.

117 中間人,〈外人의 勢力으로 觀한 朝鮮人 京城〉, 41~42쪽.

118〈半島 最大의 百貨店 出現, —東亞百貨店의 內容과 外觀〉,《삼천리》4권 2호, 1932.2.

촌/북촌 사이의 간격은 식민/피식민 간의 간극 혹은 경성의 공간을 분할하는 제국의 경계선을 가시적으로 드러내는 한편, 황호덕이 지적한 바 있듯이 사실상 민족 간 분리apartheid 정책의 기반으로서 작용하게 되는 것이기도 했다.[119] 즉, 제국이 규정하는 식민자/피식민자의 위치는 남촌/북촌의 분할에 의거하여 상당히 고정적인 것으로 자리잡게 되었으며, 피식민 조선인이 근대를 구경하기 위해서는 식민/피식민의 경계선을 가로질러 '집을 떠난 듯 낯선unhomely'[120] 식민자의 "獨天地"로 들어서지 않으면 안 되었던 것이다. 그러므로 식민지 시기 문학작품에 남촌을 배회하며 제국의 하이칼라 문물들을 욕망하지만 이것을 온전한 자신의 것으로서 체득하지 못한 채 피식민자의 거주지인 북촌으로 되돌아오게 되는 인물, 소비나 생활의 공간은 종로에 한정되어 있으며 본정은 오직 구경·여행의 공간으로만 활용하게 되는 인물들이 등장하게 되는 것은 우연이 아니다. 실제로 황호덕은 채만식의 〈종로의 주민〉에 묘사된 영화감독 송영호의 여정을 분석하여 그의 행동반경이 "두고 먹는 골"인 종로에 한정되어 있다는 점을 제시한 바 있거니와, 피식민자인 이 '종로의 주민'들은 남촌으로 향한 '문턱'인 '모리나가' 앞에 당도하자 왠지 "주춤거리고 멈춰" 서게 되는 것이다.[121] 종로의 "화신 앞 네거리"까지만이 이들에게 "거주구역"으로 명명되고, 오직 종로만이 "수십 년 가지고 쓰던 연장"처럼

119 황호덕, 〈경성지리지, 이중언어의 장소론—채만식의 〈종로의 주민〉과 식민도시의 (언어) 감각〉, 112쪽 참조.

120 호미 바바의 'unhomely' 개념은 고향과 세계가 재배치된 상태에서 느끼는 이질적인 감각, 어떠한 경계선이 설정되었을 때 '넘어서'의 경험과 맞물려 느끼게 되는 감각인 것으로 제시되고 있다. 호미 바바, 《문화의 위치》, 나병철 옮김, 소명, 2002, 41~59쪽 참조.

121 채만식, 〈종로의 주민〉, 《채만식 전집 8》, 창작과비평사, 1989, 155쪽(이 작품은 1941년에 탈고되었으며, 검열로 인하여 1946년에 발표되었다). 황호덕, 〈경성지리지, 이중언어의 장소론—채만식의 〈종로의 주민〉과 식민도시의 (언어) 감각〉 참조.

이들에게 "하나도 생소하고 어색함이 없이" "차악 안기는" 공간인 것으로 기술된다.[122] 이 종로의 주민들은 남촌의 '미쓰코시'에 가서 "커피다운 모카"를 마시느니, "밤마다 마을을 가던 동네 사랑" 같은 북촌 모리나가나 아세아에 가는 것을 더 선호한다.[123]

그런데 "밤낮 그 잘난 장승만 팔아먹고", 대도시 복판에 서서 "산정사태고山靜似太古, 일장여소년日長如少年"을 읊는 "진부한"[124] 감각을 가진 종로의 주민이자 '비금속'의 유민遊民인 송영호가 남촌으로 향한 문턱을 넘는 "여행"을 주저하는 데 반해, 흥미롭게도 유사한 시기에 발표된 몇몇 문학작품에서는 식민/피식민의 문턱을 넘어 거주구역을 확장한 인물들의 형상을 찾아볼 수 있다. 이때 문턱을 넘어갈 수 있게끔 해주었던 동력은 다름 아닌 자본이며, 이들 조선인 기업가들은 금전을 바탕으로 하여 남촌 혹은 그 밖의 영역들을 거주구역으로 삼는 데 성공한 것으로 제시된다. 가령 《사랑의 수족관》에 등장하는 대흥 콘체른 사장 이신국의 경우를 보자.

> **황금정 네거리로부터 부청 앞까지 가는 중턱에 남쪽을 향하여 육중한 '크림' 빛깔의 사층 양옥이 광대한 터전을 잡고 앉아 있다.** 지붕에는 깃발도 아무것도 없으나 건물이 무게도 있고 깊이도 있어서 사방형의 길쯤한 모습이 첫눈에 대회사의 관록을 나타내고 있다. 중턱에 현관이 있었으나 그 위에 '대흥상사주식회사'의 여덟 자의 까만 글자가 씌어 있을 뿐 아무런 장식도 마크도 보이지 않았다.[125]

---

122 채만식, 〈종로의 주민〉, 158, 166, 167쪽.
123 채만식, 〈종로의 주민〉, 155~156쪽.
124 채만식, 〈종로의 주민〉, 160쪽.
125 김남천, 《사랑의 수족관》, 201쪽.

"'대흥' 재벌의 총본영"이 지닌 위용을 드러내는 이 저택은 건물의 높이나 건축 양식 외에 저택이 위치한 지역을 기술하는 것만으로도 사장인 이신국의 위상을 짐작케 한다. 현재의 을지로에 해당하는 황금정 네거리로부터 태평로에 위치한 경성부청에 이르는 중턱에 자리 잡은 이 건물은 아무런 장식이나 마크 없이 '대흥상사주식회사'라는 조선인 기업의 간판을 매달고 있는 것만으로도 피식민자의 '남촌 입성'을 과시하기에 충분한 것이다. 식민지 시기 토지소유에 있어서 경성 남부의 경우 일본인계가 압도적으로 우세했다는 점을 생각하면,[126] 이 시기 피식민자가 남촌에 이처럼 "광대한 터전"을 소유하는 것은 상당히 드문 사례였을 것으로 추정할 수 있다. 황금정의 주민이 된 이신국은 이곳을 자신의 "두고 먹는 골"로 삼기에 주저함이 없었으니, 그는 남촌의 "아스팔트" 위로 휘발연기를 날리며 "클라이스라"를 달리고, "조선호텔"의 디너를 먹으며 지배인의 정중한 환영인사를 받는가 하면, 비서과장을 불러 명령 한 마디로 "내일 아침 비행기를 타고 동경을 다녀오"도록 하기도 한다.[127]

이처럼 '북지北地 관계 사업'으로 축적된 자본을 바탕으로 한 조선인 기업가의 성공적인 제국 안착과 더불어, 《사랑의 수족관》과 유사한 시기에 발표된 《여인성장》에서는 제국의 식민/피식민 구획으로부터 '비껴나' 남촌도 북촌도 아닌 경성의 동−서 방향으로 새로이 거주 구역을 건설하는 기업가의 형상이 제시되고 있어 흥미롭다. 즉, 《여인성장》에 등장하는 금융기업가인 한양은행 두취는 제국의 도시 정책이나 식민지 구획으로부터 한 발 비껴 선 채 보다 폭넓은 근대 문

126 강병식, 《일제시대 서울의 토지연구》, 민족문화사, 1994. 6~7장 참조.
127 김남천, 《사랑의 수족관》, 201~218쪽.

명 및 소비문화를 지향할 수 있는 신흥 공간으로의 확장을 유도하고 있는 것이다.

《여인성장》의 서사가 남촌/북촌이라는 식민지의 전형적인 공간들이 아니라 식민지 말기로 오면서 형성된 신흥 공간들을 중심으로 펼쳐지고 있다는 점은 명백해 보인다. 1910년대 이래 제국이 남촌/북촌이라는 정치적인 공간의 형성에 몰두했음에도 불구하고,[128] 1920년대 후반에 이르면 제국의 도시 정책은 팽창하는 경성의 시가지를 전부 포섭하지 못한 채 격증激增하는 인구들로 하여금 "봇짐을 싸가지고" 도시 밖 변두리로 "물러가거나" 혹은 "자연히 그 좌우양측 동대문·서대문 방면으로 진출"[129]하도록 하는 결과를 초래할 수밖에 없었다. 즉, "칼로 비인 것" 같았던 식민지 경성의 구획이라 해도 완전히 제국의 통제 하에 놓이지는 못했으며, 경성의 공간에는 자본의 영향력이 스며들기 시작했던 것이다. 북촌의 뒷골목인 청진동·서대문 밖 현저동 등에는 변두리로 밀려난 빈민들 혹은 갓 상경한 지방민들의 토막촌이 형성되는 한편 '조선미'를 풍기는 기생·무당·점쟁이 등이 밀집하여 전근대적인 '로컬리티'의 공간이라는 인식을 심어주게 되었다.[130] 아울러 경성의 동서부에 위치한 연희동·명륜동·돈암동 등에는 1930년대 이후 "조선 재래의 가족제도에서 벗어난" 신진 자산가들이 모여들어 제국의 인종적·지역적 분할에 구애받지 않는 신흥 부촌이자 문화주택지의 공간을 형성하기 시작했다.[131] 북촌 변두

---

128 전우용에 따르면 대한제국기로부터 1930년대 이전에 이르는 시기는 정치권력이 서울의 도시공간을 장악하고, 그를 기반으로 도시 주민의 일상을 통제하고자 한 시기로 규정할 수 있다고 한다. 전우용, 〈대한제국기―일제 초기 서울공간의 변화와 권력의 지향〉, 《전농사론》 5, 1999 참조.

129 《동아일보》, 1922.10.15, 1924.5.26.

130 이인화, 《빼앗긴 들에 부는 근대화 바람》, 한길사, 2004, 65쪽 참조.

131 최병택·예지숙, 《경성 리포트》, 73쪽.

리가 제국의 도시 구획으로부터 소외되거나 배제된 조선인 빈민들의 공간이었다고 한다면, 경성 동서부의 신흥 문화주택지는 자본력을 바탕으로 제국의 도시 구획이 의도하는 '민족 간 분리' 정책으로부터 비껴나 일본인이나 조선인 어느 한쪽의 "獨天地"로 분류되지 않는 새로운 공간이 형성되었다는 점에서 주목할 만하다. 실제로 식민지 시기 토지소유에 대한 연구에 따르면 "북부와 중부에 조선인계가 상당히 우세"하고, "남부나 용산부는 일본인계가 압도적으로 우세"했던 것에 비해 서부나 특히 동부는 "양자의 소유 비율이 대등"한 것으로 나타난 바 있는 것이다.[132]

《여인성장》의 서사는 청진동―계동―명륜동이라는 공간에 배치된 세 가정을 중심으로 하고 있으며,[133] 이때 '로컬리티'의 공간인 청진동이나 '신흥 문화주택지'의 공간인 명륜동은 각각 주인공인 김철수와 애정 관계를 맺게 되는 여성들이 거주하는 곳이자 동시에 김철수가 결혼을 통해 이행/포섭될 수 있는 공간들을 상징하기도 한다. 즉, 종로구 계동에 사는 "신진 작가"이자 "청년신사"인 주인공 김철수는 청진동에 사는 '조선미의 화신' 기생 강순영과 "명륜동 일대의 신흥주택지"에 사는 "한양은행 두취"의 딸이자 "양장미인"인 최숙경 사이에

---

132 강병식, 《일제시대 서울의 토지연구》, 6~7장 참조. 염복규에 따르면 경성 동부의 돈암지구 또한 식민지 권력에 의해 교외 주택지로 개발이 시도되었으나, 식민지 권력의 의도와는 달리 조선식 주택인 도시 한옥이 들어서고 '조선인 독거지'의 성향을 띠는 등 도시계획 주체의 구상과 실제 결과 사이의 '엇갈림'이 드러났다고 한다. 여기에 대해서는 염복규, 〈식민지 도시계획과 '교외'의 형성〉, 《역사문화연구》 제46집, 2013 참조.

133 기존 연구에 따르면 김철수, 강순영 가족의 거주지는 각각 돈암동·관철동이라 표기되고 있었으나, 이것은 수정될 필요가 있다. 돈암동은 김철수 가족의 본래 거주지가 아니라 "계동"에 거주하던 김철수 가족이 결말에 이르러 이행하게 되는 공간이며, 강순영 가족은 '관철동'이 아닌 "새문 밖 현저정" "청진정"에 거주하고 있다. 여기에 대해서는 박진숙, 〈박태원의 통속소설과 시대의 명랑성〉, 《한국현대문학연구》 27, 2009.4, 211쪽. 박태원, 《여인성장》, 깊은샘, 1989, 138, 164, 251쪽 참조.

서 갈등하게 되는바, 김철수는 누구를 선택할 것이며 또한 어디를 자신의 거주구역으로 정하게 될 것인가? 한편 김철수가 최숙경과 맺어짐으로써 "한양은행 두취"의 공간 속으로 이행/포섭될 것임을 암시하며 《여인성장》의 서사가 끝난다면, 이러한 결말이 의미하는 바는 무엇일까? 제국의 인종적·지역적 분할을 가시화하던 남촌/북촌의 대립구도를 벗어난 채로, 이들이 필요로 했던 경성 동서부의 신흥 공간이란 과연 무엇을 위한 장소였던 것일까?

〈종로의 주민〉에서 송영호가 식민자의 공간인 남촌으로 향하는 '문턱' 앞에서 잠시 머뭇거린 바 있듯이, 《여인성장》의 인물들 역시 제국의 경계에 의거하여 자신이 속한 공간 안에 묶여 있다는 점은 주지의 사실이다. "신진 작가" 김철수는 영화감독 송영호와 마찬가지로 '종로의 주민'이며, "조선인 최후의 退去地"이자 화신상회·종로 야시 등이 뒤섞인 이곳의 공간적 속성에 걸맞게 적당히 전통적이며 또한 적당히 근대적인 인물로 설정되어 있다. 즉 김철수는 "수호지와 서유기의 초역"을 시험한 바 있고 지금은 "대동야승大東野乘"의 번역을 맡고 있다는 현재玄齋의 아들이며, "파마넨트는 양장에는 썩 어울리는 것이어도 조선 의복에는 반드시 그렇지 못해 도저히 품이 있기를 바라기는 어렵다"는 다소 보수적인 시각을 지닌 인물인 동시에 "백학(청주)보다 맥주"를 좋아하고, "슈베르트의 세레나데"를 즐겨 부르며, "되는 대로 종로까지 나오자 그의 발길은 다른 때나 마찬가지로 저절로 종로다방 편을 향할" 정도로 하이칼라적인 취향을 지닌 근대 소비자이기도 하다.[134] 김철수의 행동 범위는 대체로 종로에 한정되어 있는 바, 그는 종로 "우미관 뒷골목"의 전당포에 가서 돈을

---

[134] 박태원, 《여인성장》, 1989, 181, 197, 356, 365, 361쪽.

빌리고 "종로 서사"에 가서 작품을 계약하며, "종로만 나서면" 친구들과 "자연 서루 만나게" 되는 한편 "어떤 친한 벗 정다운 사람과도 지금 서로 얼굴을 대하고 싶지 않을" 때 비로소 종로를 벗어나기 위해 전차에 오른다.[135]

이처럼 종로에 제한된 김철수의 행동반경으로 미루어 볼 때, 그가 거주의 짝 역시 종로의 주민들 중에서 구하려 했으리라는 점은 짐작 가능한 일이다. 실제로 작품 초반에 김철수는 종로구 효자동[136]에 거주하는 이숙자와 연애를 했다는 점이 밝혀지고 있거니와, 그는 이 유사한 사회적 위치/성향을 지닌 여성과 "이번 봄에 피차 집안에 이야기하고 곧 결혼을 하려고 마음먹"[137]기까지 했던 것이다. 그러나 뜻밖에 이숙자는 약을 탄 "포도주"의 계략에 넘어가 "한양은행 두취"의 맏아들 상호의 아내가 된 후 "명륜동 일대의 신흥주택지"로 이주해 버리고, 거주의 짝을 잃은 김철수는 이제 자신의 구역 내에서만 안주하고 있을 수 없게 된다. 즉, 전통과 근대가 뒤섞인 종로라는 공간에만 머무르던 김철수는 다른 공간들과의 관계를 고려하여 어느 하나의 속성을 선택하지 않을 수 없는 입장에 서게 된 것이다. 다시 말해 그는 대흥콘체른 사장 이신국과 같이 '남촌'으로의 진출을 시도할 수도 있고, 청진동에 사는 기생 강순영과 결혼하여 조선이라는 '로컬리티' 내에 머무를 수도 있으며, "명륜동 일대의 신흥주택지"에 사는 "양장미인" 최숙경과 결혼하여 제국의 구획으로부터 벗어난 새로운 공간에 스스로를 위치시킬 수도 있다. 그렇다면 그는 과연 무엇을 선택하고 어디를 향해 나아가게 될 것인가?

---

135 박태원, 《여인성장》, 13, 111~112, 361, 374쪽.
136 박태원, 《여인성장》, 342쪽.
137 박태원, 《여인성장》, 24쪽.

김철수가 자신의 일상적인 행동반경을 벗어나 다른 공간의 여성들에게 접근할 때, 금전과 관련된 사무야말로 관계의 시작점이 되고 있다는 점은 주목할 만하다. 강순영이 거주하는 청진동의 경우, 김철수는 전락한 "옛 은사"의 가정을 돕는다는 목적 하에 양복을 저당 잡혀 마련한 돈 오십 원에 의거하여 로컬리티의 공간 속으로 발을 들여놓게 된다. 충청북도 진천에 살다가 상경한 강순영의 가정은 여러 모로 전근대적 공간을 상징하고 있는 바, 서대문 밖 현저동이나 청진동의 사글셋집을 전전하는 이들은 경성의 도시공간을 활보할 수 있을 정도의 근대적 지식을 갖추고 있지 못하다. 강순영의 어머니는 "바깥출입"을 못하여 "혼자서는 전차도 탈 줄 모르는 위인"이었으며, 강순영의 아버지이자 김철수의 은사인 강우식은 보통학교 훈도로서 "아무것도 모르는 어린이들"에게 "천지자연의 이치를 일러준다"는 낡은 계몽의식만을 고수하다 식민지 말기에 이르러 "하룻밤 사이에 눈이 멀어"버린 인물로 제시되는 것이다.[138] 강우식의 동료였던 송 선생이 시대의 흐름에 부응하여 금점꾼이 된 후 "골프복"에 "금시계"를 찬 모습으로 나타나고 있다면, "십년 전이나 지금이나 도무지 변허질 않"은 채 변화한 경성의 도시공간을 "티끌과 죄악으로 찬 저자거리"로 간주하는 강우식은 자본주의적 근대를 바라보지 못하는 "시굴 구석"의 "지다이오꾸레時代後れ"에 불과한 것으로 묘사되고 있다.[139]

"찻집인 왜 그렇게 드나드나?" (중략)

"하하하하… 사람들이 왜 찻집일 드나드는 줄 모르는 걸 보니 자네

---

138 박태원, 《여인성장》, 80, 83쪽.
139 박태원, 《여인성장》, 112, 117쪽.

두 시굴 구석에 한 십년 박혀 있으니 그만 지다이오꾸레가 되었네그려." "찻집인 그래 드나드는 게 아니야. 우리는 그곳을 우리들의 사무소루 회의장소루 연락기관으루 이용을 허는 게지. 어디 단순히 차만 먹기 위해서라면 하루에 뭣허러 그렇게 자주 드나들겠나? 하여튼 심헌 땐 십여 차 이상 드나들 때가 있으니까…."[140]

금광의 "과학"을 논하고 종로 찻집을 사무소, 회의 장소이자 연락 기관으로 활용하는 송 선생과는 달리 "사람들이 왜 찻집엘 드나드는 줄도 모를"[141] 정도로 근대적 흐름에 대해 '눈이 먼' 강우식은 금전 사기를 당한 끝에 "보증금 백 원에 집세 십삼 원"의 "사글셋집"에 귀착함으로써 시대에 뒤떨어진 경성의 변두리에 발이 묶이게 된다. 이들은 당주동에 있는 친척집에 신세를 지거나 관철동에서 빚을 얻어 오는 식으로 종로의 뒷골목만을 맴돌 뿐이며, 현 상황을 개선하기 위해 점쟁이의 "무꾸리"[142]에 의존하거나 기생이 되는 등의 전근대적인 면모를 벗어나지 못한다. 즉, 변두리에 고립된 강순영의 가정은 조선이라는 로컬리티를 벗어나 "너른 세계"로 진출할 만한 능력을 지니고 있지 못하며, 이들은 김철수가 가져다주는 금전에 의거하여 비로소 "양복"을 사는 등의 근대적 소비 체험을 할 수 있게 되는 것이다. 김철수는 '심청'과 같이 눈먼 아버지를 봉양하기 위해 몸을 바쳐 기생이 된 강순영의 처지에 대해 연민을 느끼는 한편, 오십 원짜리 전당표로 인하여 강순영의 집안 사정에 얽혀들게 된 이후 강순영을 임신시키고 연락을 끊어버린 윤기진에게서 위자료를 받아낸다는 금전

140 박태원, 《여인성장》, 112쪽.
141 박태원, 《여인성장》, 112~113쪽.
142 박태원, 《여인성장》, 152쪽.

적 목적 하에, '발이 묶인' 이들을 대신하여 윤기진의 친척이자 "한양은행 두취"인 최종석의 저택을 찾아가게 된다.

강순영의 가정과 최종석의 가정은 활동 범위나 제국-내-입지라는 측면에서 매우 대조적인 양상을 보이고 있다. 조선식 가옥에서 "지다이오꾸레"의 생활을 영위하는 강순영의 가정과는 달리 최종석의 가정은 "명륜동 일대의 신흥주택지" 중에서도 "가장 크고 또 가장 호화스러운" "이층 양옥"에 거주하고 있으며, "수백 평이 넘는 기지"에 "건축에만 십구만 몇 천 원이라나 하여튼 이십만 원 가까운 공비"가 들었다는 이 저택은 그 주거 공간의 금전적 환산만으로도 최종석의 가정이 지니는 "하이칼라"적 위상을 짐작케 한다.[143] 강순영의 가정이 근대적 흐름에 '눈 먼' 상태로 경성의 변두리 구역에서 벗어나지 못하는 반면 최종석의 가정은 자본주의 세계의 정점에 군림하는 "한양은행 두취"의 집안답게 매우 폭넓은 행보를 자랑하는데, 즉 이들은 "캐딜락"을 타고 "반도호텔"에 가서 "비프스텍"을 먹거나 "온양온천 신정관"에 가서 당구를 치는가 하면, 금강산·신경 등지에서 여행을 즐기거나 통제경제統制經濟[144]로 인하여 금지된 석유·향신료·주류·화장품 등 적국의 사치품까지도 자유로이 소비하는 면모를 보이는 것이다.[145]

---

143 박태원, 《여인성장》, 44쪽.

144 식민지 조선에서는 1930년대 후반부터 이미 휘발유와 피혁을 비롯한 고가품에 품귀 현상이 일어난 바 있다. 1940년 4월 1일에는 가격통제령에 의해 "청주, 맥주, 청량음료, 사탕" 등의 가격이 조절되었다는 기록이 있으며, 가격통제령의 위반을 막기 위해 "맥주공병반환요구" 등이 시행되기 시작했다. 1940년 7월 24일에 이르면 일제는 전시동원체제를 구축하기 위한 조치의 일환으로 '사치품 등 제조판매제한규칙'을 공포하게 되며, 이로 인하여 거의 모든 생산품에 대한 가격 통제 및 생필품 배급제가 시행되는 한편 '경제경찰제'를 통해 직접적인 통제와 감시가 일상화되었다고 한다. 손정목, 《일제강점기 도시사회상 연구》, 일지사, 1996, 212~217쪽. 《조선경제연보》 1941, 42. 《동아일보》 1940.6.26 등 참조.

145 박태원, 《여인성장》, 32~38, 158, 161, 242, 344쪽 참조.

제국의 도시 구획으로부터 탈각된 경성 동부의 신흥 공간에 위치한 이들은 제국의 정책이나 통제경제에 대해서도 역시 살짝 비스듬한 행적을 취하고 있으며, '국적도 없이 돌고 도는' 자본의 속성에 근거하는 금융기업가의 집안답게 통제경제로 제한된 제국의 시장 안에서만 머무르지 않는다. 즉, 이신국이 제국의 주체라는 위치를 지향한 끝에 식민/피식민의 '문턱'을 넘어 남촌에 진입하는 데 성공했다면, 이들은 제국의 '문턱'을 우회하여 동부로 옮겨 옴으로써 신흥 공간 속으로 새로이 세계시장을 끌어들였던 것이다. '제국보다 넓은' 자본주의 시장을 주관하는 "한양은행 두취"의 공간 속에서 저렴하고 실용적인 "국산" 제품은 미국·프랑스 등 다국적 제품과의 경쟁에 밀려 더 이상 선택받지 못하며, 최종석의 가정은 제국의 주체로서 충실하기보다는 '국적이 문제가 되지 않는' 시장의 경제 행위주체로서 존재하는 것을 더 선호한다.[146]

한편 "한양은행 두취"가 보유하고 있는 자본은 최종석의 가정뿐만이 아니라 이숙자·김철수·강순영에게까지 제국의 경계를 우회·돌파하는 신흥 공간으로의 진출 가능성을 제시하고 있다는 점에서 의미심장하다. 경성의 분할로 인하여 "같은 서울 안에 살면서도 그렇게 만나기가 어려웠던"[147] 인물들은 제국이 부여하는 인종적·지역적 경계와는 상관없이 유일하게 각 공간들이 공유할 수 있는 요소인 금전에 의거하여 서로 교섭하고 매개되며, 작품의 결말에 이르러 최 두취가 사생아 출산의 위자료로서 건네는 "일만 원의 소절수"[148]는 결정적으로 김철수가 "옛 은사"의 가정을 돕는다는 목적을 완수하고 종

146 최재서, 〈문학자와 세계관의 문제〉, 《국민문학》, 1942.10.
147 박태원, 《여인성장》, 204쪽.
148 박태원, 《여인성장》, 346쪽.

로와의 관계를 정리한 후 최숙경을 선택, 약혼하거나 혹은 강순영의 가정이 '지다이오꾸레'인 경성 변두리를 벗어나 동부의 신흥 공간에 위치한 "양품점"으로 거주지를 옮길 수 있도록 하는 계기가 된다. 앞서 이숙자 역시 약을 탄 "포도주"에 의거하여 최 두취 가문의 일원이 된 바 있음을 상기하면, 이처럼 제국이 규정하는 지역/정체성의 위치로부터 인물들을 이탈시켜 "한양은행 두취"에 의해 주관되는 신흥 공간으로 모이게 하는 자본의 힘이야말로 《여인성장》의 서사를 떠받치는 기본 동력으로서 작용하고 있다고 할 수 있다. '종로의 주민'이었던 이숙자·김철수가 각각 최상호·최숙경과의 결합을 통해 보다 넓은 자본주의적 세계로 이행할 수 있는 '문턱 없는 통로'를 얻었다면, "노류장화路柳墻花"[149]로서 전근대적 공간에 머무르다 '양품점'의 주인으로서 자리하게 된 강순영은 서구적 근대의 수입·침투·확산을 가능케 하는 시장의 일원으로서 합류하게 되었다는 점에서 주목할 만하다. 이로써 식민지의 도시 구획으로 분할된 각각의 공간에 묶여 있던 작중 인물들은 세계시장과 연동된 "한양은행 두취"의 공간으로 결집하게 되며, 자본은 식민지 경성의 경계 내부로 침투하거나 혹은 제국이 규정하는 지역/정체성의 위치로부터 인물들을 이탈시킬 수 있는 요소로서 남게 되는 것이다.[150]

---

149 박태원, 《여인성장》, 155쪽.
150 최재서, 〈문학자와 세계관의 문제〉.

혼종성hybridity으로서의 공간과 코즈모폴리턴적 정체성의 형성

앞서 살펴본 바와 같이 자본이야말로 제국이 규정하는 피식민자의 위치로부터 인물들을 이탈시킬 수 있는 요소이며, 또한 범세계적 소비를 가능케 하는 신흥 공간으로 이들을 인도하여 혼성적 정체성을 형성하게끔 하는 동력원이라면 이 시점에서 식민지 말기 제국 정책과 피식민 주체의 소비 실천이 지니는 의의를 관련지어 다음과 같은 질문들을 던져볼 수 있을 것이다. 즉, 이들은 자본에 기반을 둔 소비 실천을 통해 식민지 경성의 공간성을 과연 어떠한 면모로 재구성해 나갔으며, 이들이 소속되어 있는 '신흥 공간'은 이들에게 어떠한 신체적/공간적 감각을 선사했는가? 또한 자본이라는 동력은 이들로 하여금 실제로 대동아라는 폐색된 지역 블록을 영위하고자 했던 제국의 체제로부터 얼마나 비켜설 수 있게 해주었던가?

근대적 금융기관인 은행 종사자로 설정된 최종석의 입지가 그 자체로 이 신흥 공간에 범세계적인 '환전'이 가능한 전이transfer 혹은 번역translation의 공간이라는 속성을 부여하고 있음을 알아채기란 어렵지 않다. 화폐가 지닌 국적쯤은 언제든지 변경 가능하고, 전 세계 국가의 자본을 받아들여 자국自國의 자본으로서 번역·유포해 낼 수 있는 은행의 기능은 '신흥 공간'에 거주하는 인물들로 하여금 어느 하나의 국적만을 우선시하여 동일화의 기준으로 삼지 않을 수 있도록 하는 기반이 된다. 이러한 '신흥 공간'의 성격은 김철수나 강순영이 거주하던 북촌과 비교해 볼 때 더 명백해지는데, 즉 은행으로 표상되는 최두취의 공간과 대조적으로 김철수나 강순영은 각각 전당포나 사채에 의존해왔던 것으로 그려지고 있는 것이다. 은행이 화폐의 국적 변경을 통해 자본을 범세계적으로 등가 교환해 나가는 것이 가능한 공간이라면, 물건을 '담보'로 잡힐 수는 있으나 실제적인 '환전'은 불가능한 전당포의 공간은 물건을 맡긴 자로 하여금 더 이상의 교환 가능성을 상실한 채 한 공간에 발이 묶이게끔 하는 결과를 낳는다는 점에서 은행과 상이한 양상을 보인다고 할 수 있다. 실제로 작품 속에서 종로의 전당포를 이용했던 김철수는 빚을 다 갚기 전까지는 종로를 떠나 최두취의 공간으로 이행하지 못했거니와, 사채를 이용했던 강순영은 "서 푼 이자"를 갚는 데에 급급하여 변두리 공간으로부터 벗어날 엄두도 내지 못하는 것이다. 이처럼 타 공간을 향한 전출 가능성을 상실케 하는 전당포/사채는 인물로 하여금 그 공간을 지배하는 제국의 질서에 발이 묶이게 하는 결과를 초래할 수밖에 없는 바, 가령 이들은 가진 물건의 실제 가치가 어떻건 간에 전당포에 들어서면 "아무리 좋은 양복을 가지고 오시더라도 고작 삼십오 원 이상에는 잡을 수가 없"다는 식의 제국의 시세 규정으로부터 벗어나지 못한다.[151]

이처럼 하나의 체제나 규정에 의해 종속되는 김철수·강순영의 공간과 달리, "한양은행 두취"의 공간은 제국의 국적이나 문화가 반드시 우선시되거나 동일화의 기준으로 작용하지 않는다는 점에서 상당히 혼성적인 양상[152]을 보인다고 할 수 있다. 최종석이 영위하는 생활이나 삶의 방식 등은 《사랑의 수족관》에 등장하는 이신국의 경우와 일견 다르지 않은 것처럼 보일 수도 있다. 호화로운 "이층 양옥"

151 박태원, 《여인성장》, 13~14쪽.

152 호미 바바에 따르면 혼성성이란 식민지적 동일성의 가정을 재평가하는 것으로, 식민지 권력의 모방적이고 나르시시즘적인 요구를 해체하고, 권위의 실행에 개입해서 권위의 동일성이 불가능함을 나타낼 뿐만 아니라 그 현존이 예측 불가능한 것임을 드러낸다고 한다. 혼성성의 예측 불가능한 부분적 욕망에 의해 문화는 간섭과 논쟁의 식민지 공간으로 변형될 수 있다. 호미 바바, 《문화의 위치》, 225~243 참조.

에 살며 "캐딜락"을 모는 최종석의 삶은 "사층 양옥"에 살며 "클라이스라"를 모는 이신국의 삶과 겹쳐지며, 이들은 자본을 바탕으로 하여 최첨단의 문물들을 누리고 있다는 점에서 공통된 측면을 지니고 있는 것이다. 그런데 "남화南畵"로 장식되고 "만주중공업滿洲重工業"의 "아까가와씨"와 관련된 논의들이 오가는 이신국의 "사층 양옥"이 그 내부적 풍경만으로도 제국 지향적인 면모를 짐작 가능케 하는 것에 비해,[153] '전이'의 영역에 위치한 최종석의 "이층 양옥"은 "옥사마·단나사마"[154]라는 제국의 호칭으로 불리는 현실을 굳이 거부하지는 않지만 동시에 타 문화와의 혼재 혹은 제국의 문화에 대한 "회피, 외면" 및 "제한된 것들에 대한 열망"[155]을 드러내고 있다는 점에서 제국의 정책으로부터 엇나간 부분들이 존재함을 느끼게 한다. 가령 "방 안 바닥 하나만 조선 장판이요, 그 외는 모든 것이 내지식으로 꾸며져 있"[156]다고 소개되는 최종석의 서재 풍경에 대한 묘사란 상당히 흥미롭다.

'도꼬노마'에 걸려 있는 한 폭 족자는 '겸재'의 산수山水요, 그 앞에 놓여 있는 한 개 과히 크지 않은 항아리는 백자白磁가 분명하다. 방 한 가운데는 자개박이 응접탁자ㅡ 그 위에는 순은제 담배합과 재떨이가 놓여 있고, 무슨 나무로 만들었는지는 모르겠어도 한편 구석에 있는

153 김남천, 《사랑의 수족관》, 203쪽. 남화南畵는 일본에서 18세기와 19세기에 많은 화가들이 즐겨 그린 회화 양식이며, 19세기에 접어들어 교토에서 주축을 이루는 화파로 성장했다고 한다. 이케노 다이가(池大雅), 요사 부손(與謝蕪村), 우라가미 교쿠도(浦上玉堂) 등이 대표적 남화파 화가들이다. 여기에 대해서는 《세계미술용어사전》, 월간미술, 1999, 해당 항목 참조.

154 박태원, 《여인성장》, 33쪽.

155 유선영, 〈황색식민지의 서양영화 관람과 소비의 정치, 1934-1942〉, 436쪽.

156 박태원, 《여인성장》, 214쪽.

사방탁자는 매일 손질을 정성스레 하는 듯싶어 윤이 흐른다.

"아 편히 앉으시오."

주인은 담배합에서 해태를 한 개 집어 들며 젊은 객에게 말한다.[157]

"바닥 외에는 모든 것이 내지식"으로 꾸며져 있다는 이 서재의 내부를 장식하는 것은 실상 겸재의 산수화와 백자, 사방탁자四方卓子[158]로 표상되는 조선의 회화 및 공예품인 것으로 기술된다. 그렇다면 "이층 양옥"이라는 서양식 건축 양식에 "도꼬노마"라는 일본식 골조를 추가하고, 그 내부 의장으로는 겸재의 산수 등 조선식 회화·공예를 활용한 이 서재의 '다국적' 면모란 대체 무엇을 시사하고 있는 것인가? 더구나 이 '신흥 공간'에 지어진 최종석의 "문화주택"은 "네모 반듯한 방이 바닥만 온돌이요, 창이며 문은 순 양식으로 되어 있다"는 숙자의 방에 대한 묘사 혹은 온돌방과 침대방이 문 하나를 사이에 두고 공존하고 있다는 설명에서 알 수 있듯이 애초에 혼성적인 여러 양식들이 합쳐져 건축된 바 있는 것이다.[159]

이처럼 한 국적의 문화가 다른 국적의 문화에 섞여들고, 무엇이 이러한 '혼합'의 우선적인 기준인지 식별해 내기 힘든 "문화주택"의 공간 안에서 최종석은 제국의 규정으로부터 한 발 물러선 채 자신만의 소비를 즐기는 면모를 보인다. 즉, 최종석은 〈종로의 주민〉에서 담배의 소비 제한으로 인하여 송영호 군으로 하여금 불편을 감수하게 했

---

157 박태원, 《여인성장》, 214쪽.

158 '四方卓子'는 일반적으로 생각하는 사각형의 탁자가 아니라 책이나 문방용품, 완상품玩賞品 등을 올려놓거나 장식할 수 있도록 3, 4층의 높이로 만든 조선 시대의 목가구木家具를 일컫는 것이다. 이 '四方卓子'는 반닫이, 장롱, 문갑 등과 함께 조선 시대의 대표적인 목공예 양식이었다.

159 박태원, 《여인성장》, 45쪽 참조.

던 통제경제의 시국에 대해서는 상관하지 않은 채로 태연히 담배합 가득한 고급 '해태' 담배를 피우는가 하면, "맥줄 좀 가조나라"는 명령 한 마디로 하인들에게 통제 및 품귀의 대상이었던 맥주를 "얼음에 채워진" 상태로 내오게 하는 것으로 묘사되는 것이다.[160] 최두취의 집안에서는 이와 유사한 상황들이 종종 발견되는 바, 최종석의 딸인 최숙경은 올케인 이숙자와 함께 다음과 같은 대화를 나누기도 한다.

> "언니! 화장품은 뭘 쓰슈?"
> "뭐라구? 특별히….."
> "아아니 그래도 정해놓구 쓰시는 게 있겠지?"
> "첨에 국산 캄피를 썼기 땜에 요새두 그대루 그걸 쓰구있죠."
> "어이 국산 캄피? 언닌 어떤지 몰라두 난 코티가 그 중인 것 같애!"
> "허지만 그런 거 지금은 살래야 살 수 없지 않아요."
> "그러게 내 미리 많이 사두었거든! 언니."[161]

위 대화에서 최숙경은 "국산 캄피" 화장품에 대한 외면을 표출하는 한편, 통제경제로 인하여 "지금은 살래야 살 수 없"게 된 프랑스산 "코티" 화장품에 대한 소비자적 열망 및 '사재기' 경험을 토로하고 있다. 태평양전쟁 당시 프랑스가 일본의 적국이었음을 생각할 때, 이처럼 제국의 통제 및 적군/아군의 경계마저도 거스르는 범세계적 소비 행위란 상당히 대담한 일이 아닐 수 없다. 마찬가지로 최두취네 집안에서는 통제경제 하에서는 "구할 수도 없는" 향신료인 "오향五

---

160 박태원, 《여인성장》, 204, 215쪽.
161 박태원, 《여인성장》, 158쪽.

香"을 활용하여 요리를 만드는가 하면, 휘발유의 통제로 인하여 "목탄차木炭車가 승객을 뿌듯하게 싣고 고개를 오르느라 헐떡"이는 시기에 여전히 가솔린 캐딜락을 모는 것으로 묘사되기도 한다.[162] 그렇다면 최두취의 집안은 상술했듯이 "국가와 민족에 대하여 하등 위험한 생각이나 의도를 품고 있"지 않음에도 불구하고, "특정한 국적"이나 "정치적·윤리적 책임관념"을 고려하지 않는 소비 실천으로 인해 "식민국가의 의도와 다른 문화실천"[163]들을 일정 부분 수행하게 되는 것으로 보인다. 이 금융기업가의 집안은 주부가 의무적으로 출석하게 되어 있는 "애국반상회"에 "일보는 정서방"이나 "젊은 식모", 어린 동생을 대신 내보내고 "부민관"의 "음악콩쿨"을 들으러 가자고 하는가 하면, 애국반상회에 갔다 온 이후에도 "돈들 걷어서 방공호 맨들자구 딱 한마디 결정"하면 됐지 "무슨 잔소리들이 그리 많느냐"는[164] 불평을 늘어놓을 정도로 제국의 정치적 의도에 대해 무심한 면모를 보이기도 한다. 이러한 최두취네 집안의 시선 앞에서는 반상회 출석 의무도 그저 "고지식한" 소리에 지나지 않으며, 제국 정책에 걸맞게 "또래의 다른 젊은 여성과는 달리" "미용원도 모르고, 백화점 옥상에도 잘 안 다니고" "어머니를 도와서 똑 가사에만 부지런"하다는 "국책형 규수"인 철수의 여동생 명순마저 "똑 시굴뚜기"로 형용될 뿐이다.[165] 즉, 제국의 신체제에 대한 이들의 태도는 이들이 거주하는 경성 동부 '신흥 공간'의 위치만큼이나 비스듬하며, 이들은 이처럼 '엇나간' 개개

162 박태원, 《여인성장》, 234~237, 241~242, 254쪽.
163 유선영, 〈황색식민지의 서양영화 관람과 소비의 정치, 1934-1942〉, 436쪽.
164 박태원, 《여인성장》, 161, 190, 224쪽.
165 박태원, 《여인성장》, 175, 190, 267쪽.

인의 수행성에 내재된 '잠재적 자기규정력self-regulating potentials'[166]을 통해
스스로를 제국 주체와 전적으로 겹쳐지지 않는 경제 행위주체로 구
성해 가는 것이다.

한편 최숙경이 숙자와 함께 최두취의 저택에 방문한 김철수를 대
접하기 위해 마련한 요리는 그 자체로 혼성적 공간에 거주하는 이들
의 코즈모폴리턴적 신체를 상징하는 듯 보인다. 작품 속에서 "신진
작가"인 김철수의 애독자로 설정된 강순영·최숙경은 김철수를 자신
들이 속한 공간으로 이끌어 내기 위해 요리를 대접하는데, 이때 이들
이 만든 요리는 흥미로운 대결의 양상을 띠는 한편 '로컬리티'나 '신
흥 문화주택지'의 속성을 '미각味覺'이라는 신체적 감각으로 치환하여
전달함으로써 김철수의 신체를 공간과 동화시키고자 한다. 즉 "제
육"을 좋아한다는 김철수의 글을 읽은 이들은 각자 자신의 집에 방
문한 김철수를 대접하기 위해 제육 요리를 만드는데, 강순영은 풍로
에 불을 피워 만든 조선식 제육 석쇠구이를 김치·약주와 함께 대접
하는 반면 최숙경은 "설비로 보나 채광 통풍 관계로 보나" 최첨단의
시설을 갖춘 주방에서 제육에 다국적多國籍의 식재료 및 "식료품점"
이나 "진고개"에서도 구할 수 없다는 오향을 가미하여 "값싸고 흔헌"
"탕수육, 잡탕, 잡채, 뎀뿌라"와는 차별화되는 본격적인 중화요리인
"쩡바바오치蒸八寶鷄·추우샹로우煮五香肉"를 만드는 것이다.[167]

이 두 여성이 만든 제육 요리는 작품 초반 종로구 효자동에 거주
하는 이숙자의 부모가 처가로 인사 온 최상호에게 "외소박이, 잎사
귀 깍두기, 민어 회, 차돌박이 편육, 국수장국"[168] 등을 만들어 대접함

166 유선영, 〈황색식민지의 서양영화 관람과 소비의 정치, 1934-1942〉, 436쪽.
167 박태원, 《여인성장》, 234~237, 241~242쪽 참조.
168 박태원, 《여인성장》, 61~62쪽.

으로써 자신들의 가정이 위치한 공간적 속성을 표상하게 되었던 것과 마찬가지로, "고무신 소리를 내며" "청진동 골목"을 걷는[169] 강순영 혹은 "즐겨 양장을 잘하고" 파마넨트한 "자기의 머리"가 조선옷에도 잘 어울린다는 "자신이 있는"[170] 최숙경 각각의 캐릭터를 드러내고 나아가 이들의 가정이 속한 공간적 속성까지도 감각적으로 표상하게 되는 것으로 보인다. "고기는 화로를 옆에 끼구 잡숴야 맛"이라며 "얼굴을 붉힌 채" "석쇠 위의 고깃점을 뒤집는" 청진동의 주민 강순영은 "김치보시기"와 함께 내놓은 로컬리티의 맛만으로는 "청년신사"의 입맛을 맞추기에 부족할까 봐 "종로 구리루"에서 서양 음식까지 추가로 시켜오는 기지를 선보이기도 했으나, "햄사라다, 비이프스텍, 오므렛" 등을 분주히 상에 옮겨 놓으면서도 정작 이 낯선 음식들이 "김군이 좋아하는 것인지" 제대로 알지 못한다.[171] 더구나 최두취네 가족들이 드나드는 "본정 그릴"[172] 등과는 대조적으로 "구리루グリル"라 표기되는 이 '종로 그릴'의 맛이란 과연 김철수를 포섭해내기에 충분한 것일까? 최숙경의 경우를 보자.

"용안육은 어떻게 허는 거유? 껍질만 벗기면 되우?"
"네. 껍질 벗기구 씨 빼구…." (중략)
숙자는 잠자코 이제까지 양념을 하여 잘 주물러 놓은 제육 죽순 표고 그린피쓰 용안육 밤 생강들을 닭의 홍문으로 꼭꼭 집어넣는다.
"아아니 그 안이 텅 비었나? 꾸역꾸역 잘두 들어가네."

169 박태원, 《여인성장》, 347쪽.
170 박태원, 《여인성장》, 197쪽.
171 박태원, 《여인성장》, 368쪽.
172 박태원, 《여인성장》, 172쪽.

"호호호…… 내장을 다아 뽑아냈으니까 그렇지! 그 안이 텅 빈 건 다아 뭐야?"

"아 배두 갈르지 않구 내장을 어디루 뽑아내?"

"그러니까 묘허지 홍문으로 뽑아냈어." (중략)

"그 참 별난 요리다!"[173]

내장을 뽑아낸 닭의 텅 빈 뱃속에 "제육, 죽순, 표고, 그린피쓰, 용안육, 밤, 생강" 등 다국적의 재료들을 채워 만드는 이 "쩡바바오치"의 모습은 프랑스제 분과 미국식 퍼머넌트, 유럽산 벨벳velvet 원단과 조선식 의상 등이 합쳐져 구성되는 최두취네 가족들의 신체적/공간적 속성과 연관 지어 해석될 수 있는 것이기도 하다. 즉, 이것은 '종로의 주민'인 김철수가 "파마넨트는 양장에는 썩 어울리는 것이어도 조선 의복에는 반드시 그렇지 못해 도저히 품이 있기를 바라기는 어렵다"[174]는 시각을 견지했던 것, 혹은 〈종로의 주민〉에서 "밤낮 그 잘난 장승만 팔아먹"던 송영호가 "모시 적삼에 연옥색 같은 모시 치마"를 입고 머리는 "신여성"의 "가리마 없이 틀어 올린" 혼성적 차림새를 한 여성을 보며 "독특한 그 정서"를 "형화화"할 재주가 없다고 생각했던 것[175]과는 대조적으로 파마넨트한 "자기의 머리"가 조선옷에도 잘 어울린다는 "자신이 있는"[176] 최숙경의 코즈모폴리턴적 스타일style과 연결되는 것이다. "내장"으로 대표되는 기존 질서가 사라져버린 "텅 빈" 뱃속에 채워지는 다국적의 식재료들은 어떠한 체제나 규

173 박태원, 《여인성장》, 237쪽.
174 박태원, 《여인성장》, 197쪽.
175 채만식, 〈종로의 주민〉, 154쪽.
176 박태원, 《여인성장》, 197쪽.

정에 반드시 종속되지만은 않는 '섞임'의 양식을 시사하는 바, 최숙경이 김철수에게 대접하기 위해 내놓은 것은 단순한 음식이 아니며, "쩡바바오치"에 담긴 것은 최두취네 집안이 김철수에게 제공해줄 수 있는 범세계적인 소비시장 그 자체라 할 수 있다. 또한 "쩡바바오치"의 뒤를 이은 "추우샹로우"에 이르면 김철수는 본정에서도 구할 수 없었던 "오향"을 구해 내는 금융기업가의 폭넓은 행보를 관찰할 수 있으며, 최숙경은 오빠인 최상호가 약을 탄 "포도주"를 활용하여 이숙자를 '최두취의 공간'으로 유인해 내었던 것과 마찬가지로 근대 자본주의 세계가 지닌 '맛'을 통해 김철수의 신체적 감각을 자극함으로써 그를 코즈모폴리턴적 소비시장으로 매혹하고자 했던 것이다.

한편 세계 각국의 재료가 채워져 완성된 "쩡바바오치"의 모습이 최두취네 가족들의 신체적 속성을 표상하는 것이라면, 이러한 "쩡바바오치"의 혼성적 면모란 김철수를 맞이하기 위해 "분홍색 겹저고리에 검정 벨벳 치마"를 입고, 퍼머넌트를 하고, 프랑스제 "코티" 분을 바르는 것으로 성장盛裝을 한 최숙경 자신의 시각적 형상과 상통하는 것이기도 하다.[177] 그렇다면 작품의 제목과도 연결되는 '성장盛裝'한 여인의 모습은 그 자체로 코즈모폴리턴적으로 구성된 신체를 지닌 주체를 가리키는 것으로도 해석할 수 있다. 즉 최숙경과 같이 성장盛裝한 여인은 다국적 소비 시장이 지닌 혼성성을 신체적 감각으로서 체현體現해내는 존재인 바, 김철수는 이처럼 성장을 갖춘 최숙경과 함께 "정자옥丁字屋(미도파) 오층 갤러리"에서 "양화洋畵"를 구입하거나 "라 트라비아타"의 음악회를 관람하는 등의 연애/소비 체험을

---

177 박태원, 《여인성장》, 196~197쪽.

거친 끝에[178] 마침내 제국보다 "너른" 세계시장의 영역으로 이행하게 되는 것이다.

근대로의 결집과 세계시장의 범위

《여인성장》의 결말에 이르면 그간 연애 사건으로 인하여 서로 갈등을 빚어 왔던 김철수, 이숙자, 최숙경, 최상호는 최 두취의 중재에 의거하여 한 가족이 됨으로써 모두 "한양은행 두취의 집안"으로 결집하게 된다. 더구나 작품 내에서 "지다이오꾸레時代後れ"적 위치에 머무르던 강순영의 가정 역시 최종석으로부터 받은 위자료 "일만 원"에 의거하여 "동소문 밖 삼선교 너머"에 "양품점"을 내고,[179] 종로구 계동에 거주하던 김철수의 아버지 현재玄齋마저 "돈암동" 신흥 주택지에 "문화주택"을 지어 이주[180]하게 된 이후로는 사실상 작품 속 세계 전체가 경성 동서부의 신흥 공간 속으로 이행/포섭된다고 할 수 있다. 그렇다면 작품 결말에 이르러 "한 동리"[181]에 거주하게 되어 좋다는 강순영의 감상이 시사하듯, 식민/피식민의 경계에 의해 분할된 경성의 공간에 각각 배치되어 있던 작중 인물들이 자본이라는 동력에 의거하여 제국의 위계적 도시 구획으로부터 탈각된 신흥 공간으로 결집하게 되는 《여인성장》의 서사 구조란 과연 무엇을 의미하는 것인가?

---

178 박태원, 《여인성장》, 259~260, 266, 268쪽.
179 박태원, 《여인성장》, 397쪽.
180 박태원, 《여인성장》, 181~182쪽.
181 박태원, 《여인성장》, 403쪽.

《여인성장》은 근대에 도달하기 위해 반드시 거쳐야 할 '문턱' 혹은 '관문'으로 인식되어 왔던 남촌이라는 공간을 피식민자의 목적지에서 누락시킨 채, 경성 동서부에 건설된 "신흥 문화주택지"의 공간을 새로이 부각시켜 "너른 세계"를 끌어들이고 있다는 점에서 제국의 인종적·정치적 구획을 우회하여 '제국보다 넓은' 시장의 영역으로 나아가고자 했던 식민지 소비자들의 욕망을 적절히 포착해 내고 있다. 나아가 《여인성장》에서 제시되는 경성 동서부의 '신흥 공간'은 1930년대 이후 자본의 영향력에 의거하여 진행된 경성의 동─서 방향으로의 확장이라는 맥락을 드러냄으로써 기존 남촌/북촌의 제국적 구획으로만 이해되어왔던 식민지 경성의 도시공간에 대한 제한적 인식을 보완할 수 있는 계기를 제공하며, 이를 통해 온전히 제국의 통제 하에 놓여 있지만은 않은, 통제받는 동시에 '초과하는' 식민지 근대 도시의 유동적 면모를 새로이 보여 주는 것이다. 경성의 지리는 제국과 다른 방식으로 공간을 전유·변형·재구성하고자 하는 식민지 조선인들의 욕망에 의해 끊임없이 도전받는 과정─중에 위치해 있었으며, 특히 자본이라는 요소는 이들이 소비 실천을 통해 경성의 지리/구획/풍경을 실질적으로 변화시킬 수 있게끔 하는 동력으로 작용했다.

한편 작품 내에서 김철수가 강순영 사건을 해결하기 위하여 제국의 법 기관을 찾기보다는 "한양은행 두취"를 찾아가는 편을 택했던 것은 의미심장하다. 1919년 "경성 지방법원"에 "정조 유린에 대한 배상 및 위자료" 청구 소송을 걸었던 강 엘리자베트가 제국의 질서에 의해 아무런 배상도 받지 못한 채 결국 패소하고 말았다면,[182] 《여인성장》에 이르러 최 두취는 정조의 유린이나 사생아 출산 등 제국

---

182 김동인, 〈약한 자의 슬픔〉, 《창조》 2호, 1919.3, 6쪽.

이 대가를 지불하기를 거절하거나 혹은 정당한 가치를 매겨 주지 않았던 사안들에 대해 시장질서를 대표하여 "사실 심리審理"를 행하고 "원고 출두"를 명한 후, 합당한 배상을 제공해 주는 면모를 보이고 있다.[183]

그렇다면 제국의 질서에 호소하기보다는 '시장질서'에 호소하는 편을 택하고, 제국의 통제에 의해 "제한된 것"들에 대한 "열망"을 표출함으로써 식민제국의 체제/의도와 전적으로 부합되지 않는 정체성의 구성을 이끌어 내는 《여인성장》의 서사란 정치적·사상적 자율성이 제한된 1940년대 식민지인들에게, 세계시장으로 대표되는 자본주의의 전망이 실제로 어떠한 위상을 지니고 있었는지를 시사하는 것이기도 하다. 사회주의·민족주의가 지니는 전망이 "시대의 중압 때문에 거의 질식 상태에 놓인"[184] 것으로 간주되던 시기, 그 자체로 제국을 건설하기 위한 동력이었기에 제국에 의해 온전히 부정되거나 청산될 수 없었던 자본주의의 입지는 식민지 내에 거주하는 조선인들에게 각자의 수행성에 의거하여 제국과 전적으로 겹쳐지지 않는 지역/정체성을 구축할 수 있게끔 하는 "합법적 돌파구"로 작용하는 것이기도 했다. 그리하여 《여인성장》의 인물들은 1930년대 식민지 조선의 룸펜들이 '생산 없는 근대적 소비'로 일관함으로써 제국에 의해 구획된 식민지적 삶 내부에 자리 잡기를 원치 않는 "자기 보존적 의미"를 담지하게 되었던 것과 마찬가지로,[185] 결말에 이르러 "가솔린 절약"을 위해 그간 타고 다니던 "자가용을 폐지"해야 하는 1942년

183 박태원, 《여인성장》, 235쪽.
184 최재서, 〈문학자와 세계관의 문제〉.
185 하신애, 〈박태원 방송소설의 아동 표상 연구―전시 체제기 일상성과 프로파간다 간의 교차점을 중심으로〉, 《현대문학의 연구》, 2011.10, 343~344쪽. 김복순, 〈만보객의 계보와 젠더의 미학적 구축〉, 《현대문학의 연구》 제33집, 2007.11, 64쪽.

의 시국에 직면했음에도 불구하고 "전차"를 타고 "반도호텔"에 가서 "커피"를 향유함으로써,[186] 작품 속에서 여전히 제국에 한정되지 않는 '시장질서'를 영위하고자 하는 범세계적 경제 행위주체로서 스스로를 드러내고 있는 것이다.

---

186 박태원, 《여인성장》, 344, 404쪽.

| 제4부 |

제국의 대동아 권역과
탈중심화된 시/공간의 가능성

1. 제국의 시/공간 점유와 전유의 정치학

지금까지 살펴본 것처럼 식민지 조선인들이 사회주의·근대 자본의 팽창이라는 노선에 의거하여 제국이라는 중심성으로부터 이탈한 디아스포라·코즈모폴리턴의 궤적을 그려 나갔던 1930년대 말부터 1940년대 초반까지의 기간은, 제국에 의해 아시아의 각 거점들이 점령됨으로써 일선만몽지 및 남양을 아우르는 대동아공영권의 구도가 확고해지고, 이로 인해 식민지 조선인들이 상해·남경·북경·홍콩·불령 인도지나 등 해외 정치적 대응의 거점들을 차례로 잃게 되는 시기이기도 했다. 가령 "지나사변(중일전쟁)"으로 인해 조선으로 돌아올 수밖에 없었다는 초향의 말에서 알 수 있듯이, 1920~30년대 각국 혁명가들의 활동 무대가 되었던 상해의 영국·프랑스 조계지는 중일전쟁 및 태평양전쟁의 발발을 거쳐 1941년에 완전히 점령되었으며, 이 기간 동안 제국은 남경(1937)·북경(1937)·무한(1938)·광주(1938)·하노이(1940)·홍콩(1941)·말레이시아(1941)·싱가포르(1942)·버마(1942)·인도네시아(1942) 등을 함락시킴으로써 바야흐로 대동아의 지도를 완성해 가고 있었던 것이다. 실로 식민지 말기란 아세아 십억 인구를 바탕으로 하는 제국의 동역권 기획이 실현되는 것을 목도해야 하는 시기였으며, "사실"로서 구축되는 제국의 "지리와 역사" 앞에서 식민지 조선인들이 이를 받아들이거나 그에 응답하기 위한 방식'들을 고려해야 하는 시기이기도 했다. 그렇다면 앞서

---

1 김용제, 〈바다에 맞서서〉, 《보도시첩(報道詩帖)》, 東部書館, 1943. 차승기, 〈'사실의 세기', 우연성, 협력의 윤리〉, 《민족문학사연구》 제38호, 2008.12, 298쪽.

살펴 본 바 있듯이 사회주의·자본의 팽창이라는 동력에 의거함으로써 제국에 대한 탈중심의 기점들을 생성하는 한편, "절해고도"와 같이 봉쇄된 식민지 경성의 공간성에 변이를 가하기도 했던 식민지 조선의 주체들은 제국의 이러한 시/공간 점유에 대응하여 점령 하의 아시아 공간들을 어떤 식으로 형상화했으며, 이를 통해 아시아라는 지역적 사유/질서를 어떠한 방향으로 변주하고자 했는가?

앞 장에서 검토한 바 있듯이 식민지 말기 아시아 담론은 제국—식민지 간의 정치적 입장 차이로 인한 복수의 아시아 모델들의 경합의 장이었다. 아울러 이러한 복수성에 근거하여 아시아 담론에 대한 정치적 개입 및 변형, 재구성의 여지를 열어 두기도 했던 식민지 조선인들의 면모는 대동아공영권론이 중심 이데올로기로 채택되는 1940년대에 이르러서도 여전히 지속되고 있었다. 가령 제국이 삼화주의三和主義·대아세아주의大亞細亞主義 등 기존에 제기되었던 아시아 담론들을 대동아공영권론의 전신前身인 것처럼 전유함으로써 대동아를 유구한 역사적 기반을 지닌 단일한 실체로서 제시했다면,[2] 식민지 조선인들은 "사실"로서 드러나는 대동아의 위상에도 불구하고 이에 대응하여 주불해·장명 등 제국이 완전히 포섭하지 못하는 중국 정객들의 아시아 논의들을 끌어들임으로써 대동아가 지닌 중심적 위상을 뒤흔들거나 다른 형태로 구성해 나갈 수 있는 여지를 마련했던 것이다.[3]

---

2 제국주의에 의한 김옥균의 '삼화주의'의 전유에 대해서는 공임순, 《식민지의 적자들》, 푸른역사, 2005, 312~319쪽. 이상우, 〈식민지시대 김옥균의 문화적 재현과 그 의미: 식민지시대 김옥균의 극적 재현방식을 중심으로〉, 《한민족어문학》, 2011.6 등 참조. 제국주의에 의한 손문의 '대아세아주의'의 전유에 대해서는 다케우치 요시미, 《다케우치 요시미 선집 2-내재하는 아시아》, 306~308, 335~337쪽 참조.

3 여기에 대해서는 〈新支那의 政治家論客의 日支和平要綱〉, 《삼천리》 제12권 제6호, 1940.6.1. 上海興亞院文化局 平田在福(舊名 張在福), 〈亞細亞主義와 東亞新秩序 建設, 孫文 汪精衛外 中國政客의 亞細亞論을 基調로하여〉, 《대동아》, 1942.3 등 참조.

이처럼 전유를 통한 역사성/실체성의 획득을 둘러싸고 벌어진 제국-식민지 간의 경합이란 아시아라는 실제 지리적 공간의 경우에도 예외가 아니었다. 특히 식민지 조선인들은 전쟁을 통한 지리적 점유라는 제국의 방식에 대응하여 제국의 "승전지勝戰地"로만 표상되던 아시아의 각 지점들이 지닌 지리적/역사적 중층성 및 혼종성을 부각시킴으로써 제국의 중심 이데올로기로 온전히 수렴되지 않는 동아시아 시/공간들의 변이·팽창 양상을 드러내고자 했다. 가령 《마음의 향촌》에서 제국의 호명을 거부하고 "대륙"과의 연대를 위한 망명을 택함으로써 이념적 아시아에 대한 전망을 선보였던 한설야는 《대륙》에 이르러 만주라는 공간에 초점을 맞춤으로써, 대동아라는 아시아의 합법적 기획 이면에 국제연맹·마적·스파이와의 연계에 근거한 아시아의 '비합법적' 층위가 형성되고 있다는 점을 제시한다. 한설야는 이처럼 아시아의 지리적/역사적 공간이 필연적으로 함의할 수밖에 없는 중층성/복수성 등을 가시화함으로써, "동아 10억의 민중"[4]을 바탕으로 하는 대동아의 균질적 공간이 실은 여전히 각각의 정치적 흐름들이 교차하는 '열린' 투쟁의 장임을 제시했던 것이다.

한편 《여인성장》을 통해 '제국보다 넓은' 세계시장으로 나아가고자 했던 근대 주체들의 면모를 포착하고, 제국이라는 "유기적 전일체"에 대한 해체를 초래하는 자본의 동력에 주목함으로써 혼종성으로서의 지역/정체성을 가시화했던 박태원은 《아세아의 여명》에서 남경 정부를 수립한 왕정위의 행적을 추적함으로써, '단일한' 아시아를 건설하고자 했던 이들의 "평화구국운동"이 기실 곤명·향항·하노이로 대표되는 유라시아의 이종혼합적 공간성을 바탕으로 이루어진 것임

4 유진오, 〈동양과 서양〉, 《매일신보》, 1943.1.9~13.

을 드러낸다. 나아가 박태원은 왕정위의 여정을 '남경정부의 수립'이 아닌 '하노이로의 탈출' 및 "세계 만유漫遊"에 목적을 둔 것처럼 전유함으로써, "국가나 민족을 초월한" 범세계적 공간성/정체성을 추구하고자 했던 당대 식민지 조선인들의 욕망을 가시화하기도 했다.

이 장에서는 이처럼 한설야의 《대륙》(1939) 및 박태원의 《아세아의 여명》(1941)을 중심으로 "지도를 펴고 역사를 꾸"밀 것을 명령받았던 식민지 말기, "칼 대신 붓을 든"[5] 식민지 조선의 주체들이 제국에 의해 점유된 아시아의 시/공간에 대한 재전유를 시도함으로써 지역/정체성이 지니는 겹겹의/상충된 층위들을 드러내거나, 혹은 제국의 지역 파편화 정책에 의해 분할 불가능하며 언제나-이미 혼성적 공간이었던 '유-라시아'를 제시하고, 이를 통해 대동아의 중심적 위상으로부터 탈각된 아시아-세계의 지형들을 형성해 가는 과정을 살펴볼 것이다.

5 김용제, 〈御東征〉, 《綠旗》, 1943. 2.

2. 제국·오리엔탈 클럽·보위단─《대륙》에 나타난 아시아의 다원적 형상들

문제적 장소로서의 만주와 《대륙》을 둘러싼 논란들

식민지 말기 연구에서 만주는 그간 주목 받는 문학적 공간이자, "제국과 식민지의 관계구조를 해석하는 데 있어서 가장 첨예한 문제적 장소"[6]로서 자리매김해 왔다. 지금까지의 연구에 따르면 만주는 "광활한 처녀지"에 대한 개척을 통해 "의사 제국주의자"로서 신생新生할 수 있는 유토피아적 공간이자,[7] 제국 이데올로기로 전적으로 포섭되지 않는 식민지 조선인들의 "애수와 퇴폐"가 집적된 "도피의 공간"이었으며, 아울러 "종족적 정체성은 조선인, 거주지는 중국, 국적은 중국 혹은 일본을 선택해야 하는 삼중의 정체성의 경계에 놓인 트랜스내셔널한 입지"를 바탕으로 제국의 동일화 명령으로부터 어느 정도 비켜 설 수 있는 "해방감"을 담지한 공간이기도 했다.[8]

이처럼 제국 이데올로기에 대한 수렴/이탈의 측면을 동시에 지녔던 만주의 양가적이며 균열된 공간성은 만주를 배경으로 하는 개별

---

6 서영인, 〈만주서사와 반식민의 상상적 공동체〉, 《우리말글》, 2009, 324쪽.

7 여기에 대해서는 김철, 〈몰락하는 신생新生: '만주'의 꿈과 《농군》의 오독誤讀〉, 《상허학보》 제9집, 2002. 이경훈, 〈만주와 친일 로맨티시즘〉, 《한국근대문학연구》 제4권 제1호, 2003. 와타나베 나오키, 〈식민지 조선의 프롤레타리아 농민문학과 '만주'〉, 《한국문학연구》, 2007. 정종현, 〈중일전쟁과 체제협력의 알리바이: 식민지 문인들의 '대륙' 인식 재편과 전선戰線 체험을 중심으로〉, 동국대학교 일본학 제28집, 2009 등 참조.

8 여기에 대해서는 정종현, 〈근대문학에 나타난 〈만주〉 표상〉, 《한국문학연구》 28, 2005, 229, 244~253쪽. 장성규, 〈일제 말기 카프 작가들의 만주 형상화 양상〉, 《한국현대문학연구》제21집, 2007 등 참조.

작품들의 분석을 둘러싼 수많은 논란들을 촉발시켰으며, 이는 1939년에 발표된 한설야의 《대륙》의 경우에도 예외가 아니었다. 즉, 한설야의 《대륙》은 발굴 이래 지금까지 탈식민성 여부로 인하여 논쟁의 대상이 되어 왔으며, 특히 작품의 공간적 배경이 되는 만주는 "왕도낙토·오족협화라는 제국 이데올로기가 지닌 허약함"을 드러냄으로써 "국가 없는 민족의 공동체"라는 "반식민의 상상력"을 가능케 했던 기반으로 평가되는 한편,[9] 토착민·마적을 주권 창출 및 제국적 주체 형성을 위한 "구성적 외부"로서 배치하고자 하는 파시즘적 권력의 내적 기제와 연동됨으로써 제국의 공간 포획 및 구획화의 기반이 되는 것으로 평가되기도 했다. 이때 후자의 논의에 따르면 《대륙》의 서사는 하야시·오야마로 표상되는 일본인들로 하여금 마적이라는 "공공의 적" 소탕에 참여케 함으로써 제국적 주체로서 거듭나게 하는 과정을 담고 있으며, 만주라는 공간은 "도래할 공동체의 주권자"인 하야시·오야마와 타자적 존재인 마적이라는 내부/구성적 외부의 구도로서 포착될 수 있다고 한다.[10]

이처럼 《대륙》이 선보이는 만주의 공간성을 제국적 주체의 성립을 둘러싼 내부/구성적 외부의 구도에 의거하여 독해하고자 하는 선행 연구의 시도와 더불어, 최근의 연구들은 일본인/마적 이외에 작품 속에 등장하는 타 세력들에 주목하고자 하는 경향을 선보이고 있다.[11] 실제로 한설야는 《대륙》에서 만주라는 공간적 배경 하에 하야시·오야마로 표상되는 일본인이나 마적 이외에도 조집오로 표상되

9 서영인, 〈만주서사와 반식민의 상상적 공동체〉, 334~347쪽. 이진경, 〈식민지 인민은 말할 수 없는가?: '동아신질서론'과 조선의 지식인〉, 《사회와역사》 통권71호, 2006년 가을.

10 손유경, 〈만주 개척 서사에 나타난 애도의 정치학〉, 《현대소설연구》 제42호, 2009, 215쪽.

11 여기에 대해서는 정은경, 〈만주서사와 비적〉, 《현대소설연구》 제55호, 2014 참조.

는 토착민, "국제연맹"으로 표상되는 국제기구, "장학림"으로 표상되는 군벌軍閥, "류오락/오리엔탈 클럽"으로 표상되는 스파이 집단 등 다수의 세력들을 등장시키고 있는 것이다. 그렇다면 이처럼 다양한 배경을 지닌 세력들이 각각의 이해관계를 놓고 충돌하는 장으로서의 만주를 가시화함으로써 한설야가 제시하고자 한 바는 무엇인가? 제국적 주체로서의 신생新生 여부만이 아니라, 제국·토착민·국제정치·자본주의 등 각자의 목적을 지닌 다多주체들의 대립이나 뜻밖의 연대가 관건이 되기도 하는 대륙의 다원적 상황을 부각시킴으로써, 한설야는 과연 어떠한 시사점들을 제공하고자 했는가?

이 절에서는 위와 같은 의문들을 바탕으로 하여, "다방면으로 횡단·교차하는 복합적 흐름"[12]이라는 틀에 입각함으로써 한설야의 《대륙》에 나타난 만주라는 공간성을 새롭게 독해해 보고자 한다. 다시 말해 이 절은 제국적 주체의 구성을 둘러싸고 내부와 (구성적) 외부가 충돌했을 뿐만 아니라 국제기구·자본주의 등의 또 다른 흐름들에 의해 도전받기도 했던, 그리하여 단일 중심성에 입각한 주체를 생산해 내기 위한 기반으로 완결되기보다는 각각의 동기를 지닌 다주체들의 대립 및 연결접속에 의거하여 변이·팽창하는 '열린' 교차점으로서 상상되기도 했던 만주의 복합적 층위를 조명하고자 하는 목적을 지닌다. 이를 통해 이 절에서 궁극적으로 해명하고자 하는 바는 다음과 같다. 즉, 한설야는 대동아 이데올로기의 집약체였던 만주라는 공간을 어떻게 맥락화함으로써 제국이라는 중심성으로부터 탈각된 시/공간을 확보했으며, 그가 만주가 지닌 중층성·교차성의 가시화를 통해 제안하고자 했던 아시아의 전망이란 제국의 대동아와 비

---

12 테사 모리스-스즈키, 〈식민주의와 이주〉, 188, 204쪽.

교했을 때 과연 어떠한 차이점을 지니고 있었던 것인가.

제국 이데올로기의 다변화와 제국민들의 이탈

그간 많은 연구들이 지적한 바 있듯이, 식민지 문학에서 만주는 개척을 통해 새로이 문명을 건설해야 하는 공백지/처녀지의 이미지로서 주로 형상화되어 왔다.[13] 가령 이태준의 《농군》, 이기영의 《대지의 아들》, 김남천의 《사랑의 수족관》 등을 통해 알 수 있듯이 만주의 개척은 "토민土民"으로 지칭되는 토착민들을 계몽하거나 기술에 의거하여 자연을 정복하고, 마적/비적을 소탕함으로써 "아직 세밀한 지도가 되어 있지 않은 황무지"에 통제망을 건설하는 과정으로 제시되었던 것이다.[14]

그러나 오족협화五族協和·왕도낙토王都樂土 등 당대 만주 공간에 투사되었던 제국의 개척 이데올로기에도 불구하고, 만주는 식민주의와 일치하지 않는 욕망 및 방향성을 지닌 세력들의 유입·교차로 인해 대동아로 무조건적으로 포섭되지 않는 공간적 특성들을 담지하기도 했다. 가령 임성모는 "지배의 공간"이었던 만주의 이미지가 관광·유흥 욕망 및 "만철 마르크스주의자"들의 유입으로 인해 "이국취향의 낭만"이나 "혁명의 꿈"을 실현할 "도주의 공간asylum"으로 변용되었으며, 이로 인해 만주를 바라보는 국가주의 일변도의 제국의식에 다변

---

13 김철, 〈몰락하는 신생新生: '만주'의 꿈과 《농군》의 오독誤讀〉, 《상허학보》 제9집, 2002, 147쪽. 이경훈, 〈만주와 친일 로맨티시즘〉, 《한국근대문학연구》 제4권 제1호, 2003, 103, 112~115쪽 참조.

14 이태준, 〈농군〉, 《문장》, 1939. 이기영, 《대지의 아들(1940)》, 《한국근대장편소설대계》, 태학사, 1988, 51쪽. 김남천, 《사랑의 수족관》, 인문사, 1940, 325쪽.

화·균열을 불러일으켰음을 언급한다.[15] 다시 말해, 만주에서 토민·마적·비적 등에 대한 통제에 입각하여 "황무지"를 "법이 지배하는 지대"로서 코드화하고자 했던 제국주의의 운동이 진행되었던 한편으로, 자본주의·사회주의 등 타 운동에 입각한 세력들의 유입은 제국의 공간 장악력을 약화시켜 각자의 분화된 궤적들을 선보이도록 하는 탈코드화의 양상을 동시적으로 초래했던 것이다.

그렇다면 "작가에게 삼 주 동안 대륙여행을 시키고 신제품을 만들라고" 했던 당대의 "성급한 대륙 관광 문학"의 풍조와는 달리, 1920년 베이징으로 건너간 이래 7년간 "대륙이라는 것을 의식하고 호흡하고 파악"했으며 이를 통해 지나·만주의 복잡다단한 실상을 직접 눈으로 확인했던 한설야는 《대륙》에서 과연 어떠한 세력 관계들을 형상화하고 있으며, 이를 통해 만주의 공간성에 어떠한 속성들을 부여하는가.[16]

우선 《대륙》 연재 직후, 한설야가 당대 통용되었던 "대륙문학"이라는 장르에 대해 어떠한 태도를 선보이고 있는지를 살펴보자.

　　최근 세 개의 소위 대륙문학이라는 것을 읽었다. 아베 토모지阿部知二의 〈북경北京〉과 우에다 히로시上田廣의 〈땅 타오르다地燃ゆ〉, 유아사

15　임성모, 〈팽창하는 경계와 제국의 시선: 근대 일본의 만주 여행과 제국의식〉, 《일본역사연구》 제23집, 2006, 110쪽, 〈근대 일본의 만주 인식: 제국의식의 정치·문화적 자장〉, 《북방사논총》 제12호, 2006. 8, 17~21쪽. 임성모에 따르면 "만철 마르크스주의자"란 본토에서 사회주의 탄압이 심해져 만주로 건너온 후 만철의 조사요원으로 활동했던 전향자들을 가리키며, 이들은 대체로 "관동군의 지배정책을 보조하는 사회과학자로 기능"했으나, "1940년대에 빈발한 소위 '조직사건'에서 볼 수 있듯이 "혁명의 꿈"을 간직한 채 만주를 최후의 보루로 여기고 투신했던 측면도 무시할 수 없다"고 한다. 여기에 대해서는 임성모, 〈팽창하는 경계와 제국의 시선: 근대 일본의 만주 여행과 제국의식〉, 21쪽 참조.
16　한설야, 〈大陸文學など(대륙문학 따위)〉(日文), 《京城日報》, 1940.8.2-4, 〈천단天壇: 북경통신〉, 《인문평론》 12호, 1940.10. 강진호, 《그들의 문학과 생애, 한설야》, 한길사, 2008, 30~83쪽.

카츠에湯浅克衛의 〈북경에서北京にて〉가 그것이다. (중략)

이 작품은 두 사람의 젊은 지나 여성을 그린 것이다. 거기에 한 사람은 찧고 까부는 사람이고 또 한 사람은 시무룩한 사람이다. 작자 우에다 씨는 서로 다른 두 개의 성격을 겨누고 있었던 것이리라. 그러나 전혀 제대로 이루어져 있지는 않은 것이다. 모두 거짓의 인물이며 거짓의 성격이다. 전혀 생기가 없다. 그런 거짓의 인물을 인간이라 생각할 정도로 우리들은 아직 인간에 굶주려 있지 않다. 거기에는 타카키高木(그것은 곧 작가이자 작가의 친구이며 또한 그 친구의 친구라고 해도 좋다.)라는 주인공에게 좋을 대로 날조된 순진한 두 꾸냥의 인형이 짝지어져 있을 뿐이다. **일찍이 어떤 사람은 일본 작가는 지나를 왜소화함으로써만 자신의 것으로 표현할 수 있다고 했는데, 우에다 씨도 그러한 의미에서만 꾸냥을 그리고 있는 것이다.**

만약 이 작품에 나타나 있듯이 타카키와 어린 꾸냥의 관계가 그 정도에 그치고 거기에 하등의 심리적인 거리나 상극相剋이 존재하지 않는다면 인류 사회라는 것은 지극히 어수룩한 것이며 이 작품도 아주 명작이 될 수 있겠지만, 사실 좀처럼 그리 간단히 정리될 만큼 감미롭고 얄팍한 세계도, 인류도 아닌 것이다. (중략)

작자는 결국 지나를 쓰고 있는 것도, 지나의 여자를 쓰고 있는 것도 아니다. 그저 하나의 서스펜스를, 엑조틱을 노리고 타카키와 꾸냥을 취사해 왔을 따름이다. 그것은 소위 남녀관계나 사랑이라는 것을 일체의 세속적인, 열정적인, 유희적인 시각에서 써 치워버린 대중작가 정도가, 호기심을 충족시키기에 좋게끔 꾸냥을 끌어다 오는 천박한 창작심리와 하등 다를 바가 없는 것이다.[17]

17 한설야, 〈大陸文學など〉.

위 구절에서 알 수 있듯이, 한설야는 당대 대륙문학에 대한 비판을 통해 "인류 사회"를 "간단히 정리"하여 "감미롭고 얄팍한 세계로 왜소화"하는 것에 대한 경계를 드러내고 있음을 알 수 있다. 지나를 "날조된 순진한 인형"으로써 대상화하거나 "하나의 입장"을 가시화하기 위한 소재로서 "취사"하는 데 그치지 않고, 지나(인) 자체가 담지하고 있는 "심리적인 거리나 상극相剋"에 대해 "보다 날카로운 눈을 가지고 모든 각도에서" 접근할 필요가 있다는 것이다. 이는 만주 또한 《마음의 향촌》의 경성과 마찬가지로 단일 이데올로기에 의해 포획된 무갈등의 "얄팍한" 시공간으로서 완결시킬 것이 아니라, "심리나 정신이라는 내면적인 것" 혹은 세력들 간의 "상극"에 오히려 주목함으로써 대륙의 "새로운 성격의 창조"로 나아가야 한다는 논지로 분석될 수 있다. 그렇다면 "하나의 입장"이 아닌 "모든 각도", "급조된 소결론"보다는 "넓은 마음과 해탈"을 강조했던 한설야의 문학적 입장은 《대륙》에서 어떠한 형상화로써 드러나고 있는가.[18]

우선 한설야는 《대륙》에서 만주라는 공간성이 제국이 표방하는 "하나의 입장"으로 수렴되는 과정을 선보이는 것만큼이나, 변경 frontier이 담지하는 원심적 견인력으로 인해 각 세력들이 제국이라는 단일 중심성으로부터 뿔뿔이 흩어져 가는 과정을 선보이고 있다는 점에 주목할 필요가 있다. 가령 작품의 주요 인물이자 개척·계몽의 행위주체로서 등장하는 오야마·하야시의 경우, 만주 입성을 앞두고 앞으로 조우할 "황무지"에 대한 꼼꼼한 대응 전략을 수립한 바 있다. 즉, 조집오와의 회담에서 알 수 있듯이 이들의 계획에는 만주의 각 세력들을 향해 수행해야 할 역할들이 명확하게 드러나 있는 바, 조집

18 한설야, 〈大陸文學など〉.

오/조마려로 표상되는 토착민들에게는 후원을 권유하고, 마적들은 소탕하며, 조선 이주민들은 고용·지도·조직하고, 나아가 만주국의 치안을 책임지는 만주군·관동군에게는 보호를 요청한다는 것이다.[19]

그러나 작품의 서두에서 "끝없는 넓이와 깊이"를 지닌 것으로 제시되었던 대륙은 뜻밖에도 "통제망"을 건설하고자 하는 이들의 계획에 차질을 빚게끔 하는 벡터들을 담지한 것으로 판명된다. 이는 만주의 각 세력들이 제국·만주국·민족 등 대주체가 규정하는 역할들로부터 애초에 조금씩 어긋나 있으며, "빛이 들지 않는 밀림지대"로 구성된 변경의 지형에 의거하여 중심부의 통제력으로부터 이탈한 개별 집단의 행보를 선보인다는 점에서 비롯된다. 가령 작품 속에서 하야시는 관동군의 취약함 및 만주라는 공간이 필연적으로 지닐 수밖에 없는 "틈"에 대해 다음과 같이 언급한 있다.

"노야령 이남, 왕청현 이북은 속된 말로 공기가 없다고 할 정도로 험악한 지역으로 빛이 들지 않는 밀림지대다. 지금 거기에는 왕덕림군의 전 적총 사령 공헌명이 6만의 부하를 집결시켜놓고 마적과 대도회에 합류하여 권토중래를 꿈꾸고 있지."

이성천이 지도를 가리키며 설명했다.

"그래서 우리 토벌군은 사방에서 그들을 포위하고 조금씩 진입하고 있어."

하야시는 양손으로 원을 그리면서 적당한 취기로 삼군을 호령하는 명 장군이라도 된 듯이 꼿꼿이 몸을 세우고 설명하는 것이었다.

"점점 정세가 재미있어지는군."

19 한설야, 《대륙》, 김미란 외 편역, 《식민주의와 비협력의 저항》, 역락, 2003, 17~22쪽.

오야마가 말했다.

"그렇다. 지도를 보고 있으면 마치 독 안에 든 쥐다. 그러나 관군은 바로 그 곳까지는 좀처럼 쳐들어가지 못해. 토벌해도 남아. 실제로 틈이 너무 많아. 그러니 아무리 붙잡아도 **빠져나가는 거지.**"[20]

이때 "왕덕림의 정규군"이 "마적과 대도회에 합류"했다는 대목에서 알 수 있듯이, 국가의 통제력이 원활히 작동할 수 없는 것으로 제시되는 만주라는 "험악한 지역" 속에서 토착민·마적·이주민·만주군은 더 이상 이들로부터 부여받은 배역을 제대로 수행할 필요를 느끼지 않는다.[21] 실제로 작품 속에서 제시되는 마적과의 첫 응전應戰은 만주의 각 세력들이 기존에 부여받은 역할/정체성을 얼마나 태만히 수행하고 있는지를 보여 주는 대표적인 장면이다.

마적은 대도회, 구국군(반만군)을 합해 2천명이 넘었다. (중략) 서쪽.산꼭대기에 있던 주력부대가 먼저 만주국 공안대와 육군대를 목표로 사격을 개시했다. 공안대와 육군대는 처음에는 응전했지만 얼마 안 있어 백기를 올렸다. 적은 이미 수일 전부터 이 거리에 숨어들어와 공안대나 육군대를 설득한 것이었다. **이도구 습격 당시, 적에 투항한 이도구 만주국 공안대, 육군대, 집사대가 적과 결탁한 것이다. 입을 맞추었으리라는 것은 누구나 알 수 있는 일이었다. 그뿐 아니라 군대 밖의 지나가의 주민들도 그들과 결탁하여 포탄세례를 면했다.** (중략) 적의 행태는 처음부터 통일성이 없었지만 약탈이 시작되자 점점

---

20 한설야, 《대륙》, 25~26쪽.
21 한설야, 《대륙》, 12쪽.

더 산만해졌다. 적뿐 아니라 지나가의 상인, 주민까지도 조선가를 약탈하는 데 광란하고 있었다. (중략) 적은 부녀자의 손가락을 잡아 반지를 빼기도 하고 아무 데나 어두컴컴한 데로 끌고 가 야욕을 채웠다. (중략) 그들은 일본군이 온 것을 알자 약탈품에서 조선인의 흰옷을 꺼내 입고 조선인으로 가장했다.[22]

선행 연구에서 언급된 바 있듯이, 당시 만주에서 수행되었던 마적 토벌전은 적 소탕을 통해 만주를 주권 권력 창출을 위한 공간으로 연출하고자 했던 제국−만주국의 '의례'적 성격을 띠고 있었다.[23] 그러나 위 인용문에서 볼 수 있듯이, 마적을 소탕함으로써 오야마·하야시를 "도래할 공동체의 주권자"로 정립시켰어야 할 제국의 의례는 뜻밖에도 "통일성"이나 완성도를 전혀 갖추지 못한 것으로 제시된다. 실로 이 대목에서는 소탕의 주체나 대상이 누구인지조차 명확하지 않다. 삼도구를 습격한 "적"의 정체는 "대도회"로 지칭되는 마적과 반만 세력, "만주국 공안대·육군대·집사대" 및 "지나가의 상인, 주민"들까지도 모두 결탁한 결과물이기 때문이다. 나아가 이 "적"들은 일본군의 포격으로 인하여 패배할 위험에 처하자, "조선인으로 가장"함으로써 정체성을 곧바로 교체해 버리기까지 한다. 그렇다면 이들은 대체 누구이며, 이들에게 부여되었을 법한 국가나 민족의 의도는 어디로 가 버렸는가? 아울러 마적/반만 세력/만주군/지나인/조선인이기도 한 이 정체불명의 적들은 어떠한 동기에 입각하여 행동하는 것인가?

22 한설야, 《대륙》, 34~39쪽.
23 손유경, 〈만주 개척 서사에 나타난 애도의 정치학〉, 《현대소설연구》 제42호, 2009, 214쪽.

《대륙》에서 토착민·마적·이주민·만주군 등의 역할/정체성이 고정되어 있지 않다는 점은 자명해 보인다. 처음 국가나 민족으로부터 부여받은 임무를 띠고 파견되었던 이들은 현재 국가/민족의 의도로부터 탈각된 채 "점점 더 산만"한 행태만을 선보일 뿐이다. 즉, 만주군은 마적 토벌이라는 국가의 의도를 배반했고, 반만 세력은 "구국"이라는 민족적 임무는 미뤄 둔 채 부녀자에 대한 "야욕"을 드러냈다. 아울러 지나인들은 "오족협화"의 슬로건에도 불구하고 같은 아시아 민족을 약탈했으며, 조선인 이주자들은 마적 습격 이후 "개척"이라는 제국의 임무를 저버린 채 "고국에 돌아가게 해달라고 떼를 썼"던 것이다.[24] 이처럼 국가/민족이 부여하는 역할/정체성으로부터 이탈한 이들은 생존·자본·성性·향수鄕愁 등의 동기에 입각한 개별 세력들로 "이산離散"되며, "언제 관내에서 다른 지역으로 흘러갈지 알 수 없는" 이들 "부민浮民"의 "산만한" 움직임은 개척자/마적, 만주국/반만 세력 등 만주를 제국의 주권 창출에 기여하는 공간으로서 맥락화하기 위해 요구되었던 이항대립의 정치적 분할선들을 임의로 변경시키는 결과를 초래하기도 한다. 실제로 생존·자본·성·향수 등 개별적 동기에 입각한 각 세력들에게 국적·민족 등의 정치적 범주를 넘나드는 것은 매우 손쉬운 일이었음이 드러난다. 앞서 살펴본 바와 같이 '죽음의 공포' 앞에서 마적들은 "조선인의 흰옷"을 꺼내 입고 순식간에 "조선인"으로서 스스로의 정체성을 교체/정립한 바 있거니와, 현지답사 도중 마주친 마적은 "죽고 싶은가? 아니면 백성이 되고 싶은가?"라는 하야시의 질문에 일말의 망설임도 없이 "백성이 되겠습

24 한설야, 《대륙》, 63쪽.

니다."라고 응답했던 것이다.[25] 이는 비단 마적의 경우뿐만이 아니었으며, "만주국 공안대, 육군대, 집사대" 또한 "적에게 투항"함으로써 국민에서 '마적의 일원'으로 정체성을 교체한 후 삼도구 습격에 동참했음을 알 수 있다.

이처럼 정치적 분할선을 '넘나드는' 개별 행위자들의 수행적 면모는 공간성을 대상으로 하는 경우에도 마찬가지였다. 즉 삼도구의 "지나가街"와 "조선가街" 간에 확고히 자리 잡은 "경계"는 정체불명의 "적"의 습격으로 인해 발생한 "화염"이 번져 사라질 위험에 처하며, 이때 지나가·조선가에 귀속되어 있던 물건들은 "적, 지나가의 상인, 주민, 조선인"에 의해 전투 도중 "약탈"당하고 "되찾아 가는" 과정들을 반복한 끝에 결국 본래의 소속 자체가 불분명해졌던 것이다.[26] 따라서 이 대목에서 가시화되는 만주는 만주국/반만 세력이라는 이항 대립적 구도에 입각하여 제국의 주체화/영토화가 자리 잡아 가는 공간이었던 것만큼이나 기존 정체성/구획의 확고함이 퇴색되거나 새로이 구성되기도 하는 것으로 관찰되며, 나아가 제국의 단일한 의도만이 관철되기보다는 다양한 의도에 입각한 복수적 흐름들이 횡행하는 유동적·교차적 공간이었음을 알 수 있다.[27]

25 한설야, 《대륙》, 28, 64쪽.
26 한설야, 《대륙》, 36~39쪽. 화재 당시 지나 사람들은 "경계에 진을 치고 방벽을 쳐 지나가에 불이 번지는 것"을 필사적으로 막고자" 했던 것으로 제시된다.
27 한설야, 《대륙》, 51쪽.

제국의 음화陰畵로서의 '오리엔탈'과 민간인 연대로서의 '보위단'

한편, 만주가 담지한 이러한 "산만한" 공간성은 작품 가운데 배치된 오리엔탈 클럽이라는 장치로 인해 더 심화된다. 그 양상을 분석하기에 앞서, 우선 한설야 소설에 나타난 오리엔탈 클럽의 면모를 살펴보자.

그 클럽은 신경에서 제일 큰 댄스홀로 그 설비와 장식은 초현대식으로 꾸며져 있었다. 계단 밑의 큰 홀에서는 스페인풍의 원 스텝 곡이 흘러나오고 있었다. (중략) 취기가 돌 때쯤에 귀부인의 품위를 지닌 요염한 중년여성이 들어왔다.

"실례합니다."

유창한 일본어는 아니었지만 영어의 악센트와 품위 있는 기품이 시선을 끌었다. (중략)

"저는 미국에 오랫동안 있었고 유럽보다는 미국을 좋아하지만 미국도 한 물 갔어요. 먼로주의를 버리고 나니 보기 흉한 알몸이 완전히 춘화가 되어 버렸지요. 러시아는 정치기구가 아무리 바뀌어도 역시 음화로 영원히 그 운명에서 벗어나지 못하고 있어요. 그리고 앵글로 색슨도 틀렸고…."

그녀는 그렇게 말하며 오아먀 부자에게 요염하게 등을 보였다.

"세기의 희망은 일본뿐이에요. 정말 유니크한 존재예요. 전 무엇보다도 일본의 성격, 그 밝은 성격이 좋아요. 강하고 밝고 바르고. 일본을 가장 잘 상징하는 말이지요." (중략)

그녀의 정체는 물론, 그 의도가 어디에 있는지는 지금도 모른다.

그 은행 이층의 한 방에는 정교한 무전기가 설치되어 있었다. 그 무

전기는 102킬로와트 발전기 두 대와 29킬로와트 발전기 한 대로 이루어져 있었으며 직류 전기와 자가 발전장치를 가지고 있어 끊임없이 신경과 샌프란시스코 간을 직통 또는 상해 중계로 연락을 주고받고 있었다. 그리고 조금 떨어진 곳에 있는 **X**국계 석유 지점의 위층에는 그보다 소규모의 라디오 장치가 있어 북경, 남경, 상해, 무한 각지와 무전 연락을 하고 있었다. 그러나 이는 절대 비밀이어서 일반인은 물론이고 행원이나 점원들도 그 존재를 알지 못했다. 여기에 드나드는 인간은 극히 소수였지만 그 밑에서 일하는 스파이는 꽹장히 많았다. 러시아인, 독일인, 영국인, 미국인, 지나인, 만주국인 등등의 많은 사람들이 있었다. 그리고 그들은 각각 밀정해 온 사항을 제공하고 자국이나 음모국으로부터 적은 보수를 받고 있었다. 그들은 돈에 눈이 어두워 멋대로 자료를 훼손하기도 하고 스파이끼리 냄새를 맡은 자료를 교환하기도 했다. 또 기밀서류를 위조하여 동료간에 레포의 인치키 매매를 하기도 했다.[28]

위 구절에서 알 수 있듯이 오리엔탈 클럽은 신경·상해 등 중국-만주의 주요 거점에 위치한 최첨단의 댄스홀일 뿐만 아니라, "일본의 동양 먼로주의를 따라 만들"었다는 옥호 하에 북경·남경·무한·샌프란시스코와 연계된 국제 스파이 집단을 거느리고 있는 불법 세력이기도 했다. 이때 오리엔탈 클럽이 국가 등의 집단과는 달리, 단일한 목적 하에 조직화된 구성체가 아니라는 점에 주목할 필요가 있다. 즉, "그녀의 정체는 물론, 그 의도가 어디에 있는지는 지금도 모른다"는 표현에서 짐작할 수 있듯이 오리엔탈 클럽은 균질적 정체성

---

28 한설야, 《대륙》, 52~59쪽.

이나 정치적 의도에 의거하여 범주화된 세력이 아니며, 오로지 "돈에 눈이 어두워 멋대로" 행동하는 개별 단위들의 잡다한 행위성이 축적되어 나타나는 일련의 흐름인 것이다. 댄스홀·은행·석유 지점의 한 방에 위치한 것으로 제시되는 이 스파이 집단이 근대성·자본주의·교통交通을 근간으로 하고 있다는 점은 자명한데, 이는 오리엔탈 클럽으로 하여금 혼종적·외부적·국제적 속성을 담지함으로써 만주국이라는 이름으로 식민지-대륙에 자리 잡고자 하는 제국의 지역질서를 흐트러뜨리도록 하는 근간이 된다. 가령 오리엔탈 클럽은 일본인들을 접대하기 위한 초현대식 댄스홀이라는 명목 하에, "스페인풍의 원 스텝 곡, 영어의 악센트, 코코아나무와 원숭이, 샴페인" 등이 어우러져 "모든 것을 그 안에 녹여내는" 근대의 혼종적·융해적 시공간을 연출함으로써 단일할 것으로 상정된 제국의 공간질서에 대한 오염을 야기한 바 있다. 아울러 더 많은 "보수"를 추구하는 등, "자본주의 일상세계"와 결탁한 각국 스파이의 산발적 행위들은 제국-만주라는 한정된 판도에 보다 많은 국제 세력들을 연루시키도록 하는 원인이 되었던 것이다. 즉, 특정 세력에 대한 충성을 기반으로 하는 것이 아니라 오로지 "상여금"을 목적으로 보다 높은 입찰금을 제시하는 매입자를 찾고자 하는 이들의 갈증은, 제국-만주국의 프레임 외부에 존재하는 국제연맹·중국·미국·독일·영국 등의 세력을 "반만, 항일"이라는 기치 하에 끌어들임으로써, 제국-만주국의 질서에 의거하여 코드화되어야 할 내부 영토를 오히려 수많은 외부 세력들과의 투쟁에 직면할 수밖에 없는 국제 관계의 상충적 판도로써 확대·분열시키고 만다.

그렇다면 "보국報國"이라는 명목 하에 무無방향적 확장만을 선보이는 한편, 마담 류오락柳誤落=類誤落의 이름이 표상하는 바와 같이 단일한 무리類의 구축을 그르치고誤 뿔뿔이 흩어지게끔 하는潃 오리엔탈 클럽의 면모는 들뢰즈·가타리 식으로 얘기하자면, 일본이 표방하는 "동양 먼로주의"의 지하에서 문서 위조·저격·밀정·매수·자료 훼손 등의 행위를 통해 끝없이 불화와 충돌을 조장하고 단일 세력에 의한 공간 포획을 방해sabotage하는 "전쟁기계machine de guerre"라고 할 수 있다. 들뢰즈·가타리가 언급했듯이 (대등한 세력들 간의) "전쟁"이 (어떠한 대상에 대한 포획과는 달리) "국가와 반대되며 단일한 국가 권력의 수립을 불가능하게 만드는 메커니즘"이라면, 전쟁기계는 "전사들의 근본적인 무규율성indiscipline, 버리거나 배반하겠다는 끊임없는 협박, 명예에 대한 매우 변덕스러운 감각에 생기를 불어넣음으로써 자기동일적인 국가의 형성을 방해하는" 영토화에 대한 '저지沮止'의 장치인 것이다.[29]

이때 "자국"과 "음모국" 간의 갈등·대립에 의거할 때에만 생존을 도모할 수 있는 이 스파이들에게 가장 치명적인 상황은 바로 단일 이데올로기에 의해 포획된 "무無갈등의 시공간"에 직면하는 것이라 할 수 있다. 그렇다면 토착민·마적을 포섭·포획함으로써 주권 창출을 도모하고자 하는 제국의 코드화가 진행되었던 한편으로, "자가 발전 장치"와 "무전기"를 갖춘 채 분주하게 세력 간 적대를 주선함으로써 구조화된 사회를 제각각의 패거리들로 흩어 놓고 이를 통해 역설적으로 생활·투쟁의 가능성을 확보하고자 했던 전쟁기계의 운동은 포획/융해의 양가적 가능성에 직면한 만주의 공간성을 어떤 식으로 흘러가게 했는가.

위에서 분석한 바 있듯이 구조화된 사회를 제각각의 패거리들로

---

29 들뢰즈·가타리, 《천 개의 고원》, 684~690쪽. 이진경, 《노마디즘 2》, 앞의 책, 12장 참조.

흩어 놓고자 하는 전쟁 기계의 속성에 걸맞게, 실제로 작품 속에서 오리엔탈 클럽은 국가장치의 "순환기능에 장애"를 일으키기 위한 음모들을 추진한다. 즉, 오리엔탈 클럽은 만주를 일방적인 통제·포획의 무대가 아니라 각기 다른 방향성을 지닌 정치적 세력들이 충돌하는 전장戰場으로 재구성하고, 이를 통해 단일 세력에 의한 코드화를 방해하기에 이르는 것이다. 이들은 "북경의 장학림 장군"의 상여금을 노리고 국제연맹의 릿튼 조사단에게 "일본의 영토침략의 진상"을 알림으로써, "만주국 독립"을 무산시키고자 하는 음모를 꾸민다. 이때 이들의 음모는 주권권력 대對 토민·마적이라는 통제 대상으로서 이분화된 듯 보이는 만주에 군벌軍閥·국제연맹 등 제국과 호각을 이루는 또 다른 세력들을 연루시킴으로써, 보다 세분화된 지정학적 구도를 형성하고 있음을 알 수 있다.[30]

   "북경에 있는 장학림 장군에게서입니다." (중략) **"장 장군이 해륜의 마점산 장군에게 몰래 실지 회복을 학수고대하고 있으며 조사단이 북만주를 통과할 때 남만주를 유린하여 어디까지나 국제 연맹의 힘으로 일본의 침입을 방지하겠다는 내용을 전했다고 합니다.** 장 장군의 본영에서는 신경에서 밀사를 파견하여 마점산 장군을 격려해 달라고 합니다. 즉 당분간 재건의 전망이 보이지 않으니 마점산 장군이 조사단과 회견하여 일본의 영토침략의 진상을 보고하도록 하라고요."
   당은 때때로 책상 위의 서류를 보면서 그렇게 말했다.
   "북만의 나폴레옹, 마점산 장군 말이군요. 또 돈을 달라는 거겠지. 어쨌든 빨리 밀사를 보내도록 하세요."

30 한설야, 《대륙》, 54, 56, 120쪽.

"미국이나 영국은 물론 국제 연맹 가맹국이 모두 지나를 응원하고 있어요. 장군도 중앙정부에 합종해서 국제연맹에 출소하세요. 중국의 운명은 뭐니 뭐니 해도 국제 연맹에 달려 있으니까요."

영국과 미국 영사와 공사들이 이렇게 설득하자 장 장군은 희희낙락하여 그들의 기분을 맞추어 주느라 돈을 뿌렸다. 그리고 한편 만주 천지에는 마적과 비적이 때를 만난 듯이 출몰했다. 홍창회와 대도회 등 강도 같은 사이비 종교가 모래에 스며드는 물처럼 우민들 사이에 퍼졌다. (중략) 일본의 군대가 레일을 점령하고 지키고 있을 뿐인 시대에 오지의 주민들은 피뢰침 하나 없이 천둥번개 속에 서있는 노목과 마찬가지였다. 그리고 갑자기 대륙에 등장한 만주국이 그들 국민에게 약속한 새로운 봄도 반군과 비적의 도약으로 각지에 피바람을 일으켰다.[31]

위 구절은 실제로 반독립적인 군벌들이 지나·만주 일대를 할거割據하는 한편, 지나 측의 제소에 따라 국제연맹이 리튼Lytton경을 단장으로 하는 조사단을 파견했던 1910~20년대의 시대상을 반영하고 있다. 이때 "동북왕東北王"으로 불리며 동북 3성을 비롯한 지나 전토의 3분의 1을 차지했던 장학림張作霖, 흑룡강성黑龍江省 주석主席 출신으로 "북만北滿의 나폴레옹"으로 불리며 반만항일군을 이끌고 관동군과 대치했던 마점산馬占山 등의 세력은 "일본의 군대가 레일을 점령하고 지키고 있을 뿐인 시대"에 "때를 만난 듯이 출몰·도약"하여 "각지에 피바람"을 일으키는가 하면, 그간 소탕의 대상으로만 여겨졌던 마적들을 "촉수"와 같이 결집시켜 관동군과 "전쟁"을 벌임으로써 "중국의 운명"을 독단적으로 좌우하고자 했던 제국-만주국의 영토화를 방해

---

31 한설야, 《대륙》, 54, 66쪽.

했던 것이다.[32]

아울러 오리엔탈 클럽은 "신경과 샌프란시스코 간의 직통 무전기"로 표상되는 범세계적 정보망을 활용함으로써, 기존 토착민·마적·이주민·일본인·만주군·군벌 등이 혼재되어 있던 만주 공간에 영국·미국·독일 등의 국제 세력들을 추가로 끌어들인다. 즉, "뇌물·샴페인·댄서"를 매개로 삼아 "영국 공사 심프슨·미국 영사" 등을 포섭함으로써 "반일, 반만"의 운동을 촉구하고자 했던 이들의 음모는, "동양평화를 위한 우방 만주국"이라는 슬로건 하에 코드화되어야 할 만주라는 영토를 수많은 타국 세력들과의 투쟁에 직면할 수밖에 없는 '국제 관계'의 상충적 판도로서 조각조각 분열시켰다. 나아가 이들의 음모는 제국─만주국이라는 정치적 프레임에 "외국의 간섭과 활동"을 침투시킴으로써, "절대적" 위상을 갖춘 듯하던 제국을 타국과의 경합 하에 "일보전진 일보후퇴"를 반복할 수밖에 없는 개별 세력으로서 강등시켰던 것이다. 이때 "테루(중국화)가 올라가기도 하고 달러가 올라가기도 하고 진표(일본화)가 올라가기도 한다"[33]는 류오락의 언급에서 알 수 있듯이, 다국적 세력들의 경합의 장으로 탈중심화되는 한편, "자본주의적 일상세계"와의 결탁을 통해 언제든 이탈·배반·전향의 협박이 제기될 수 있는 만주의 변덕스러운 공간성은 일본을 외부의 "적"에 대한 소탕을 통해 내부적 권력을 창출해 내는 주권의 소지자가 아니라, 전쟁을 통해 끊임없이 주권 수립의 불/가능성을 방어해낼 수밖에 없는 일─ 구성체로서 위치시키기에 이른다.

한편, 이처럼 제국의 코드화에 대한 방해를 통해 만주를 '산만하고

32 한설야, 《대륙》, 120쪽.
33 한설야, 《대륙》, 117쪽.

변덕스러운' 전장戰場으로서 변용시켰던 오리엔탈 클럽은 "관동군의 수훈자受勳者"인 오야마 요시오 대위를 생포하기 위해 오야마 부자父子 납치라는 또 다른 음모를 계획함으로써, 제국 통제력의 허점을 결정적으로 노출시키게 된다. "항일 반만군을 소동하고 만주국 요인을 함정에 빠뜨리고자" 했던 이들의 음모가 "관군 토벌대"에 의해 제압되었다면, 이는 주권 권력의 창출에 기여한다는 측면에서 제국-만주국이 의도했던 결과로 수렴될 수도 있었을 것이다. 그러나 《대륙》의 서사에서 반만 세력들의 위와 같은 시도를 실질적으로 좌절시켰던 것은 "관군 토벌대"가 아니라 오리엔탈 클럽에 잠입한 조마려 및 "조선인 보위단"이었으며, 더구나 적과의 전투에 있어서 오야마·하야시를 비롯한 보위단은 "패배"했다.[34]

이 두 가지 사실은 '균질적 공간'을 정립시키기 위한 제국적 토벌의 의례로서 독해되었던 반만 세력과의 전투에 대한 재인식을 가능케 한다는 측면에서 중요하다. 우선 위 사건에서 반만 세력의 습격에 대응하여 전투를 벌인 주체가 관군 토벌대가 아닌 조선인 보위단이었다는 대목은 오야마·하야시가 작품 초반 "당분간 군대의 힘을 빌려" 개척·계몽의 과업을 수행하고자 하는 의도를 내비친 바 있음에도 불구하고, "관군 토벌대"의 태만함으로 인해 결국 민간 자위단을 꾸릴 수밖에 없었다는 사실에서 비롯된다. 즉, 작품 초반 이미 "적과 결탁"한 면모를 보였던 만주국 병사들은 "어제까지 자신들의 동료였던 적을 사살하는 것을 별로 내켜하지 않"았고, 당시 "그들을 믿고 기회를 잃을 수는 없"으며 "이때처럼 고독한 적이 없었"다고 느낀 하야시는 결국 부락민들로 구성된 "조선인 보위단"을 신설하여 "군사

34 한설야, 《대륙》, 164쪽.

훈련"을 실시하기에 이르렀던 것이다.[35]

점심 무렵에 협피구 앞의 산중에서 적 칠팔 명을 발견하고 사격했지만 하나도 맞지 않았다. 전진부대는 모두 사격의 명수였지만 웬일인지 정확하게 조준을 하지 못했다. 병사들은 어제까지 자신들의 동료였던 적을 사살하는 것을 별로 내켜하지 않는 것 같았다. 하야시는 바로 알아차렸다. 하야시도 납득할 만한 인정이었지만 그들을 믿고 기회를 잃을 수는 없다고 생각했다. 그는 이때처럼 고독한 적이 없었다. 그리고 이때처럼 보위단의 강화를 통절하게 느낀 적도 없었다.[36]

이러한 "관군 토벌대"에 대한 불신은 작품 후반 반만 세력과의 전투에서도 고스란히 이어진다. 즉, 하야시는 적 습격 이후 "두도구의 군경 부서에 급히 보고해서 지원을 요구할까도 생각했으나" 결국 "조금 더 형세를 보기로" 결론을 내리며, 이후 전투는 "쉴 새 없이 신병을 늘려 매일같이 훈련을 해 왔기 때문이 전투력이 충분히 강해져" 있는 민간인 보위단이 전담하는 것으로 제시된다. 이처럼 '기대를 저버리는' 관군의 면모란 관동군의 경우에도 예외가 아니었는데, 선행 연구가 지적한 바 있듯이 작품 초반 "적을 하나도 놓치지 않겠다는 태세로" 마적과 교전했던 "일본 보병부대"는 오야마 부자의 납치사건 당시 오야마의 형이 관동군에 대위로 재직하고 있었음에도 불구하고, 아무런 역할도 보여 주지 못한다.[37]

---

35 한설야, 《대륙》, 67~69쪽.

36 한설야, 《대륙》, 67~69쪽.

37 한설야, 《대륙》, 67~69, 141~143쪽. 정은경, 〈만주서사와 비적〉, 《현대소설연구》 제55호, 2014, 70쪽.

그렇다면 결국 《대륙》에서 드러나는 것은 제국의 공간 장악 시도와 더불어, 약화되는 제국의 통제력 및 위상일 수 있다. 작품 후반에 이르러 "자신이 아닌 다른 것에 의지"하지 않겠다는 결론에 도달하는 오야마의 모습에서 짐작할 수 있듯이,[38] 관군조차 적과 결탁하고 제국민이라 할지라도 중앙의 통제나 지원을 기대할 수 없는 만주라는 공간 안에서는 누구든지 중심성으로부터 이탈하여 개별 세력이 됨으로써 생존을 도모할 수밖에 없다. 따라서 작품 후반에 제시되는 반만 세력과의 전투는 국가 장치의 영향력으로부터 박리剝離되어 민간인 공동체라는 또 하나의 세력을 구축하는 오야마·하야시의 면모를 보여 주는 것으로도 해석될 수 있으며, 이처럼 복잡한 세력 구도를 형성하는 만주라는 변덕스러운 공간 내에서, "레일을 점령하고 지키고 있을 뿐인"[39] 제국은 더 이상 우선적이거나 중심적인 범주가 아니라 여러 '범주들' 중의 하나일 뿐인 것으로 확인된다. 마적과의 전투 끝에 오야마가 체험하는 "패배"의 시간은 이러한 측면에서 의미심장하다. 즉, "일보전진 일보후퇴를 몇 번이나 반복"한 끝에 "수십여 명의 중경상자"를 내고, 오른쪽 가슴에 "유탄"을 맞음으로써 마적에 의해 생사여탈권을 장악당한 채 혼수상태로 지낼 수밖에 없었던 것으로 밝혀지는 오야마의 패배는 "인생의 전투장"에서 "자신이 하찮은 존재라는 것을 깨달음"으로써, 그간 영위해 왔던 '제국 일본인'이라는 유일무이한 주체성의 입지로부터 벗어나 자신이 "대륙"에 존재하는 복합적 흐름들의 일부임을 자각하게 되는 계기로 읽어 낼 수도 있기 때문이다. 이러한 오야마의 "패배"로 인하여, 마적은 제국

38 한설야, 《대륙》, 139쪽.
39 한설야, 《대륙》, 66쪽.

의 '구성적 외부'로서 소탕·배제될 뿐만 아니라 여전히 제국과 동등한 힘을 지닌 "만주 산 속의 지배" 세력으로서 지도에 표기된다.[40] 이와 더불어 만주 또한 제국적 주체를 창출해 내기 위한 기반으로서 상상되는 것만큼이나, 언제든 영토를 침범하여 제국을 패배·후퇴시킬 수 있는 호적수들의 공간으로서, 혹은 "우물 안"에 비유되는 제국의 닫힌 경계로부터 이탈하여 다시금 복수적 세력들과의 투쟁을 추구할 수 있게끔 하는 제국 "바깥"의 '열린' 교차로로서 가시화된다.[41]

한편 이처럼 '열린' 교차로를 형성했던 만주의 개별적이며 복합적인 세력들은 상호간의 접속을 통해 비非합법적 연대의 전선을 구축함으로써, 제국과는 상이한 지역/정체성의 전망들을 가시화한다는 측면에서 주목할 필요가 있다. 《대륙》에 등장하는 토착민·마적·이주민·일본인·만주군·국제연맹·스파이 등의 세력들은 제국의 적군/아군 구도와는 별개로 연애·자본·국제정치 등의 동기에 입각하여 각자의 연대를 형성함으로써, 만주라는 공간이 담지하는 지역/정체성에 대해 겹겹의 층위들을 부가附加했던 것이다. 그중에서도 마적-일본인-토착민-조선인 이주민들로 구성되는 민간인/비非국민/국제 연대로서의 "보위단"은 제국민들을 국가주의에 의해 규정되는 '대동아'라는 고정된 권역으로부터 탈각시키는 역동성을 선보인다는 측면에서, (앞서 살펴본 "오리엔탈 클럽"과 더불어) 제국이라는 단일 범주성을 약화시키는 또 다른 범주성이자 지역적 전망으로서 작용하고 있음을 알 수 있다.

위에서 분석한 바 있듯이, 제국의 영향권으로부터 이탈하여 자위

40 한설야, 《대륙》, 13쪽.
41 한설야, 《대륙》, 160, 164쪽.

단이라는 개별 세력을 구축하는 것으로 제시되는 오야마·하야시는 조마려와의 연애 및 오야마 부자의 "몸값"을 둘러싼 인질극이라는 사건들을 거쳐 그간 대립해 왔던 토착민·마적과의 연결접속을 수행함으로써, 만주라는 공간에 "우리 자신의 힘으로 일어서는" "백성·노동자"들의 국제 연대라는 층위를 덧붙인다. 주지하다시피, 오야마·하야시는 작품 초반부터 줄곧 "관官"과 구분되는 "민民"의 관점을 호소해 왔다. 즉, 이들은 조집오와의 첫 회담에서부터 "국가 차원"이 아닌 "민간" 차원의 토지 개간·금산金山 사업 등을 강조함으로써 "국가 권력"으로부터 자유로운 "평민들의 공존공영"을 이룩해야 함을 주장했던 것이다.[42] 이처럼 백성을 "법이고 권력"[43]으로 삼고자 했던 이들의 당초 의도는 적에 대비하기 위해 "당분간 군대의 힘을 빌리고" 민간인의 "자력 자립"을 "장래"의 과제로 연기延期함으로써 일견 희미해진다.

그러나 이들은 민간인 자위대인 "보위단"의 설립과 더불어 조마려와의 연애·왕쾌퇴의 인질극 등의 사건을 거치면서 국가/민족으로부터 파생되는 "관"의 힘에 대한 의존으로부터 벗어나 "자력"으로 일어서는 민간인 연대로서의 정체성을 확립하게 된다. 즉, 상기 논의된 바 있듯이 이들은 마적의 두 번째 습격 때 "관"의 지원을 받지 않은 채 "보위단"의 힘만으로 전투를 치러 냈으며, 위 사건들 당시 "민

---

42 한설야, 《대륙》, 18~22쪽.

43 한설야, 《대륙》, 21쪽. 이러한 오야마 하야시의 태도란 작품 내 등장하는 "에로핀테른·인터내셔널" 등의 표현에서 짐작할 수 있듯이, 한설야가 견지해 왔던 프롤레타리아 국제주의로부터 파생된 것으로 보이기도 한다. 작중 오야마–조마려 간의 관계를 지칭하는 '에로핀테른'이란 '에로'와 '프로핀테른Profintern'(1920~30년대 활동했던 코민테른의 산하 조직으로, 이른바 '9월 테제'로 불리는 '조선에서의 혁명적 노동조합운동의 임무에 관한 결의'를 발표했다)의 합성어로, 작품 내 "국제 비밀 연애"의 의미로서 통용된다. 지금까지의 연구에서는 이것이 '에로'와 '코민테른'의 합성어인 것으로 통용되고 있어 이를 바로잡는다. 한설야, 《대륙》, 30쪽.

족이라는 관념" 혹은 "경찰과 군대"의 지원 요청 등을 언급하는 주변 사람들의 태도에도 불구하고 끝내 "관"이 아닌 "민"의 힘만으로 사태를 해결했던 것이다.[44] "무조건적이거나 절대적"인 것으로 인식되는 국가·민족 등의 범주에 대응하여 "약한 자"라는 타 범주와의 연대를 강조하는 한편, "간도파견군·각 영사관 경찰·만주와 일본 군함"이 출동할 것으로 "공공연히 알려졌던" 인질 사건 또한 조집오라는 토착민 유력자의 도움에 의거하여 평화롭게 매듭짓는 이들의 면모는 "자신이 아닌 다른 것에 의지"하지 않겠다던 민간인 연대의 면모를 부각시킨다.[45]

　나아가 이들은 위 사건들을 계기로 그간 반목해 왔던 만주의 토착민·마적 세력과 "화해"하고 "의리"를 쌓는 "의례"를 경험함으로써[46] 마적−일본인−토착민−조선인 이주민들로 구성된, 더 확장된 '민간인 국제 연대'라는 지역/정체성 층위를 만주라는 공간에 덧붙였던 것이다. 한설야가 견지해 왔던 프롤레타리아 국제주의의 전망을 구현하는 듯한 이러한 민간인/비非국민/반反국민 연대의 형상은 만주를 '왕도낙토王道樂土'를 건설하는 '국민'의 영토로서 자리매김하고자 했던 제국의 의도로부터 일정 이상의 지분持分을 회수하는 것이기도 했고, 제국의 영토 개척에 종사해야 하는 것으로 규정되었던 조선인 이

44　한설야, 《대륙》, 94~95, 105~106쪽.
45　한설야, 《대륙》, 95, 112쪽. 인질 사건의 경우, 오야마는 "신경 점령의 장본인"이었던 관동군 소속 형 "요시오"의 소개를 통해 "영사관과 군"에 도움을 요청하고, "영장의 호의를 입어 주동부대 백여 명으로 하여금 적의 본거지 가까운 산중"에 "포위망"을 치도록 한 바 있다. 그러나 이 사건을 해결한 것은 왕쾌퇴와 친분이 있는 조집오의 "밀서"였으며, 인질 구출에서 이들 관동군이란 결국 아무런 역할도 하지 못한 채 그냥 돌아간 것으로 제시된다. 한설야, 《대륙》, 107, 116, 131쪽.
46　이 '인질 교환' 대목이란 '적대'가 아닌 '화해'의 정서로서 묘사되고 있으며, 교환 완료 이후 "구원 받은 쪽도 구해 준 쪽도 마음은 가벼웠"으며 "정중하고 격의 없는" 태도로서 마무리 지어졌다는 사실에 주목할 필요가 있다. "한설야, 《대륙》, 133~134쪽.

주민들을 "노동자·백성"의 영토 개척에 종사하는 것으로 맥락화함으로써, 제국이 규정하는 정체성의 위치로부터 탈각시키는 것이기도 했다. 나아가 이처럼 "이국사람이나 전혀 모르는 사람과도 손을 잡고 가는" "공존공영"의 정신을 지닌 노동자·백성·범법자들의 국제적 연대의 형상이란, 만주의 다원적·교차적인 세력 구도를 바탕으로 오야마가 추구해 가고자 했던 "대륙의 등불"의 실체일 수 있다는 점에서 주목할 필요가 있는 것이다.[47]

경합의 장으로서의 만주와 비결정성Undecidability[48]의 문화지리

《대륙》에서 만주가 지니는 변경frontier적 특성에 의거함으로써, 한설야는 제국의 영토 내부에 "부민浮民"과 같이 존재하던 토착민·마적·이주민·스파이·만주군·국제연맹 등의 세력들로 하여금 제국의 지역적 전망과 호각으로 대면케 했다. 이를 통해 한설야는 만주국 수립 이래 제국의 '승전지'이자 점령/통제가 완료된 것으로 상정되었던 만주라는 공간을 다시금 다주체들의 정치적 투쟁 속으로 소환해 낸다. 나아가 한설야는 대동아를 마적·스파이·국제연맹 등의 출몰에 의거하여 (재)점유되거나 제국-바깥의 "범세계"와 언제든 접속할 수 있는, 혹은 불특정 다수의 세력들이 선보이는 비합법적 "의리"로 인

---

47 한설야, 《대륙》, 130쪽.

48 비결정성은 "형식논리에 의거하는 어떠한 체계나 관념이 완결된 형태로서 존재하는 것이 불가능하다는 원리"이다. 데리다는 괴델에게서 이 용어를 차용하여 "형이상학적으로 완결된 공리체계를 구성하려는 철학들을 해체"했다고 한다. 여기에 대해서는 나병철, 《모더니즘과 포스트모더니즘을 넘어서》, 소명출판, 1999, 312쪽. 마이클 라이언, 《해체론과 변증법》, 나병철·이경훈 옮김, 평민사, 1994, 58~65쪽 참조.

해 "관"의 의도와 부합하지 않는 초민족적 연대가 구축되기도 하는 중층적 공간으로 재맥락화했던 것이다. 이처럼 '열린' 교차로와 같이 상상되는 만주의 경합적 공간 내에서 제국은 더 이상 우선적이거나 중심적인 범주로서 인지되지 못하며, 만주는 오히려 그간 제국민들이 영위해 왔던 고정된 정체성의 경계로부터 벗어나 유동적이며 다원적인 흐름들의 일부로서 스스로를 자각하게끔 하는 탈각의 계기로서 작용하기도 했다.

한편, 소우주小宇宙로서 균질화된 아시아를 상정하고자 했던 제국의 정책에도 불구하고, 한설야는《대륙》에서 이데올로기적 불협화음이 여전히 제국의 영토 내부에 번지고 있으며, 이로 인해 대동아 또한 제국 질서에 의해 포획된 완결된 공간으로 위치하기보다는 불확실함이 난무하는 '열린' 공간으로 남을 수밖에 없다는 점을 드러낸다. 이는 "괴롭고 어지러운 현실이기 때문에 즐겁고 깨끗한 세상이 따로 요구되는 것이 아니라 괴롭고 어지러운 그것이 곧 즐겁고 깨끗한 맹아의 소지요 모체요 원인"이라는 작가의 말에서 짐작할 수 있듯이,[49] 그간 한설야의 작품에 나타난 인물들이 언제나 "괴롭고 어지러운 현실" 속에서 투쟁하는 인간형이었던 것과 마찬가지로, 무無갈등의 시공간으로 균질화될 위험에 직면한 대동아 내에 "정리되지 않은 산만한" 현실을 다시금 소환하여 갈등·충돌을 유발함으로써 투쟁의 서사를 추동시키고자 했던 한설야 자신의 내면으로부터 비롯된 것일 수 있다.

실제로 한설야가 추구했던 대륙문학의 지향점은 아래 인용문에서 볼 수 있듯이, "잡박雜駁하고" "서로 다른 정신들이 동석同席하기

---

[49] 한설야, 〈고향에 돌아와서〉, 《조선문학》, 1936. 8.

도 하며" "결론"이라는 틀에 "붙잡히지 않는 막연함"으로서 드러나고 있다. 이때 "물가를 떠나는 순간, 성급하게 앞바다의 작은 섬에 안착해버린다"는 구절이 "틀에 박힌 정론政論"으로의 귀결을 초래했던 대동아공영권의 정책적 속성을 드러내는 것이라면, 한설야는 "예상보다 빨리 작은 녹도綠島에 닻을 던져 버리는" 근해항행자近海航行者들의 서사 한가운데 전쟁기계나 다원적 세력들의 경합 및 연결접속을 배치함으로써, 인물들로 하여금 "앞바다의 작은 섬에 안착"하기보다는 "과감하게 대양을 따라" 가는 여러 방면의 흐름들을 형성하도록 추동했던 셈이다. 다시 말해, 식민지 말기 한설야가 상상하고자 했던 대동아의 문화지리는 제국의 질서로부터 누출된 개별 항행자들이 각자의 생존을 위해 갈등·투쟁하는, 포획 이전의 "정리되지 않은" 흐름들 그 자체였으며, 이를 통해 한설야는 만주를 "마적 토벌"을 통해 주권 권력을 창출하려 했던 제국의 의도가 '완결'된 곳이 아니라 여전히 '진행 중'인 공간으로서, 혹은 토착민·마적·스파이·국제연맹 등 "다방면으로 횡단·교차하는 복합적 흐름"[50]들과의 경합에 직면하여 단일한 '구심점'으로의 환원이라는 제국적 전망을 요원遙遠한 것으로 만들어 버릴 수 있는 공간으로서 드러내고 있는 것이다.

이 작품에 비하면 유아사 카츠에 씨의 〈북경에서〉는 (중략) 묘사가 잡박雜駁하고 수미首尾가 정리되어 있지 않아 몹시 산만하다. 두 개의 서로 다른 정신이 이 작품 속에 매우 막연히 동석하고 있는 듯하기도 하고, 또한 수필과 소설이 무리하게 접목되어 있는 것 같기도 하다. (중략) 특히 그 결미는 흥미롭다. 〈땅 타오르다〉의 결미가 보였던 순

---

50 테사 모리스–스즈키, 〈식민주의와 이주〉, 188, 204쪽.

진함과는 반대로 극히 몽롱하여 붙잡을 데 없는 막연한 것이다. 하지만 그것으로 되었다고 생각한다.

본래, 일본인은 매우 성급하여 결론 구하기가 지나치게 급하다. (중략) 그러한 성급한 태도가 문학에 작용하면 그 작품을 얄팍한, 여운이 없는 결론—가격표를 붙인 것으로 만들어 버리는 것이다.

작가가 모처럼 좋은 곳으로 배를 젓기 시작했다 싶으면, 예상보다 빨리 작은 녹도綠島에 닻을 던져 버리는 것이다. 한번 과감하게 대양을 따라 흘러가보면 어떨까. 작품은, 반드시 어떤 섬에 안착했음을 알려야만 하는 것은 아니다.

일찍이 지드가 갈파했던 것처럼, 오늘날의 작가는 너무도 작은 근해近海 항행자다. 이 물가를 떠나지 않고서 저 물가에 도착하는 것은 절대로 불가능하다. 그런데도 우리 일본인들은 물가를 떠나는가 싶은 순간, 성급하게 앞바다의 작은 섬에 안착해버리는 것이다.[51]

51 한설야, 〈大陸文學など〉.

3. 유라시아의 이종혼합적 여로와 식민지 말기 세계주의의 행방

식민지 말기 자유주의의 전망과 세계성의 인식

최재서는 태평양전쟁(1941)을 전후하여 대두된 국가관·세계관의 문제에 대해 다음과 같이 기술한 바 있다. 즉, 현재 총력전에서 요청되고 있는 것은 "국내 제諸 세력의 일원적 통합"일 뿐만 아니라 "새로운 시대의 기둥이 될 역사적 원리의 창조"이며, 이를 위해서는 "과거의 정치·경제·문화 내지 세계관의 전면적 청산"이 불가피하다는 것이다. 이때 문제가 되는 것은 "유물론적 세계관이기도 하고 자유주의적 세계관이기도 하고 단일 민족주의적 세계관"이기도 한데, 최재서는 특히 "낡은 세계관의 타도·청산"에 있어서 미·영으로 표상되는 자유주의·개인주의가 "창옥檜玉으로 선양"되고 있음을 지적하고 있다. 제2차 유럽대전과 대동아전쟁을 계기로 "생식生熄할 여지"를 잃은 것으로 추정되는 사회주의·공산주의와는 달리, 자유주의·개인주의는 "현대인에게 마치 공기나 물과 같은 것"이어서 그것과 대립하는 새로운 정세와 사상에 부딪치지 않는 한 의식할 수 없으며, 또한 자유주의자·개인주의자는 "국가와 민족에 대하여 하등 위험한 생각이나 의도를 품고 있는 것이 아니"기에 오히려 "사람을 직접 혁명적 수단으로 부려먹고자" 하는 유물사관에 비해 그 잠재적·편재적·영속적인 위험성을 깨닫기 힘들다는 것이다. 그러나 세계주의를 자신들의 입장으로 삼고 있는 자유주의자·개인주의자들은 특정한 국적에 속박되기를 거부하며, "각 지역에 한정된 국민이 아니라 어느 나라에도 소속되지 않는 인류"를 목표로 한다는 측면에서 "피와 땅"을 근간으로 하는 민족공동체에 대한 "위험 신호"인 것으로 제시된다. 즉, "전 세계를 내 집으로 하고 전 인류를 동포로 삼으며, 인간의 귀천·혈통·인종·국민성 등은 불문에 붙이고, 평등한 권리와 의무를 향유"한다는 이들의 세계시민주의는 "인간의 협동과 융합을 촉구하기보다 반항과 분열의 기운을 조장"한다는 측면에서 "일체의 유기적 통일을 해체"하는 위험성을 담지하고 있다는 것이다.[52]

자유주의자·개인주의자는 국가와 민족에 대하여 하등 위험한 생각이나 의도를 품고 있는 것은 아니다. 그저 자기의 개성을 넓히는 것이 목적이며, 그것 때문에 자유가 필요하다고 생각한다. 그래서 명민한 통찰자가 나타나 그 위험성을 지적해 줄 때까지 본인은 조금도 깨닫지 못하는 상태다. (중략) (자유주의·개인주의가 근간으로 하는) 개성 존중의 이데올로기는 더 말할 것도 없이 인간성의 고귀한 일면을 도야하고 완성하려는 것이므로, 물질적 이익 및 향락만을 추구하는 이른바 이기주의와는 엄밀하게 구별하여 생각할 필요가 있겠지만 그러나 국가 대對 개인관계의 인식에 있어서 개인주의는 이기주의와 동일한 오류를 범한 것이므로, 같은 죄를 받아도 할 수 없을 것이다.
개인주의적 이데올로기는 국가를 어떻게 보고 있는가? 개인주의자들 중에서 많은 사람들이 국가를 전혀 생각하고 있지 않다는 것은 사실이다. 생각건대 그들은 세계주의적 세계관을 자기들의 입장으로 삼고 있기 때문이리라. (중략) 지구상에서는 각 지역에 한정된 국민이 아니라, 어느 나라에도 소속되지 않은 인류가 존재하는 것이다. 인류

---

52 최재서, 〈문학자와 세계관의 문제〉, 《국민문학》, 1942.10.

란 전세계를 내 집으로 하고 전인류를 동포로 삼으며, 인간의 귀천·혈통·인종·국민성 등은 불문에 붙이며, 다같이 합리적인 법칙에 복종하고 평등한 권리와 의무를 향유한다는 것이다.

　이와 같은 세계시민적 인류는 인간의 개인적 차이를 무시할 뿐 아니라, 민족과 국토와의 직접적 연계도 무시한다. 인간은 태어나면서부터 피와 땅에 결부된 존재로, 이 현실적 조건을 뛰어넘을 수가 없다. 오직 개념적 사유에 의해서만 현실에서 유리되며, 인류로서 추상화될 수 있다. 이와 같이 추상화된 인류는 (중략) **일정한 이데올로기를 가진 코스모폴리턴으로서 스스로의 활동을 주장하는 가닭에, 생활 전일체全一體로서의 민족과 국가를 적대시하며 그 해체를 초래하는 것이다.** (중략) 이와 같은 해체적 작용은 문화 특히 문학과는 밀접한 관계에 있는 까닭에 문학자는 깊이 이 점을 반성하지 않으면 안 된다.[53]

이처럼 '새로운 시대의 역사적 원리 창출'에서 가장 큰 걸림돌이자 "일대결전"을 벌여야 할 대상으로 지목되는 세계시민주의는 역설적으로 유물론적 세계관과 단일 민족주의적 세계관이 "시대의 중압 때문에 거의 질식 상태에 놓여 있거나, 혹은 표면화되어도 일그러진 형식 밑에 변모되어 있음에 불과"[54]하던 1940년대의 시점에도 여전히 제국의 영토 내부에서 체제에 대한 "해체"를 조장하는 불안정성의 요인으로 간주되고 있었음을 시사한다. 주지하듯이, 식민지 조선의 사회주의 운동은 조선공산당·고려공산청년회·카프 등 명확한 정치적 이념을 앞세운 조직·단체들을 "혁명적 수단"으로 활용했으며, 이

53　최재서, 〈문학자와 세계관의 문제〉.
54　최재서, 〈문학자와 세계관의 문제〉.

로 인해 총독부에 의해 '비합법'으로 규정되어 검거 · 해산의 명령을
받음으로써 비교적 분명한 탄압의 과정들을 거친 바 있다.

이와 달리, "휴머니즘 · 합리주의 · 국제법 · 세계경제"[55] 등을 근간으
로 하는 세계시민주의는 조직 · 단체 등을 통해 어떠한 정치적 이념들
을 공식적으로 선언하기보다는 개별 주체들의 행위에 의거하여 전개
되어 왔으며, 그 메시지 또한 최재서의 언급처럼 개성 존중 · 인격 완
성 등 "지극히 정당한 주장"을 선보이고 있다는 측면에서 전적인 탄
압의 대상으로 지목할 수 없는 양가성을 지니고 있었던 것이다. 더구
나 세계시민주의를 뒷받침하는 요인들 중 하나로 지적되는 세계경제
는 "제국주의란 자본주의의 진행 경로를 연장하기 위한 역사적인 방
식"[56]이라는 로자 룩셈부르크의 기술에서 알 수 있듯이, 그 자체로 제
국을 건설하기 위한 동력이었기에 제국에 의해 완전히 부정되거나
청산될 수 없는 맹점과 같은 위치를 차지하고 있었다. 아울러 "외부
를 향한 끊임없는 확장"[57]을 필요로 하는 자본의 속성은 대동아공영
권에 한정된 블록경제가 아닌 '자유 무역'을 바탕으로 하는 세계시장
을 목표로 하고 있다는 측면에서, 제한된 정치 · 사상적 자율성을 영
위할 수밖에 없었던 식민지인들에게 각자의 수행성에 의거하여 제국
과 전적으로 겹쳐지지 않는 범세계적 전망을 추구할 수 있게끔 하는
일종의 '돌파구'로 인식되기도 했다.

이렇듯 세계시민주의가 담지하는 제국에 대한 대응성은 식민지 말
기의 몇몇 문학작품들에 의해 이미 형상화된 바 있다. 앞서 살펴본
바 있듯이, 식민지 말기에 발표된 박태원의 《여인성장》(1941)은 국

---

55 최재서, 〈문학자와 세계관의 문제〉.
56 Rosa Luxemburg, *The Accumulation of Capital*, p. 446.
57 안토니오 네그리 · 마이클 하트, 《제국》, 298~314, 430~431쪽 참조.

민성을 초월하는 소비/문화 실천을 통해 "프랑스제 분과 미국식 퍼
머넌트, 조선식 의상"[58] 등이 혼재된 범세계적 사유私有 공간을 구축
함으로써 제국의 균질적 공간성을 내부로부터 오염시키는 코즈모폴
리턴들의 면모를 부각시킨 바 있다. 아울러 이효석은 《화분》(1939),
《벽공무한》(1941)을 통해 "대동아라는 '부분'과 '구역'을 설정하려는
것 자체가 '지방주의'의 '깨지 않은 감상'이자 '전형적인 몽골리안형
이념'"이라는 점을 지적함으로써, 세계주의의 보편성을 따라잡을 수
없는 제국의 한계를 가시화했던 것이다.[59]

그렇다면 1940년대 당시 "피와 땅"으로 묶인 단일성의 공간을 구
축하고자 했던 제국의 동일화·동역화 정책에도 불구하고, 대동아라
는 "부분·구역"이 아닌 통합적 세계를 지향했던 식민지 조선의 코즈
모폴리턴들은 "국적과 국민성을 초월하여" "자기의 성향에 맞는 문
화에서 고향을 찾고, 모든 교양인들과 자유롭게 교제할 수 있"도록
하는 세계시민적 전망에 의거함으로써,[60] 실제로 제국의 지역질서로
부터 스스로를 탈각시키거나 제국과는 다른 지역/정체성을 상상할
수 있었던 것일까?

이 절에서는 박태원의 《아세아의 여명》(1941)을 중심으로, 제국의
점령지인 곤명·향항·하노이의 공간성을 둘러싸고 수행되었던 재현
의 방식들에 초점을 맞추고자 한다. 제국의 신생新生 점령지인 곤명·
향항·하노이에 대한 박태원의 재현은 제국의 정치적 층위에 의해 억
눌러질 수 없는 기존 역사·문화적 층위들의 교차적 양상을 강조함

---

58 박태원, 《여인성장》, 197쪽.

59 이경훈, 〈식민지와 관광지─만주라는 근대 극장〉, 《사이》 6권, 2009, 99~100쪽. 이효석이 지닌
"코즈모폴리턴적 세계주의"에 대해서는 김미영, 〈벽공무한에 나타난 이효석의 이국취향〉, 《우
리말연구》 제39집, 2007.4 참조.

60 최재서, 〈문학자와 세계관의 문제〉.

으로써, 그 어떤 범주에 의해서도 전적으로 동일화될 수 없는, 언제나-이미 혼성적이었던 세계의 속성 자체를 드러내고 있다는 측면에서 주목된다. 이때 자본이라는 동력에 의거한 행위주체들의 소비·문화 실천은 곤명·향항·하노이가 담지한 이러한 오염된 공간성·정체성들을 보다 확산시키는 결과를 낳는다는 측면에서 아울러 고찰될 필요가 있다. 이러한 과정들을 거쳐, 이 절에서는 대동아라는 수직적·균질적인 지역질서의 수립에도 불구하고 이들이 영위해왔던 세계시민적 전망이 여전히 제국이라는 중심성으로부터 이탈을 야기하거나, 제국의 대동아와는 다른 이종혼합적 '유-라시아'를 상상하게끔 하는 불안정성의 요인으로 작용하고 있었음을 밝히고자 한다. 이는 일찍이 "중심 없는 모임의 세대世帶"[61]를 형성한 바 있던 식민지 조선의 코즈모폴리턴들이, 그간 축적해 왔던 세계주의의 언어·담론에 의거함으로써 제국의 지정학적 프레임에 대해 어떤 식의 변이·재정의를 초래하는지 규명하기 위한 것이기도 하다.

《아세아의 여명》-대동아의 틈새와 왕정위라는 '사건'

1940년 8월 제국은 〈기본국책요강〉 발표 및 외무대신 담화를 통해 대동아공영권 구상을 공론화하기 시작했고, 1941년 1월 14일에는 "조국의 정신에 반해 황국의 주권을 회명晦冥할 우려가 있는 국가연합이론을 금알禁遏"한다는 방침 아래 동아신질서 건설의 사상운동을

---

61 최재서, 〈대동아의식에 눈뜨며-제2 대동아 문학자대회에서 돌아와서〉, 《국민문학》 1943.9.

통일적으로 지도할 것을 선언했다.[62] 이는 1930년대 후반 형성되었던 아시아 지역/정체성을 둘러싼 경합의 장이 폐쇄되고, 식민지 조선인 들이 추구하고자 했던 범세계적 연대의 기획들을 대신하여 "대동아 의 존립과 발전의 책임을 담당"하는 일본을 중심으로 하는 "지정학 적 수직통합론"이 자리 잡기 시작했음을 예고하는 것이다.[63]

주지하다시피 동아신질서 건설이 선언되었던 1938년부터 태평양 전쟁의 실질적인 수행에 돌입하는 1941년에 이르기까지, 제국-식민 지 내부에서는 다양한 이데올로기적 성향을 띤 아시아 담론들이 각 축을 벌였으며, 식민지 조선인들은 이러한 지역 담론들의 복합적 층 위에 의거함으로써 제국의 단일한 지역/정체성 기획에 대한 대응의 기반을 형성한 바 있다. 가령 이 시기 식민지 조선인들은 동아연맹론 등 제국이라는 단일 중심성으로 환원되지 않는 지역공동체의 기획을 거론함으로써, "세계로부터 스스로를 고립시키기 위한 것이 아니라 오히려 세계가 진정으로 세계적으로 되기 위한"[64] '동아'의 구상에 대 해 동조를 표명했던 것이다.

이처럼 타 담론들과의 연대를 통해 제국의 지역적·인종적 분할에 국한되지 않는 아시아-세계의 기획들을 제안하고자 했던 1930년대 후반 조선인들의 면모는 대동아공영권론이 채택된 이후, 제국의 질 서 내부로 수렴되었다고 보는 관점이 일반적이다. 그럼에도 불구하 고, 제국과 다른 스펙트럼을 지닌 아시아 담론들을 끌어들여 '돌파 구'를 찾고자 했던 조선인들의 면모는 1940년대에 이르러서도 매체 상에 가시화되고 있다는 측면에서 주목을 요한다. 예컨대 식민지 조

---

62 김경일, 〈대동아공영권의 '이념'과 아시아의 정체성〉, 190~191쪽.
63 김경일, 〈대동아공영권의 '이념'과 아시아의 정체성〉, 224쪽.
64 미키 키요시, 〈신일본의 사상원리〉, 위의 글, 53쪽.

선인들은 '대동아'를 유구한 역사적 기반을 지닌 단일한 실체로 제시하고자 하는 제국의 공론화에 대응하여, 손문·주불해·장명 등 중국 정객政客들의 담론을 거론함으로써 제국 이데올로기가 지닌 "틈새"를 포착하거나 당대 지역질서에 변이를 가할 수 있는 여지를 마련했던 것이다.

가령 1940년 《삼천리》에 실린 〈新支那의 政治家論客의 日支和平要綱〉이라는 기사는 주불해周佛海의 "지나측 통신사 기자와 회견 때의 담화록"을 번역·게재함으로써, 제국과 상반되는 중국 측 입장을 가감 없이 전달하는 한편 '대동아'가 그 침략적·폐쇄적 성향으로 인하여 중국 정객들에게 여전히 의혹의 대상으로 지목되고 있음을 제시한다.[65]

이번 화평조건은 일본의 이해관계 상으로 말하면 어떻게든 실행하지 않으면 안 된다. 웨 그러냐 하면 만약 실행하지 않는다면 일본의 손실도 있고 지나의 손실도 있기 때문이다. 그 이유는 아주 간단한 것으로 일본의 처지로 말하면 지나사변 해결은 군사적 及 정치적 두 가지 수단 이외에 없는데 목하의 상황으로 보면 소위 정치적 수단이란 지나인으로 하여금 일본은 지나를 멸망시키는 것이 아니고 지나의 독립과 자유를 존중한다는 전제 하에 일지의 합작을 실행하려는 것이란 것을 양해시킬 일이다. 지나인이 만약 이렇게 양해만 한다면 항전은 불필요하다고 생각하게 된다. 그렇게 된다면 화평이 기대될 뿐 아니라 영구합작의 기초도 또한 건설된다. 그런데 지나인에게 그렇게 믿게 하는데는 몇 회의 성명서를 발표한다고 해서 되는 것도 아니다.

65 〈新支那의 政治家論客의 日支和平要綱〉, 《삼천리》 제12권 제6호, 1940.6.1.

반드시 증거가 있는 사실로서 이것을 증명하지 않으면 안 된다. 그리하여 이번 화평조건의 실행이야말로 일본이 지나를 멸망케 하는 것이 아니라는 것을 증명할 것이다. 가령 **성명 중엔 지나의 독립과 자유를 존중했다** 치드래도 사실에 있어서 중앙정부에 자유롭게 직권을 행사케 못 하고 이르는 곳마다 속박하고 일일히 제주制肘하는 일이 있을 것 같으면 그 결과는 오직 일본은 지나에 대해선 역시 정복이요 멸망시키려는 것이였다는 것을 증명하는 것 밖에 안 된다. 그렇게 된다면 지나로선 인민의 항일정신을 증강하고 항전력을 단결시킬 수밖에 없이 된다. (중략)

일지의 화평은 국부적이 아니고 세계적 성질을 포함하고 있다. 일지의 화평이 그 기초를 획득한 후 만약 다시 세계적 화평에 발전하지 않는다면 그것은 亦 불온당한 일이다. 그런 고로 이론상 일지화평의 이데오로기—는 세계 발전의 이데오로기—와 충돌하지 않는다. (중략)

결국 어떻게 될지 우리는 모른다. 일본에서 부르짖는 〈동아신질서〉 〈동아협동체〉 등의 이론은 어떤 편으로 보면 汪선생이 말하는 바와 같이 공산주의 반대와 침략주의 반대로 해석되나 또 어떤 편으로 보면 매우 의심스런 점이 있다. 例하면 동아란 것은 지역상 소련 及 남양의 영미불의 식민지도 그 중에 들어가는가? 소련에 대해선 협동하는 건가, 그렇지 않으면 협동하지 않는 것인가? 또는 어떤 정도로 협동하는가? 이것은 반공의 대전제 하에 해석할 일이다. 열강의 식민지에 대해서는 협동하는 것인가, 그렇지 않으면 협동하지 않을 건가? 열강과 협동하는 건가, 그렇지 않으면 식민지와 협동하는 건가? 이것은 반제反帝의 대전제 하에 해석할 것이다. 다음으로 **소위 동아협동체와**

동아신질서의 범위는 그 주창자인 일본견해에 의하면 일만지를 한도하고 있으나 만약 진정으로 그렇다면 그것은 일종의 동방 몬로-주의에 지나지 않는다.[66]

위 기사에 따르면 왕정위를 비롯한 화평파의 사상은 "국가민족의 독립생존, 자유평등, 세계발전의 이데오로기" 등을 강조하는 한편, 동아신질서가 침략주의나 "국부적"인 "동방 몬로-주의"로 소급되는 것을 경계하고 있다는 측면에서 대동아공영권의 이데올로기와 일정한 차이를 선보이고 있다. 아울러 1942년 《대동아》에 실린 〈아세아주의와 동아신질서 건설, 손문 왕정윗 중국정객의 아세아론을 기조로 하여〉라는 논설은 대동아 건설을 위한다는 명목 하에 "우리 편에서 듣기가 어려"웠던 "중국 측의 주장과 其 이론"을 검토하는 듯하나, 기실 둘 사이의 편차를 짚어 내어 이들 간의 불연속성을 부각시키고 있다는 측면에서 "중국 측 亞細亞觀"을 경유한 식민지인의 관점을 엿볼 수 있게 한다.

지나사변 발생이래 我 日本에서는 일지관계에 대한 여러 가지의 이론과 의견을 신문지상으로나 잡지상으로 볼 수 있지만은 중국측의 주장과 其 이론은 우리 편에서 듣기가 어려운 것 같다. 그런고로 아래와 같은 중국명사의 아세아관에 대한 幾節을 기록하는 동시에 동아신질서의 의의을 쓰기로 한다.

《我等은 대아세아주의를 주장하여 아세아민족의 지위를 회복하지

66 〈新支那의 政治家論客의 日支和平要綱〉.

않으면 안된다. 다만 인의도덕을 기초로 하여 각 민족을 연합하고 전 아세아민족을 유력하게 하지 않으면 안된다. 我等이 대아세아주의를 강화하는 이유는 아세아에서 痛苦를 蒙하고 있는 민족이 어떻게 하여야 歐洲의 강대민족에 대항할 수 있을가 함이 문제이다. 간단이 환언하면 **피압박민족의 불평타파를 문제로 한다**》(孫文의 大亞細亞主義講演)

中國이 今般 혁명을 이르키고 있는 것은 日本의 維新時代와는 其 시대가 크게 다르다. 日本의 維新時代는 歐米의 세력이 아직 완전히 東進하지 않았고 東亞의 천지에는 기타의 장애가 없었다. 日本이 군비를 정비코저하고 정치를 쇄신코저 하면 何等 견제를 받지않는 자유이었다. 그렇기에 日本의 유신은 완전이 성립할수 있었다. 然이나 我中國은 13년전 혁명에 당하여 歐米의 大勢力은 임이 東亞에 침입되고 中國의 四圍에는 강국의 장애를 받지 않음이 없이 許多의 곤란을 받게 되고 가령 이 곤란을 돌파한다고 하더래도 同目的을 달성할 수 없었다. 其故로 혁명 13년차 今日에至하여도 아직 성공하지 못한 것이다. 日本은 현재 동양의 최강독립국가이며 또한 세계열강국의 하나이다. 만일 日本이 참으로 中國이 십수개국의 식민지가 되어있음을 인식한다면 일개 독립국가가 식민지에 대하여 친선을 구하여 오기는, 나는 그것이 될 수 없다고 생각한다. 만일 日本이 성의를 가지고 中國과 친선코저 한다면 즉시 먼첨 中國을 도와 불평등한 조약을 폐제하여 주인된 지위를 奮回시키여 中國으로 하여금 자유의 신분을 획득식힘에 있어서 비로소 中國은 日本과 친선할 수 있게 될 것이다. 我等은 입에 익은 말과 같이 中國과 日本는 동종동문의 국가이며 형제의 邦이다. 幾千年의 역사와 지위로 말한다면 中國은 兄이요 日本은 弟이다. 此際兄弟互相集合하여 一家 화목하여진다면 즉시 弟된 日本은 其 兄이 임이 십수년간을 노예가 되여 있음을 알아주지 않으면 안된다. 今日까지 비상이 고통을 받었으며 아직도 고통을 받고 있다. 其 고통의 원인은 즉 불평등조약이다. 更이 弟가된 諸君은 兄을 대신하여 憂를 분담하여 형을 조력하여 불평등 조약을 폐제하고 노예의 지위로부터 이탈시키지 않으면 안된다. 그리한 後래야 中國과 日本은 비로소 다시금 형제가 되는 것이다.(神戸에서 孫文의 講演1節)

此一節을 보건데 극히 철저하여 日中은 형제의 국, 亞細亞를 我等의 가정으로 본것이니 아등은 장차 如何히 상부상조하여 我等의 가정을 부흥시켜야 할 것인가하는 점에 나아가는 것이다.

《中國의 현재 구할 바는 국가민족의 독립생존, 자유평등인 것은 小毫도 의심할 여지가 없다. 中國의 국가민족독립생존 자유평등을 줌에 있어서 비로소 日本과 함께 東亞의 화평과 안정의 책임을 분담하게 될 것이다. 中國은 외교상 국방상 日本과 동일한 방침을 취하며 경제상 日本과 평등호혜의 원칙에 基하여 有無相通하며 長短相補를 실행치 않으면 안된다》(汪精衛)

此 一節은 선린우호, 공동방공, 경제제휴의 近衛 3원칙과 大差가 없는 것이다.

《민국이래 中國정부는 漢, 滿, 蒙, 回, 藏, 5민족으로 조직되었다. 하지마는 실상 집정자는 거개 한민족이었다. 此 5族에 대하여 공화자유평등의 정책을 행한다고 하지마는 此는 지상공론에 불과한 것이다. 실제에는 漢 蒙, 回, 藏, 사민족에 대하여 기반책을 채취하여 其자력갱생을 阻害할 뿐만아니라 변경의 치안을 유지하기도 불가능하여 제국주의가 틈을 타서 위협하는 그대로 <129> 방임하고 있다. 此는 제국주의의 침략정책에 협동하는 것으로 되고 민족자결책에 의하여 문제를 해결하고저 하는 것이 되지 못한다. 차라리 四族을 해방하여 각자 독립국가를 형성시키고 其 민족에서 자기의 국가를 방위시키는 수 밖에 없다.》(强鳴)

그리하여 張鳴은 5族해방과 大漢國 樹立 亞洲國際聯盟의 결성을 제안하며 亞洲國際聯盟은 공동국방에 중심을 두고 日本은 해군으로 국방을 담임하여 太平洋 무적함대를 건설하고 기타 대륙제국은 대육군을 건설하여 4북국방을 담임코저 함이니 此 張鳴의 의견도 中國내 민족 해방독립을 주장하여 민족발전을 촉진시키고 此로 대동연합하여 후일의 만일의 경우를 備코저함이다.

《日本과 中國과의 관계에 있어서는 日本은 무력, 문화, 과학기술 등이 亞細亞에 있어서 가장 발달된 국가임에 따라 중국의 天然富源을 개발하여 실업을 발달시키는 데는 日本의 기술과 자본의 원조를 受함이 無關之事고 此는 공존공영 평등호혜가 되는 것이요 결코 一國이 타국에 **되는 것이 아니다.》周*의(大亞細亞主義) (중략)

이상과 같이 중국인민의 시대적 대외 심리 변화가 如何하였음을 우리는 넉넉히 추상할 수 있다. 중경정부가 如何히 배일항일사상을 선전한다고 하여도 민심은 依然 서양인을 의존하는 편에 있어서는 오히려 疑視千萬之狀이며 항전지도층에 있는 輩等도 심리적으로는 좌왕우왕하는 편이니 不遠한 장래에 그들의 종국이 如何히 될지 此點에 대하여는 讀者 諸位의 판단 하에 일임한다.[67]

---

67 上海興亞院文化局 平田在福(舊名 張在福), 〈아세아주의와 동아신질서 건설, 손문 왕정위外 중국정객의 아세아론을 기조로 하여〉, 《대동아》, 1942. 3.

위 인용문에서 볼 수 있다시피, "피압박민족의 불평타파"를 문제로 삼았던 손문孫文의 대아세아주의大亞細亞主義 혹은 "漢 蒙, 回, 藏 사민족의 해방독립을 주장하여 각자 독립 국가를 형성시키고 此로 대동연합"하자는 장명張鳴의 아주국제연맹亞洲國際聯盟에 대한 논설의 언급은 손문을 비롯한 중국 측 아시아 담론들을 '대동아'의 전신前身인 것처럼 전유함으로써 대동아공영권의 중심적/실체적 위상을 강화하고자 했던 제국을 향해, "국가민족의 독립생존, 불평등 조약의 폐제廢除, 공동체제의 구축, 세계 신질서 수립" 등[68] 중국 측 담론에 의해 제기되었던 과제들을 이행할 것을 역으로 촉구한다. 나아가 위 논설은 현 대동아공영권 논의가 포괄하지 못하는 중국 측 아시아 담론들의 "평등호혜"하고 "대동연합"적인 측면들을 오히려 부각시킴으로써, 제국의 이데올로기가 지니는 불완전성을 인식하도록 하는 계기로 작용했던 것이다. 따라서 1939년 "지금으로서는 지극히 막연한 한 개의 개념"[69]일 뿐이었던 아시아란 1942년 시점의 대동아에 이르러서도, "중국 측"과 "우리 편"의 차이로 인해 "불원한 장래에 종국이 여하히 될지 此點에 대하여는 독자 제위의 판단 하에 일임"할 수밖에 없다는 "의시천만지상疑視千萬之狀"의 형태로서 귀결될 수밖에 없었다.[70]

이처럼 대동아공영권론을 아시아 담론들의 완결태가 아니라 1942년의 시점에 이르러서도 "중국 측 亞細亞觀"과 경합을 벌여야 하는 과정-중의-담론인 것처럼 위치시키는 한편, 아시아를 제국의 수직

---

68 上海興亞院文化局 平田在福(舊名 張在福), 〈아세아주의와 동아신질서 건설. 손문 왕정위外 중국정객의 아세아론을 기조로 하여〉.

69 金明植 · 印貞植 · 車載貞, 〈東亞協同體와 朝鮮〉.

70 上海興亞院文化局 平田在福, 〈아세아주의와 동아신질서 건설, 손문 왕정위外 중국정객의 아세아론을 기조로하여〉.

적·위계적 질서에 의해 분할·고정된 지역 블록이 아니라 여전히 타국가와 연계된 국제적 시공간으로서 정립시키고자 했던 식민지 조선인들의 면모는 《아세아의 여명》에서도 유사하게 드러나고 있다는 측면에서 눈길을 끈다. "정치소설"로 명명되는 《아세아의 여명》은 일본군에 의해 남경·무한 삼진·장사가 함락된 후 항전과 화평을 두고 국민당 내부에서 첨예한 갈등이 일어났던 1938년의 시기, 국민당 부주석이었던 왕정위汪精衛(본명은 汪兆銘)를 비롯한 주불해周佛海·증중명曾仲鳴 등의 행적 및 사상을 다루고 있다. 그렇다면 1941년이라는 시점에 서사화되는 이러한 중국 정객들의 면모는 과연 어떠한 맥락이나 의도 하에 구현되고 있으며, 박태원을 비롯한 당대 식민지 조선인들은 '화평구국운동'을 부르짖으며 유라시아를 가로지르던 화평파의 행보 및 왕정위라는 '사건'을 어떤 식으로 인식·소비·전유함으로써 제국과는 다른 지역/정체성을 형성하기 위한 기반을 확보하고자 했는가?

《아세아의 여명》은 일본과의 합작 하에 남경정부라는 괴뢰정권을 세움으로써 동아 신질서 건설에 공헌했다는 평가를 받은 바 있으며, 매국노로 규정되어 종전 후 그 유해가 불에 태워져 들판에 뿌려지기까지 했던 왕정위의 일대기를 작성하고 있다는 것만으로도 그간 대동아공영권을 뒷받침하는 프로파간다적 기획이라는 혐의를 입증하기에 충분한 듯 보였다. 그러나 왕정위를 비롯한 화평파의 사상은 앞서 언급된 〈新支那의 政治家論客의 日支和平要綱〉에서 볼 수 있듯이 "국가민족의 독립생존, 자유평등, 세계발전의 이데오로기" 등을 강조하는 한편, 동아신질서가 "동방 몬로-주의"에 국한되는 것을 경계하고 있다는 측면에서 일원론적·반反서구적·지역 폐쇄적인 대동아공영권의 이데올로기와는 일정한 차이를 선보이고 있었다. 나아가 이러한 중국 정객들과 제국 간의 이념적·정치적 간극은 《아세아의 여명》에 묘사된 화평파의 운동이 제국의 의도와 전적으로 맞물리지 못하게 되는 원인으로 작용했다. 즉, 작품 초반 중일 양국의 "우호관계"나 "아세아인의 책임"을 강조함으로써 제국의 의도와 공명하는 듯했던 화평파의 면모란, 후반으로 갈수록 점차 운동의 목적이 동아 신질서 건설이 아닌 "지나의 주권 및 행정의 독립완정獨立完整"에 있다는 사실을 드러내며, 특히 작품 속에서 번역·게재되고 있는 왕정위의 성명聲明은 "중일 양국"의 합작을 통해 새로이 생성된 동아 신질서 또한 여전히 각기 다른 방향성을 지닌 국제 권력들이 충돌하는, 불완전하고 유동적인 교차의 장이었음을 노출시키는 것이다.

　　일본은 중국에 대하여 영토領土도 군비배상軍備賠償도 요구하지 않으며, 일본은 다만 중국의 주권을 존중할뿐에 그치지 않고 다시 명치유신明治維新의 전례前例에 의하여 일본인이 중국에 있어 자유로 사업을 경영하는 대상代償으로 **일본은 중국에 조계租界를 반환返還하고 치외법권治外法權을 철폐撤廢하여, 중국으로 하여금 그 독립獨立을 완전하게 하려고 한다.**

　　소위 중일방공협정의 존속기간 중, 일본군이 특정지역에 주둔할 것을 윤허한다 할지라도, 이를 내몽부근內蒙附近에만 제한하여야 할 것이다. 이것은 중국의 주권과 행정완정에 영향을 미치는 것인 고로, 이상의 제한이 실행됨으로 하여 비로소 중국은 전후戰後의 휴양休養과 현대국가의 건설에 노력할 수가 있는 것이다. 중일양국은 국토가 상접相接하여 선린우호는 자연自然하고 또 필요한 것이나, **연래로 서로 배반하여 온 것에 대하여는, 깊이 그 원인을 탐구하여 각각 그 책임을 밝히**

지 않으면 안 된다. 금후로 중국은 물론 선린우호로써 교육방침을 삼을 것이나, 일본으로서도 한층 더 그 국민으로 하여금 중국을 침해하고 중국을 모멸하는 전통사상을 방기放棄케 하고 교육상에 있어 친화親華의 방침을 확립하여 써, 양국 영원의 평화의 기초를 세우지 않으면 안될 것이다. 동시에 우리는 태평양의 안녕질서安寧秩序와 및 세계의 평화보장을 위하여서도 관계각국과 일치협력하여 써, 그 우의友誼와 공동의 이익을 유지증진하여야 할 것이다.[71]

"금후로 물론 선린우호善隣友好로써 방침을 삼"아 "양국 영원의 평화의 기초를 세울" 것이나, 일본을 향해 "조계 반환·치외법권 철폐·일본군 주둔 제한" 및 그간의 "배반"에 대해 "책임을 밝힐 것"을 요구하는 한편, "태평양의 안녕질서와 세계의 평화보장"을 위해 필요하다면 "관계각국" 누구와도 "일치협력一致協力"하리라는 왕정위의 성명은 "대동아의 존립과 발전의 책임을 담당"하는 일본에 대해 각 지역이 "자진해서 그 지도에 복종"할 것을 기대했던 제국 측의 수직통합론에도 불구하고,[72] 제국이라는 단일한 권력기구로 전적으로 포섭되거나 장악될 수 없었던 아시아의 '열린' 정치적 시공간을 보여 준다.[73]

한편 박태원이 《아세아의 여명》에서 화평파―제국 간의 이념적 간극에 대한 포착을 통해 여타의 정치적 흐름들과의 경합 속에 위치할 수밖에 없었던, 그리하여 결코 완전한 지역적 패권으로 작동할 수 없

---

71 이 성명은 왕정위의 탈출 직후인 1938년 12월 29일 "중외中外"에 보도된 것으로 제시되고 있다. 박태원, 《아세아의 여명》, 《조광》, 1941. 2, 322, 354~356쪽.
72 김경일, 〈대동아공영권의 '이념'과 아시아의 정체성〉, 224쪽.
73 박태원, 《아세아의 여명》, 《조광》, 322, 354~356쪽.

었던 제국 이데올로기의 허점을 노출시킴으로써 폐쇄적 지역질서에 대한 개입의 여지를 마련하고 있다면, 왕정위라는 인물 자체가 지니는 겹겹의 정체성 및 사건성은 박태원이 《아세아의 여명》을 통해 지역/정체성이 지니는 중층성을 드러내거나, 나아가 균질적이며 위계적인 아시아를 구축하고자 했던 대동아의 중심적 위상으로부터 탈각된 유라시아의 지형들을 선보일 수 있게끔 하는 요인으로 작용했다.

1930~40년대 식민지 조선에서 왕정위는 "현대 중국의 정치적 생애의 가장 중요한 일면"이자 "전 지나에 탁월한 문장가요 웅변가"[74]로 널리 알려져 있었다. "혁명가오 정치가로서 중국 청년의 가장 만흔 인기를 一身에 집중한 사람이 잇다면 그는 필경 왕조명일 것이다"는 것이 세간의 평가였으며,[75] 당시 신문·잡지에 실린 왕정위의 논설이나 상해에서 만난 그의 "인상기", 혹은 왕정위에게 보내는 식민지 지식인들의 서간문 등은 조선에서도 드높았던 그의 인기를 짐작케 하는 것이다.[76] 현 시점에서 왕정위와 관련된 가장 큰 사건을 꼽아 보자면 단연 일본과의 합작을 통한 남경정부의 수립을 들 수 있겠으나, 왕정위를 "민중의 의식 분야에 일대 획선을 끄은" 인물로서 당대 조선인들의 입에 오르내리게 했던 사건은 뜻밖에도 1910년 "청조

---

74 印貞植, 〈汪精衛氏에 呈하는 書, 東亞 繁榮과 貴下의 責務〉, 《삼천리》, 1940.4.1. 洪陽明, 〈上海서 맛난 汪兆銘−胡汪蔣聯合時代의 그의 印象−〉, 《삼천리》, 1939. 6.1.

75 실제로 洪陽明은 "왕정위가 장개석과의 오래 동안의 적대관계를 청산하고 광동에서 상해로 왔을 때 부두에는 《환영 왕선생》 등의 기를 들고 수천 수만의 학생들이 열을 지어 나가 마□"으며, "胡蔣보담 몃 배나 지나의 청년학생 군중에게 몃 배나 인기가 있는 것"을 "이때의 왕에 대한 상해 각 대학생들의 열혈한 환영행진에서 보았다."고 회고한다. 洪陽明, 〈上海서 맛난 汪兆銘−胡汪蔣聯合時代의 그의 印象−〉.

76 식민지 조선의 매체에 실린 왕정위의 논설로는 汪兆銘, 〈中國革命과 日中의 將來〉, 《삼천리》, 1935. 11. 1, 〈大東亞戰爭과 中國〉, 《대동아》, 1942. 3 등 참조. 식민지 조선의 매체에 실린 왕정위에 관한 글로는 李晶燮, 〈王兆銘과 北方政府〉, 《삼천리》, 1930. 10.1, 洪陽明, 〈上海서 맛난 汪兆銘 −胡汪蔣聯合時代의 그의 印象−〉, 印貞植, 〈汪精衛氏에 呈하는 書, 東亞 繁榮과 貴下의 責務〉 등 참조.

전제淸朝專制의 근거원을 빼려고, 몸에 폭약을 안고 당시의 섭정왕을 북경에서 격격激擊한 것"과, 1925년·1938년 "장개석의 쿠-데타" 및 "장기항전론의 군맹들"로 인하여 불령佛領 하노이를 거쳐 파리로 도주·망명한 것으로 확인된다.[77] 즉, 이 시기 식민지 조선인들에게 왕정위란 정치가나 국민당 정부의 관료라기보다는 "열혈다감한" 테러리스트 혹은 "이상"을 안고 유라시아 대륙을 떠도는 망명객으로서의 이미지를 더 강하게 지니는 것으로 인식되었던 것이다. 그렇다면 이처럼 "혁명가로의 출세극부터 첨단적 奇拔이엇"던 왕정위의 투쟁적/망명적 입지로부터 박태원을 비롯한 식민지 말기 조선인들이 읽어 내려 했던 것은 무엇이었는가?

1939년 《삼천리》에 실린 〈上海서 맛난 汪兆銘- 胡汪蔣聯合時代의 그의 印象-〉에 따르면, 봉건적인 전제 정치에 도전·분투하다 결국 파리로 망명하게 되는 이 "투사와 같은 열정이 넘치는 복잡한 얼골"을 지닌 혁명가에게서 식민지인들이 찾고자 했던 것은 폭탄 테러·불국佛國 도주를 통해 엿볼 수 있는 "대담함"과 "표연함", "파란 많은 海內海外의 생활"을 두루 거친 "유연성" 그리고 뜻밖에도 "세련된 신사"가 지닌 "스마트함"이었던 것으로 제시된다.[78] 왕정위가 지닌 이러한 초국경적이며 첨단적인 요소들의 조합은 그에게 지나라는 "특정한 국가"에 소속된 정치가이기보다는, "전 세계를 내 집"으로 삼아 국적과 국민성을 초월한 혁명 운동을 펼치거나, 혹은 자본이라는 동력을 바탕으로 범세계적 문화 실천을 선보이게끔 하는 세계 시민으로서의 정체성을 부여하는 것처럼 보이기도 한다.[79]

77 印貞植, 〈汪精衛氏에 뭇하는 書, 東亞 繁榮과 貴下의 責務〉, 李晶燮, 〈汪兆銘과 北方政府〉.
78 洪陽明, 〈上海서 맛난 汪兆銘 -胡汪蔣聯合時代의 그의 印象-〉.
79 洪陽明, 〈上海서 맛난 汪兆銘 -胡汪蔣聯合時代의 그의 印象-〉, 최재서, 〈문학자와 세계관의

실제로 왕정위는 1905년 일본 유학을 마친 후 싱가포르 등 동남아시아 지역 전반을 무대로 하여 청나라 왕조를 타도하기 위한 운동을 펼친 바 있으며, "폭약 격격激擊" 이후 프랑스로 유학을 떠나 서구 국가관·정치제도 등을 공부함으로써 중국이나 아시아에 한정되지 않은 폭넓은 세계-내-입지를 구축했던 것이다. 아울러 "남양(말레이시아) 화교 부호의 딸"이자 영국 여권의 소유자인 것으로 알려진 그 부인 진벽군의 존재는[80] 왕정위로 하여금 자본이라는 동력에 입각하여 청나라·중화민국의 국경을 돌파하거나, 이를 통해 단일 민족·국가에 국한되지 않는 혼성적 지역/정체성을 영위할 수 있게끔 하는 실질적인 요인으로 작용했다. 가령 왕정위는 《아세아의 여명》에서 묘사된 바 있듯이 "52000비아스틀"에 이르는 막대한 자본력에 의거하여, "통제기구統制機構가 거의 완전한 중경"에서 "카아티쓰·라이트·콘돌형型 수송기輸送機"를 타고 "시속時速 이백사십 킬로로" 탈출한 바 있다.[81] 아울러 상해의 "불조계佛租界 백극로白克路"에 위치한 이탈리아 양식의 저택에 거주하며 "은근하면서도 쾌활한 제스추어", "광동적인 억세고 빠른 바리톤조"와 더불어 영어로 된 인터뷰를 진행하던[82] 왕정위라는 인물은 민족·국가가 규정하는 지역/정체성의 위치로부터 비껴난 채 동서양을 아우르는 중층적 정체성 및 공간성을 영위했던 것으로 밝혀지는 것이다.

문제〉.

80 洪陽明,〈上海서 맛난 汪兆銘 −胡汪蔣聯合時代의 그의 印象−〉.

81 "비아스틀"은 베트남의 옛 화폐 단위인 'piastres'를 가리킨다. 1피아스트르는 약 4프랑 정도의 가치를 지니고 있었다고 하니, 5만 2천 피아스트르는 현재 물가로 환산하자면 대략 2억 5천만 원 내외인 셈이다. 박태원, 《아세아의 여명》, 344, 394쪽.

82 洪陽明,〈上海서 맛난 汪兆銘−胡汪蔣聯合時代의 그의 印象−〉. 당시 왕정위는 白克路의 건물 10여 채를 소유하고 있었다고 전해진다. 1939년부터 왕정위가 상해연락소로 활용했던 이 저택은 "부인 진벽군의 소유"였으며, 현재도 '왕공관汪公館'이라는 이름으로 상해에 남아 있다.

그렇다면 박태원을 비롯한 식민지 말기 조선인들이 왕정위의 "복잡한" 이력을 통해 포착했던 것 또한 남경정부의 수립을 통해 신질서 건설에 공헌하는 "동아東亞인"으로서의 면모였다기보다는, 당대 통치 체계를 향해 폭탄을 던지거나 봉쇄된 국경을 탈출함으로써 구축되는 디아스포라/코즈모폴리턴으로서의 면모 그 자체였을 수 있다. 《아세아의 여명》은 실제로 남경정부의 수립이 아니라, 왕정위가 항전파에 의해 봉쇄된 "공포의 도시" 중경을 탈출한 후 불령 하노이로 망명하기까지의 과정에 초점을 맞추고 있음을 알 수 있다. 즉, 박태원은 왕정위의 행보를 정부 수립을 위한 '귀환'의 서사가 아니라 "국가민족"을 강조하는 항전파의 단일한 질서로부터 벗어나고자 했던 '탈출'의 서사였던 것처럼 전유함으로써, 제국의 지역질서에 의해 봉쇄된 1940년대 대동아의 균질적 공간성으로부터 탈각된 지역/정체성을 상상할 수 있게끔 하는 기반을 마련했던 것이다.

곤명昆明 · 향항香港 · 하노이河內와 오염된 정체성으로의 이행

한편, 《아세아의 여명》에서 선보이는 화평구국운동和平救國運動의 궤적은 앞서 살펴보았던 화평파의 정치적·사상적 입장 및 왕정위가 축적해 왔던 초국경적 이미지로 인해, 단일한 "아세아"의 건설로 귀결되기보다는 항전파에 의해 균질화된 지역/정체성의 범주로부터 벗어나 다국적의 상호침투로 오염된 정체성으로 나아가는 과정을 선보이고 있다는 점에서 주목할 필요가 있다.

곤명·향항·하노이로 이어지는 화평파의 망명 루트는 왕정위가 장개석 및 항전파에 의해 폐쇄된 "공포의 도시" 중경을 탈출하는 것으로부터 시작된다. 이때 "특무공작대特務工作隊의 감시"로 인하여 "억지로 벗어나려면 자유는 물론이오 생명까지" 걸어야 하는 것으로 묘사되는 중경의 면모는 "항전을 계속하여 전국의 통일을 꾀하고 국가민족을 단결"시키겠다는 장개석의 언급에서 알 수 있듯이, 단일 민족공동체의 형성 및 이를 통한 "최후의 승리"의 획득을 시사하고 있다는 측면에서 '아세아 십억'의 단결을 통해 태평양전쟁의 승리를 구하고자 했던 제국의 일원적이며 폐쇄적인 지역질서와도 겹쳐지고 있다.[83]

장내가 다시 수선스러워지려 하였을 때, 장개석은 마침내 자리에서 일어섰다. 그의 얼굴은 거의 창백하였다. 그도 역시 크게 흥분되어 있었던 것이다. 그것은 그의 약간 떨리는 음성으로도 능히 알 수 있었다.

"말씀은 잘 알았습니다. 그러나 중국항전의 전도에는 점차로 광명이 비최고 있습니다. (중략) 이번 사변事變과 왕년의 서안사건西安事件을 비교하여 본다면 이번은 정부와 민중의 태도가 일치되어 있기 때문에 능히 일체의 곤란을 극복克服하여 반드시 최후의 승리를 획득할 것이라 믿습니다. **요컨댄 우리가 어디까지든 항전을 계속하여 전국의 통일을 꾀하고 성의로써 국가민족을 단결시키기만 하면, 어떤한 강적強敵이라도 족히 두려울 것이 없는 것입니다. 거듭 말하거니와 최후의 승리는 반드시 우리의 것일 것이니 두고 보십시다.**" (중략)

(이제 어떻게 할 것인가?……)

길은 오직 하나이었다. 장개석과 인연을 끊고 동지同志를 규합糾合하여 화평구국운동和平救國運動을 시작할 밖에 없다. 그러나 그것은 자기의 몸이 중경에 머물러 있는 동안은 절대로 불가능한 일이었다.

---

83 박태원, 《아세아의 여명》, 311, 323~324쪽.

이제까지도 화평파로 지목을 받아 온 몸이기는 하다. 그러나 오늘 자기와 항전파와는 완전히 대립이 되고만 것이다. 국민당의 부총재 국민정부의 부주석인 자기도 초토항전을 부르짖는 부내에서 완전히 대립된 주장을 표명한 이상, 이제는 그 신변에 위험조차 느끼지 않을 수 없다.

(특무공작대들은 이제부터 나의 행동을 감시하러 들것이겠지……)

왕조명은 지금 운남성雲南省 곤명昆明에서 자기가 오기를 고대하고 있을 동지 주불해周佛海와 안해 진벽군陳璧君을 생각하여 보았다. 그들은 수일전에 용하게 중경을 탈출하여 나갔던 것이다.

(나도 그들과 함께 떠나 버릴 것을 그리하였나……)

물론 그것은 주불해가 그날 권하여 마지 않던 일이다. 그러나 왕조명은 한번만 더 장개석에게 화평을 권하여 보고 싶었다. 중경을 탈출하는 것은 그 뒤라고 생각되었던 까닭이다.

그러나 모든 것이 허사이었다. 장개석은 결코 자기의 말을 들어주려고는 안하였다. 지성으로 일깨어 준 모든 말은 오직 항전파들의 미움만을 샀을 뿐이다. 미움을 산 것은 조금도 두려울 것이 없었으나, 이제 더욱이 그들의 경계가 심하여 중경 탈출이 한층더 곤란하여진 것이 자못 근심되었다.

그러나 아무리 곤란한 일이 있다손 치더라도, 자기는 어떻게든 이곳을 빠져나가 안전한 곳에 자리를 잡고, 동포를 도탄 속에서 건져내는 성聖스러운 사업에 착수하여야만 한다. 혹은 억찌로 이곳을 벗어나 나가려 할 때, 장개석은 자기의 자유는 물론이오 생명까지를 빼앗으려 할지도 모르는 일이다. 그러나 물론 죽음은 그에게 있어서 가벼움기 홍모鴻毛와 같았다.

〈어떻게든 기회를 타서 이곳을 탈출하여야만…〉[84]

그러나 민족·국가라는 중심성에 의해 구축되는 한편, "주석의 명령에 복종"할 것을 종용하는 중경의 단일 질서에도 불구하고, "海內海外의 생활"을 두루 거친 왕정위의 중층적 정체성은 봉쇄된 "공포의 도시" 곳곳에 뜻밖에도 세계 각국의 문화적 풍경들을 흩뿌려 놓는다. 즉, "운남성 주석 용운龍雲에게 전보를 받고 곤명으로의 탈출을 고심하던 왕정위는 어느 순간 자리를 떠나 "불란서창佛蘭西窓 앞으로 걸어"감으로써, "시화항柴花港에 있는 어느 주로酒壚에서부터인듯 싶은 남국의 음곡音曲"을 음미하거나, "육방옹陸放翁의 시詩"를 "한 편 두 편 낮은 음성으로 읊"기도 한다. 나아가 왕정위는 "중경 제일의 훌륭한 차"라는 미제 "크라이슬러어"를 타고 거리를 누비며 "생각을 멀리 곤명의 하늘로 달리는"[85] 등 중경의 균질적 공간성을 약화시키는 일련의 소비/문화 실천들을 수행하는 것이다.

이처럼 국적과 국민성을 초월하여, 자기의 성향에 맞는 문화를 두루 영위하고자 하는 왕정위의 세계시민적 면모는 "카아티쓰·라이트·콘돌형型 수송기"를 타고 "음울한 중경의 하늘을 떠나" "맑게 개인" 곤명으로 탈출한 이후 좀 더 극명하게 드러난다.[86] 즉, 왕정위를 비롯한 화평파들은 탈출 과정에서 곤명·향항·하노이라는 거점들을 차례로 거쳐 가게 되는데, 이 거점들은 프랑스와 영국의 조차지租借地·식민지라는 역사적 이력을 공통적으로 지니고 있다는 측면에서 눈길을 끈다. 이는 작품 초반 화평파가 선보였던 "조국과 아세아

---

84 박태원, 《아세아의 여명》, 323~324쪽.
85 박태원, 《아세아의 여명》, 323, 328, 342쪽.
86 박태원, 《아세아의 여명》, 344쪽.

의 위기"를 걱정하는 "우국지사"적 면모에도 불구하고, 이들이 망명을 통해 중국·아시아라는 균질적인 지역/정체성으로부터 벗어나 유럽과 아시아가 뒤섞인 이종혼합적 시공간 속으로 미끄러져 들어가게 되었음을 의미한다.

실제로 중경 탈출 이후 이들은 "로이텔" 통신으로 대표되는 범세계와의 연락망 및 아시아 영토 곳곳에 침투한 서구식 지명들, 유라시아의 문물이 뒤섞인 혼성적 풍경에 둘러싸인 스스로를 발견하게 된다. 즉, "하노이에 도피"를 선택한 이들의 행적은 탈출 사흘 만에 "로이텔"을 거쳐 전 세계에 전파되고, 곤명·향항·하노이에 도착한 이들의 발길은 "빅토리아 스트리트·포올·베엘 가街·빠니에 가街" 등의 이름으로 구획된 유−라시아의 영토를 산책하기에 이른다. 이때 서구의 조차지·식민지라는 역사를 지닌 각 공간들은 "아즈마야료깡吾妻屋旅館", "사호주가思豪酒家", "패리스 호텔" 등의 다국적 상호가 혼재된 코스모폴리스cosmopolis의 형상으로 이들의 눈앞에 펼쳐졌던 것이다.[87] 이들은 일련의 소비/문화 실천들을 통해 그간의 "순수한 지나적 분위기"를 떠나, 이러한 혼성적 풍경/감각들을 "물과 공기"과 같이 자연스럽게 받아들이게 된다. 즉, 이들은 영국 조차지인 향항에 이르러 "서양미인의 나체화裸體畵"와 더불어 "오가피주五加皮酒" 및 "마도로스 파이푸"를 향유하며, "케이불·카아를 타고 빅토리아봉峯"에 올라 "달구경" 할 계획을 세우기도 했다. 한편 프랑스의 식민지인 하노이에 도착한 이들은 "호텔 두·라·카스카아드·다르쟝hôtel de la cascade d'argent"에서 "안남인安南人의 호위"를 받으며, "포올·베엘 가의 시립대극장"에 출입했던 것이다.

---

87 박태원, 《아세아의 여명》, 347, 361~370, 388쪽.

그가 찾아간 곳은 해안통에 있는 '아즈마야료깡吾妻屋旅館'이라는 일본여관이었다. 이층, 그중 구석진 방문을 열고 들어서니, 매사평은 방 한가운데 '다다미' 우에가 거북하게 앉아서 '중산전서中山全書'를 뒤적거리고 있었고 주불해는 창에다 바특이 붙여 놓은 책상 앞에가 단정하게 앉아서 남화일보에 실릴 원고를 집필 중이었다. (중략)

주불해는 일본유학생으로 일즉이 경도제대경제학부京都帝大經濟學部를 마쳤다. 일본말도 능하거니와 일본적인 생활에도 생소하지는 않았다. 그러나 매사평은 북경대학北京大學출신으로 일본도 외국도 모르는 사람이다. 순수한 지나적 분위기 속에서 자라난 그에게는 '다다미'방이란 거처하기에 심히 거북함을 느꼈고, 일본음식이란 도무지 입에가 맞지 않았다. 그래도 그는 한번 그렇게 숙소를 정한 뒤 입 밖에 내여서는 한마디의 불평도 말하지 않았다. (중략)

一월十一일 밤에, 그들은 마침 달도 보름이 가까워 식후의 산책을 겸하여 케이불·카아를 타고 빅토리아봉峯을 올라 가기로 말들이 있었다.

그가 이층 주인의 방 밖에 이르렀을 때, 안으로서

"누구냐?"

하고 불 멘 소리가 물었다.

"나다!"

하고 문을 홱 열어 들어 서자, 오십이 넘은 사호주가思豪酒家의 주인은 의아스러운 눈초리로 그의 얼굴을 잠깐 바라보다가 눈이 금시에 등잔만 하여 가지고, (중략)

"애애—"

하고 쿡을 부른 다음,

"오가피주五加皮酒한근 하고 안주 몇가지 얼른 날라 오너라."

그렇게 명하고 손을 연해 부비며 제자리로 돌아 와,

"사관은 어데다 정하셨습니까?"

하고 물었다.

"아직 안정했네. 자네만 구찮아 않는다면, 이 방을 좀 쓰고도싶으이마는…"

하고 주머니에서 **마도로스·파이푸를 끄내어 든다.** (중략)

"그뒤에 하노이에서는 무슨 적확한 정보가 있었오?"

하고 **맞은편 벽에 걸리어 있는 서양미인의 나체화**裸體畵**를 물끄럼이 치어다 보았다.**

불령인도지나의 수도 하노이와 상거하기 八七킬로—탐·다오에 있는 호텔·두·라·카스카아드·다르쟝 이층의 일실에서 왕조명은 부인 진벽군과 함께 일체 외출을 중지하고 표면으로는 무사평온無事平穩**한 듯 하면서도 내면으로는 가장 다사**多事**하고 또 격렬**激烈**한 그날 그날을 보내고 있었다.** (중략)

여덟시三十분—, 검은안경을 쓴 왕조명과 증중명은 안남인의 호위護衛두사람과 함께 자동차로 하노이교외郊外, 태호太湖 산보도로散步道路로 향하였다. (중략)

"별 이상 없었니?"

"없었습니다. 다만 왕이 나간 뒤 조금 있다가 진벽군이 딸을 데리고 나갔습니다."

"어데로 가든?"

"포올·베엘가街**, 시립대극장**市立大劇場**이요.**"[88]

[88] 박태원, 《아세아의 여명》, 363~368, 370, 378, 387~388쪽.

곤명·향항·하노이의 공간이 담지한 이러한 역사적·문화적 혼종성을 체험하는 동안, 이들은 기존에 영위해 왔던 "조국"의 "순수한" 정체성으로부터 점점 멀어진다.

한편 《아세아의 여명》에서 왕정위는 "즉시 (화평구국) 운동을 방기放棄하고 구라파歐羅巴로 만유할 것"을 분부하는 장개석의 "명령"에 대한 "복종"을 거부하며, 이로 인해 장개석의 "게·페·우"인 "특무공작대원"에 의해 암살당할 위험에 처한다.[89] 이렇듯 장개석의 "자객"으로 표상되는 '단일 지역질서의 포획 명령'을 회피하는 과정은, 왕정위로 하여금 민족·국민성 등의 순수한 범주로는 식별 불가능한, 유동적이며 복수적인 정체성을 영위하게끔 하는 계기가 된다. 예컨대 하노이 밀정의 전보에 의하면 왕정위는 "빠니에가 四二번지 중국인 보석상의 주선으로 목하 시내 어느 병원에 신분을 감추고 입원 중"인 동시에, "하노이 교외 八七킬로의 탐·다오"와 "하이폰교외 二二킬로의 도우슨"에도 존재하는 것으로 보고된다.[90] 이처럼 표적이 되지 않기 위해 분열·증식하는 정체성을 영위했던 왕정위의 면모는, 그가 자객을 따돌리기 위해 "검은 안경"을 쓴 채 하노이에 거주하는 "일본인"이나 증중명과 신원을 바꿔치기하는 대목에서 절정에 이른다. 이는 왕정위가 "국가민족"이라는 중앙 집중적 체계의 포획 장치로부터 도주하기 위해, 언제든 교체 가능한 복수적 정체성들을 활용하기에 이르렀음을 시사한다는 측면에서 주목된다.[91]

---

89 박태원, 《아세아의 여명》, 360, 381쪽. 게페우는 "Gosudarstvennoe Politicheskoe Upravlenie"의 약자로서, 소련의 비밀경찰인 국가정치보안부를 뜻한다.
90 박태원, 《아세아의 여명》, 367쪽.
91 박태원, 《아세아의 여명》, 365~368, 387~390쪽.

(왕정위는) 주머니에서 일즉이 자기가 중경을 탈출하던 날 팽학패가 쓰라고 준 검은안경을 끄내었다. (중략)

교외로 나서며 증중명은 고개를 돌려 뒷창으로 어둠 속을 내어다 보았다. 三百미돌 가량 뒤떨어져 한 대의 자동차가 헷드·라이트를 두 개의 괴물怪物의 눈과 같이 번득이며 쫓아 오고 있었다.

증중명의 입가에 처창한 미소가 떠올랐다 사라졌다.

차가 태호에 이르자 저편으로서 한 대의 자동차가 역시 어둠을 뚫고 나타나며 차 안으로부터 회중전등의 불빛이 세 번 켜지고 세 번 꺼졌다.

증중명이 운전수에게 한마디 하자 차는 서고 이편 차가 서자 마주 봐라보며 오던 차도 약 五十미돌의 간격을 두고 섰다. 그리고 두자동차에서 탔던 이들이 모두 나리어 서로 접근하여 갔다.

모든 일은 어둠 속에 말없이 거행되었다. 일분三十초 뒤에 사람들은 다시 각기 차 우에 오르고 저편에서 오며 회중전등의 신호를 하던 자동차가 먼점 움즉이어 그대로 하노이시내를 향하여 달려 갔다. (중략)

조금 전에 태호 호수가에서 어둠 속에 자동차를 바꾸어 타고 네명의 일본인과 함께 대립의 눈을 기어 메트로포올·호텔로 들어간 왕조명은 三三四호실에서 그보다 조금 전에 그곳에 와 있던 부인과 영양과 함께 모되었다. (중략)

"대체 어찌된 일이오?"

왕조명은 부인 진벽군에게 물었다.

"증선생 단독의 계획입니다. 증선생은 대립이 하노이에 잠입하였다고 기어코 오늘밤으로 코론가에서 옮기시는 것이 좋다고 말씀하여요." (중략)

"내 대신 코론가로 돌아간 사람은 누구요?"

"기시모도라나 하는 일본인입니다."

그날밤이 미쳐 새기 전─, 오전세시에 코론가 二十七번지 저택 뒷길에 대립이 지휘하는 특무공작대원 다섯명이 나타나 철책을 소리 없이 뛰야 넘었다. (중략)

삼층으로 올라 가자 대립은 두명의 부하와 함께 왕조명의 방으로, 남어지 두명은 증중명의 방으로, 감긴 문을 깨치고 뛰어 들었다.

뛰어 들며 대립은 침대가 놓여 있는 편을 향하여 우선 한방 쏘았던 것이나 다음순간 그는 그것이 한 개의 빈방이라는 것을 깨닫고 혀를 찻다.

"내가 속았고나!"

한마디 중얼거렸을 때 증중명의 방에서 여자의 지르는 비명이 들리며 십여방의 총소리가 뒤이어 방안을 울리었다.[92]

위 인용문에서 볼 수 있듯이, 곤명·향항·하노이에 머무르는 동안 왕정위는 "일본인 기시모도"로 행세함으로써 자객의 추적을 피하며, 증중명의 대리代理 죽음에 의거함으로써 생명을 건지기도 한다. 그렇다면 지금까지 살펴본 바 있듯이, 곤명·향항·하노이에서 왕정위의 정체성은 중국인이자 일본인인 동시에, "메트로포올metropole 호텔"에 투숙하는 세계시민으로도 통용되었다. 아울러 그가 머무르는 장소는 지나-일본-영국-베트남-프랑스인 동시에, 어떤 단일 범주로도 식별해 내지 못할 정도로 오염된 범세계의 영역 그 자체이기도 했던 것이다. 그렇다면 "중국과 일본이 손을 잡"음으로써 단일한 "신동아"를

---

92 박태원, 《아세아의 여명》, 384, 387~394.

구축하고자 했던 "화평구국운동"의 궤적이 그려낸 것은 결국 어디의/어떠한 지도인 것인가? 아울러《아세아의 여명》에 제시된 유-라시아의 혼성적인 공간성 및 정체성이 의미하는 바는 과연 무엇인가?

첫째, 박태원은 "지도를 펴고 역사를 꾸"밀 것[93]을 명령받았던 식민지 말기, 왕정위라는 인물이 축적해 왔던 범세계적 입지를 바탕으로 제국에 점유된 아시아의 시공간에 대한 재전유를 초래함으로써, 제국의 지역 파편화 정책에 의해 온전히 분할 불가능한, 언제나-이미 상호침투적 공간이었던 '유-라시아'의 지도를 가시화한다. 작품의 공간적 배경으로 설정된 곤명·향항·하노이는《아세아의 여명》이 발표된 1941년의 시점에 이미 제국의 영토로 편입된 상태였음을 상기하자. 그러나 제국의 균질적인 인종·영토 기획에도 불구하고,《아세아의 여명》은 "남양의 구석구석에서 앵글로색슨을 내몬"[94] 끝에 이룩된 제국의 "승전지勝戰地"가 실상 우럽과의 역사적·문화적 상호침투로 인하여 생성된 이종혼합적 지형들로 구성되어 있는 것임을, 아울러 "국적과 국민성을 초월하는" 소비·문화적 동인을 축적한 세계시민들의 행보로 인해 언제든 오염이나 해체를 초래할 수 있는 유동성을 띤 것임을 시사했던 것이다. 다시 말해 제국의 군사적 점령에도 불구하고 유-라시아는 결코 단일한 지역/정체성의 형태로서 수렴·분절·고정되지 않았고, 서구의 조차지·식민지라는 혼성적 이력을 거쳐 구축된 곤명·향항·하노이의 역사·문화적 시공간은 대동아의 중심적 위상을 약화시키는 지역/정체성의 또 다른 층위로서 여전히 제국의 정치적 영토 이면에서 작동하고 있었다.

93 김용제,〈御東征〉,《綠旗》, 1943. 2.
94 노천명,〈싱가폴 함락〉,《매일신보》, 1942. 2. 19.

둘째, 《아세아의 여명》에서 제시된 바 있듯이, '단일한' 아시아를 구축하기 위한 "화평구국운동"이 곤명·향항·하노이라는 이종혼합적 여로들을 거쳐야만 가능했다는 사실은, 겹쳐지고 오염되어 있으며 동시적 세계체제에 연루된 채 움직이기도 했던 유–라시아의 시공간 속에서, '대동아'라는 분절된 권역을 설정하고자 하는 시도가 그 자체로 불가능한 것이었다는 점을 드러낸다. 주지하듯이, 작품 초반 "특무공작대"의 감시 하에 분절된 지역질서를 영위하는 것으로 그려졌던 중경은 왕정위의 소비/문화 실천으로 인하여 내부로부터 이미 오염되어 있거나, 혹은 자본이라는 동력에 의거하여 세계와 언제든 연계될 수 있는 것으로 제시된다. 더구나 화평파가 추진했던 "신동아 질서"란 영국 식민지인 "향항 검찰청"이 제공하는 "권총" 및 프랑스 식민지인 "안남"이 제공하는 "호위"에 의거하여 구축되는 것이었다는 대목에서 알 수 있듯이,[95] 왕정위의 "화평구국운동"은 동아 신질서를 구축한다는 명목 하에 영국·프랑스의 조차지·식민지를 거점으로 삼거나, 현지 공권력들의 보호에 의존하는 면모를 드러냄으로써 "중국과 일본이 손을 맞잡는 것"만으로는 결코 완성될 수 없었던 '신동아 건설'의 국제적 국면을 포착케 했던 것이다.[96] 이처럼 시작부터 오염된 영토성 및 정체성에 입각하여 수행된 것으로 판명되는 "화평구국운동"의 면모는 영미귀축英美鬼畜의 기치에 의거하여 "동아 봉쇄주의"를 표방했던 대동아 기획에도 불구하고, 1930~40년대 아시아가 여전히 상호침투하는 세계체제의 일부이자 다국적多國籍 흐름들의 열린 교차점으로서 요동하고 있었음을 보여 준다.

95 박태원, 《아세아의 여명》, 378, 384쪽.
96 박태원, 《아세아의 여명》, 378, 391쪽.

셋째, "신정부를 수립하기까지의 유혈사! 분전기!"를 그리고자 했다는 《조광》 편집자의 말과는 다르게, 왕정위의 실제 탈출 경로를 충실히 따라가는 듯하던 박태원은 남경정부의 수립이라는 '귀환 및 정착의 서사'가 아니라 하노이 망명을 통한 "세계 만유漫遊"라는 '탈출의 서사'로 작품을 (잘못) 끝맺어 버리고 만다. 이는 앞서 매체를 통해 살펴본 바 있듯이, 왕정위에게 투사되는 식민지 조선인들의 욕망이 제국이라는 중심성으로부터의 '이탈'에 초점이 맞추어진 것일 수 있음을 짐작케 한다. 하노이−유럽을 거쳐 남경으로 귀환했던 왕정위의 실제 이동 경로에도 불구하고, 박태원은 그간 초국경적 망명객으로서 회자되어 왔던 왕정위가 유럽에 도착하여 제국이 아닌 또 다른 중심성에 귀속되어 버리거나, 혹은 남경 정부를 수립함으로써 '아세아'라는 (허구적) 경계성 속으로 되돌아오는 식으로 작품을 끝맺지 않았다. 작품의 결말에 이르러 제시되는 증중명의 대리 죽음은 이러한 측면에서 의미심장하다. 즉, 증중명은 하노이 도착 이후 프랑스인들의 여름 휴양지인 "탐·다오"에 틀어박힌 왕정위를 대신하여 "향항과 상해 등지에 있는 동지들과의 연락이며 중경으로부터의 정보 수집"을 전담함으로써, 왕정위가 지닌 "중국 백년대계를 위하는" "우국 열혈 지사"라는 정체성에 대한 대리 수행적 면모를 드러낸다.[97] 그러나 증중명은 왕정위와 신원을 바꿔치기 한 끝에 결국 특무공작대원들에게 암살당하며, 증중명의 죽음을 계기로 왕정위−지나·아시아라는 '단일 범주' 간의 연계란 강제적으로 종결되기에 이르렀던 것이다. 중경 탈출 이후 왕정위가 우국지사·세계시민 등의 복합적 면모들을 선보인 바 있다면, 대리 수행자인 증중명의 죽음을 기점으로

---

97 박태원, 《아세아의 여명》, 378, 380, 396쪽.

왕정위가 지녔던 "우국지사"로서의 정체성은 현실적으로 더 이상 유효하게 통용되지 못한다. 그리하여 작품의 결말에 이르러 "항전 계속의 대세가 결정이 되는" 한편, "사랑하는 동지의 조난"으로 인하여 "희망이 끊어지고 만" 왕정위에게 실질적으로 남은 것은 정체성을 위장하기 위한 도구인 "흑黑안경"과 "여행권旅行券", 죽은 증중명이 남긴 "52000비아스틀"의 소절수(수표) 및 "세계 만유漫遊"라는 선택지뿐임을 알 수 있다.[98] 즉, 《아세아의 여명》에서 "운동을 방기放棄"한 채 "나라를 온전히 떠나 외유外遊"[99]할 수밖에 없게 된 상황에 놓인 왕정위가 결국 택하게 되는 것은 (실세계에서의 그의 행적과 마찬가지로), 자본이라는 동력에 의거하여 "전 세계를 내 집으로" 삼는 망명객의 행보였던 것이다. 그렇다면 박태원에 의해 부각되는 왕정위의 모습 또한 신동아 질서 수립에 공헌하는 아시아의 우국지사였다기보다는, "흑안경"을 쓴 정체불명의 상태로 유-라시아의 이종혼합적 영역들을 떠돌아다니는 초국경적 존재 그 자체일 수 있다. 흑안경 뒤로 단일 범주로는 식별 불가능한 유동적이며 교체 가능한 정체성들을 영위한 채로, 왕정위는 "여행권" 및 "52000비아스틀"의 "여비旅費"만을 손에 쥐고 영원히 오염된 유-라시아 대륙을 여행하는 방랑자로 남게 되었다. 이것이야말로 당대 식민지 조선인들이 상상해 낼 수 있었던 가장 첨단의 '중심 없는' 세계-자아를 사유하는 방식이자, 이들이 궁극적으로 재현하고자 했던 아시아-세계 지도의 면모일 것이다.

---

98 박태원, 《아세아의 여명》, 380~382, 394쪽. 이때 왕정위의 비서 역할을 하던 증중명은 총상으로 인해 죽어가는 와중에도, 다음과 같은 마지막 모습을 보이는 것으로 제시된다. "증중명은 그 괴로운 중에도 자리 우에 상반신을 모으고 틀고 자기가 맡아 가지고 있던 五萬二千비아스톨의 소절수小切手에다 서명署名을 하고 있었다."

99 박태원, 《아세아의 여명》, 381쪽.

화평구국和平救國 운동의 초국경성

제국의 아시아 기획을 "지방주의"에 불과한 것으로 규정하는 한편, "부분이 없고 구역이 없는 세계주의"[100]를 보편으로 삼고자 했던 식민지 코즈모폴리턴들은 대동아공영권이 담론적 헤게모니를 장악했던 1940년대에 이르러서도, 여전히 지역/정체성의 재맥락화를 시도했던 것으로 인식되기도 한다. 가령 이경훈 · 김미란은 이효석의 《벽공무한(1941)》에 대한 분석을 통해 "구역을 넘어 전 세계 속에 살고자"[101] 했던 이들이 제국에 의거하여 만주로 향했던 발길을 제국 자체를 향해 되돌리기보다는 어느 곳에도 귀속되지 않는 "방랑객"의 입지로 남고자 했다는 측면에서,[102] 혹은 "제국의 장소"였던 하얼빈을 재전유하여 유럽의 일부로 인식하는 "의도적인 역사의 오독"을 범하고 있다는 측면에서[103] 제국의 중심성으로부터 이탈하는 지정학적 상상을 드러내는 것으로 평가될 수 있다고 언급한다. 이처럼 "제국의 지리적 상상 안에 들어와 있는 제국의 장소"에 대한 재전유 · 재맥락화를 통해 대동아로부터 탈각된 지역/정체성의 가능성을 제시하고자 했던 일련의 시도들은 1941년에 발표된 박태원의 《아세아의 여명》에서도 유사하게 드러나고 있다.

이 절에서는 곤명 · 향항 · 하노이 등 제국의 "승전지"로 표상되던 아시아의 공간들을 '유−라시아'의 이종혼합적 공간인 것으로 재맥락

---

100 이효석, 《화분(1939)》, 유페이퍼, 2013, 99~100쪽.
101 이효석, 《화분》, 100쪽.
102 이경훈, 〈식민지와 관광지−만주라는 근대 극장〉, 84~105쪽.
103 김미란, 〈감각의 순례와 중심의 재정위: 여행자 이효석과 '국제 도시' 하얼빈의 시공간 재구성〉, 185~187, 193~203쪽.

화하는 작품의 면모에 초점을 맞춤으로써, 1920~30년대에 걸쳐 축적되어 왔던 세계주의적 전망이 1940년대에 이르러서도 제국의 중심성으로부터 탈각된 혼종적·교차적 지역/정체성을 상상하거나, 분절된 경계 설정 자체가 지닌 불가능성을 가시화하게끔 하는 불안정성의 요인으로 작동하고 있었음을 밝혔다.

주지하다시피, 식민지 말기 이효석 등이 선보인 재전유·재맥락화의 시도는 "제국의 지리적 상상"으로부터 이탈하기 위해 구라파의 소환에 의거하고 있다는 측면에서 여전히 유럽이라는 또 다른 중심성에 대한 귀속에 불과한 것으로 읽히기도 했다. 그러나 《아세아의 여명》에 나타난 유-라시아의 겹쳐지고 오염된 공간성 및 "화평구국운동"이 선보이는 초국경적 여정은 일찍이 "중심 없는 모임의 세대"를 형성한 바 있던 식민지 조선의 코즈모폴리턴들이 1940년대에 이르러 어떤 식으로 아시아-세계를 상상했던 것인지를 짐작케 한다. 즉, 이들에게 아시아란 유럽과의 역사적·문화적 상호침투 및 "국적과 국민성을 초월하는" 세계시민들의 행보로 인하여 단일 범주/중심성에 대한 해체를 초래하기도 하는 유동성·혼종성을 띤 공간이자, 여전히 "구역을 넘어선" 세계체제의 일부로서 파악되었던 것이다. 나아가 이는 "흑안경"을 쓴 채 "52000비아스틀"을 손에 쥐고 "세계 만유"에 나서는 왕정위의 초국경적 입지로 귀결되고 있다는 측면에서, 제국이라는 중심성을 향한 수렴이 아닌 이탈을 선택함으로써 '중심 없는' 세계-자아를 영위하고자 했던 당대 식민지 조선인들의 무/의식적 욕망을 표출하는 것이기도 했다. 그리하여 《아세아의 여명》에 나타난 유-라시아 인식 및 이종혼합적 공간성은 "생활 전일체로서의 민족과 국가"를 구축하고자 했던 제국의 지역/정체성 구획을 융해融解시키는 불안정성의 요인으로서, 혹은 제국의 단일한 질서 내

부로 전적으로 수렴되지 않는 범세계적 전망의 가시화로서 그 의의
를 획득하고 있는 것이다.

| 제5부 |

에필로그: 해방 이후의 좌표와
제국 내/외부의 범세계적 연대들

1. 해방기 시/공간과 "회고된 역사"로서의
   항일 투쟁 서사

지금까지 여러 시대, 여러 문학작품들을 경유하며 줄곧 추적해 왔던 것은 바로 다음과 같은 질문이라고 할 수 있다. 즉, 식민지 조선인들에게 '중심 없는' 아시아-세계의 상상이란 가능했는가? 그렇다면, 자본의 팽창이나 사회주의라는 동력을 바탕으로 식민지 조선인들은 '중심 없는' 아시아-세계를 어떠한 형태로서 구현해 내었으며, 이러한 각각의 구현 행위란 "모든 것의 중심"으로서의 제국을 설정하고자 했던 식민지 말기 및 그 이후에 있어서 과연 어떠한 대응적 의미를 지닐 수 있었는가.

1945년 8월 15일 이후의 해방 공간은 위 질문들이 지니는 의의를 최종적으로 검토하는 데 매우 중요한 참조 지점인 동시에 한계 지점인 것으로 파악된다. 즉, 해방기는 제국의 통제로 인해 그간 비非가시적인 것으로 규정되어 왔던 식민지 조선인들의 초국경적 상상, 행보, 연대들이 비로소 실현 가능해졌다는 인식 하에 ('문학적 허구'가 아닌) '역사적 사실'로서 발화되기 시작했던 시기이자, 동시에 미국/소련이라는 냉전 구도 하에 '세계'로 뻗어나가고자 했던 조선인들의 발길이 급격히 38선 이하 남한이라는 축소된 지형 속으로 수렴될 수밖에 없었던 시기이기 때문이다.

여러 연구자들이 지적한 바 있듯이, 해방기에 이르러 "단일한 실체로 상정되었던 아시아의 통합적 상의 해체"로 인해 발생한 공백은 "개별 네이션에 대한 열정 및 국민국가 건설이라는 아젠다"로 재빠르게 대체되었으며, 이처럼 "하나의 이데올로기가 와해되는 순간이 또 다른 강력한 이데올로기로 대치되어 버리는" 역사 진행의 "지나친 기민함"[1]이란 조선인들이 식민지 시기 전반에 걸쳐 추구해 왔던 세계주의적/프롤레타리아 국제주의적 전망들을 조명·실천할 수 있는 충분한 현실 공간을 확보하지 못한 채로, 국가주의 혹은 미국/소련이라는 (배타적) 중심성으로의 귀속을 향해 질주하게 되는 원인으로 작용했다. 즉, 지역적 인접성/인종적 동질성이라는 제국적 맥락으로부터 탈각된, 피식민이라는 "역사와 경험"의 공유에 의거한 아시아적 연대를 구축하고자 했던 해방기의 움직임은 국민국가 건설이라는 당면 과제에 입각하여 네이션 차원으로 급격히 해체·회수되었으며, 공산주의/자본주의로 양극화된 당대 냉전 지도란 아시아 국가들 또한 "적과 동지"로서 극명히 분열시켰던 것이다.[2]

그러나 "제국주의적 세계 판도가 붕괴되고 냉전 헤게모니가 세계를 장악"해[3] 갔던 당대 시대적 흐름에도 불구하고, 해방 직후로부터 1948년 단정 수립 이전까지의 짧은 기간은 좌익과 우익의 활동이 공존하는 한편, "좌우 문단의 헤게모니에 포섭되지 않는" 또 다른 주체성을 선보이고자 했던 "중간자"들의 목소리 또한 부각된 시점이라는 점을 상기할 필요가 있다.[4] 가령 박연희는 박두진, 박목월, 조지훈 등 "해방기 신세대 문학자"들의 사례를 통해 "어떤 주의의 편당성에

1 김예림, 〈냉전기 아시아 상상과 반공 정체성의 위상학: 해방─한국전쟁 후(1945-1955) 아시아 심상지리를 중심으로〉, 《상허학보》 20집, 2007. 6. 314쪽. 장세진, 〈역내 교통의 (불)가능성 혹은 냉전기 아시아 지역 기행〉, 《상허학보》 31집, 2011. 2, 135쪽.
2 장세진, 〈역내 교통의 (불)가능성 혹은 냉전기 아시아 지역 기행〉, 124, 165쪽.
3 김예림, 〈냉전기 아시아 상상과 반공 정체성의 위상학: 해방─한국전쟁 후(1945-1955) 아시아 심상지리를 중심으로〉, 314쪽.
4 박연희, 〈'분실된 年代'의 자기표상: 해방기 박인환과 김수영을 중심으로〉, 《상허학보》 27집, 2009. 10. 93, 96쪽.

보다도 전인간적 공감성"에 기반을 둔 "순화된 사상"[5]을 문학적 방향 성으로 설정하고자 하는 움직임이 있었음을 제시한다.[6] 아울러 당시 조선문학가동맹의 시부 위원장이었던 김기림은 사회주의적 "인민" 개념 또한 "민족을 넘어서 세계에로, 그뿐만 아니라 공간을 넘어서 역사의 세계에까지" 확장되어야 함을 기술함으로써 네이션/이데올 로기의 구획에 매몰되지 않는 스케일을 드러낸 바 있는 것이다.[7] "비 록 짧은 시기의 보기 드문 경향이기는 했지만", 네이션/이데올로기 차원으로 회수되지 않는 이러한 코즈모폴리턴적·국제주의적 사유의 가시화란 "1945년이 벅차게 상징하는 '탈식민'의 시대정신Zeitgeist"[8]으 로부터 유래한 것이자, "식민지 경험을 지닌 국가−민족을 동일한 체 험을 공유한 '동반자'로 상상"함으로써 그간 아시아에 기입되었던 제 국적 맥락을 탈피·재구성하고자 하는 "해방국으로서의 자기 발산"[9] 적 측면으로부터 기인한 것이기도 했다.

이 장에서 시도하고자 하는 바는 국민국가 및 미국/소련이라는 또 다른 중심성으로의 귀속이 눈앞에 다가왔던, 그럼에도 불구하고 제 국이라는 거대한 중심성의 무게가 사라졌던 해방기의 시/공간을 통 해 제국 통치하에서 미처 발화되지 못했던 상상/실천들의 "자기 발 산"적 양상을 포착하는 것이다. 이를 위해 여기서는 박태원의 《약산 과 의열단》(1947), 김사량의 《노마만리》(1947)를 대상 텍스트로 선정

5 조지훈, 〈해방시단의 과제(1946.4.4.)〉, 《조지훈 전집 3》, 나남출판, 1996, 223~224쪽.
6 박연희, 〈'분실된 年代'의 자기표상: 해방기 박인환과 김수영을 중심으로〉, 93, 95쪽.
7 김기림, 〈우리 시의 방향〉, 조선문학가동맹 중앙집행위원회 서기국 편, 《건설기의 조선문학》, 1946, 72쪽.
8 장세진, 〈역내 교통의 (불)가능성 혹은 냉전기 아시아 지역 기행〉, 135쪽.
9 김예림, 〈냉전기 아시아 상상과 반공 정체성의 위상학: 해방−한국전쟁 후(1945−1955) 아시아 심상지리를 중심으로〉, 321쪽.

하여, 해방을 기점으로 변화된 담론 지형 속에서 조선인들이 제국 통치 하에 놓였던 식민지의 경험들을 어떻게 회고 혹은 맥락화함으로써 탈식민적 아시아의 신생新生의 기반을 마련하고자 했는지 밝히고자 한다. 즉, 이 장에서는 제국의 접경지대나 영토 '바깥'에서 수행되었던 월경·망명·투쟁의 궤적들을 가시화함으로써, 식민지 시기 조선인들이 선보였던 탈중심의 여정들을 마지막으로 보완하고, 제국의 구심력이 사라진 '무중력' 아시아에서 해방기 조선인들이 구축하고자 했던 새로운 범세계적 연대의 형태를 짧게나마 가늠해 볼 것이다.

2. 제국적 맥락의 탈각과 아시아-세계 상상의 극점들

조선·대만·아일랜드·헝가리-《약산과 의열단》과 "피압박 민족"들의 연대

해방 공간에서 박태원은 어떠한 입지를 차지하고 있었으며, 그가 식민지 시기 전반에 걸쳐 줄곧 견지해 왔던 자유주의적·세계주의적 전망은 해방기 시/공간과의 조우를 통해 어떠한 형태로서 서사화되는가. 이 절은 우선 이러한 질문들을 해명하는 것으로부터 시작된다.

주지하듯이, 해방 직후 박태원은 김기림, 정지용, 이태준 등과 더불어 조선문학가동맹에 참여했으며, 1947년에는 중앙집행위원으로 피선된 바 있다. 이러한 행적으로 인해 박태원은 단정 이후 자신의 정치적 과오를 청산하는 전향 성명서를 발표해야 했으나,[10] 그럼에도 불구하고 이 시기 박태원의 정치적 노선은 "민족을 넘어서 세계"로 나아갈 것을 역설했던 김기림의 경우와 마찬가지로 중간자적 성향을 띠고 있었던 것으로 분석된다.[11] 이때 1947년에 발표된 《약산과 의열단》은 박태원의 중간적 성향을 뒷받침하는 텍스트이자, 해방기 좌우합작노선을 주장했던 대표적 인물인 김원봉의 행적을 서사화하고 있다는 측면에서 중요하게 다루어질 필요가 있다. 즉, 안미영이 지적한 바 있듯이 김원봉은 "조선민족혁명당 총서기, 조선의용대 대장, 한국광복군 부사령관, 한국 임시정부 군무부장"을 역임한 민

---

10 안미영, 〈해방이후 박태원 작품에 나타난 '영웅'의 의의〉, 《한국현대문학연구》 25권, 2008, 346~347쪽.
11 여기에 대해서는 안미영, 〈해방이후 박태원 작품에 나타난 '영웅'의 의의〉, 3장 참조.

족주의 좌파세력의 지도자인 동시에, 필요하다면 "중국 국민당 정부 요원과 연대관계를 맺어 재정, 물질적 지원을 얻는" 것도 서슴지 않았던 유연성을 띤 인물이었으며,[12] 이때 박태원은 스스로도 "과격파가 아님"[13]을 밝혔던 김원봉의 탈脫-이데올로기적 면모를 포착함으로써 해방기라는 찰나의 순간에 발화되었던 "중간자"의 희귀한 목소리를 들려주고 있는 것이다.

주지하다시피, 박태원이 현존하는 인물에 대한 서사화를 시도한 것은 이번이 처음이 아님을 상기하자. 앞서 살펴본 바 있듯이 박태원은 1941년 《아세아의 여명》에서 왕정위라는 중국 정객에 대한 서사화를 시도했다. 즉, 박태원은 "정치소설"로 명명되는 문학적 허구의 형식을 통해 남경 정부 수립으로 귀결되었던 왕정위의 수렴적 행보를 "하노이로의 탈출" 및 "세계만유"라는 '이탈적' 행보로 재전유함으로써, 대동아의 닫힌 영토성으로부터 스스로를 탈각시키고자 했던 당대 조선인들의 욕망을 가시화했던 것이다. 이는 곧 제국이라는 네이션/이데올로기의 차원으로 온전히 회수되지 않는 범세계적 정체성을 영위하고자 했던 작가 자신의 코스모폴리터니즘으로부터 비롯된 것으로 독해되기도 한다. 그렇다면 박태원은 《약산과 의열단》에 이르러 제국-바깥에서 '역사적 사실'로서 전개되었던 테러리스트들의 이탈적 움직임들을 부각시킴으로써 그간 아시아에 드리워져 있던 제국적 맥락을 어떻게 탈각시켰으며, 나아가 "중간자"의 입을 빌어 전달되는 항일 무장 투쟁 운동의 궤적을 통해 네이션/이데올로기로 수렴되지 않는 어떤 아시아적 연대의 형상들을 표출하고자 했는가.

---

12 안미영, 〈해방이후 박태원 작품에 나타난 '영웅'의 의의〉, 360, 363, 366쪽.
13 박태원, 《약산과 의열단(1947)》, 깊은샘, 2000, 23쪽.

박태원이 《아세아의 여명》에서 왕정위가 펼친 "평화구국운동"의 궤적을 "항전파"의 단일 질서로부터 탈출하여 유-라시아의 혼성적 질서로 나아가는 과정으로 그려 내었던 것과 마찬가지로, 《약산과 의열단》에 나타난 의열단의 테러 또한 '단일한 실체'로 인식되어 왔던 대동아를 벗어나 제국-바깥으로 월경함으로써 제국 통치 하에서는 가시화될 수 없었던 유동적·혼성적·교차적 공간성들을 발견하는 과정으로 그려지고 있다. 이때 비합법적 수단에 의거하여 전개되는 이들의 초국경적 이동은 제국이 구축하고자 했던 대동아의 균질적 영토성을 해체시키는 결과를 초래한다는 측면에서 주목할 필요가 있다. 즉, 식민지 시기 의열단의 테러·암살·파괴 공작은 만주·시베리아·지나·조선·일본·싱가포르·외몽고·유럽에까지 이르는 국제적인 루트를 거쳐 수행되었는데, 이러한 항일 무장투쟁의 전개는 곧 제국에 의해 감시·통제되는 국경을 "차례로 돌파"하거나 밀수·밀항·신분증 위조·변장 등을 통해 우회하는 과정이기도 했다.

　이들은 상해·북경·천진·봉천을 거점으로 삼고, 평양·신의주를 거쳐 조선에 잠입한 후 조선총독부·동양척식회사·식산은행을 가격加擊하는가 하면, 대마도·나가사키를 통해 내지로 침투하여 "궁성 밖 2중교"에 폭탄을 던졌다. 나아가 이들은 레닌이 "조선의 혁명운동을 위하여, 상해임시정부로 보내는 돈 40만원"을 외몽고의 고륜-장가구-상해라는 우회적 루트를 취해 수송함으로써, 제국의 감시를 따돌리기도 했던 것이다.[14] 이 과정에서 엄중한 감시 하에 놓인 듯했던 제국 일본의 국경은 자본 등의 동력에 의거하여 언제든 돌파될 수 있

14　박태원, 《약산과 의열단》, 70, 96~97, 136쪽.

는 허점을 지닌 것이라는 사실이 드러나며,[15] '단일한' 제국 일본의 영토는 기실 소련의 코민테른, 중국 국민혁명군 등의 세력이 지닌 국제적 영향력과의 상호연관 속에 있었던 것으로 형상화된다. 다시 말해 그간 '통합된 실체'이자 '균질적 영토'로서 상상되어 왔던 제국의 아시아는 해방 후에 발화되는 "역사적 증언"들에 의거하여 언제든 침투되거나 타 세력과의 충돌을 유발할 수도 있는 '열린' 국제적 공간 내에 위치하고 있었던 것으로 상정되며, 더 이상 제국의 단일 질서에 통제받지 않는 것으로 판명된 아시아의 공간 속에서, 테러리스트들은 제국이 아닌 다른 아시아적 연대의 가능성들을 실제로 수행해 왔던 것으로 회고된다.

이때 이들이 회고하는 연대란, 민족/국가/인종/이데올로기 등의 고정된 경계성에 의거하여 수행되는 것이 아니라 오히려 이러한 경계성으로부터의 이탈에 의거하여 수행되어 왔다는 측면에서 이채異彩를 띤다. 실제로 테러리스트들의 임무 수행은 일본인·중국인 등 수많은 인종 정체성을 바꿔 입거나, 아일랜드인·헝가리인 등의 외국인이 지닌 치외법권과 결탁하는 과정의 연속이었다. 이로 인해 이들의 주 활동 지역인 지나·만주·시베리아는 여러 인종적 정체성들이 조우하는 교차점이자 끊임없이 다른 정체성을 영위하게끔 하는 정체성 변혁의 장으로서의 성격을 띠었다는 점에 주목할 필요가 있다. 특히 "국제도시의 면목으로, 평시에도 중국인·조선인·서양인·

---

15 특히 "가외의 수입을 꾀하여" "밀수나 밀항을 알선"했던 화물선의 일인 선원들은 의열단의 침투에서 필수적인 존재였던 것으로 제시된다. 이는 테러리스트의 이동에서도 자본이 핵심적인 동력으로 작용하고 있었다는 사실을 시사하는데, 실제로 '성공보다는 실패가 더 많았던' 의열단의 경우 실패의 가장 큰 원인으로 "국경 출입의 극난" 및 "운동자금의 부족"을 꼽은 바 있다. 박태원, 《약산과 의열단》, 47, 140쪽.

인도인·일본인 등 각국 인사이 들끓는"다는[16] 국제도시 상해·북경·천진 등의 면모는 이들이 손쉽게 외국인 행세를 하게끔 하는 기반이 되었으며, 제국이 만들어 낸 국제도시의 혼종성에 의거함으로써, 역설적으로 이들은 기존에 영위해 왔던 민족·국가라는 범주로부터 멀어지는 한편 민족/국가/인종/이데올로기 등의 범주에 국한되지 않은 새로운 연대를 구상하기도 했다. 실제로 만주·시베리아·지나·조선·일본·싱가포르·외몽고·유럽에까지 이르는 국제적인 테러 활동에 있어서, 민족·조국·동포 등의 범주는 더 이상의 의미를 지니지 못하는 것으로 판명된다. 즉, 이들은 의열단 활동의 가장 큰 공적인 "밀정의 무리"를 처단하는 과정에서 "저희의 동포, 저희의 형제, 저희의 조국"인 조선인들이야말로 "왜적의 응견鷹犬"으로서 "일동일정을 감시하고, 온갖 비밀을 탐지하여, 혹은 삼 원에, 혹은 오 원에, 모든 정보를 왜적에게 판"다는 점을 인식하지 않을 수 없었던 것이다.[17]

　이로 인해 이들은 조선이라는 민족적 정체성으로부터 점점 멀어지는 한편, 대만·아일랜드·헝가리 등 '약소민족의 슬픔'을 공유하는 피식민 국가들과의 연대를 오히려 강화하게 되었다. 김원봉의 회고에서 반복적으로 조명되는바, 의열단의 "혁명운동"을 번번이 실패로 돌아가게끔 하는 것은 "나라와 동포를 반역하고, 왜적의 주구가 되어, 동지들을 왜적의 손에 넘겨주는" 조선인 "밀정"들이었고, 이들의 밀고로 인하여 위기에 처한 의열단을 부활시키는 것은 "피압박 민족의 한 사람"으로서 "조선혁명가에 대하여, 매양, 뜨거운 동정을 아끼지 않았던" 아일랜드인 무역상 "쇼우"나 "같은 약소국인 조선의 해방

16　박태원, 《약산과 의열단》, 79쪽.
17　박태원, 《약산과 의열단》, 170~171쪽.

을 위하여" 폭탄제조 기술을 제공하는 헝가리인 "마자알" 등 외국인들의 도움에 의해서였다.[18] 이방인인 "마자알"이 부르는 "고국의 노래"에 공감하여 "애조"를 느끼는가 하면, 암살 대상에 "대만총독"을 포함시킨 후 "대만 주민이 우리나 한가지로 왜적의 압제 아래 있음으로 하여, 같은 약소민족으로써 심심한 후의와 동정을 표하자는 주지"임을 언급하는 의열단의 면모는 실로 네이션/이데올로기 등의 범주를 초월하여 피식민 경험에 대한 범세계적 공감대를 형성함으로써, "세계상 반제국주의 민족들의 연합"을 이룩하고자 했던 이들의 사유를 엿볼 수 있게 한다.[19]

이처럼 피식민 민족들에 의해 결성되는 대항─제국적 연합은 제국이라는 구심력이 사라진 아시아에서 해방기 조선인들이 구축하고자 했던 새로운 범세계적 연대의 형태를 드러낸다. 나아가 이는 해방기의 '무중력' 상태에 의거하여 최대치로 발현되었던, 그리하여 구체적인 '역사적 사실'로서 증언되기도 했던 '탈식민'의 시대정신을 가늠케 한다. 지역적 인접성·인종적 동일성에 의거했던 대동아라는 지역적 맥락을 탈피한 채로, 박태원을 비롯한 해방기 조선의 중간자들은 "피와 땅에 묶인 현실적 세계"를 넘어, 국적과 국민성을 초월하는"[20] 범세계적 연대의 실현을 꿈꾸었다. 그리하여 "구 식민 종주국인 일본보다는 오히려 저 멀리 발칸 반도의 "약소민족" 국가군이 한층 더 동질적인 집단으로 받아들여지기도 했던"[21] 해방기의 찰나, 이들은 민족/국가/인종/지역/이데올로기 등의 모든 경계성을 초월한 곳에

18 박태원, 《약산과 의열단》, 97, 120쪽.
19 박태원, 《약산과 의열단》, 35~36쪽.
20 최재서, 〈문학자와 세계관의 문제〉, 《국민문학》, 1942.10.
21 장세진, 〈역내 교통의 (불)가능성 혹은 냉전기 아시아 지역 기행〉, 125쪽.

조선-아시아-세계의 신생新生을 그려 내었던 것이다.

《노마만리》-팔로군 해방구로의 탈출과 이념적 '유라시아'의 형성

《약산과 의열단》과 유사한 시기에 창작된 김사량의 《노마만리》
(1947)는 해방기 시/공간을 맞이하여 가시화된 프롤레타리아 국제
연대의 면모를 부각시키고 있다는 측면에서 주목할 필요가 있다. 주
지하다시피, 인민들의 국제적 연대란 식민지 시기 전반에 걸쳐 추구
되어 왔던 이념적 주체들의 숙원 중 하나였으며, 이는 식민지 말기
에 주창된 동아협동체론의 사례에서 볼 수 있듯이, "소련과, 자본주
의 기구를 이탈한 일본, 그리고 공산당이 완전히 헤게모니를 장악한
상태의 중국, 이 세 민족의 긴밀한 제휴 원조 및 결합"을 중핵으로
하는 유라시아 공동체의 기획으로서 대두되기도 했다.[22] 이는 기획을
제안했던 혁신좌파의 숙청 및 대동아공영권이라는 제국의 균질적 질
서 수립으로 인해 '이상'에 그치고 만 듯 보였으나, 흥미롭게도 해방
기 시/공간에서 발간된 김사량의 '항일중국망명기'에는 조선·중국·
일본·소련을 아우르는 이념적 '유라시아'의 연대가 '역사적 사실'로
서 드러나 있는 것이다.

　유임하가 지적한 바 있듯이, 김사량의 망명은 제국의 체제로부터
이탈하여 팔로군 해방구로 합류함으로써 "민족 해방의 역량을 확보"
하는 한편 향후 "건국의 진향進向에 이바지"하고자 하는 목적을 지니
고 있었으며, 이로 인해 《노마만리》의 서사는 "역사적 과업에 동참"

22　임성모, 〈대동아공영권 구상에서의 '지역'과 '세계'〉, 192쪽.

하기 위한 사회주의적 근대 기획의 면모를 띤다.[23] 이때 김사량이 제시하는 연대의 모델은 "팔로군, 조선의용군, 일본인 해방연맹원, 소련군대"가 "국제붕우"[24]로 서로를 호명한다는 측면에서 지역/인종/민족/국가 등의 범주를 넘어선 수평적 연대의 기획임을 짐작케 하며, 이는 미국/소련이라는 양극단의 중심성 하에 배치될 것이 자명해졌던 향후의 냉전 구도를 생각할 때 더 눈길을 끄는 것이기도 하다.

《노마만리》에 구현된 연대가 실제로 수평적 관계를 지향하고 있다는 점은 자명해 보인다. 항일 근거지인 태항산에 도달한 이래 김사량의 눈에 비친 풍경은 이를 대변한다. 즉, 태항 지구의 민간인들은 "조선 사람과 중국 사람은 한마음 한뜻이라는 시늉으로 두 손을 쥐어 흔들어 보인" 바 있거니와, 팔로군 소속의 여병들은 이들을 위해 "팔로행진곡, 군가, 부인단 노래"와 더불어 조선말로 "도라지타령"을 합창함으로써 "조·중 두 나라 뜻을 같이하는 군인들이 친선하며 즐기는 아름다운 장면"을 연출했던 것이다. 나아가 조선인 의용군의 돌격전을 "인민학교 교과서 안에 수록"하는 한편, 일병 포로수용소에 이르러서도 "어떡해서든지 하나라도 더 우리 사람을 만들고자" 노력하는 조·중 동지들의 면모란 민족·인종·국적·이념 등을 초월한 '인민'으로서 서로를 대하고 있다는 측면에서, "진정한 국제주의자"로 명명되기에 부족함이 없다.

실로 김사량은 "일병日兵"들에 대한 적개심에도 불구하고, 일본인들을 향해 "이네들도 굴레를 벗어던지고 바른 정신이 든다면 머지않아 새 세계를 이룩할 역군이 될 것이며 민주 일본 건설의 귀중한 주

23 김사량, 《노마만리》, 실천문학사, 2002, 43쪽, 유임하, 〈사회주의적 근대 기획과 조국해방의 담론: 해방 전후 김사량 문학의 도정〉, 《한국근대문학연구》 제1권 제2호, 2000, 181~182쪽.
24 김사량, 《노마만리》, 129, 166, 185쪽.

석이 될 것"임을 기술한 바 있는 것이다. 일본인들 또한 "전제 국가의 가련한 인민들"임을 강조함으로서, 김사량은 특정 네이션의 차원으로 매몰되지 않는 이념적 관점을 유지하는 데 성공하며, 이를 통해 "온 세계의 누리가 서로 피 묻은 몸뚱이를 껴안으며 일어날" 수 있게끔 하는 동력으로서의 프롤레타리아 국제주의의 면모를 여전히 견지해 낸다.[25] 그리하여 제국이라는 중심성이 사라진 해방기의 시/공간 하에서, 그간 대항—제국적 운동의 동력으로서 조명되었던 프롤레타리아 국제주의는 "온 세계"의 연대를 이룩하고자 하는 근대 기획의 동력으로 다시금 소환되었으며, 이를 통해 김사량은 제국적 맥락이 탈각된 유라시아의 시공간에 "국제 붕우"들의 이념적 연대라는 전망을 일깨우기 위한 기반을 확보해 내었던 것이다.

25 김사량, 《노마만리》, 137~139, 165, 172, 176~177쪽.

3. 코즈모폴리터니즘/국제주의적 연대의 좌초, 혹은 냉전체제로의 예고된 귀속

1945년 8월 15일 이후 영위되었던 해방기의 벅찬 시대정신은 결코 오랫동안 지속되지 않았다. 장세진이 언급한 바 있듯이, '착취를 당한 사람은 제 발등에 불부터 먼저 끄고 나서 세계 운동을 해야 할 것이 아닌가'라는 인식은 당대 조선 사람들의 눈길을 '범세계적 연대'로부터 '신생 국민국가 건설'로 옮겨 가게끔 했고,[26] 1948~49년에 걸쳐 진행되었던 '붉은 중국'의 탄생은 한때 "국제 붕우"로 명명되었던 아시아 각국 간의 관계 또한 적/아군으로 걷잡을 수 없이 분열시켰던 것이다. 국가주의 및 미/소의 대립 구도 하에 재편된 냉전기의 시공간 속에서, 코즈모폴리터니즘은 더 이상 '피압박민족'들의 연대를 꿈꾸게 하는 요인이 아니라 "국가 경계를 흐릴 뿐만 아니라 블록 경계를 모호하게 함으로써 언제나 위험을 초래"한다는 경계의 대상이 되었으며, 프롤레타리아 국제주의 또한 "적색공포"가 번진 아시아의 공간 속에서는 더 이상 유효한 전망으로서 공유될 수 없었다.[27]

그리하여 해방기를 기점으로 하여 발현되었던 코즈모폴리터니즘/프롤레타리아 국제주의의 전망은 네이션/이데올로기의 통제 하에 다시금 위험 요소로서 잠복될 수밖에 없었고, '피압박민족들의 연대' 혹은 '이념적 유라시아'에 대한 상상은 미국·소련으로 대표되는 새

---

26 장세진, 〈역내 교통의 (불)가능성 혹은 냉전기 아시아 지역 기행, 138쪽.

27 신형기, 《시대의 이야기, 이야기의 시대》, 삼인, 2015, 44~46쪽. 김예림, 〈냉전기 아시아 상상과 반공 정체성의 위상학: 해방─한국전쟁 후(1945-1955) 아시아 심상지리를 중심으로〉, 320~325, 331쪽.

로운 중심축의 부상을 예고한다는 측면에서, 냉전체제로 이어지는 기점으로 자리하게 되었다. 그럼에도 불구하고, 식민지 시기 및 해방기에 그 존재를 드러낸 바 있는 중심 없는 '아시아-세계' 상상들은 향후 전개되는 국가주의 및 냉전 체제의 판도 내에 출몰함으로써 과연 어떠한 균열 및 탈각의 계기들을 형성했던 것인가. 이는 '신생 국민국가 건설'이라는 프로젝트에 따라붙는 음화陰畵로서, 혹은 민족/국가/인종/지역 등의 범주가 지니는 구심력에 따라 붙는 원심遠心적 운동이자 떨쳐낼 수 없는 경합의 과정으로서 우리에게 언제나 보다 심화된 연구의 과정들을 요청하고 있는 것이다.

■ 참고문헌

1. 1차 자료

김남천, 《사랑의 수족관》, 인문사, 1940.
_____, 《낭비》, 《인문평론》, 1940.2~1941.2.
김사량, 《노마만리(1947)》, 실천문학사, 2002.
_____, 《작품과 연구 1》, 곽형덕 외 편역, 역락, 2008.
_____, 《작품과 연구 2》, 곽형덕 외 편역, 역락, 2009.
_____, 《작품과 연구 3》, 곽형덕 외 편역, 역락, 2013.
김외곤 저, 《임화 전집1》, 박이정, 2000.
김태준, 〈연안행〉, 《문학》, 1946.7, 창간호.
나카무라 미츠오 · 니시타니 게이지 외 지음, 《태평양전쟁의 사상》, 이경훈 외 옮김, 이매
　　진, 2007.
《단재 신채호전집 5》, 단재 신채호전집 편찬위원회, 독립기념관 한국독립운동사연구소,
　　2008.
박태원, 《성탄제》, 동아출판사, 1995.
_____, 《북으로 간 작가선집 5》, 을유문화사, 1988.
_____, 《한국근대단편소설대계 9》, 태학사, 1997.
_____, 《명랑한 전망》, 《매일신보》, 1939.4.5-5.21.
_____, 《애경》, 《문장》, 1940.1-11.
_____, 《여인성장(1941.8-1942.2)》, 깊은샘, 1989.
_____, 《약산과 의열단》, 깊은샘, 2000.
방인근, 〈자동차 운전수〉, 《조선문단》 9호, 1925.6.
심훈, 《동방의 애인》, 《우리현대소설 2》, 선영사, 1994.
____, 《그날이 오면》, 차림, 2000.
유항림, 〈마권〉, 《단층》 1호, 1937.4.
_____, 〈구구〉, 《단층》 2호, 1937.10.
_____, 〈부호〉, 《인문평론》, 1940.10.
_____, 〈롱담〉, 《문장》, 1941.2.

이기영, 《대지의 아들(1940)》, 《한국근대장편소설대계》, 태학사, 1988.

_____, 《처녀지 상·하》, 삼중당서점, 1944.9.

_____, 《민촌》, 문학과지성사, 2006.

이선희, 《월북작가 대표문학 5》, 서음, 1989.

이태준, 〈농군〉, 《문장》, 1939.

_____, 《별은 창마다》, 깊은샘, 2000.

_____, 《청춘무성》, 깊은샘, 2001.

최명익, 〈심문〉, 《문장》, 1939.6.

한설야, 〈과도기〉, 《조선지광》, 1929.4.

_____, 〈씨름〉, 《조선지광》, 1929.8.

_____, 《황혼》, 《조선일보》, 1936.2.5.−10.28.

_____, 《청춘기》, 《동아일보》, 1937.7.20.−11.29.

_____, 〈이녕〉, 《문장》, 1939.5.

_____, 〈모색〉, 《인문평론》, 1940.3.

_____, 〈감각과 사상의 통일〉, 《조선일보》, 1938.3.8.

_____, 〈대륙문학 따위(大陸文學など, 일어)〉, 《경성일보》, 1940.8.2.−4.

_____, 〈장편소설의 방향과 작가〉, 《조선일보》, 1938.4.2.−6.

_____, 〈지하실의 수기〉, 《조선일보》, 1938.7.8.

_____, 〈관북, 만주 향토문화좌담회〉, 《삼천리》, 1940.9.

_____, 《초향》, 《한국근대장편소설대계 22》, 태학사, 1988.

_____, 《대륙》, 김미란 외 편역, 《식민주의와 비협력의 저항》, 역락, 2003.

_____, 《열풍》, 조선작가동맹출판사, 1958.

《개벽》, 《삼천리》, 《별건곤》, 《삼천리문학》, 《서우》, 《동아일보》, 《중앙》, 《대동아》, 《국민문학》, 《매일신보》, 《경성일보》, 《조광》, 《문장》, 《東洋之光》, 《綠旗》

2. 국내 논저

1) 단행본

강병식, 《일제시대 서울의 토지연구》, 민족문화사, 1994.

강상규, 《19세기 동아시아의 패러다임 변환과 제국 일본》, 논형, 2007.

강진호, 《그들의 문학과 생애, 한설야》, 한길사, 2008.

공제욱 · 정근식 편, 《식민지의 일상, 지배와 균열》, 문화과학사, 2006.

권명아, 《역사적 파시즘》, 책세상, 2005.

권영민, 《한국민족문학론연구》, 민음사, 1988.

김윤희, 《근대 동아시아와 한국 자본주의》, 고려대 민족문화연구소, 2012.

김철, 《국민이라는 노예》, 삼인, 2005.

____, 《식민지를 안고서》, 역락, 2009.

김항, 《제국 일본의 사상》, 창비, 2015.

김현주, 《이광수와 문화의 기획》, 태학사, 2005.

_____, 《사회의 발견》, 소명출판, 2013.

나카무라 사토루 · 박섭, 《근대 동아시아 경제의 역사적 구조》, 일조각, 2007.

동국대학교 문화학술원 한국문학 저, 《제국의 지리학 만주라는 경계》, 동국대학교출판부, 2010.

동국대학교 문화학술원 엮음, 《문화지리와 도시공간의 표상》, 동국대학교출판부, 2011.

문학과사상연구회, 《한설야 문학의 재인식》, 소명, 2000.

_____, 《이효석 문학의 재인식》, 소명, 2012.

박광현 외 엮음, 《이동의 텍스트, 횡단하는 제국》, 동국대학교출판부, 2011.

방기중 편, 《일제하 지식인의 파시즘 인식과 대응》, 혜안, 2005.

방민호 외, 《박태원 문학 연구의 재인식》, 예옥, 2010.

방민호, 《분화와 심화: 어둠 속의 풍경들》, 민음사, 2007.

백영서 외, 《동아시아의 지역질서》, 창비, 2005.

백영서 외 엮음, 《주변에서 본 동아시아》, 문학과 지성사, 2004.

백영서, 《핵심현장에서 동아시아를 다시 묻다》, 창비, 2013.

백철, 《조선신문학사조사》, 백양사, 1947.

손정목, 《일제강점기 도시사회상 연구》, 일지사, 1996.

송은영, 《현대도시 서울의 형성과 1960-70년대 소설의 문화지리학》, 연세대학교 대학원 국어국문학과 박사학위논문, 2007.

서경석, 《한설야-정치적 죽음과 문학적 삶》, 건국대학교출판부, 1996.

신명직, 《모던뽀이, 경성을 거닐다》 현실문화연구, 2003.

신범순 외, 《동아시아 문화 공간과 한국 문학의 모색》, 어문학사, 2014.

신형기, 《이야기된 역사》, 삼인, 2005.

_____, 《분열의 기록》, 문학과 지성사, 2010.

_____, 《시대의 이야기, 이야기의 시대》, 삼인, 2015.

안함광, 《조선문학사》, 연변교육출판사, 1956.

오태영, 《동아시아 지역주의와 조선 로컬리티−식민지 후반기 여행 텍스트를 중심으로》, 동국대학교 국어국문학과 대학원 박사학위논문, 2011.

_____, 《오이디푸스의 눈》, 소명출판, 2016.

윤수안, 《'제국일본'과 영어 · 영문학》, 소명, 2014.

윤수종, 《네그리 · 하트의 《제국》 · 《다중》 · 《공통체》 읽기》, 세창미디어, 2014.

이경재, 《한설야와 이데올로기의 서사학》, 소명출판, 2010.

_____, 《한국 프로문학 연구》, 지식과 교양, 2012.

이경훈, 《어떤 백년, 즐거운 신생》, 하늘연못, 1999.

_____, 《오빠의 탄생−한국 근대 문학의 풍속사》, 문학과지성사, 2003.

_____, 《대합실의 추억》, 문학동네, 2007.

이삼성, 《동아시아의 전쟁과 평화−근대 동아시아와 말기조선의 시대구분과 역사인식》, 한길사, 2009.

이인화, 《빼앗긴 들에 부는 근대화 바람》, 한길사, 2004.

이진경, 《노마디즘 1 · 2》, 휴머니스트, 2002.

이진형, 《1930년대 후반 식민지 조선의 소설 이론》, 소명, 2013.

인하대학교 한국학연구소 중국 복단대학 역사지리연구중심 엮음, 《근대 동아시아의 공간 재편과 사회 변천》, 소명, 2015.

임경석, 《한국사회주의의 기원》, 역사비평사, 2003.

_____, 《모스크바 밀사−조선공산당의 코민테른 가입 외교(1925−1926년)》, 푸른역사, 2012.

장세진, 《상상된 아메리카와 1950년대 한국 문학의 자기 표상》, 연세대학교 대학원 국어 국문학과 박사학위논문, 2007.

_____, 《슬픈 아시아》, 푸른역사, 2012.

전성곤 외, 《근대 동아시아 담론의 역설과 굴절》, 소명, 2011.

정종현, 《동양론과 식민지 조선문학》, 창비, 2011.

최병택 · 예지숙, 《경성 리포트》, 시공사, 2009.

최원식 · 백영서 엮음, 《동아시아인의 '동양' 인식》, 창비, 2010.

하신애, 《아시아 지역/정체성 상상과 탈중심의 문화지리학》, 연세대학교 대학원 국어국문 학과 박사학위 논문, 2016.

한국문화역사지리학회 외, 《현대 문화지리의 이해》, 푸른길, 2013.

한국−타이완 비교문화연구회, 《전쟁이라는 문턱》, 그린비, 2010.

한석정 · 노기식 편, 《만주, 동아시아 융합의 공간》, 소명출판, 2008.

허은, 《미국의 헤게모니와 한국 민족주의》, 고려대학교민족문화연구원, 2008.

헨리 임, 곽준혁 편,《근대성의 역설》, 후마니타스, 2009.

2) 논문

곽은희, 〈일탈의 감각, 유동하는 식민지〉,《제154차 반교어문학회 정기학술발표회 자료집》, 2016.4.30.

김미란, 〈감각의 순례와 중심의 재정위: 여행자 이효석과 '국제 도시' 하얼빈의 시공간 재구성〉,《상허학보》 38집, 2013.6.

_____, 〈만주, 혹은 자치에 대한 상상력과 안수길 문학〉,《상허학보》, 2009.

김려실, 〈인터/내셔널리즘과 만주〉,《상허학보》, 2004.

김수림, 〈제국과 유럽: 삶의 장소, 초극의 장소〉,《상허학보》 23집, 2008.

김성환, 〈1930년대 대중소설과 소비문화의 관계양상 연구〉,《한국현대문학연구》 12, 2002.

김예림, 〈'동아'라는 시뮬라크르 혹은 그 접속자들의 문화 이념: 1930년대 후반 최재서·백철의 문화론을 중심으로〉,《상허학보》 제9권 3호, 2008.

김재영, 〈'구라파주의'의 형식으로서의 소설〉,《현대문학의 연구》 46호, 2012.

김종회·강헌국, 〈일제강점기의 박태원 문학〉,《한국현대문학회 학술발표회자료집》, 2007.8.

김철, 〈근대의 초극,《낭비》 그리고 베네치아Venetia〉,《민족문학사연구》 18, 2001.

_____, 〈몰락하는 신생新生, '만주'의 꿈과 농군의 오독誤讀〉,《상허학보》, 2002.

_____, 〈갱생更生의 도道 혹은 미로迷路〉,《민족문학사연구》 28, 2005.

_____, 〈프로레타리아 소설과 노스탤지어의 시공時空〉,《한국문학연구》 제30집, 2006.

_____, 〈"결여"로서의 국(문)학〉,《사이》 1권, 2006.

_____, 〈동화同化 혹은 초극超克〉,《동방학지》 146권, 2009.

_____, 〈우울한 형/명랑한 동생: 중일 전쟁기 '신세대 논쟁'의 재독再讀〉,《상허학보》 25집, 2009.2.

_____, 〈비천한 육체들은 어떻게 "응수應酬"하는가〉,《사이》 14권, 2013.

공종구, 〈통속적인 연애담의 의미〉,《상허학보 2집》, 1995.

권보드래, 〈'동포同胞', 기독교 세계주의와 민족주의〉,《종교문화비평》, 2003.

_____, 〈근대 초기 민족 개념의 변화〉,《민족문학사연구》, 2007.

_____, 〈진화론의 갱생, 인류의 탄생: 1910년대의 인식론적 전환과 3.1 운동〉,《대동문화연구》, 2009

_____, 〈식민지 지식인의 민족과 인류〉,《정신문화연구》 제 28권 3호, 2005

김현주, 〈식민지에서 '사회'와 '사회적' 공공성의 궤적: 1910년대《매일신보》에서 이광수의

　　사회 담론의 의미〉, 《한국문학연구》 제38집, 2010년 상반기

김현주, 〈《제국신문》에 나타난 세계 인식의 변주와 소설적 재현 양상 연구〉, 《대중서사연구》 제21권, 2015.

김형열, 〈淸末民初 中國知識人의 日本留學과 동아시아 인식-戴季陶와 李大釗의 일본유학 경험을 중심으로〉, 《일본근대학연구》, 2014.

나명순, 〈1930년대 후반의 한설야 소설 연구〉, 《우리어문연구》 제19집, 2002.10.

류동일, 〈전형기 구(舊)카프 문인의 현실대응의 두 양상〉, 《어문학》 제112집, 2011.

류수연, 〈공공적 글쓰기와 소설의 통속화〉, 《구보학회 3집》, 2008.

류준필, 〈1910-20년대 초 자국학 이념의 형성과정〉, 《대동문화연구》, 2005.

박승희, 〈근대 초기 매체의 세계 인식과 문학사〉, 《한민족어문학》 제53호, 2008.12.

박진숙, 〈박태원의 통속소설과 시대의 명랑성〉, 《한국현대문학연구 27》, 2009.

방기중, 〈1940년 전후 조선 총독부의 '신체제' 인식과 병참기지 강화 정책〉, 《동방학지》, 2007.

배개화, 〈문장지 시절의 박태원-신체제 대응양상을 중심으로〉, 《우리말글》 제44집, 2008.12.

손미란 · 노상래, 〈현실과 이상의 간극 메우기-김남천의 《사랑의 수족관》을 중심으로〉, 《한민족어문학》, 2008.

서영인, 〈식민지의 마르크스주의자들〉, 《현대사상》 제9호, 2011.

서재길, 〈식민지 개척의학과 제국 의료의 '극북極北': 이기영의 처녀지를 중심으로〉, 《민족문학사연구》 제51호, 2013.4.

신형기, 〈주변부 모더니즘과 분열적 위치의 기억〉, 《로컬리티 인문학》 제2호, 2009.10.

_____, 〈유항림과 절망의 존재론〉, 《상허학보》 23집, 2008.6.

_____, 〈현덕(玄德)과 스타일의 효과〉, 《사이》, 2006.

_____, 〈박태원, 주변부의 만보객(漫步客)〉, 《상허학회》, 2009.

_____, 〈최명익과 쇄신의 꿈〉, 《현대문학의 연구》 24권, 2004.

_____, 〈일국문학 · 문화의 탈/경계〉, 《현대문학의 연구》 Vol.45, 2011.

_____, 〈식민지 시대 계몽(개척)소설을 통해 본 새마을운동 이야기〉, 《사이》 15권, 2013.

서경석, 〈한설야의 《열풍》과 북경 체험의 의미〉, 《국어국문학》, 2002.

오영숙, 〈신생독립국의 자기인식과 아시아 상상〉, 《대중서사연구》 제24호, 2010.

오태영, 〈제국-식민지 체제의 지정학적 상상과 베트남-대동아공영권 구상과 남양 담론을 중심으로〉, 《현대문학의 연구》, 2014.10.

_____, 〈'남양南洋' 표상과 지정학적 상상력〉, 《한국문학이론과 비평》 13권 2호 제43집,

2009.6.

우수영, 〈1930년대 장편소설에 나타난 고향의식〉, 《국어국문학》 제164호, 2013.8.

윤해동, 〈트랜스내셔널 히스토리transnational history의 가능성-한국근대사를 중심으로〉, 《역사학보》 제200집, 2008.

이경재, 〈1930년대 한설야 장편소설에 나타난 사랑의 양상〉, 《한국현대문학회 여름 학술 발표회 자료집》, 2006.

_____, 〈이기영의 《처녀지》 연구: 남표와 선주의 죽음을 중심으로〉, 《만주연구》 제13집, 2012.6.

_____, 〈이기영 소설에 나타난 만주 로컬리티〉, 《한국근대문학연구》 제25호, 2012 상반기.

_____, 〈일제 말기 한설야 소설의 나르시시즘 연구〉, 《현대문학의 연구》, 2007.1.

_____, 〈단재를 중심으로 본 한설야의 《열풍》〉, 《현대문학의 연구》 제38집, 2009.6.

이경돈, 〈1920년대초 민족의식의 전환과 미디어의 역할〉, 《사림》 23권, 2005.

이경훈, 〈이후以後의 풍속-한설야의 일제 말 소설〉, 문학과사상연구회, 《한설야문학의 재인식》, 소명, 2000.

_____, 〈식민지 근대의 '트라데 마크': 잡종과 브랜드〉, 《역사비평》 통권62호, 2003 봄.

_____, 〈만주와 친일 로맨티시즘〉, 《한국근대문학연구》, 2003.

_____, 〈아편의 시대 아편쟁이의 시대〉, 《사이》, 2008.

_____, 〈긴자의 추억: 식민지 문학과 시장〉, 《현대문학의 연구 39》, 2009.

_____, 〈식민지와 관광지-만주라는 근대 극장〉, 《사이》 6권, 2009.

_____, 〈박태원의 소설에 대한 몇 가지 주석〉, 《구보학보》 5권, 2010.

_____, 〈식민지의 돈 쓰기: 민족과 개인, 그리고 여성〉, 《현대문학의 연구》 제46집, 2012.2.

이석원, 〈대동아 공간의 창출-전시기 일본의 지정학과 공간담론〉, 《역사문제연구》 제19호, 2008.

이선옥, 〈젠더 정치와 민족간 위계만들기: 《처녀지》, 〈초원〉, 〈대륙〉〉, 《여성문학연구》 통권15호, 2006. 6

_____, 〈우생학에 나타난 민족주의와 젠더 정치〉, 《실천문학》 2003년 봄호.

이진경, 〈식민지 인민은 말할 수 없는가?: '동아신질서론'과 조선의 지식인〉, 《사회와역사》 통권71호, 2006년 가을.

이진일, 〈서양 지리학과 동양인식: 20세기 전환기 동아시아를 지리적으로 위치짓기〉, 《아시아문화연구》 제26집, 2012.6.

이진형, 〈일제 말기 '역사' 담론의 아포리아와 그 초극의 문제〉, 《한국근대문학연구》 제29

호, 2014.

이태훈, 〈1920년대 전반기 일제의 '문화정치론'과 부르주아 정치세력의 대응〉, 《역사와 현실》 47집, 2003.

이혜진, 〈전시 변혁론으로서의 동아협동체론과 동아연맹론〉, 《실천문학》, 2009 가을호.

임성모, 〈대동아공영권 구상에서의 '지역'과 '세계'〉, 《서울대학교 세계정치》 제26집 제2호, 2005.

_____, 〈팽창하는 경계와 제국의 시선: 근대 일본의 만주 여행과 제국의식〉, 《일본역사연구》 제23집, 2006.

_____, 〈근대 일본의 만주 인식: 제국의식의 정치·문화적 자장〉, 《북방사논총》 제12호, 2006.

임지연, 〈조병화의 세계 기행시에 나타난 코스모폴리탄적 주체의 정위 방식〉, 《한국시학연구》 제38호, 2013.

장두영, 〈김남천의 《사랑의 수족관》론−1930년대 후반 식민지 자본주의 대응 양상을 중심으로〉, 《한국현대문학연구》 제23집, 2007.12.

장성규, 〈일제 말기 카프 작가들의 만주 형상화 양상〉, 《한국현대문학연구》 제21집, 2007.4.

_____, 〈식민지 디아스포라와 국제연대의 기억−한흑구를 중심으로〉, 《한민족문화연구》 제50집, 2015.6.

장세진, 〈안티테제로서의 "반둥정신Bandung Spirit"과 한국의 아시아 상상(1955−1965)〉, 《사이》 15권, 2013.

_____, 〈해방기 공간 상상력의 전이와 '태평양'의 문화정치학〉, 《상허학보》 26집, 2009.6.

_____, 〈역내 교통의 (불)가능성 혹은 냉전기 아시아 지역 기행〉, 《상허학보》 31집, 2011.2.

_____, 〈트랜스내셔널리즘, (불)가능 그리고 재일조선인이라는 예외상태: 재일조선인의 한국전쟁 관련 텍스트를 중심으로〉, 《동방학지》 157권, 2012.

조관자, 〈제국 일본의 로망과 동아시아 민족주의〉, 《일본비평》 2호, 2010.2.

조진기, 〈만주개척과 여성계몽의 논리: 이기영의 《처녀지》를 중심으로〉, 《어문학》 제91집, 2006.3.

전우용, 〈종로와 본정−식민도시 경성의 두 얼굴〉, 《역사와 현실》 40, 2001.6.

_____, 〈대한제국기−일제 초기 서울공간의 변화와 권력의 지향〉, 《전농사론》 5, 1999.

정종현, 〈사실, 과학 그리고 문학의 신생−신체제기 한국 대중소설에 나타난 '기술적' 주체와 문학의 재편〉, 《상허학보》 23집, 2008.

_____, 〈근대문학에 나타난 〈만주〉 표상〉, 《한국문학연구》 28, 2005.

_____, 〈딱지본 대중소설에 나타난 '만주' 표상〉,《한국문학연구》, 2007.

_____, 〈1940년대 전반기 이기영 소설의 제국적 주체성 연구: 동천홍, 광산촌, 생활의 윤리, 처녀지를 중심으로〉, 한국근대문학연구 제13호, 2006.4.

정현백, 〈트랜스내셔널 히스토리의 가능성과 한계〉,《역사교육》, 제108집, 2008.

차승기, 〈추상과 과잉-중일전쟁기 제국/식민지의 사상연쇄와 담론정치학〉,《상허학보》 21집, 2007.

_____, 〈전시 체제기 기술적 이성 비판〉,《상허학보》 23집, 2008.6.

채석진, 〈제국의 감각: '에로그로 넌센스'〉, 한국여성연구소,《페미니즘연구》, 제5집, 2005.10

최영호, 〈동아시아 근대와 영토, 문학〉,《인문연구》 제51호, 2006.12.

최혜실, 〈산책자의 타락과 통속성〉,《상허학보 2집》, 1995.

하신애, 〈일제 말기 프로파간다 영화에 나타난 수행적 의례와 신체의 구성〉,《사이》 7권, 2009.

_____, 〈식민지 말기 박태원 문학에 나타난 시장성-《여인성장女人盛裝》의 소비주체와 신체제 대응 양상을 중심으로〉,《상허학보》, 2011.6.

_____, 〈박태원 방송소설의 아동 표상 연구-전시 체제기 일상성과 프로파간다 간의 교차점을 중심으로〉,《현대문학의 연구》, 2011.10.

_____, 〈식민지 여성 소비자와 1930년대 후반의 근대 인식〉,《한국현대문학연구》 제37집, 2012.

_____, 〈전시 체제 하의 여성성과 징후로서의 동성애〉,《반교어문연구》 제32집, 2012. 2.

_____, 〈한설야 소설의 경성/만주 표상과 비결정성의 문화지리-《마음의 향촌》(1939), 《대륙》(1939)을 중심으로〉,《동아연구》 70권, 2016.

_____, 〈제국의 시선과 식민지의 눈(들) : 오태영의『오이디푸스의 눈』(2016)을 통해 본 동아시아 연구의 향후 과제들〉,《사이》 21권, 2016.

_____, 〈한국문학의 공간 · 장소와 헤테로토피아의 모험〉,《민족문학사연구》 66호, 2018.

한기형, 〈근대 초기 한국인의 동아시아 인식:《청춘》과《개벽》의 자료를 중심으로〉,《대동문화연구》 제50집, 2005.6.

_____, 〈배제된 전통론과 조선인식의 당대성〉,《상허학보》 36집, 2012.

_____, 〈백랑의 잠행 혹은 만유-중국에서의 심훈〉,《민족문학사연구》 제35호, 2007. 12.

_____, 〈서사의 로칼리티, 소실된 동아시아: 심훈의 중국체험과《동방의 애인》〉,《대동문화연구》 제63집, 2008.9.

한수영, 〈박태원 소설에서의 근대와 전통-합리성에 대한 인식과 '신체제론' 수용의 문제를 중심으로〉, 《한국 문학이론과 비평》 9권 2호 제27집, 2005.6.

_____, 〈만주의 문학사적 표상과 〈북간도〉에 나타난 '이산'의 문제〉, 《상허학보》, 2003.

홍순애, 〈일제말기 기행문의 제국담론의 미학화와 그 분열〉, 《어문연구》 통권 제157호, 2013.

황호덕, 〈경성지리지, 이중언어의 장소론–채만식의 〈종로의 주민〉과 식민도시의 (언어) 감각〉, 《대동문화연구》 제51집, 2005.

허은, 〈미국의 문화냉전과 '자유 동아시아'의 구축, 연쇄 그리고 균열〉, 《민족문화연구》 제 59호, 2013.5.

3. 국외 논저

가라타니 고진, 《트랜스크리틱》, 송태욱 옮김, 한길사, 2005.

_____, 《세계공화국으로》, 조영일 옮김, 도서출판b, 2007.

고야스 노부쿠니, 《동아 대동아 동아시아》, 이승연 옮김, 역사비평사, 2005.

그렉 램버트, 《누가 들뢰즈와 가타리를 두려워하는가?》, 최진석 옮김, 자음과모음, 2013.

고모리 요이치 외, 《내셔널리즘의 편성》, 한윤아 외 옮김, 소명출판, 2012.

다케우치 요시미, 《다케우치 요시미 선집 1–고뇌하는 일본》, 마루카와 데쓰시 · 스즈키 마 사히사 엮음, 윤여일 옮김, 휴머니스트, 2011.

_____, 《다케우치 요시미 선집 2–내재하는 아시아》, 윤여일 옮김, 휴머니스트, 2011, 338쪽.

도미야마 이치로, 《전장의 기억》, 임성모 옮김, 이산, 2002.

_____, 《유착의 사상》, 심정명 옮김, 글항아리, 2015.

들뢰즈 · 가타리, 《천 개의 고원》, 김재인 옮김, 새물결, 2001.

_____, 《안티 오이디푸스–자본주의와 분열증》, 김재인 옮김, 민음사, 2014.

데이비드 하비, 《신자유주의 세계화의 공간들》, 임동근 외 옮김, 문학과 과학사, 2010.

데이비드 앳킨슨 외, 《현대 문화지리학》, 이영민 외 옮김, 논형, 2011.

로자 룩셈부르크, 《자본의 축적 1 · 2》, 황선길 옮김, 지식을만드는지식, 2013.

레닌, 《제국주의론》, 남상일 옮김, 백산서당, 1986.

리타 펠스키, 《근대성과 페미니즘》, 김영찬 외 옮김, 거름, 1998.

마루카와 데쓰시, 《리저널리즘》, 백지운 · 윤여일 옮김, 그린비, 2008.

마쓰요 다카요시, 《다이쇼 데모크라시》, 오석철 옮김, 소명, 2011.

미셸 푸코, 《성의 역사 1》, 이규현 옮김, 나남, 1990.

_____, 《헤테로토피아》, 이상길 옮김, 문학과지성사, 2014.

미야타 세쓰코, 《식민통치의 허상과 실상》, 정재정 옮김, 혜안, 2002.

미즈우치 도시오 편, 《공간의 정치지리》, 심정보 옮김, 푸른길, 2010.

발터 벤야민, 《아케이드 프로젝트 1》, 조형준 옮김, 새물결.

브라이언 마수미, 《천개의 고원 사용자 가이드》, 조현일 옮김, 접힘/펼침, 2005.

사라 살리, 《주디스 버틀러의 철학과 우울》, 앨피, 2004.

사토 요시유키, 《권력과 저항―푸코, 들뢰즈, 데리다, 알튀세르》, 김상운 옮김, 난장, 2012.

사카이 나오키 외, 《총력전 하의 앎과 제도》, 이종호 외 옮김, 소명출판, 2014.

신기욱·마이클 로빈슨 엮음, 《한국의 식민지 근대성》, 도면회 옮김, 삼인, 2006.

아르노 빌라니 외, 《들뢰즈 개념어 사전》, 신지영 옮김, 갈무리, 2012.

아파두라이, 《고삐 풀린 현대성》, 차원현·채호석·배개화 옮김, 현실문화연구, 2004.

안토니오 네그리·마이클 하트, 《제국》, 윤수종 옮김, 이학사, 2001.

_____, 《다중》, 조정환 외 옮김, 세종서적, 2008.

_____, 《공통체》, 정남영 외 옮김, 사월의책, 2014.

앙드레 슈미드, 《제국 그 사이의 한국》, 정여울 옮김, 휴머니스트, 2007.

요시미 순야, 《박람회》, 이태문 옮김, 논형, 2004.

요시미 순야 외, 《확장하는 모더니티》, 연구공간 수유+너머 '일본근대와 젠더 세미나팀' 옮김, 소명, 2007.

엘리스 K. 틸튼 외, 《제국의 수도, 모더니티를 만나다―다이쇼 데모크라시에서 쇼와 모더니즘까지》, 이상우 외 옮김, 소명, 2012.

이매뉴얼 월러스틴, 《역사적 자본주의/자본주의 문명》, 나종일 옮김, 창비, 2014.

조앤 샤프 외, 《포스트식민주의의 지리》, 이영민 외 옮김, 여이연, 2011.

주디스 버틀러, 《의미를 체현하는 육체》, 인간사랑, 김윤상 옮김, 2003.

_____, 《안티고네의 주장》, 조현순 옮김, 동문선, 2005.

카를 마르크스, 《경제학·철학초고/자본론/공산당선언/철학의 빈곤》, 김문현 옮김, 동서문화사, 1994.

_____, 《정치경제학 비판 요강》, 김호균 옮김, 지만지, 2012.

캘리니코스 외, 《제국이라는 유령》, 김정한 외 옮김, 이매진, 2007.

테드 휴즈, 《냉전시대 한국의 문학과 영화》, 나병철 외 옮김, 소명, 2013.

테사 모리스-스즈키, 《변경에서 바라본 근대》, 임성모 옮김, 산처럼, 2002.

포이케르트, 《나치 시대의 일상사》, 김학이 옮김, 개마고원, 2003.

프레드릭 제임슨, 《지정학적 미학》, 조성훈 옮김, 현대미학사, 2007.

페르낭 브로델, 《물질문명과 자본주의 2 교환의 세계 상 · 하》, 주경철 옮김, 까치글방, 1996.

_____, 《물질문명과 자본주의 3 세계의 시간 상 · 하》, 주경철 옮김, 까치글방, 1997.

_____, 《물질문명과 자본주의 읽기》, 김홍식 옮김, 갈라파고스, 2012.

해리 하르투니언, 《역사의 요동》, 휴머니스트, 윤영실 외 옮김, 2006.

호미 바바, 《문화의 위치》, 나병철 옮김, 소명, 2002.

Judith butler, *Gender Trouble: Feminism and the Subversion of Identity*, Routledge, New York, 1990.

_____, *Excitable Speech: A Politics of the Performative*, Routledge, 1997.

Rosa Luxemburg, *The Accumulation of Capital*, trans. Agnes Schwarzchild, New York: Monthly Review Press, 1968.

Samir Amin, *Eurocentrism*, trans. Russell Moore, New York: Monthly Review Press, 1989.

아시아 트러블

2018년 8월 10일 초판 1쇄 발행

지은이 ㅣ 하신애
펴낸이 ㅣ 노경인·김주영

펴낸곳 ㅣ 도서출판 앨피
출판등록 ㅣ 2004년 11월 23일 제2011-000087호
주소 ㅣ 우)07275 서울시 영등포구 영등포로 5길 19(양평동2가, 동아프라임밸리)
        1202-1호
전화 ㅣ 02-336-2776 팩스 ㅣ 0505-115-0525
블로그 ㅣ bolg.naver.com/lpbook12
전자우편 ㅣ lpbook12@naver.com

ISBN 979-11-87430-30-8